*Melina Gerosa Bellows*

# WUNSCH-GEFLÜSTER

*Melina Gerosa Bellows*

# WUNSCH-GEFLÜSTER

*Roman*

*Aus dem Amerikanischen*
*von Antje Nissen*

KNAUR

Titel der Originalausgabe: Wish
Originalverlag: New American Library, a division
of Penguin Group (USA) Inc., 375 Hudson Street, New York,
New York 10014, USA

**Besuchen Sie uns im Internet:**
**www.droemer-knaur.de**


Redaktion: Sabine Thiele
Umschlaggestaltung: ZERO Werbeagentur, München
Satz: Adobe InDesign im Verlag
Druck und Bindung: CPI – Ebner & Spiegel, Ulm
Printed in Germany
ISBN 978-3-426-65203-9

2 4 5 3 1

*Für Suzi und Carl,*
*die besten Eltern der Welt*

# Danksagung

Ich möchte allen meinen Ex-Freunden danken, den Idioten und den Traumtypen, die mich liebten, mich abservierten und mir keine andere Wahl ließen, als mich auf eine vergnügliche Entdeckungsreise zu mir selbst zu begeben. Ihr habt mich zu diesem Buch inspiriert. Ein riesiges Dankeschön geht an Keith Bellows, meinen Freund fürs Leben, der die erste Fassung in einem Rutsch durchlas und mir applaudierte, obwohl vieles noch grauenhaft war. Überhaupt würdet ihr *Wunschgeflüster* wahrscheinlich nicht lesen, hätten sich nicht alle meine Freunde, darunter Deirdre Price und Holly Millea, durch die verschiedenen Fassungen gequält. Drei Menschen hatten jedoch noch stärkeren Einfluss. Gloria Nagy, die von Anfang an mein Licht in der Dunkelheit war. Rebecca Ascher Walsh, die großzügigerweise die schrecklichen Anfänge bearbeitete und mir gegenüber schonungslos ehrlich war. Und Jennifer Gerosa, deren behutsame und gewitzte Empfehlungen das Ende vollkommen neu gestalteten. (Wer behauptet eigentlich, dass es im echten Leben kein Happy End à la Hollywood geben kann?) Die Ausflüge in die Vergangenheit sind der unermüdlichen Recherche von Sarah Wassner, überzeugte Anhängerin der Popkultur, zu verdanken. Außerdem möchte ich nicht versäumen, meiner Agentin Claudia Cross zu danken, die mir stets zur Seite stand, und das, obwohl wir beide zwischendurch ein Baby bekamen. Und natürlich ein von Herzen kommendes Dankeschön an die beste Lektorin der Welt, Anne Bohner, die aus dem Mauerblümchen *Wunschgeflüster* eine echte Ballschönheit machte.

# I

Ist er *tot?*

Ich springe von meiner Vespa und laufe an dem Feuerwehrauto, dem Krankenwagen und den Einsatzkräften der New Yorker Feuerwehr vorbei, die die Straße blockieren.

Da, vor meiner Wohnung, liegt der Körper meines Bruders ausgestreckt auf dem Gehsteig.

Ich dränge mich durch die gaffende Menge, und als ich näher komme, lässt sich eine Gruppe Sanitäter neben ihm nieder und fängt an, seinen bewusstlosen Körper zu bearbeiten.

»Er atmet nicht!«, brüllt einer von ihnen.

»Bobby!«, schreie ich und sinke neben ihm auf die Knie.

Ein weiterer Sanitäter, eine Frau, stößt mich zur Seite und stülpt eine Sauerstoffmaske über sein Gesicht. Dann zieht sie sein Kinn herunter und schiebt ihm ein silbernes, l-förmiges Instrument in den Rachen.

»Beatmung sitzt«, sagt sie. »Ich fange jetzt mit der Infusion an.«

Als sie Bobby eine Nadel in den Arm sticht, verkrampft plötzlich sein ganzer Körper. Eine Sekunde lang öffnen sich seine Augen und rollen dann nach hinten.

Ein Sanitäter drückt rhythmisch auf Bobbys Brust, während ein anderer eine Nadel in den Infusionsport steckt.

»Hat er Allergien, Miss? Oder schon mal Herzattacken

gehabt? Irgendwelche Schlaganfälle?«, werde ich gefragt, während das erste Medikament durch den Infusionsschlauch in Bobbys Arm fließt.
»Das ist etwas kompliziert …«, stammele ich, wie gelähmt von dem hektischen Chaos, das sich vor meinen Augen abspielt.
Ich weiß nicht, wie ich anfangen soll, von meinem Zwillingsbruder zu erzählen. Von den jahrelangen Elektroschockbehandlungen, den falschen Diagnosen und Krankenhausaufenthalten, die wie ein schreckliches Kaleidoskop in meinem Kopf durcheinanderwirbeln.
Wie kann ich ihn jetzt verlieren, wo ich ihn doch gerade erst gefunden habe? Mein ganzes Leben ist von der Suche nach meiner anderen Hälfte bestimmt gewesen, nach jemandem, der mich zu einem vollständigen Menschen macht. Und eben diese Suche nach dem Seelengefährten – die mich in Beziehungen mit reichen Söhnen aus gutem Hause, It-Boys und Prominenten getrieben hat – führte mich auf direktem Weg zu dem ersten Mann zurück, den ich je geliebt habe, meinem Zwillingsbruder. Aber das Leben besteht nicht nur aus Champagner und Kaviar, wenn der eigene Bruder Autist ist.
»Schaffen Sie diese Leute weg!«, ruft der Sanitäter, als er anpackt, um Bobbys Körper auf die Trage zu heben.
»Kann ich mitkommen?«, frage ich und laufe neben der Trage her.
»Sie können vorn einsteigen«, erklärt die Sanitäterin. »Was wissen Sie über seine Krankheitsgeschichte? Wie heißt sein Arzt?«
Ich öffne den Mund, um zu antworten, aber nur ein Gedanke schießt mir durch den Kopf: Wenn Bobbys Leben zu Ende geht, wo ist dann der Sinn in meinem?

# 2

JAHR: 1974
ALTER: 8½
IDOL: *wochentags Catwoman, Cher am Wochenende*
LIEBLINGSLIED: *»Me & Bobby McGee« von Janis Joplin*
KOSTBARSTER BESITZ: *violettes Schwinn-Rad mit Dreigang-Schaltung, limonengrünem Glitzersattel und Wimpeln*
SCHÖNSTE SCHUHE: *rote Dr.-Scholl-Pantinen*

Es gibt nur ein paar Gelegenheiten im Leben, in denen man sich etwas wünschen kann. Zum Beispiel, wenn man eine Sternschnuppe sieht. Oder beim Ausblasen einer Geburtstagskerze. Oder, wenn man eine ausgefallene Wimper wegpustet. Oder wie jetzt, wenn meine Mutter über die Gleise fährt. Dann halte ich den Atem an, kreuze die Finger und hebe meine Füße – alles zur gleichen Zeit.

»Fahr langsamer, Mom!«, rufe ich, als unser Kombi an der Red Hook Bäckerei vorbeifährt, die sich einen Häuserblock entfernt von den Schienen befindet. Bobby und ich sitzen hinten im Wagen, blicken durch die Heckscheibe und sehen die Dinge eher gehen als kommen. Aber ich habe mir einige markante Stellen gemerkt: das Beerdigungsinstitut von McGrath, das Cozy Corner Deli und die Red Hook Bäckerei.

»Liebes, pass auf deinen Bruder auf!«, ruft mir meine Mutter über die Schulter zu. Sie scheint auch am Hinterkopf Augen zu haben, unter ihrem mit Haarspray festzemen-

tierten blonden Schopf. Hat sie gemerkt, dass Bobby unsere Lebensmittel, die wir gerade eingekauft haben, aus dem Fenster wirft? Da verschwindet ihre Dose Tab-Limonade. Meine Chips habe ich schon vorher gerettet.
Wenn Mom sagt »Pass auf deinen Bruder auf«, dann meint sie eigentlich »Was auch immer dein Bruder gerade tut, halte ihn davon ab«. Doch das ist leichter gesagt als getan, und immer bin ich diejenige, die auf ihn aufpassen muss, weil er ständig in meiner Nähe ist. Mir bleibt nur noch ein halber Block, um mir etwas zu wünschen, daher schließe ich schnell die Augen, kreuze die Finger und hebe die Füße hoch – und dann denke ich so heftig an meinen Wunsch, dass mein Gesicht rot anläuft.
Bobby stellt ständig etwas an und bekommt nie Ärger. Wir sind nämlich Zwillinge, aber ich wurde zuerst geboren, weil ich mich vorgedrängelt habe. Ich denke, weil ich schneller sein wollte als er, ist Bobby in Moms Bauch stecken geblieben, und deswegen sagen die Leute nun, dass er langsam ist. Dabei ist Bobby nur wie eine schwarze Jelly Bean. Viele mögen sie nicht, aber wenn man erst einmal eine probiert hat, dann sind sie gar nicht so übel.

Man glaubt kaum, dass wir Zwillinge sind, denn Bobby hat glattes Haar, und ich habe einen wirren Lockenschopf. Mom machen diese Korkenzieherlocken verrückt, wenn sie versucht, sie zu bürsten. Meistens rafft sie sie zu Zöpfen zusammen, aber manchmal gibt sie auf, und dann habe ich eine Afrofrisur. In der Schule nennen sie mich dann Jimi Hendrix. Meine Großmutter – Grandina – sagte immer, als ich noch in Moms Bauch war, hätte ich den ganzen Tag damit zugebracht, meine Haare aufzudrehen, damit ich es danach nie wieder tun müsste. Sie ist inzwischen tot.

Deswegen trage ich ihr herzförmiges Medaillon, denn wenn sie noch leben würde, hinge es an ihrem Hals. Als meine Mom mir sagte, dass sie »im Himmel ist«, fühlte es sich an, als sei eine Limodose voller Traurigkeit in meiner Brust explodiert und hätte sich überall in mir verteilt. Ich bin mir nicht sicher, was es mit dem Himmel auf sich hat. Ich meine, seht euch doch nur den Weihnachtsmann an. Nur weil man wirklich an etwas glaubt, heißt das noch lange nicht, dass es wahr ist.

Außerdem ist mir egal, wo Grandina ist, ich will sie einfach nur zurückhaben, denn ich finde, dass sie mir gehört. Meine Eltern sind immer so mit meinem Bruder beschäftigt und haben keine Zeit für mich. Dabei gebe ich mir solche Mühe. Letztes Jahr habe ich die Hauptrolle in der Aufführung von *Romeo und Julia* ergattert. Doch in der Nacht vor der Vorstellung hatte Bobby einen Anfall, und deswegen konnte keiner von ihnen kommen. Dieses Jahr habe ich mich fürs Ballett angemeldet, obwohl ich das hasse. Aber was soll's? Das ist es mir wert, wenn sie dafür zur Aufführung da sind. Es ist ja wirklich nicht ihre Schuld – aber manchmal bleibt für mich einfach nichts übrig, weil sie ständig auf Bobby achten. Grandina hat immer genug Liebe und Küsse verteilt, auch wenn ich so ängstlich oder traurig war, dass ich noch ganz viele Umarmungen brauchte, um mich besser zu fühlen.

Bobby kann Umarmungen nicht ausstehen. Seit er geboren wurde, hasst er Berührungen, auch die von Mom. Bis zu seinem dritten Lebensjahr glaubten meine Eltern sogar, Bobby sei taub. Aber dann fand man heraus, dass mit seinen Ohren alles in Ordnung war. Er wollte bloß nicht die ganze Zeit zuhören. Er hört eben nur, wenn er hören will. Ich will einmal erleben, dass jemand zu mir sagt: »Willst du mich heiraten?«, damit ich eine Braut sein kann. Das wünsche ich mir mehr als alles auf der Welt, sogar mehr als Chers glatte Haare. Bräute sind einfach wunderschön und haben magische Kräfte. Das sieht man im Fernsehen, und wenn man eine Extraportion Glück hat, dann taucht manchmal eine Braut in einem Werbespot auf.

Meine Lieblingsbraut (wenn ich einmal groß bin, will ich unbedingt so sein wie sie) ist wegen etwas, das sie einen Ausrutscher nennt, erst zur Braut geworden. Doch als ich Mom fragte, ob ich auch so etwas zum Geburtstag haben könnte, hat sie sich geräuspert und gesagt, dass ich nach draußen gehen und nach meinem Bruder sehen solle.

»Bella, hast du gehört?«, wiederholt sie jetzt vom Fahrersitz. Bobby hat uns gerade um ein tiefgekühltes Hähnchen erleichtert. Ich beobachte, wie es wie eine gefrorene Bowlingkugel über die Straße rollt.

Obwohl ich mir gerade sehr, *sehr, sehr, sehr* gern etwas wünschen möchte, tue ich, was meine Mutter sagt.

»Hey, Bobby, wie wär's?«, sage ich, nehme ihm die Dose Tang-Orangensaft aus der Hand und kurbele das Fenster hoch. »Wenn du nachher ›Braut und Bräutigam‹ mit mir spielst, kaufe ich dir einen Zimtkrapfen.«

Aus der Red Hook Bäckerei, die nur drei Wohnblocks von unserem Haus entfernt liegt, duftet es so gut, dass mir das Wasser im Mund zusammenläuft. Einmal war Bobby verschwunden, und als wir ihn endlich gefunden haben, leckte er gerade die Schaufensterscheiben ab.

»Dein letztes Stündlein hat geschlagen, Mistvieh!«, antwortet Bobby. »Mach dich zum Gefecht bereit, Hase, ich komme an Bord!«

Na, toll! Bobby hat seine eigene Art zu sprechen, die von vielen Menschen nicht verstanden wird. Ich glaube, dass die Worte manchmal in seinem Kopf festklemmen, und dann benutzt er einfach die Sätze anderer Menschen. Beispielsweise liebt Bobby die Cartoonfigur Yosemite Sam, und wenn ihm etwas gefällt, dann spricht er wie Sam. Bugs Bunny kann er wiederum nicht leiden, wenn er also anfängt, ihn zu zitieren, heißt das, dass er wütend wird. Es ist wie ein Code, und wenn man das erst einmal begriffen hat, kann man Bobby ganz gut verstehen. Die Übersetzung von eben: Er wird mit mir »Braut und Bräutigam« spielen.

Ich helfe meiner Mutter, das, was von den Einkäufen übrig ist, hineinzutragen.

»Bella, hast du meine Tab-Limonade gesehen?«, fragt sie und kratzt sich am Kopf. »Und ich bin mir ziemlich sicher, dass ich ein tiefgekühltes Hähnchen gekauft habe.«

»Nein«, erwidere ich, renne in mein Zimmer und reiße das Laken mit dem David-Cassidy-Aufdruck vom Bett. Dann laufe ich nach draußen und pflücke einen großen Strauß Wildblumen von der Wiese hinter unserem Haus. Daraus mache ich zusammen mit den limonengrünen Wimpeln von meinem Fahrradlenker den Brautstrauß.

Bobby kommt hinter mir her und lässt sich in den Dreck fallen. Er kann stundenlang so dasitzen und Erde durch seine Finger rieseln lassen, als würde er sich erst eine Folge von *The Brady Bunch* ansehen und anschließend noch die *Partridge Family*. Für ihn ist das spannend. Als ich meinen Strauß mit schwarzäugigen Susannen, Löwenzahn und Schleierkraut fertig gepflückt habe, hat er ein paar Regenwürmer ausgegraben und sie der Länge nach aufgereiht. Einer der Würmer will nicht gerade liegen bleiben, und bevor ich Bobby davon abhalten kann, hat er ihn in die Hand genommen und wie Spaghetti weggeschlürft.

»Das ist widerlich, Bobby«, sage ich. »Wenn du Würmer kriegst, gibt Mom mir die Schuld.«
»Verdammt, Mistvieh«, sagt Bobby. Ich lege mir das Laken so um, dass es mich perfekt wie ein Hochzeitskleid mit Schleier einhüllt. Gemeinsam schreiten wir die Vorderstufen hinab und die Reihe von Ziegelhäusern entlang, die allesamt mit einer langen, durchgehenden Veranda verbunden sind. Man kann die Häuser nur unterscheiden, weil manche Bewohner eine Vogeltränke vor die Haustür gestellt haben, oder, wie die Martuccis, eine beleuchtete Figur der Jungfrau Maria. Diese Häuser haben Persönlichkeit, finde ich.
Wir gehen nun um den Häuserblock und singen: »Da, da, daaa, daaaa.« Zuerst sind unsere Stimmen noch leise, doch mit jedem Haus werden wir lauter, und als wir wieder vor unserer Haustür ankommen, singen wir aus voller Kehle. Ich bin so wunderschön, dass uns sogar die Leute anstarren.
»Oh, hast du dich als Mutter Teresa verkleidet?«, fragt Mrs. Martucci, unsere Nachbarin von gegenüber.
»Ja, Ma'am. Mutter Teresa an ihrem Hochzeitstag«, sage ich höflich und schwindele: »Ich habe alles über ihre Hochzeit in der Schule gelernt.«
»Ach du lieber Gott!«, sagt sie, meint aber nicht mich, sondern Bobby, der seine Nase zwischen ihre Beine in ihr Allerheiligstes gesteckt hat. Er schnüffelt ständig wie ein Hund an den Leuten herum, dabei haben wir ihm schon oft gesagt, dass man das nicht macht.
»Bobby, lass das!«, rufe ich ihm zu. Ich kenne das schon, deswegen schäme ich mich gar nicht erst. Früher ist mir das so peinlich gewesen, als würde ich mich selber gerade so danebenbenehmen und nicht mein Bruder. Aber mitt-

lerweile finde ich es richtig lustig, wenn jemand Bobby das erste Mal in Action erlebt.
»Is' was, Doc?«, sagt er und blickt Mrs. Martucci mit gerümpfter Nase an. »Man benimmt sich nicht wie ein Hund! Man benimmt sich nicht wie ein Hund!«
»Bitte entschuldigen Sie, Mrs. Martucci!«, sage ich und verstecke mein Lachen hinter einem ganz plötzlichen schlimmen Hustenanfall. Dann steuere ich Bobby auf unsere Verandastufen zu und sage: »Hey, es ist Zeit für die *Looney Tunes!*«
Und prompt hat Bobby den Zimtkrapfen vergessen. Ich weiß, dass ich eine Sünde begehe und dass mich die Jungfrau Maria von gegenüber beobachtet. Aber ich erinnere ihn trotzdem nicht daran, sondern laufe in mein Zimmer und lege die Münzen, die für die Krapfen gedacht waren, in meine gläserne Schweinchen-Spardose, wo sie mich meinem Hochzeitskleid und dem dazu passenden Schleier um fünfzig klirrende Cents näher bringen.
Ich gebe zu, dass ich meinen Bruder nicht zum ersten Mal übers Ohr haue. Wenn Bobby zur Schocktherapie oder Schlimmerem ins Krankenhaus muss, schnürt es mir die Kehle zu, so schlecht fühle ich mich. Auf einmal ist da ein dicker Seilknoten in meinem Hals, und es kommt mir vor, als würde ich daran ersticken.
Wenn ich allein zu Hause bin und darauf warte, dass alle aus dem Krankenhaus zurückkommen, verdränge ich meine Angst meistens mit Feigenriegeln. Und wenn das nicht hilft, verhandele ich mit Gott und verspreche, meine Ersparnisse gleich in die Red Hook Bäckerei zu tragen und Bobby für den Rest seines Lebens so viele Zimtkrapfen zu kaufen, wie er will. Doch bitte, lieber Gott, mach, dass es ihm bessergeht.

Wenn dann alles wieder normal läuft, tue ich so, als hätte ich unseren Handel vergessen. Man muss mir nicht sagen, wie schlimm das ist, das weiß ich nämlich selbst ganz genau, und ich denke jeden Tag mindestens zehnmal daran. Manchmal guckt mir die Jungfrau Maria der Martuccis stirnrunzelnd entgegen, dann weiß ich, dass sie sich auch an meine Versprechen erinnert.

Vielleicht hat Gott gemeint, dass ich, das kleine Fräulein, den Bogen nun endgültig überspannt habe, denn heute ist was Schreckliches passiert. Der Schuldirektor hat unseren Eltern gesagt, dass es »nicht mehr länger funktioniert«, dass Bobby gemeinsam mit mir die Schule besucht. Er sagt, Bobby »stört den Unterricht« und hat »keinen Respekt«. Aber vor allem ist er »anders«.

Nach jedem Eltern-Lehrer-Bobby-Gespräch habe ich das Gefühl, als käme eine große graue Wolke in unser Haus geweht und regnete auf uns alle nieder. Ich wünschte, meine Eltern würden einen Regenschirm aufspannen, aber das tun sie nicht. Sie reden einfach nicht mehr, und ich weiß, dass ich auch still sein soll. Die einzige Person, die sich weiterhin normal verhält, ist Bobby. Na ja, was für ihn eben normal ist. Er hat so viele Wutanfälle, wie er will, trotz der verweinten Augen meiner Mutter und der düsteren Miene meines Vaters.

»Stell dir vor, ich habe heute eine Eins für mein selbstkomponiertes Lied bekommen!«, verkünde ich und will mit dem Blatt in der Hand auf den Schoß meiner Mutter klettern. Ich versuche, richtig fröhlich und glücklich zu wirken, um Bobbys Verhalten wiedergutzumachen. Das ist das mindeste, was ich für ihn tun kann, nachdem ich mich bei unserer Geburt vorgedrängelt habe.

»Jetzt nicht, Liebes«, sagt meine Mutter und schiebt mich

weg. Sie merkt nicht mal, dass ich noch im Zimmer stehe, als sie meine Komposition in den Papierkorb wirft.

Ich weiß nicht, was ich tun soll, aber ich ertrage die graue Wolke nicht länger. Also gehe ich zu den Martuccis und spiele mit ihrem Hund Freebie, der genau aussieht wie Lassie. Wir tun so, als wären wir Schauspieler in dem Film *Lassie – Held auf vier Pfoten* (mit Elizabeth Taylor), und in der nächsten Sekunde liege ich flach auf dem Rücken, und Freebie ist über mir. Erst ist er ganz lieb und will nur spielen. Doch dann höre ich ein lautes Knurren, und weiße Reißzähne blitzen dicht vor meinen Augen auf. Danach ist da nur noch Blut.

So schnell ich kann, renne ich nach Hause und versuche, die Tür zu öffnen, aber sie ist zugesperrt. Unzählige Male drücke ich auf die Klingel. Bobby öffnet und sagt: »Is' was, Doc? Ich hasse Leute mit blutenden Augen!« Dann knallt er die Tür wieder zu. Ich klingele Sturm und sehe, wie das Blut auf die Betonstufen tropft. Endlich macht meine Mom die Tür auf und schreit: »Robert, komm her, schnell! Bella ist von einem Auto angefahren worden! Ihr Gesicht!« Sie zieht mich zu sich heran, und mein Blut hinterlässt den Abdruck einer Giraffe auf ihrem T-Shirt.

»Tapfer bleiben, Bella«, sagt mein Dad, als er mich in die Notaufnahme fährt. Er steuert mit einer Hand, mit der anderen hält er ein Taschentuch an mein Gesicht. Ich lasse mein gesundes Auge offen, nur für den Fall, dass mir das verletzte herausfällt und in den Schoß rollt. Dann zähle ich die roten Ampeln, die er überfährt. Neun rote, vier grüne – schließlich halten wir vor dem Eingang der Notaufnahme.

Alle tragen Weiß und haben es eilig, und außerdem riecht es komisch, als hätte mir jemand antiseptisches Bactine

direkt in den Mund gespritzt. Nach Ewigkeiten kommen wir endlich dran.
»Wir geben dir jetzt eine Betäubungsspritze, dann tut es nicht weh«, sagt der Arzt, was ich überhaupt nicht verstehe. Jetzt soll ich auch noch eine Spritze kriegen? Als sich die lange Nadel meinem Gesicht nähert, höre ich ein lautes Poltern.
»Mr. Grandelli!«, ruft die Schwester, als mein Vater plötzlich auf dem Boden liegt. »Doktor, er ist ohnmächtig geworden!«
»Es geht mir gut, alles in Ordnung«, sagt mein Vater, richtet sich wieder auf und rückt seine Brille mit dem schwarzen Rahmen zurecht, die jetzt verbogen ist. »Diese langen Nadeln sind einfach nichts für mich.«
Na, toll, bin ich jetzt auch noch daran schuld? Ich sorge mich so sehr um meinen Dad, dass ich die Spritze kaum merke. Als der Arzt meine Wunde näht, kann ich zwar nicht *fühlen*, wie der schwarze Faden durch meine Haut gleitet, aber ich kann das Geräusch in meinem Inneren *hören*, es ist so, als zöge man einen Eisstiel durch die Zähne. Ich gucke auf die glänzenden weißen Clogs der Krankenschwester und stelle mir vor, wie ich sie zu meinem Brautkleid trage.
Zwölf Stiche später zieht sich der Arzt mit einem schnappenden Geräusch die Handschuhe aus und erklärt meinem Dad, dass wir von Glück reden können, dass ich mein Auge nicht verloren habe. Aber ich komme mir nicht so vor, als hätte ich besonderes Glück gehabt, denn ich muss einen Monat lang eine Augenklappe tragen. Wenn die glauben, mich mit einem Lolli abspeisen zu können, dann täuschen sie sich aber gewaltig.
Als wir nach Hause kommen, sehe ich, dass Mom auf dem

Sofa sitzt und den Fernseher anstarrt, der nicht angeschaltet ist. Sie tut das häufig, wenn sie sich Sorgen um Bobby macht. Als sie mich in der Tür lehnen sieht, steht sie auf und nimmt mein Gesicht besorgt in ihre warmen Hände. Dann schaut sie meinen Vater an und fragt, was der Arzt gesagt hat.

»Tolle Neuigkeiten! Ich bin nicht blind!«, antworte ich an seiner Stelle.

Aber dann dringt das Geräusch von zerbrechendem Glas aus dem Esszimmer zu uns herüber, gefolgt von Bobbys irrem Lachen. Meine Mutter lässt die Arme sinken und läuft zum Geschirrschrank, dicht gefolgt von meinem Vater. Sie lassen mich mit meiner Augenklappe einfach stehen.

Bevor sie auf die Idee kommen, mich Bobbys Chaos aufräumen zu lassen, gehe ich in mein Zimmer, lege mich aufs Bett, schließe die Augen und denke an meine Großmutter im Himmel. Ich nehme das Medaillon in die Hand und versuche, es aufzubekommen, aber es gelingt mir schon wieder nicht. Also gebe ich auf und spiele »Gypsies, Tramps und Thieves« und »Dark Lady« von Cher auf meinem Close'n'Play-Plattenspieler zum Zusammenklappen.

Ich beschließe, Cher einen Brief zu schreiben. Ich werde ihr erzählen, dass Grandina letzten Winter gestorben ist und von meinen zwölf Stichen und davon, dass mein Bruder immer wieder in eine Phantasiewelt abtaucht. Ich will sie außerdem fragen, ob sie nicht ein paar Tipps auf Lager hat für Menschen, die eine Augenklappe tragen müssen.

Bestimmt bekommt Cher jede Menge Briefe, aber sie wird sofort merken, dass ich ihr größter Fan bin, denn ich nehme meine besten Aufkleber für den Umschlag, und ich bin mir sicher, dass wir genau dieselben Dinge mögen.

Man sieht gleich, dass sie einen guten Geschmack hat, da reicht schon ein Blick auf ihre Kostüme. Ich mag auch Catwoman. Sie ist die Einzige, die ich kenne, die gut und gleichzeitig schlecht sein kann, ohne sich deswegen Gedanken darüber zu machen. Außerdem ist Batman in sie verliebt, und das ist definitiv von Vorteil.
Manchmal zwinge ich mich zu richtig schweren Entscheidungen. Nicht einfach Schokolade oder Vanille oder Cher versus Catwoman, sondern schlimmer. Ich zerbreche mir jetzt schon den Kopf, wie ich meinen neunten Geburtstag mit Bobby feiern soll. Wenn wir die Kerzen auspusten, soll ich mir dann Shrinky-Dinks-Figuren wünschen, oder lieber dass ich irgendwann eine Braut werde oder dass es Bobby bessergeht? Meine Eltern sagen, dass er es, was immer »es« ist, überwinden kann. Wenn er sich bloß etwas für sich selbst wünschen könnte, dann bräuchte ich das nicht zu tun. Doch stattdessen grüble ich für ihn, weil er es gar nicht tut.
Kinder haben es manchmal leichter, weil die Leute denken, dass wir den Unterschied zwischen richtig und falsch nicht kennen. So einfach ist das aber nicht. Denn wir kennen ihn. Wir tun nur so als ob, denn wir müssen erst lernen, das Richtige zu tun, wenn wir es doch eigentlich gar nicht wollen.

# 3

Jahr: 1978
Alter: 13
Idole: *Joni Mitchell und Valerie Bertinelli*
Lieblingslied: *»Stairway to Heaven« von Led Zeppelin*
Kostbarster Besitz: *mit Türkisen besetzte Haschpfeife*
Schönste Schuhe: *Frye-Lederstiefel*

Irgendetwas hat mich gerade in den Rücken gepikt. Hoffentlich werde ich nicht paranoid, denn ich habe mit den coolen Leuten in der Mittagspause einen Joint geraucht. Jetzt sitze ich im Sozialkundeunterricht. Ich drehe mich um, und Heather – sie ist die Anführerin der angesagten Clique aus der Achten – guckt auf meinen Fuß. Ich schaue auf meinen neuen Frye-Stiefel – mein Gott, er ist so wunderschön – und sehe ein winziges, gefaltetes Stück Papier. Ich lasse zur Tarnung einen Stift fallen, damit ich mich danach bücken kann, ohne dass es unserem Lehrer, Mr. Reep, auffällt.

»Flaschendrehen nach der Schule?«, steht auf dem Zettel. *Wow.* Das bedeutet, dass ich offiziell in der Clique bin! Und nicht nur das, vielleicht heißt es auch, dass mein Wunsch in Erfüllung geht.

Denn noch viel mehr, als ich mir wünsche, flachbrüstig zu sein, wünsche, wünsche und wünsche ich mir einen Freund. Ich mag Jungs schon mein Leben lang. Was eine sehr lange Zeit ist, wenn man darauf wartet, auch von jemandem gemocht zu werden. Mittlerweile habe ich das Gefühl, dass man es mir schon ansieht, wie Pickel im Gesicht, wie sehr ich mir wünsche, dass mich jemand mag. Ich bin gerade etwas paranoid. Hasch hat manchmal diese Wirkung auf mich.

In der sechsten Klasse fand man Jungen nicht mehr eklig, sondern »ging« offiziell »miteinander«. Obwohl man eigentlich nirgendwo wirklich hinging. Und trotzdem, wenn man von jemandem gefragt wurde, ob man mit ihm gehen wollte, hieß das, dass man etwas Besonderes war. Ich habe unendlich viele Sternschnuppenwünsche verschwendet, bis ich begriff, dass nur die kleinen, dünnen Mädchen mit glatten Haaren so besonders waren, dass sie ausgesucht wurden.

Klein und dünn bin ich ganz bestimmt nicht, denn ich wurde mit einer Figur geboren, die Grandina »wohlgeformt« genannt hätte. Wie sie selbst auf den alten Fotos, als sie noch jung war. Und wie die Figur meiner Mutter. Als diese mit mir das Krankenhaus verließ und mich zu Hause auf das Bett gelegt hat, soll Mrs. Martucci nach dem ersten Blick ausgerufen haben: »O mein Gott. Bella hat jetzt schon Hüften!« Mein Bruder ist natürlich dünn. Auf gewisse Weise haben wir beide eine Behinderung.

Schon mein ganzes Leben lang bin ich größer gewesen als die meisten Mädchen meines Alters und auch größer als viele Jungen. Ich übermale immer noch die Taillenweite auf der Levi's mit schwarzem Stift, damit niemand meine Größe kennt. Aber dieses Jahr holen Gott sei Dank die anderen aus meiner Klasse allmählich auf. Sogar Heather und die übrigen flachbrüstigen Mädchen tragen nach und nach BHs, weshalb ich auch endlich guten Gewissens einen tragen kann.

Dass ich nicht mehr so stark anecke, ist nicht der einzige Grund, weshalb es mir auf der Junior Highschool besser gefällt. Es liegt auch daran, dass meine Eltern Bobby auf eine Spezialschule geschickt haben, weil man herausgefunden hat, dass er »artistisch« ist. Das trifft sich gut, denn ich wäre ganz bestimmt nicht in die Clique aufgenommen worden, wenn man über meinen Bruder Bescheid wüsste. Der Zweck der Clique ist ja, dass man die Versager ausschließt. Wenn die wüssten, dass mein Zwillingsbruder noch immer im Lichtschein einer Batman-Lampe einschläft und einen Helm tragen muss, damit er sich bei seinem nächsten Tobsuchtsanfall nicht den Schädel einschlägt, dann würden alle denken, ich sei auch behämmert.

Ich schicke Heather einen Zettel zurück, auf dem steht: »Geht klar! PS: Dein Kettenarmband gefällt mir total gut.«

Es ist nicht gerade leicht, in die Clique aufgenommen zu werden. Es hilft, wenn man eines der folgenden Dinge tut: Zigaretten rauchen, Hasch rauchen, im Laden klauen, schwänzen, Bier trinken oder genau zu wissen, wann der perfekte Moment für einen brüllkomischen, knochentrockenen Kommentar ist. Ich liebe Marlboro Lights. Und ein bisschen nehme ich auch die anderen Sachen, aber nicht so viel, dass meine Eltern etwas davon mitbekämen. Sie haben schon genug Probleme mit meinem Bruder, da können sie keinen zusätzlichen Ärger gebrauchen, weil ich wegen Haschrauchens ins Gefängnis muss. Ich sorge immer dafür, dass ich sehr gut in der Schule bin, und helfe zu Hause mit, dann ahnen sie nicht, was ich sonst so treibe.

Heather reicht mir eine Nachricht zurück: »Ich tausche

mein Kettenarmband gegen dein herzförmiges Medaillon. PS: Wie viele Kinder seid ihr bei euch zu Hause?«
Ich würde niemals Grandinas Medaillon eintauschen, also beantworte ich nur die zweite Frage. »Ich bin Einzelkind«, schreibe ich zurück und füge hinzu: »Bin zum Teil Cherokee.« Ich habe schon immer eine Indianerin sein wollen. Das ist viel lässiger als meine italienische Herkunft. Außerdem haben meine Familie und ich nicht viel gemeinsam.
Die Clique veranstaltet jeden Mittwoch Disco-ist-ätzend-Partys bei Heather, aber heute bin ich zum ersten Mal dabei. Wir sind zu acht, fünf Mädchen und drei Jungen, darunter auch Zack, Heathers Freund, den ich vom Französischunterricht kenne und mit dem ich mittlerweile gut befreundet bin. Wir treffen uns hinter dem Schulgebäude und kicken Kieselsteine gegen Autos, während wir nebeneinander hergehen.
Als wir bei Heather ankommen, bin ich unsicher, wie ich mich verhalten soll, also laufe ich den anderen hinterher.
»Los geht's!«, ruft Heather und legt »Bat Out of Hell« von Meat Loaf in das Achtspur-Abspielgerät ihrer Eltern ein.
»Bella, pack mal deine türkise Pfeife aus«, sagt sie und meint damit meine Haschpfeife. Sie hat mich dazu angestiftet, sie zu klauen, als der zugekiffte Besitzer des Ladens nach hinten gegangen war, um nach einem Samtposter der Bay City Rollers zu suchen.
Während alle im Kreis sitzen, hole ich meine Pfeife hervor, die ich in Alufolie gewickelt in dem kleinen Kosmetiktäschchen auf dem Boden meiner Batiktasche aufbewahre.
Heather stopft etwas Hasch in die Pfeife und lässt ihr Bic-

Feuerzeug aufflammen, um sie für mich anzuzünden. Ich nehme einen Zug und reiche sie dann weiter. Anschließend führen wir echt tiefgründige Gespräche.
»Jimi Hendrix ist an seiner eigenen Kotze erstickt«, sagt Heather mit bedeutungsschwerer Stimme.
»Jim Morrison und Mama Cass auch«, sage ich.
»Wovon sprichst du?«, fragt Heather und wirft mir einen Seitenblick zu.
Ich bin ein wenig durcheinander, und ich denke, dass ich mich vielleicht täusche. Mama Cass ist an einem Stück Toast erstickt. Oder vielleicht hat sie den Toast gerade gegessen, als sie sich übergeben musste. Heather weiß viel mehr solcher Sachen als ich. Ich hätte lieber den Mund halten sollen. O nein, jetzt fange ich wieder an, paranoid zu werden.
Werde ich von allen beobachtet? Meine Gedanken fangen an zu rasen. Wann wird endlich jemand eine Flasche holen, damit wir anfangen können zu spielen? Ich merke, dass ich fürchterliche Angst habe und gleichzeitig aufgeregt bin, ungefähr so, wie wenn man *Halloween* sieht – man will nicht, dass Michael Myers plötzlich auftaucht, aber gleichzeitig wünscht man es sich doch.
Heather, die blauen Eyeliner und Lidschatten in der Farbe ihrer Augen trägt, steht auf und geht zur Stereoanlage. »Zack, dieses Lied ist für dich«, sagt sie. »Hör genau zu.« Dann legt sie »Freebird« auf, und als er es nicht gleich kapiert, spielt sie das Lied noch dreimal ab.
»Danke, Heather, ich liebe diesen Song«, sagt Zack, der tatsächlich ein Fan von Lynyrd Skynyrd ist. Zack ist total cool. Ab der Körpermitte sieht er ein bisschen aus wie Chachi von *Happy Days*. Außerdem trägt er ein enges Lederhalsband. Er kennt jedes einzelne Wort von »Devil

Went Down to Georgia« und kann außerdem »My Sharona« auf der Trompete spielen.
Heather verdreht die Augen und kommt zu mir herüber. »Ich muss unbedingt mit dir reden«, flüstert sie mir ins Ohr. »Allein.« Wir gehen in das Badezimmer ihrer Eltern und schließen hinter uns ab. »Kann ich mir mal deinen Bonnie Bell Himbeer-Lipsmacker leihen?«
»Klar. Und gibst du mir mal deine Visine-Augentropfen?«, frage ich zurück. »Es wäre echt blöd, wenn meine Eltern Verdacht schöpfen.« Ich komme allmählich wieder runter und bin erleichtert. Ich hasse dieses Gefühl, die Kontrolle zu verlieren.
»Nur, wenn du mir einen Gefallen tust«, erwidert Heather, während sie sich ihrem Spiegelbild entgegenlehnt und mein Gloss großzügig auf den Lippen aufträgt. Ohne sich umzuwenden, blickt sie mich durch den Spiegel an. »Kannst du Zack verklickern, dass ich Schluss machen will?«, fragt sie. »Er hat es nicht geschnallt, als ich versucht habe ihm zu sagen, dass er total von gestern ist.«
Das ist eine große Sache, denn Heather und Zack sind schon seit drei Wochen zusammen und echt das coolste Paar der Clique. Ich persönlich verstehe nicht, wie man jemand anderes für sich Schluss machen lassen kann, aber ich fühle mich nicht ausgenutzt. Heather hätte jeden fragen können, aber sie hat mich gewählt.
»Du bist doch so gut mit ihm befreundet. *Bitte?*«, fragt sie, und ihre blauen Augen wirken noch intensiver durch die frische Schicht Gloss.
Zack ist mein bester Freund, also im Sinne von Kumpelfreund, ein langes Wort. Wir haben uns im Französischunterricht bei Madame Carroll kennengelernt. Hinter ihrem Rücken nennen wir sie Madame Barrel – weil sie so fett,

ich meine rund, wie ein Fass ist. Außerdem ist sie gemein und schielt mit einem Auge. Zack und ich sprechen »franglais« miteinander, eine Mischung aus Englisch und Französisch.
Wir kehren zu den anderen zurück, und ich tippe Zack auf die Schulter, atme zwei perfekte Rauchringe aus, einer, der durch den anderen gleitet, und sage: »Parlieren wir.« Dann nehme ich ihn mit in das Elternbadezimmer und schließe die Tür ab.
»Heather findet, dass du total nett bist und so«, sage ich so sanft wie möglich, »aber sie will nur noch befreundet sein.«
»*Pourquoi?*«, fragt er überrascht.
Nun, ich weiß ganz genau, dass sie Zack abschiebt, weil sie gehört hat, dass ein Basketballtyp aus der Neunten sie demnächst fragen wird, ob sie mit ihm gehen will.
»Sie mag dich einfach zu gern, daher hat sie Angst«, lüge ich.
»Das ist total behämmert«, meint Zack und blickt zur Seite. Dann öffnet er seine braunen Augen ganz, ganz weit und sieht mich zwei Minuten, ohne zu blinzeln, an. Das ist der Nicht-heulen-Trick. Wenn man nämlich lange genug mit dem Blinzeln wartet, trocknen die Augen aus, und die Tränen verdunsten.
Ich muss schnell handeln.
»*Attendez!*«, blaffe ich, blase meine Wangen auf und schiele in meiner bestmöglichen Imitation von Madame Barrel. »*Bonjour* Zack! 'ast du schon den von der schielenden Lehrerin ge'ört?«, sage ich mit einem übertriebenen französischen Akzent. »Sie konnte ihre Schüler nischt kontrollieren!«
Zack lacht sich kaputt, woraufhin ich mich auch vor La-

chen biege, und dann geschieht es. Ein Furz wie ein Kanonenschuss. Zack verstummt und sieht mich an, als wollte er sagen: »Habe ich gerade richtig gehört?« Woraufhin ich erst recht nicht aufhören kann zu lachen und noch heftiger furze, jetzt hört es sich an wie ein schnelles Maschinengewehrfeuer.

Zack krümmt sich und ringt keuchend nach Atem. Ich habe mich noch nie in meinem Leben so sehr geschämt, doch ich fühle mich auch stark, weil es mir gelungen ist, ihn vom Weinen abzubringen. Als wäre ich richtig flachbrüstig.

»Ich schlage dir etwas vor«, sage ich. »Ich behalte dein Geheimnis für mich, wenn du meines für dich behältst.«

»Abgemacht«, erwidert er lächelnd. Wir teilen eine Marlboro Light und erfinden unseren eigenen, streng geheimen Handschlag.

Jetzt, da Zack ein freier Mann ist, verbringen wir nach der Schule mehr Zeit miteinander. Ich warte an den Schließfächern, bis sein Trompetenunterricht zu Ende ist, und dann gehen wir zu ihm nach Hause. Da Zacks Mutter in der Arbeit ist, können wir unbemerkt rauchen. Und wir spielen mit seiner Boa Constrictor, Bernie. Manchmal gibt Zack ein kleines Privatkonzert für mich, mit allen meinen Wunschliedern, wie »I Want You to Want Me« von Cheap Trick und »My Sharona«, was übrigens von The Knack ist, falls ihr das nicht wusstet.

Manchmal machen wir es uns miteinander gemütlich. Das hat an dem Tag angefangen, an dem wir auf dem Sofa gerauft haben. Er war oben und hielt mich mit seinem Gewicht nach unten gedrückt, dann ließ er sich einfach auf mich sinken und blieb so liegen. Unsere Körper lagen ge-

nau aufeinander, und das fühlte sich richtig, richtig … entspannend an.
Jetzt machen wir das ständig. Wir liegen einfach abwechselnd aufeinander, stumm, und fragen nur gelegentlich: »Haben Sie es gemütlich, *Mademoiselle?*« und »Ja, *Monsieur*, und Sie, haben Sie es gemütlich?« Manchmal liegt einer von uns so, dass sein Atem dem anderen über den Nacken streicht, und das ist das Schönste überhaupt, besonders unter einem Laken mit *General Hospital* im Hintergrund. (Damit die Zeit gerecht verteilt ist, wechseln wir uns mit Hilfe eines Küchenweckers ab). Wenn es so ist, einen echten Freund zu haben, kann ich es kaum erwarten.
Eines Tages nach der Schule schlägt Zack vor, dass wir zu mir gehen, weil seine Schwester Jaimie vom College zu Besuch ist und uns verpetzt, wenn wir rauchen.
»Komm schon«, sagt er und setzt mich auf den Gepäckträger seines Rads mit Zehngangschaltung. »Ich bin noch nie bei dir gewesen.«
»Na gut«, erwidere ich, doch ich bereue meine Worte, sobald ich sie ausgesprochen habe. Ich nehme nie, nie, *niemals* Freunde zu mir nach Hause, denn wenn die wüssten, wie seltsam meine Familie ist, würden sie nicht länger mit mir befreundet sein wollen. Was, wenn Bobby einen seiner Tobsuchtsanfälle bekommt, weil jemand seine Batman-Figuren durcheinandergebracht hat? Oder wenn er darauf besteht, Spaghetti nach der Schule zu essen, einen nach dem anderen mit einer Pinzette?
Als wäre es nicht schon schlimm genug, einen zurückgebliebenen Bruder zu haben, habe ich auch noch einen Dad, der Buchhalter ist und ein Kugelschreiberetui in seiner Hemdtasche trägt, wenn die Jahresabschlüsse anlie-

gen. (Was zurzeit gerade der Fall ist.) Und ihr solltet mal sehen, was er während der Footballsaison trägt. Man kann wohl zu Recht behaupten, dass mein Vater der größte Fan von Notre Dame ist. Und jetzt kommt das Peinlichste: Das war noch nicht mal sein College.

Meine Mutter ist die Normalste von uns, aber das hängt von ihrer Tagesform und dem Zustand ihrer »Nerven« ab. Manchmal, wenn ich nach Hause komme, sitzt sie weinend auf dem Sofa oder starrt einfach nur ins Leere. An solchen Tagen dringen weder meine besten Schulnoten oder Roseanne-Rosannadanna-Imitationen zu ihr durch. Und als sei das nicht schon schlimm genug, trägt sie eine so kreuzbrave Frisur wie Florence Henderson, nicht wie Heathers Mutter mit ihrem fransigen Stufenschnitt.

»Lass uns einen Joint rauchen«, schlage ich unterwegs vor. Wenn Zack high ist, fällt ihm vielleicht nicht auf, dass meine Familie merkwürdiger ist als die Munsters. Als wir an der beleuchteten Jungfrau Maria der Familie Martucci vorbeikommen, wünsche ich mir, dass sie sich heute mal alle so normal wie möglich benehmen. Ich weiß, dass die Wirkung des Haschs genau in dem Moment einsetzt, als die Jungfrau Maria mir mit missbilligendem Kopfschütteln nachsieht.

Als wir unser Haus betreten, drücke ich mir selbst fest die Daumen, dass mein Wunsch in Erfüllung geht.

»Nett, dich kennenzulernen, Zack«, sagt meine Mutter und rührt die Hamburgermischung auf dem Herd um. Die Haartolle ihrer Florence-Henderson-Frisur sieht heute noch adretter aus als sonst und passt so richtig zu ihrem blauen Blazer von Talbots. Ich wünschte, sie würde Jeans und Bauernblusen tragen wie Heathers Mom, aber wenigstens sitzt sie heute nicht auf der Couch herum und starrt ins Leere.

»Hi, Mrs. Grandelli«, sagt Zack. Seine Augen sind feuerrot. Ich frage mich, ob meine Mutter Verdacht schöpft, auch wenn sie ihn noch nie gesehen hat. Aber vielleicht denkt sie ja, dass seine Augen immer so aussehen.

»Bella, hast du den Bus mit deinem Bruder vorfahren sehen?«, fragt sie. »Er sollte mittlerweile von der Physiotherapie zurück sein.«

Wie aufs Stichwort schwingt die Küchentür auf, und Bobby kommt herein. Obwohl ich ihn jeden Tag sehe, betrachte ich ihn heute mit den Augen eines Fremden. Ich winde mich beim Anblick seines Helms, des Flanellschlafanzugs (auf den er besteht) und seiner Brotdose mit *Mork and Mindy*. Ich fühle mich, als würde ich auf einem Stück Alufolie herumkauen.

»Heiliger Schlot, Batman, es riecht nach Rauch in Gotham City«, sagt Bobby und schnüffelt um uns herum. O nein, heiliger Potrauch, mein Bruder der Spürhund! Ich flehe zu Gott, dass meine Eltern nichts merken. Es hätte mir gerade noch gefehlt, dass Bobbys absonderlicher Geruchssinn mich zur Strecke bringt. Zack starrt ihn aus weit geöffneten Augen an.

»Wir machen jetzt unsere Hausaufgaben. Wir schreiben bald eine wichtige Klassenarbeit«, murmele ich und zerre Zack ins Arbeitszimmer.

»Ich wusste gar nicht, dass du einen Bruder hast«, bemerkt Zack.

»Wir sind Zwillinge«, erwidere ich.

»Was stimmt nicht mit ihm? Er spricht wie ein Roboter.«

»Ich weiß es nicht genau. Meine Eltern sagen, dass er es eines Tages überwinden wird«, sage ich und will nichts lieber, als das Thema wechseln. »Komm schon, ich mach deine Französischhausaufgaben für dich.«

Nachdem wir einige Verben in der Vergangenheit durchkonjugiert haben, machen wir es uns miteinander gemütlich. Wir sind vollkommen entspannt und diskutieren tiefschürfende Dinge, wie die Frage, was eine »Sharona« ist. Ich sage, es ist ein Mädchenname, Zack schwört, dass es sich um einen »Teil des weiblichen Körpers« handelt. Dabei hören wir nicht, wie mein Dad hereinkommt.

Er räuspert sich. »Bella, es ist Zeit, dass dein Freund nach Hause geht«, sagt er und starrt auf seine Füße. »Zack ist nicht mein Freund!«, sage ich, als wir aufspringen. Ich weiß nicht genau, was peinlicher ist: das hochrote Gesicht meines Vaters oder die Tatsache, dass er Zack meinen Freund genannt hat. Ich schwöre bei Gott, dass wir uns nicht einmal geküsst haben. Wir haben es uns lediglich miteinander gemütlich gemacht.

»Nun, wir können ja deinen *Kumpel* nach Hause bringen, was meinst du?«, sagt er und lässt Kleingeld in seiner Hosentasche klimpern.

Wir setzen Zack ab. Auf dem Rückweg spielen sie »Dreamweaver« von Gary Wright im Radio. Jedes Mal, wenn ich dieses Lied höre, muss ich an den Jungen in unserer Clique denken, von dem ich so gerne mal beachtet werden würde. Sein Name ist Matt Dillon. Er ist als Einziger so groß wie ich, und er ist gern für sich allein, was mich ebenfalls an mich selbst erinnert, auch wenn ich immerzu versuche, durch perfekt getimte sarkastische Kommentare beliebt zu sein.

Der Einzige, der von Matt weiß, ist Zack. Er hat es bei »Pflicht oder Wahrheit« aus mir herausgequetscht, als wir es uns wieder mal bei ihm zu Hause gemütlich gemacht hatten. Ich habe Wahrheit genommen, weil ich gerade so bequem lag, und bei Pflicht hätte ich aufstehen müssen. Aber ich habe ihn beim Leben seiner Boa Constrictor schwören lassen, dass er es keiner Menschenseele verraten würde. Er musste das mit Handschlag besiegeln.

Als Dad und ich nach Hause kommen, tauschen meine Mutter und mein Vater Blicke aus, und meine Mutter sagt, dass sie gern einmal mit mir reden möchte. Ich gerate total in Panik. Weiß sie von dem Hasch und den Zigaretten? Hat einer der Nachbarn mich beim Trampen gesehen oder als ich mit Heather aus dem Kifferladen kam? Mein Herz klopft laut in der Brust, als ich mit ihr nach oben in mein Zimmer gehe, wo sie die Tür schließt und mir bedeutet, mich neben sie auf die Bettkante zu setzen.

»Liebes, es ist an der Zeit, dass wir uns miteinander unterhalten«, sagt sie.

Ich höre auf zu atmen.

»Es geht um einige Grundsätzlichkeiten des Lebens«, fährt sie fort und hält den Blick starr auf meinen lilafarbenen Teppich geheftet. Dann zieht sie ein Buch hervor mit dem Titel *Wie man erwachsen wird und sich gut dabei fühlt*, eine Schachtel Binden, einige Tampons und einen BH von Maidenform in Universalgröße.

»Lies einfach das Buch und sprich mit mir, wenn du Fragen hast«, sagt sie dann.

Ich hätte beinahe losgeprustet. Meine Periode habe ich schon seit sechs Monaten! Es war mir zu peinlich, meiner Mutter davon zu erzählen, also haben Heather und ich Binden für mich geklaut. Außerdem habe ich schon vor ewigen Zeiten *Forever. Die Geschichte einer ersten Liebe* von Judy Blume gelesen und war vorbereitet.

»Ähm, danke, Mom«, murmele ich.

»Ich bin so froh, dass wir geredet haben«, sagt sie und steht erleichtert auf. Dann streicht sie ihren Wickelrock mit dem Paisleymuster glatt und überlässt mich meinen neuen Freunden, den Tampons, die sechs Monate zu spät kommen. Manchmal erstaunt es mich, wie Menschen, die unter einem Dach wohnen, tatsächlich auf so verschiedenen Planeten leben können.

Am nächsten Tag in der Schule halte ich meinen Nachbarsplatz heimlich für Matt frei, und zwar in der fünften Stunde, die sich direkt an die Mittagspause anschließt. Als es klingelt und Matt nicht auftaucht, weiß ich, dass er schwänzt. Er ist *so cool.*

Ich bitte um den Erlaubnisschein, während der Unterrichtszeit auf die Toilette gehen zu dürfen, damit ich mich draußen nach ihm umsehen kann. Und dann entdecke ich ihn vor der Wand, *The Wall* von der Clique genannt, wo wir zwischen den Unterrichtsstunden abhängen. Drei Erwachsene stehen um ihn herum und unsere Schulleiterin, die ein Klemmbrett dabeihat.

Zuerst denke ich, dass er in Schwierigkeiten steckt, weil er geschwänzt hat, aber als ich an dem Grüppchen vorbeigehe, stelle ich fest, dass alle lächeln und sich auf diese gekünstelt höfliche Weise unterhalten, wie es meine Eltern oft am Telefon tun. Ich möchte so gerne stehen bleiben und zuhören, dass es mich fast umbringt, aber ich zwinge mich, weiter zur Mädchentoilette zu gehen. Dort lasse ich die Tür einen Spaltbreit offen, damit ich durchgucken kann. Ich bekomme nur wenig mit, bin aber sicher, dass ich die Worte »Agent«, »Vorsprechen«, »Los Angeles« und »Francis Ford Coppola« höre. Francis Ford Coppola ist der Regisseur von *Der Pate*, in dem einem Pferd der Kopf abgehackt und in das Bett eines Mannes gelegt wird.

Nach der Schule laufe ich zum Parkplatz und berichte den anderen von den Neuigkeiten.
»Matt Dillon wird berühmt!«, verkünde ich.
Alle kommen her und hören mir zu, was mir das Gefühl gibt, echt wichtig zu sein. Doch aus irgendeinem Grund bekommt Heather richtig schlechte Laune.
»Scheißlügnerin«, sagt sie und wirft den Kopf zurück.
»Wieso?«, frage ich. »Es ist wirklich wahr! Er geht zum Vorsprechen für einen Film, der *Over the edge* heißt.«
Alle außer Heather bestürmen mich mit einer Million Fragen, als wäre ich die große Expertin. Doch obwohl ich weiß, dass ich nicht lüge, habe ich das Gefühl, etwas falsch gemacht zu haben.
»Das ist doch bloß ein Gerücht«, sagt Heather und schnippt Asche in mein Haar.
»Nein, ist es nicht«, sage ich und spüre, wie mir die Röte ins Gesicht steigt. »Ich habe alles gehört, während der fünften Stunde.«
»Du bist eine dreckige, kleine Lügnerin. Ständig willst du Aufmerksamkeit!«, sagt sie.
Erwischt. Aufmerksamkeit zu erheischen, egal, wie gut es tut, ist ein sträfliches Vergehen bei mir zu Hause, und das gilt wahrscheinlich auch für die Welt da draußen. Aber jetzt ist es zu spät für einen Rückzieher. »Ich schwöre bei Gott! Direktor Stack hat nicht mal gemeckert, weil Matt schwänzte«, bringe ich hervor.
»Das sagst du nur, weil du auf ihn stehst!«, giftet Heather und wirft sich das Haar über die Schulter.
Alle schnappen hörbar nach Luft.
»Du *stehst* auf ihn?«, fragen die anderen wie aus einem Mund und lachen mich aus.
»Nicht so richtig!«, protestiere ich.

»Und warum hat Zack es dann ins Slam-Buch geschrieben?«, fragt Heather und zieht ein gefaltetes Stück Papier aus der Tasche ihrer Jordache-Jeans. Jetzt wird sie von allen umringt. Und da steht es, in einer Zeile mit meinem Namen unter dem Schwarm-Kästchen zum Ankreuzen: »Matt Dillon«. Es ist eindeutig Zacks Handschrift. Außerdem steht da noch »80E«. Das soll meine BH-Größe sein, ist aber natürlich viel zu viel und daher umso beängstigender. Zack sieht mich an und zuckt verlegen mit den Achseln. Er öffnet den Mund, um etwas zu sagen, doch im selben Moment zieht Heather ihn an seinen Gürtelschlaufen zu sich heran und flüstert ihm etwas ins Ohr. Diese Geste genügt, und ich habe verstanden. Ich werde gerade aus der Clique ausgestoßen. Jetzt heißt es, sie gegen mich, und obwohl Zack mich wirklich gernhat, weiß ich, dass es unmöglich ist, sich gegen die Clique zu stellen. Mit Heather und dem Typen aus der Neunten hat es wohl nicht geklappt.

»Das war alles nur ein Scherz«, sage ich zu Heather. »Wir haben ›Pflicht oder Wahrheit‹ gespielt.«

»Gut für dich, denn Matt steht bestimmt nicht auf Fettkugeln wie dich, mit Afro-Look und dicken Titten!«, sagt Heather und holt einen Kamm aus ihrer Gesäßtasche, mit dem sie sich durch ihr perfektes, glattes Olivia-Newton-John-Haar fährt.

Meine Wangen brennen vor Scham. Ich fühle mich so bloßgestellt, als hätte mir jemand das T-Shirt mit meinem zu engen Maidenform-BH in Universalgröße vom Leib gerissen.

»Schönen Dank auch«, sage ich zu Zack.

»Bella, ich …«, fängt Zack an. Er sieht ziemlich unglücklich aus, aber Heather lässt ihn nicht aussprechen.

»Komm, Zack, lass uns ein bisschen Spaß haben. Flaschendrehen bei mir!«, ruft Heather und dirigiert die Meute vom Parkplatz weg in Richtung der Kreuzung vor unserer Schule. Da ich nicht so recht weiß, was ich tun soll, folge ich mit einigen Schritten Abstand.
»Seht mal, da ist der Deppenbus«, sagt Heather. »Lasst uns Steine werfen!«
Tatsächlich hält der Schulbus meines Bruders gerade an der roten Ampel. Wie eine Zielscheibe zeichnet sich Bobbys Kopf mit dem Helm in der ersten Reihe deutlich durch die Scheibe ab.
Ich halte den Atem an. Wird Zack auch mein anderes Geheimnis verraten? Unsere Blicke treffen sich, aber er sagt kein Wort.
Heather greift sich einen Stein, schleudert ihn gegen Bobbys Fenster und ruft: »Nimm das, du Idiot!« Die Wucht des Aufpralls hinterlässt einen Sprung in der Scheibe, und der Kopf meines Bruders zuckt zurück.
Ich bin völlig fassungslos. Ein paar Kieselsteinchen gegen ein parkendes Auto zu treten ist eine Sache, aber jemandem eine Fensterscheibe ins Gesicht zu schmettern ist falsch – sehr falsch. Sie sieht aus, als bereite es ihr Freude, andere Menschen zu verletzen.
Eddie, der Busfahrer, reißt die Tür auf, kommt schnaufend die Stufen herunter und läuft auf uns zu. Ich bin wie gelähmt vor Angst.
»Wer von euch hat den Stein geworfen?«, fragt er mit scharfer Stimme und schaut uns der Reihe nach an. Keiner sagt ein Wort.
»Wer hat geworfen?«, wiederholt er ärgerlich. »Bella, wer hat mit dem Stein auf deinen Bruder gezielt?«
»Dein *Bruder?*« Heather fällt fast die Kinnlade herunter.

»Ich dachte, du wärst ein adoptiertes Cherokee-Indianerkind?«
Ich wünschte, ich könnte auf der Stelle im Erdboden versinken. Aber es kommt noch schlimmer, denn jetzt ist es offiziell. Ich gehöre nicht mehr zur Clique.
»Du bist fett und genauso dumpfbackig und zurückgeblieben wie dein Bruder«, sagt Heather naserümpfend. Sie dreht sich auf dem Absatz ihrer strahlend weißen Turnschuhe um und lässt mich stehen.
Zack und ich sehen uns an. Er zuckt mit den Schultern und wendet sich ab, um Heather zu folgen. Ich werfe meine Pfeife nach ihm, aber das scheint er nicht einmal zu bemerken.
»Komm, Zack.« Heather greift nach seiner Hand. »Und ihr anderen auch. Kommt alle mit, außer der fetten Afro-Bella. Du bist nicht mehr in der Clique.«
Erst denke ich, dass mich Bobby fixiert, aber sein starrer, verschleierter Blick schaut durch mich hindurch. Er ist in seine Phantasiewelt abgetaucht, und das macht es umso schlimmer für mich.
»Willst du mitfahren, Bella?«, fragt Eddie. »Nein, danke«, antworte ich und schaue zu, wie der Deppenbus losfährt.
Die graue Wolke senkt sich auf mich herab, als ich so allein dastehe. Jetzt brauche ich den Nicht-heulen-Trick. Leider funktioniert er nicht immer so, wie man es gern möchte.

# 4

Jahr: 1980
Alter: 15
Idol: *Farrah Fawcett*
Lieblingslied: *»Anticipation« von Carly Simon*
Kostbarster Besitz: *meine Unschuld*
Schönste Schuhe: *Sandalen von Candie's*

Ich liege am Stausee und sonne mich, als mein Leben eine Hundertachtzig-Grad-Wendung nimmt. Es ist verboten, im See zu schwimmen, weswegen man auf die Polizei achten muss, aber sobald es wärmer wird, kommen sie alle aus ihren Löchern und wollen baden. Das Lustige ist, dass man nie weiß, wer auftaucht, ganz anders als im Country Club meiner Eltern, wo immer die gleichen Spießer rumlaufen.

Ich stelle mein Transistorradio auf einen Sender mit »Baba O'Riley« ein, einer meiner Lieblingssongs von The Who, als ich das Knirschen von Autoreifen auf dem Kies höre. Ich greife nach meinen Flip-Flops, um in den Wald abzuhauen, falls es die Bullen sind. Doch dann höre ich ein Autoradio, das denselben Radiosender spielt wie meins – Daltrey überschallt alles –, und plötzlich kommt ein jagdgrünes Cabrio um die Ecke gefahren. Hinter dem Steuer sitzt Chandler Sumner aus der elften Klasse, der genauso aussieht wie Christopher Atkins in *Die blaue Lagune*. Er ist mit zwei Freunden unterwegs, Brad und Pete. Sie gehören

zu den ultra-coolen Sportskanonen, die an der H.H.S. – der Harrison High School – das Sagen haben.
Bitte versteht mich jetzt nicht falsch, denn ich schwöre bei Gott, Hand aufs Herz, dass ich nicht eingebildet bin. Aber ich muss euch etwas sagen, das ihr nicht glauben werdet: Ich sehe total scharf aus! Ich habe fünfundzwanzig Pfund abgenommen und bin braun gebrannt. Mein braver Pagenkopf ist endlich rausgewachsen, und ich habe mir heute Morgen die Haare geföhnt. Die Seitenwellen sind richtig toll geworden, einfach perfekt und fedrig.
Chandler und ich haben Blickkontakt. Wir wippen beide mit den Köpfen zur Musik und bewegen die Lippen zum Text. Wir sehen uns in die Augen, als die Musik anschwillt – »they're all waaaa-sted!« –, und dann lächelt er. Mich an. Mein Magen fällt mindestens zehn Stockwerke tief.
»Sums, mach mal den Kofferraum auf, damit wir den Bölkstoff holen können«, brüllt Brad und ruiniert unseren magischen Augenblick.
Hintereinander kommen sie den Felsen hochgeklettert, bis zu meinem Liegeplatz auf dem Damm. Mein Herz klopft so heftig, dass ich sogar sehen kann, wie sich mein Medaillon und mein Bikinitop heben und senken.
»Wie geht's?«, murmeln Brad und Pete, als sie auf dem Weg zum Bretterverschlag, der besten Stelle, um einen Kopfsprung ins Wasser zu machen, an mir vorbeigehen. Chandler klettert hinter ihnen her. Er stützt sich mit einer Hand ab, in der anderen hält er ein frisch gekühltes Sechserpack Budweiser.
Seine Ähnlichkeit mit Christopher Atkins ist vielleicht ein zusätzlicher oder sogar der einzige Grund, weshalb Chandler Sumner der beliebteste Typ der H.H.S. ist. Hier ist der Beweis: Er ist zum Abschlussball der zwölften und

elften Klasse eingeladen worden, und er ist noch immer mit seiner Freundin aus Internatszeiten zusammen. Sie ist mit den Kennedys verwandt, so wird es jedenfalls behauptet.

»Nette Bräune«, sagt er, als er auf den Damm gesprungen kommt.

»Danke«, erwidere ich und ziehe so weit wie möglich den Bauch ein. »Nette Puca-Kette.« Jeder trägt diese enganliegenden Halsbänder mit den kleinen Muscheln, aber keiner sieht damit so gut aus wie Chandler Sumner.

»Danke«, antwortet er. »Hey, bist du nicht auf der H.H.S.?«

»Ja, ich habe gerade die Neunte hinter mir«, sage ich und trage ein wenig Johnson's Babyöl auf, damit ich noch brauner aussehe. Ich beschließe, es ihm nicht zu leicht zu machen. »Und du?«, frage ich scheinbar nichts ahnend.

»Auch«, sagt er. »Dachte mir gleich, dass du mir bekannt vorkamst.«

Entscheidende Frage: Erinnert er sich an mein altes Ich oder an mein neues? Dazwischen liegen schließlich *gigantische* Welten. Immerhin habe ich kürzlich die Hauptrolle in meiner ganz persönlichen Aschenputtel-Verfilmung gespielt. Ihr wisst ja, dass ich den Zusammenhang zwischen Dünnsein und Freund schon lange kenne, aber der Teil mit dem Dünnsein lag immer einige Cremetörtchen außerhalb meiner Reichweite, und damit auch der Freund. Ein Teufelskreis.

Einen Monat vor den Abschlussprüfungen beschlossen meine Eltern, einen Familienurlaub in Florida zu machen, damit mein Bruder zu einem Arzt gehen konnte, der auf Autismus spezialisiert ist. Zusätzlich zu meiner Sonnencreme von Bain de Soleil und dem Tickle-Deodorant beschloss ich, mir zwei Packungen extrastarkes Dexatrim zu besorgen. Die darf man zwar erst ab achtzehn kaufen, aber wie ich schon sagte, war es seit der sechsten Klasse kein Problem mehr für mich, älter zu wirken, als ich bin. Endlich hatte es etwas Gutes, alt auszusehen.

Ich muss euch sagen, diese Pillen wirken Wunder! Ich hatte schon neun Pfund abgenommen, bevor wir überhaupt in das Flugzeug gestiegen sind, was mich natürlich motiviert hat, im Urlaub weiterzumachen. In drei Monaten bin ich von Größe sechzehn auf Größe acht geschrumpft, was in Sachen Jeans mein ganzes Leben verändert hat, so viel kann ich euch sagen.

Das Geheimnis des Schlankseins ist einfach. Hungern! Extrastarkes Dexatrim hilft wirklich sehr, aber man muss vorsichtig sein, denn wenn man zu schnell aufsteht, wird man leicht ohnmächtig. Besonders dann, wenn man in der Sonne liegt. Ich habe das selbst schmerzhaft in Florida erfahren müssen, als ich mir fast den Schädel am Swimmingpoolrand aufgeschlagen hätte. Gott sei Dank waren meine Eltern gerade nicht da, sonst hätte es richtig Ärger gegeben, ihre Geduld reicht schließlich nur für einen Schwachkopf in der Familie. Wenn die Wirkung der Pillen nachlässt, muss man sich durch fiese Hungerattacken quälen. Also, ich bin zwar nicht so durchgeknallt wie Carrie, aber jedes Mal, wenn diese Magenschmerz-Kopfschmerz-Momente kommen und ich mich wie eine Riesentube Zahnpasta fühle, nämlich total ausgequetscht, dann bin ich total *aufgeregt!* Als würde ich bald entdeckt werden, wie Matt Dillon, oder als würde sich mein ganzes Leben ändern oder so. Und genau das hat es jetzt. Chandler Sumner steht direkt vor mir und fragt mich, was ich den Sommer über noch vorhabe.

»Babysitting«, erzähle ich. »Der Job fängt nächste Woche an.«
»Sums, komm schon!«, rufen seine Freunde vom Dach der Bretterbude herüber. »Wir haben Durst.«
»Magst du mit uns schwimmen?«, fragt er und wischt sich seine Christopher-Atkins-Ponyfransen aus der Stirn.
»Nein, danke. Ich war gerade im Wasser«, sage ich, wohl wissend, dass sich meine mühsam errungenen fedrigen Seitenwellen in meine typische Afro-Stahlwolle zurückverwandeln, sobald sie nass werden. Während Chandler in seinem Batikshirt mit »Grateful Dead«-Aufdruck davongeht, wird mir klar, dass ich einen riesigen, fundamentalen, gigantischen Fehler begangen habe. Was, wenn er denkt, dass ich ihn nicht mag? Was, wenn er auf dem Rückweg zu seinem Wagen nicht bei mir vorbeikommt? Was, wenn ich warten muss, bis die Schule anfängt, bevor ich ihn wiedersehe? Ich tue so, als würde ich die *Seventeen* lesen, während ich mich frage, was das Covergirl, Phoebe Cates, wohl täte, wenn sie mit Kraushaar gestraft wäre, das man stundenlang in Form föhnen muss.
Nach mehreren Runden Arschbomben und Kopfsprüngen trocknen sich Chandler und seine Freunde ab, und ich weiß, dass ich nicht mehr viel Zeit habe. »Wer zuerst unten ist!«, ruft Brad, und schon rennen die drei über die Felsen hinunter zum Wagen. Meine Hoffnung schwindet immer mehr. Doch halt, Chandler dreht sich um und geht in meine Richtung zurück! O mein Gott, er kommt direkt auf mich zu …
»Hey«, sagt er und grinst. »Ohne die kommt man nicht weit.« Er greift nach seinen Schlüsseln, die er hier oben gelassen hat, wirft sie in die Luft und fängt sie mit der anderen Hand auf. Abgesehen davon, dass er absolut perfekt

ist, sind seine Bewegungen auch noch vollkommen koordiniert.

Beim Weggehen dreht er sich um, so dass er rückwärts über den schmalen Damm läuft. »Hey, Sonnenmädchen!«, ruft er mir zu. »Hast du auch einen Namen? Und mal Lust auf eine kleine Spritztour?«

Und so wird ganz nebenbei mein Wunsch Wirklichkeit, und die fünfzehnjährige Pechsträhne hat ein Ende. Chandler Sumner hat mich nach meiner Telefonnummer gefragt.

Ich bewache das Telefon drei Tage lang, damit mein Bruder nicht drangeht und den Anrufer mit seiner üblichen Begrüßung »Sie sind mit dem Raumschiff Enterprise verbunden« verwirrt. Als ich allmählich befürchten muss, kein nonchalantes »Hallo?« mehr übrig zu haben, ruft Chandler Sumner an. Ich führe ein Freudentänzchen im Flur auf, noch während wir am Telefon miteinander plaudern.

Und als Nächstes werde ich zu einem Date abgeholt! Ein Date! Ein Date! Ich habe ein Date! »Wie wäre es mit Manor Park?«, fragt er und öffnet mir die Autotür, was mir das Gefühl von Weltläufigkeit vermittelt, als sei ich eine von Charlies Engeln oder so. Er lässt den Motor an, und schon sind wir unterwegs. Der Wind peitscht durch mein Haar (und glättet es dadurch noch mehr), während ich die Rolle der Copilotin übernehme und uns das bestmögliche Lied im Radio suche. Es ist »Sailing« von Christopher Cross, und wir sagen beide gleichzeitig »Super!«. *Das ist ein Zeichen*. An jeder roten Ampel bete ich, dass mich jemand sieht, den ich kenne, für den Fall, dass ich später einen Zeugen brauche, der mir sagt, dass ich nicht träume. Ich kann kaum glauben, was mir passiert.

Manor Park ist einer der coolsten Plätze der Welt. Er wurde von dem Architekten entworfen, der auch den Central Park in New York gestaltet hat, und ist direkt in den Kalkstein des Long-Island-Sunds gehauen. Hierher kommt man für den ersten Kuss, um eine Beziehung zu beenden oder für andere Dinge, bei denen es um Leben und Tod geht.

Als wir den schiefergrauen Weg entlanggehen, bin ich mir nicht sicher, was ich mit meiner Hand bei einem ersten Date tun soll. Ich versuche, sie locker hängen zu lassen, falls Chandler danach greifen möchte. Ich spüre, wie sie hin und her baumelt wie ein großer Fisch auf dem Trockenen und darum *bettelt*, genommen zu werden. Aber Chandler scheint das nicht aufzufallen. Vielmehr sagt er »'tschuldigung«, als sich unsere Handgelenke versehentlich berühren, und spricht weiter.

Zum Glück reißt unser Gesprächsfaden nicht ab. Wir reden über gemeinsame Bekannte und wie sehr wir beide Grateful-Dead-Konzerte mögen, vor allem wenn man vorher Magic Mushrooms gegessen hat. Eigentlich mag ich Grateful Dead gar nicht – sie kommen mir vor wie ein Insiderwitz, den ich nicht verstehe. Abgesehen davon habe ich diese Pilze noch nie probiert. Aber ich will, dass Chandler mich für cool hält, und so höre ich aufmerksam zu und bluffe weiter.

»›Sugar Marigold‹ ist mein absolutes Lieblingslied …«, sage ich.

»Du meinst wohl ›Sugar Magnolia‹«, sagt er und lacht los, als hätte ich einen unglaublich komischen Witz gemacht. Ich hingegen würde mir am liebsten einen Tritt verpassen, weil ich so eine Idiotin bin, als er plötzlich ganz unvermittelt sagt: »Du wirkst schon ziemlich erwachsen für dein Alter, woher kommt das?«

Wenn man mit einem autistischen Zwillingsbruder aufwächst, dem dieselben Kinder »Spasti«, »Depp« oder »Bekloppter« hinterherrufen, die früher auf unseren gemeinsamen Geburtstagspartys Topfschlagen mit uns gespielt haben, dann wird man schon ein wenig reifer. Ebenso wenn man alle Probleme selbst lösen muss, weil die Eltern mit anderen Dingen beschäftigt sind. Und wenn man den heimlichen Wunsch in sich trägt, den eigenen Bruder mit einem Fingerschnipsen vom Familienfoto auf dem Kaminsims entfernen zu können, damit man endlich eine »normale« Familie ist. Oder wenn einen die graue Wolke überfällt, weil man so hasserfüllte Dinge denkt und man über Tage hinweg in eine schwarze Depression stürzt.

Aber davon sage ich nichts. Ich würde lieber *sterben*, als ihm von meinem Bruder zu erzählen.

»Du wirkst aber auch schon ziemlich erwachsen«, erwidere ich, um das Thema wieder auf ihn zu lenken.

Dann wird Chandler richtig tiefgründig. »Ja, ich musste mein Leben wieder auf die Reihe kriegen«, sagt er. »Nachdem ich den Dead drei Monate hinterhergereist bin, haben meine Eltern eingegriffen.« Wenn ich eines aus meiner Freundschaft mit Zack gelernt habe, dann weiß ich, dass Jungs es mögen, wenn man ihnen zuhört. Noch intensiver, als es die meisten Mädchen tun.

»Sie verstehen mich einfach überhaupt nicht«, sagt er. »Auf jeden Fall haben sie mich für ein Jahr in ein Internat geschickt, was wirklich gut für mich war, dort habe ich wieder klarer gesehen.«

»Cool«, sage ich und hänge an seinen Lippen.

»Ich habe früher etwas zu viel gefeiert, aber das habe ich jetzt total im Griff«, sagt er.

»Klar hast du das«, sage ich und blicke ihm tief in die Augen, damit er weiß, dass ich ihn ganz und gar verstehe.

Ich habe Gerüchte über Chandler gehört, der aus einem wohlhabenden Elternhaus kommt, und darüber, dass er eine Entziehungskur machen musste, daher freut es mich, dass er sich mir anvertraut. Ich bringe seine Kennedy-Freundin nicht zur Sprache, und darüber bin ich froh, denn noch bevor wir vor unserem Haus halten, will er sich mit mir für Samstagabend verabreden. O mein Gott!

Ich verbringe die verbleibenden vier Tage damit, mich auf das Date vorzubereiten. Und ich beschließe, Lisa anzurufen. Ich kenne sie nicht sehr gut, aber sie ist mit der Freundin einer Freundin befreundet, die mit Chandlers Kumpel Pete zusammen ist.

»Hey, kann ich zu dir rüberkommen und dir ein paar Outfits vorführen?«, frage ich. Was ich wirklich will, ist, mir alle ihre Grateful-Dead-Tapes auszuleihen, um mir die Lieder einzuprägen.

Ich höre, wie sie den Rauch ihrer Zigarette ausatmet, und frage mich, ob ihre Eltern sie bei sich daheim rauchen lassen.

»Wegen meiner Verabredung mit Chandler«, füge ich hinzu.

»Cool«, antwortet sie.

Und darauf haben wir uns schließlich geeinigt: Weiße Calvin-Klein-Jeans, eine weiße Spitzenbluse von meiner Urgroßmutter und meine braunen Candie's-Sandalen. Ein bisschen Hippie, aber auch sexy.

»Das funktioniert so oder so, wenn er mich ansieht«, sage ich, während wir uns alle ihre Bootleg-Platten anhören.

»Sollte ich mir vielleicht noch etwas Patschuliöl kaufen?«
»Nee, Chandler mag sexy Mädchen. Nimm gerade genug, aber nicht zu viel Baby Soft von Love's. Es gibt nichts Schlimmeres, als wenn einem der Duft des anderen als Geschmack auf der Zunge hängt«, meint sie. »Und steck das Erdbeergloss in die Vordertasche, damit es sich am Hintern nicht abzeichnet.«
»Hammer!«, sage ich.

Ich hungere den ganzen Tag, damit ich superdünn bleibe. Ich lege mich auf mein Bett und ziehe den Bauch ein, und der Reißverschluss meiner Calvins schließt perfekt.
Als ich Chandlers Wagen entdecke, der in unsere Einfahrt einbiegt, versuche ich, durch die Haustür zu flitzen.
»Nicht so schnell, junge Dame«, sagt mein Vater. »Deine Mutter und ich würden den jungen Mann gern kennenlernen. Das ist schließlich deine erste Verabredung.«
Meine Laune sinkt in den Keller.
»Wir halten dich nicht lange auf, Liebes«, sagt Mom und fährt sich über ihre Florence-Henderson-Frisur. »Wir möchten uns bloß vergewissern, dass er ein netter Junge ist.«
Übersetzung: schnöselig und katholisch.
Ich nage an meiner Lippe.
Chandler drückt auf die Hupe.
*»Bitte?«*, flehe ich.
»Nein«, entgegnet mein Vater bestimmt. »Es ist nur angemessen, dass er an unserer Tür erscheint.«
Meine erste Abendverabredung, und meine Eltern ruinieren alles. Als ich gerade kurz davor bin, in Schweiß auszubrechen, höre ich eine Autotür zuknallen. Durch das

Fenster sehe ich Chandler, der auf die Stufen unseres Hauses zutrabt. Ich reiße die Tür auf, bevor er auf die Klingel drücken kann, die die Siegeshymne von Notre Dame spielt. Dann schüttelt er meinen Eltern die Hand.

Als wir gerade gehen wollen, taucht mein Bruder auf. Er trägt seinen roten Mork-vom-Ork-Overall.

»Nano, nano«, begrüßt er Chandler.

In diesem Moment wären mir sogar fünfhundert Väter lieber als dieser eine Bruder.

»Tolles Halloween-Kostüm, Bobby!«, sage ich.

Chandler sieht mich verwirrt an, was nur verständlich ist, denn wir haben Juli.

»Nano, nano«, wiederholt Bobby roboterhaft und monoton, wie eine Platte mit einem Sprung.

»Komm, lass uns gehen«, sage ich zu Chandler und schiebe ihn zur Tür hinaus.

»Wer war das?«, fragt er, als wir die Stufen hinuntergehen.

»Mein Cousin«, antworte ich. »Er spielt Theater, und das ist sein Kostüm.«

Mir fallen noch eine Million weitere Dinge ein, die ich Chandler auftischen könnte, aber er fragt nicht weiter. Stattdessen flüstert er mir ins Ohr: »Bella, du siehst umwerfend aus.«

Ich bin so glücklich, dass er das findet, denn ich bin das größte Risiko meines Lebens eingegangen – ich habe beschlossen, mein Haar lockig zu tragen. Hoffentlich bin ich braun und dünn genug, um es wieder wettzumachen. Chandler reicht mir eine violette Hortensie, die ich mir hinter das Ohr klemme. Auf dem Rücksitz entdecke ich eine Flasche *Soave Bolla* in einem Eiskühler. Stilvoll, nicht wahr?

»Jetzt musst du die andere Frau in meinem Leben kennenlernen«, sagt Chandler. Bevor ich ausflippen kann, zwinkert er mir zu und sagt: »Sie heißt *Horizon*.«
Die *Horizon* ist Chandlers vierzig Fuß lange Schaluppe. Sie liegt im Yachtclub von Manor Park, und durch einen Sprung von der Anlegestelle gelangt man auf das Boot. Es ist dunkelblau mit viel glänzendem Holz und schaukelt wie eine Kinderwiege auf den Wellen. Wir trinken Weißwein und beobachten, wie sich der orange-pinkfarbene Himmel langsam violett färbt, während im Transistorradio »Sailing« läuft.
Und dann greift er zum ersten Mal nach meiner Hand und wendet sich mir zu, bis er direkt vor mir steht.
*O mein Gott! O mein Gott!* Will er mich etwa jetzt schon küssen, *bevor* wir den Abend miteinander verbracht haben? Hat Lisa gesagt, dass ich den Mund geöffnet oder geschlossen halten soll? Ist noch was von dem Lipgloss übrig? Riecht mein Atem nach Soave Bolla, und brauche ich einen Spritzer Binaca-Mundspray? Diese Gedanken rasen durch meinen Kopf wie die Stockcars beim Rennen von Indianapolis.
Er hat die Augen geschlossen und kommt mir in Zeitlupentempo entgegen. Als unsere Lippen kurz davor sind, sich zu berühren, weht der Wind eine Strähne meines krausen Haars in Chandlers Mund. Ich sterbe vor Scham, aber er lacht nur. »Lass es uns noch einmal probieren«, sagt Chandler. Er legt die Hand auf meine schmale Taille (habe weitere drei Pfund verloren!), und dann geschieht es. Ein Kuss, der so perfekt ist, dass ich Schmetterlinge im Bauch habe, die rasch nach Süden ziehen, direkt in die Region meines brandneuen Bikinislips.
Der ganze Abend ist einfach perfekt, und auf dem Weg

nach Hause vom *Le Refuge's*, dem tollsten Restaurant der Stadt, fragt mich Chandler, ob mir kalt ist. Ich schwindle, damit ich seinen Pulli tragen kann, den er immer anhat. Er ist aus cremeweißer Alpakawolle mit einem geometrischen Muster und einem Bindegürtel in der Taille. Und jetzt kommt das Beste – als er mich zu Hause absetzt, sagt er: »Kannst ihn ruhig eine Weile behalten.« Da weiß ich es ganz sicher: Ich habe einen Freund!

In dieser Nacht ziehe ich Chandlers Pullover statt meines Nachthemds an, obwohl draußen zweiunddreißig Grad sind. Dann versuche ich zu schlafen, aber immer wenn ich die Augen schließe, sehe ich Chandler und sein blondes Haar im Sonnenuntergang. Dann gehe ich in Gedanken noch einmal alle romantischen Momente durch und bin mir nicht mehr sicher, ob ich wirklich noch wach bin. Sogar in meinen Träumen höre ich das Lied »Sailing«.

Wir gehen jeden Tag segeln. Ich bin so beschäftigt und glücklich, dass mein Appetit einfach verschwindet und ich nicht einmal mehr Dexatrim nehmen muss. Mein Herz ist so groß, dass es meinen Magen ganz ausfüllt. Zum ersten Mal in meinem Leben fühle ich mich vollkommen. Chandler ist die Belohnung für das wochenlange Hungern.

Der Einzige, dem diese Situation überhaupt nicht passt, ist Zack. Ständig brechen wir wegen irgendwelcher Kleinigkeiten den dritten Weltkrieg vom Zaun. Jetzt schreit er mich gerade an, weil ich *Wahnsinn ohne Handicap* mit Chandler und nicht mit ihm gesehen habe, wie ich es ihm eigentlich versprochen hatte.

»Ich kann nicht glauben, dass du mit diesem Blaue-Lagune-Typen ins Kino gegangen bist und nicht mit mir«, sagt er. »Du verhältst dich gar nicht mehr wie du selbst.«

»Was soll das heißen?«, frage ich.
»Allein schon dieser Batikscheiß, den du da immer trägst, und außerdem weiß ich ganz genau, dass du Grateful Dead für einen Insiderwitz hältst, den du nicht kapiert hast.«
»Ich bin eben auf den Geschmack gekommen«, erwidere ich. »Und du würdest ganz bestimmt nicht so sehr auf meine Garderobe achten, wenn diese Jennifer aus Jersey näher wohnen würde.«
Zack war den ersten Monat der Sommerferien in einem israelischen Kibbuz, wo ihm eine ältere Frau aus New Jersey seine Unschuld geraubt hat. Er hatte mir einen Brief geschrieben, auf Franglais, falls er der elterlichen Überwachung in die Hände fallen sollte. Aber Zack ist vor seinem Luftpostbrief nach Hause gekommen, woraufhin ich ihn beschuldigte, mir nicht geschrieben zu haben. Darüber haben wir dann auch gestritten. Ich meine, ich habe ihm drei Postkarten aus Florida geschickt! Und ihm verraten, dass ich ohnmächtig geworden bin, weil ich die Dosis extrastarkes Dexatrim verdoppelt hatte. Außerdem habe ich ihm von meiner Vorahnung erzählt, dass mir etwas Supertolles passieren wird.
Die Wahrheit ist, dass es schwer ist, für den Kumpelfreund (ein langes Wort) Zeit zu haben, wenn man einen Freund (ein kurzes Wort) hat. Mein neues Ich lebt ein neues Leben, und ich war im Begriff, mich mit meiner nächsten monumental wichtigen Entscheidung zu beschäftigen: dem Einlösen der J-Karte, sprich, meine Jungfräulichkeit aufzugeben.
Darüber denke ich sehr viel nach. Es ist die wichtigste Entscheidung im ganzen Leben, weil man sie nur ein einziges Mal treffen kann. Also muss der Mensch, an den man seine Unschuld verliert, perfekt sein, weil er einen

festen Platz im persönlichen Erinnerungsalbum hat. Ich bin mir sicher, dass Chandler der Richtige ist, aber ich weiß nicht so recht, ob ich schon dazu bereit bin. Schließlich erstaunt es mich immer noch, wie viele Türen einem das »Dünnsein« öffnet. Wäre ich noch immer dick, dann stünde ich bestimmt nicht vor dieser Entscheidung.

Auf einer Bierfass-Party bei Chandler kommt *Es* zur Sprache. Wir liegen auf einem Laken in seinem Garten und hören »Feel like Makin' Love« von Bad Company. Chandler legt seinen Kopf an meine Schulter und sagt: »Das würde ich gern tun, weißt du.«

Ich zucke mit den Schultern und nippe an meinem Bier. Ich weiß, wohin das führt, nämlich an genau die Stelle, auf die er meine Hand legt, wenn wir um Viertel vor elf irgendwo anhalten, bevor er mich um elf zu Hause absetzt.

»Wenn du mit einem älteren Typen zusammen sein willst, dann bringt das eine gewisse Verantwortung mit sich«, erklärt er mir geduldig. »Also, du weißt ja, dass ich dich liebe, nicht wahr, Keks?«

Das stimmt. Wir hatten die drei Worte bei unserem dritten Date ausgesprochen und waren nun zwei Monate, drei Wochen und zwei Tage zusammen. Wir haben sämtliche Grundlagen hinter uns, ich nehme also an, dass der nächste Schritt nur logisch ist. Trotzdem hatte ich eigentlich immer gedacht, dass ich erst mit sechzehn meine Unschuld verlieren würde. Doch der Gedanke, Chandler fast ein ganzes Jahr warten zu lassen, lässt mich an meinen Nagelhäutchen zupfen, bis sie bluten.

Eine kleine Stimme in meinem Inneren sagt mir, dass es besser sei, es noch ein wenig länger hinauszuzögern, aber sie wird von Chandlers Argumenten erstickt, als er von der Verantwortung spricht, die man hat, wenn man mit einem älteren Typen zusammen ist. Das Letzte, was ich will, ist, Chandler zu verlieren, gerade jetzt nicht, wo doch nächste Woche die Schule wieder anfängt. Also beschließe ich, vom höchsten Turm zu springen und meinen Sommer der Liebe mit dem finalen Schritt zu beschließen.

Wir arbeiten einen Plan aus: Chandlers Eltern fliegen am Wochenende vor Labor Day mit ihrem Learjet zu einer Hochzeit auf Martha's Vineyard. Ich werde meinen Eltern sagen, dass ich bei meinem Babysitterjob übernachte – und voilà! Wir werden ungestört die ganze Nacht miteinander verbringen.

Endlich ist es so weit. Mein Herz fühlt sich an wie eine Bongotrommel, die von Ricky Ricardo gespielt wird, als wir auf sein Zimmer gehen, oder besser gesagt auf seine Etage, da es sich um den gesamten Dachboden handelt. Batiklaken hängen an der Wand, und er hat eine eigene Stereoanlage, eine Wasserpfeife und sogar einen Minikühlschrank hier oben stehen. Es gibt nur eine Sache, die ich hasse, und das ist die Innenseite der Zimmertür, denn sie ist mit Fotos und Liebesbriefen seiner Verflossenen bepflastert. Und ich meine *bepflastert.* Als ich ihn frage, ob man das abnehmen könnte, lacht er und sagt: »Ach, ich bin jetzt mit allen nur noch befreundet.«

Das Letzte, was ich will, ist, nur noch mit ihm »befreundet« zu sein, also rede ich mir ein, dass ich das Richtige tue, auch wenn ein Teil von mir einfach nur nach Hause gehen möchte.

Ich hoffe, dass Chandler »Sailing« auflegt, aber stattdessen nimmt er ein Bootleg von Grateful Dead mit unendlich langen Trommelsoli, die ich hasse. Ich zünde einige Kerzen an, wir liegen auf dem Bett und beginnen wie immer zu knutschen. Dann fängt er an, sich auszuziehen, und ich tue es ihm nach. Als er alles ausgezogen hat, sehe ich die Bräunungsstreifen auf seiner Haut. Er ist so braun gebrannt, dass es aussieht, als hätte er weiße Shorts an. Sozusagen. Sein *Ding* ragt so steif empor, dass ich eine Sekunde lang Angst bekomme. Halt! Bin ich dünn genug? Ich ziehe den Bauch so weit ein, dass ich wie ein Windhund aussehe, so weit steht mein Brustkorb vor, wenn ich wie jetzt auf dem Rücken liege.

»Versprich mir, dass du nie für den *Playboy* posieren wirst«, sagt er und lässt seinen Blick über meinen Körper gleiten. »Aber wenn du noch dünner wirst, werden sie dich sowieso nicht nehmen.«

Für mich ist das natürlich das ultimative Kompliment, und ich bin bereit.

Dann tun wir es. Der Schmerz ist eher drückend, aber nicht so schlimm, wie ich befürchtet hatte. Ich habe ja schon wirklich angsteinflößende Geschichten gehört von Bettlaken, die blutdurchtränkt waren, aber bei mir war es zum Glück nicht so. Wenn überhaupt, dann war da nichts. Und dann war es schon vorbei.

Sobald er fertig ist, rollt sich Chandler von mir herunter, dreht mir den Rücken zu und fängt an zu schnarchen. *Das soll es gewesen sein?*, denke ich, während ich im Stockdunklen liege und höre, wie das Trommelsolo anschwillt. Enttäuschung überflutet mich und gipfelt in einer Traurigkeit, die mir langsam aus den Augenwinkeln rinnt. Ich fühle mich wie der einsamste Mensch auf der Welt. Wenn doch der ganze Sinn, mit jemandem zu schlafen, darin besteht, demjenigen nahe zu sein, dann habe ich das hier irgendwie total vermasselt. Es fühlt sich an, als sei ich gar nicht da gewesen.

Am ersten Schultag sage ich mir, dass ich die richtige Entscheidung getroffen habe, als ich Chandler entdecke, der mit Pete und dem Rest der Truppe auf dem Parkplatz herumsteht. Ich gehe auf ihn zu und will ihn küssen, aber er wehrt ab und sagt nur: »Hey.« Ich nehme an, weil wir uns auf dem Schulgelände befinden, laufen hier die Dinge ein wenig anders. Aber was soll's? Ich meine, ich bin mit dem beliebtesten Jungen der elften Klasse zusammen! Außerdem nehmen wir nächste Woche an einer Regatta teil. Vielleicht wird sich am Wochenende alles wieder normalisieren.

An diesem Samstagmorgen überrede ich meine Mom, mich bei Chandler abzusetzen, damit wir so früh wie möglich auf das Boot können, um alles vorzubereiten. Als ich ankomme, dröhnt er sich bereits mit den Jungs zu.

»Hey«, sagt er.

»Ich habe meinen Glücksbikini angezogen«, sage ich und ziehe mein T-Shirt hoch, um ihm meinen neuen Batikbikini, in seiner Lieblingsfarbe Blau, zu zeigen, der mich zwei Wochen Babysitting gekostet hat.

»Cool«, meint er, aber er sieht gar nicht richtig hin.

Vielleicht ist das sogar gut, denn ich befürchte, dass ich ein oder zwei Pfund zugenommen haben könnte. Ich hatte in den letzten Tagen vor lauter Nervosität ein paar Snacks zu viel, aber heute Morgen habe ich zwei Dexatrim eingeworfen und mir geschworen, den ganzen Tag lang nichts zu essen. Ich möchte mich darauf konzentrieren, das perfekte Crewmitglied für Chandler zu sein, und nicht an die Riesensandwiches und die Chips in der Kühltasche denken.

Es ist ein stürmischer Tag, und auf den Wellen tanzen Schaumkronen. Als zum Start der Regatta das Leuchtsignal abgefeuert wird, braucht die *Horizon* zunächst ein wenig, um auf Position zu kommen. Chandler bellt Befehle, und wir klettern über Deck, holen Segel ein, prüfen die Klemmen und tun alles, damit sie so schnell wie möglich wird.

Wir sind gerade dabei, in Führung zu gehen, als wir an der Tonne wenden müssen. Doch plötzlich dreht der Wind, und Chandler beschließt, zu halsen statt zu wenden. Das bedeutet, dass ich für das Manöver die Seite wechseln muss, ohne vom Mast einen Schlag auf den Kopf zu bekommen. Ich bin schon auf halbem Weg, als plötzlich alles um mich herum schwarz wird. Ich spüre, wie ich das Bewusstsein verliere, was mir wie das Eintauchen in einen Alptraum vorkommt. Ich frage mich, ob sich mein Bruder so fühlt, wenn er wieder einmal völlig weggetreten ist.

Plötzlich komme ich wieder zu mir, wie im Schock, durch das eiskalte Wasser. O mein Gott, ich bin über Bord gefallen!

»Greif nach der Schwimmweste!«, brüllt Chandler.

Ich schwimme auf die orangefarbene Weste zu, die Chandler mir zugeworfen hat. Während ich noch im Wasser auf und ab schaukele und darauf warte, dass die *Horizon* längsseits kommt und mich an Bord holt, steigt plötzlich Panik in mir auf, und ich fange an zu würgen. Nicht, weil ich nicht schwimmen könnte, sondern weil ich mich total hilflos fühle. Irgendwie habe ich mich von meinem Anker Chandler entfernt. Und nicht nur das, ich habe auch mein Bikinioberteil verloren, was beweist, dass ich nichts richtig mache. Wenigstens merkt niemand, dass ich weine.

Chandler kreuzt gegen den Wind, um mich zu holen.

»Alles in Ordnung mit dir?«, fragen Brad und Pete und blicken über die Reling.
»Ja, werft mir mal mein T-Shirt runter«, sage ich. »Der Mast ist auf mich zugekommen, und ich weiß nicht, was dann passiert ist …«
»Du bist ohnmächtig geworden«, sagt Chandler, und seine Stimme klingt so kalt wie Eis. Er wirkt richtig wütend.
»Es tut mir leid«, sage ich, während mich Pete und Brad an Bord hieven. »Ich weiß, dass wir meinetwegen das Rennen verloren haben.«
Er zuckt mit den Schultern. Das tut er in letzter Zeit recht häufig.
In der darauffolgenden Woche verhält sich Chandler in der Schule immer distanzierter. Und dann ist er nicht einmal mehr anwesend. Wir hatten uns für nach der Schule verabredet, aber als ich auf den Parkplatz komme, sehe ich, dass sein Stammplatz leer ist. Da ich den Schulbus verpasst habe, muss ich nun den ganzen Weg in meinen Candie's-Sandalen zurücklegen. Ich bekomme überall Blasen an den Füßen.
Wenn er mehr Freiraum möchte, dann soll er ihn gefälligst auch bekommen, beschließe ich, während ich trotzig nach Hause marschiere. Außerdem beschließe ich, mit ihm Schluss zu machen, bevor er es tut. Am nächsten Tag schwänze ich die letzte Stunde und warte bei seinem Wagen auf ihn. Als er mich sieht, wirkt er überrascht.
»Wir müssen reden«, sage ich. Dann fahren wir los. Er biegt nicht in Richtung Manor Park ab, sondern schlägt den Weg zu mir nach Hause ein. Schlechtes Zeichen.
Die graue Wolke der Depression senkt sich über mich und verschlingt mich ganz und gar. Zum ersten Mal in meinem Leben hatte ich vollkommene Glückseligkeit darin gefun-

den, Chandlers Freundin zu sein, was ich mir für das monatelange Hungern verdient hatte. Stattdessen habe ich jetzt das Gefühl, dass meine Zukunft schon lange verlorengegangen ist, zusammen mit meinem brandneuen Bikinioberteil. Ich fühle mich, als gehörte ich zu Recht zu meiner Familie voller Versager, als wäre ich dort gefangen.

»Nun?«, sage ich.

»Bei mir ist gestern die letzte Stunde ausgefallen …«, fängt er an.

»Ich habe dir alles gegeben«, sage ich. *Und meine Unschuld weggeworfen*, denke ich.

»Ich brauche einfach nur ein wenig Freiraum«, sagt er.

*Sieht er nicht, dass ich Größe sechs trage?*

»Vielleicht sollten wir uns eine Weile mal mit anderen Leuten treffen«, schlägt er vor.

»Für mich gibt es niemand anderen«, sage ich und steige aus dem Wagen aus, als sich meine Augen mit Tränen füllen.

»Hey, Bella!«, ruft er, als ich schon zur Hälfte den Weg hochgelaufen bin. Mein Herz macht einen Satz. Vielleicht wird ihm, als er mich davongehen sieht, klar, dass er einen Fehler begangen hat. Ich drehe mich um.

»Was dagegen, mir meinen Pulli zurückzugeben?«, fragt er.

Da habe ich noch eine letzte Hoffnung, dass er zur Vernunft gekommen ist, und wieder macht er einen Rückzieher. Ich hatte mir ausgemalt, dass wir das ganze Schuljahr zusammen sein werden, uns mit Leuten verabreden, auf Bierpartys gehen, vielleicht sogar zum Abschlussball der Elften. Davon ist nichts mehr übrig, noch weniger als nichts. An der Stelle, an der mein Herz sitzt, klafft ein schmerzendes Loch, ähnlich dem schrecklichen Gefühl, das mich jedes Mal überfällt, wenn Bobby einen Anfall hat und ins Krankenhaus eingeliefert wird – und es nichts gibt, das ich tun kann.

»Hallo, Liebes, wie war es in der Schule?«, fragt meine Mutter, als ich zur Tür hereinkomme.

»Okay«, sage ich, während sich meine Augen mit Tränen füllen.

»Das ist gut«, erwidert sie und scheint nichts zu bemerken. Ihre Augen starren ins Leere. »Würde es dir etwas ausmachen, nach deinem Bruder zu sehen? Mir fehlt die Kraft. Oh, und leider kannst du heute Abend nicht mit Chandler ausgehen. Dein Vater und ich brauchen dich, damit jemand auf deinen Bruder aufpasst.«

»Kein Problem«, antworte ich. »Bin gleich wieder da.«

Ich hole Chandlers Pullover hervor und setze mich auf die Bettkante. Dann vergrabe ich mein Gesicht in der Wolle, um zu prüfen, ob sie noch nach ihm duftet. Aber ich rieche nichts, und so schneuze ich hinein. Dann werfe ich den Pulli auf den Boden und trampele ein paarmal darauf herum. Ich schwöre, niemals wieder jemanden so dicht an mich heranzulassen, dass er mich verletzen kann. Dann stapfe ich zur Tür hinaus, auf den Gehsteig.

»Fang«, sage ich mit meiner kältesten Stimme und werfe ihm den Pullover zu.

Chandler fängt ihn mit einer Hand auf, legt ohne ein weiteres Wort den Rückwärtsgang ein und verlässt mit quietschenden Reifen die Auffahrt.

»Jerry Garcia ist scheiße!«, brülle ich ihm hinterher, während er davonfährt.

Ich dränge meine Tränen zurück und gehe ins Fernsehzimmer, wo mein Bruder die Möbel umgestellt hat. Jetzt steht die Couch direkt vor dem Fernseher, damit er *Star Trek* aus angenehmer Nähe sehen kann. Bobby selbst hat sich zwischen die Kissen und den Rahmen der Couch eingeklemmt. Fragt mich nicht, warum, aber so ist es für ihn gemütlich.

»Möge die Macht mit dir sein«, sagt er zu mir und fährt dann mit einer übersteigerten Donna-Summer-Stimme fort: »Bad Girls! Hey, hey! Tut, tut! I'm talkin' 'bout bad girls!«

»Hallo zurück«, antworte ich und breche in Tränen aus. Dann werfe ich mich auf den La-Z-Boy-Lehnstuhl meines Vaters und lasse die hässlichen Schluchzer heraus. Bobby dreht den Fernseher richtig laut, um mein Weinen zu übertönen.

Ich kann Mr. Spock keine Sekunde länger ertragen, gehe in mein Zimmer hinauf und nehme das Telefon aus dem Flur mit. Als Zack rangeht, weine ich so heftig, dass zunächst kein Geräusch in den Hörer dringt, bis ich endlich wieder atmen kann.

Irgendwie weiß er, dass ich es bin.

»Blaue Lagune?«, fragt Zack.

»Es ist vorbei, *fini*«, presse ich hervor.

»Ich bin unterwegs«, sagt er.

Wenige Stunden später kommt Zack vorbei und führt Bobby und mich ins Kino aus. Wir sehen uns *The Rose* mit Bette Midler an. Eigentlich geht es darin um Janis Joplin, aber sie konnte die Rolle nicht selbst übernehmen, denn wie man weiß, ist sie an ihrer eigenen Kotze erstickt.

Als die Lichter gedimmt werden, holt Zack meine türkisfarbene Haschpfeife hervor.

»Hey! Wo hast du die denn her?«, frage ich. Die Pfeife vermisse ich schon seit einem Jahr und hatte stets die

Horrorvorstellung, dass meine Eltern sie gefunden haben könnten. Ich möchte nicht, dass Bobby sie jetzt entdeckt, aber er ist vollkommen fasziniert von den wabernden Farben auf der Leinwand.

»Du hast sie mir bei unserem ersten Streit nachgeworfen«, sagt er. »Erinnerst du dich, wie du aus der Clique ausgestoßen wurdest, weil du in Matt Dillon verknallt warst?«

»Ich habe nicht Körbchengröße 80E«, sage ich und knuffe seinen Arm.

»Dritter Weltkrieg«, sagen wir gleichzeitig. »Verhext!«

Als der Film beginnt, zündet Zack die Pfeife an und reicht sie mir herüber. Ich nehme einen Zug und gebe sie ihm zurück. Einige Minuten später geschieht etwas sehr Seltsames. Ich höre eine Stimme. Weiblich.

Beim zweiten Mal blicke ich mich um, woher die Stimme kommt.

Zack flüstert: »Was machst du da?«

»Ihr habt nicht zufällig eine Frau sprechen hören?«

Bobby sieht mich mit leeren Augen an.

»Du bist nur paranoid«, sagt Zack und lacht sich kaputt.

Es stimmt, ich werde paranoid, wenn ich Hasch rauche, daher beschließe ich auf der Stelle, es nie wieder zu tun, egal, wie »cool« es sein mag.

Als ich Bette Midler ansehe, wiederholt sich die Stimme, und ich begreife, dass sie aus meinem Inneren kommt. Sie ist laut und klar und gibt mir einen Rat, den ich seit dem Tod meiner Großmutter nicht mehr gehört habe:

»Sei du selbst.«

# 5

Jahr: 1981
Alter: 16
Idol: *Brooke Shields in der Calvin-Klein-Werbung*
Lieblingslied: *»Leather and Lace« von Stevie Nicks und Don Henley*
Kostbarster Besitz: *Führerschein*
Schönste Schuhe: *weiße Gummistiefel mit pinkfarbenen Streifen*

Man kommt nicht von heute auf morgen über die Liebe seines Lebens hinweg. Drei Dinge helfen jedoch dabei: Zack, der mich daran erinnert, dass die »Blaue Lagune« ein Haufen *merde* ist, Ablenkung durch jede Menge Englischhausaufgaben und Babysitting und den Radiowecker gegen die Wand werfen, wenn sie dieses abartige Lied »Sailing« spielen. Die große Trennung ist jetzt schon über ein Jahr her, aber bei Christopher Cross könnte ich *immer* noch kotzen.

Doch wenn man dem Tod direkt in die Augen sieht, rückt das auch wieder einiges in die richtige Perspektive. Und zwar passe ich gerade auf Dana auf, als wir eine Art Poltern und Knirschen vor ihrem Fenster hören. Ich ziehe die Jalousie hoch – und dort steht ein Vergewaltiger! Und starrt uns an! Dana und ich tauschen einen Blick und fangen an zu schreien. Ich zerre sie vom Fenster weg. *Denk nach! Denk nach!*, befehle ich mir. Im Bruchteil einer Se-

kunde rennen wir die Stufen hinunter und durch die Haustür, laufen um unser Leben zum Haus der Nachbarn hinüber. Plötzlich stolpere ich und falle der Länge nach auf die Erde. Dana lacht. Ich sehe an mir herab und stelle fest, dass ich über und über mit narzissengelber Farbe beschmiert bin.
»Das ist nicht witzig!«, brülle ich. »Lauf um dein Leben!«
»Stopp!«, ruft eine tiefe Stimme. Der finstere Mann! Von Kopf bis Fuß in schwarzes Leder gekleidet, kommt er auf uns zu. Und er ist *schnell*. In der Hand hält er ein Messer.
»*Lauf!*«, zische ich, während ich mich mühsam aufrappele. »Er hat ein Messer!«
Sein langer, dunkler Schatten fällt auf mich, als er nach unten greift. O mein Gott, das hier ist *Shining* und *Freitag, der 13.* als Doublefeature in 3-D, live und in Farbe. Ein Alptraum.
Mit einer Hand zieht er mich auf die Füße.
»Wo brennt's denn?«, fragt er. »Ich soll hier das Haus streichen. Hat dir Mrs. Daley nicht Bescheid gesagt?«
»Sag bloß!«, entgegne ich sarkastisch. Ich meine, wenn mir Mrs. Daley Bescheid gesagt *hätte*, dann wäre ich nicht über seine dämlichen Farbeimer gestolpert und hätte mich nicht total zum Idioten gemacht. Aber in letzter Zeit vergisst Mrs. Daley häufig, mir wegen einer ganzen Reihe von Dingen Bescheid zu sagen. Zum Beispiel, wann sie nach Hause kommt und was ich ihrem Kind zu essen geben soll, wenn keine Lebensmittel im Haus sind und ich noch nicht Auto fahren darf. Wahrscheinlich wird man so nach einer Scheidung.
»Ich habe vergessen, dir das hier zu geben«, sagt Dana und reicht mir eine Nachricht von ihrer Mutter.

»Oh«, erwidere ich und lese Mrs. Daleys Mitteilung über den Maler und die Anordnungen bezüglich des Abendessens. Und erst dann fällt mir die Leiter auf, die an der Hauswand lehnt, und der Lieferwagen vor dem Haus mit der Aufschrift PAINTERS PLUS. Das Messer des Vergewaltigers entpuppt sich als Farbkratzer.

»Ich heiße Jim Mucelli«, sagt er mit ruhiger, gelassener Stimme. »Meine Freunde nennen mich Mush.«

Das bringt mich zum Lachen. Ich meine, dieser Typ hier besteht aus fast zwei Metern Muskeln, mit einem Schnauzbart und einer Yosemite-Sam-Tätowierung auf dem Unterarm. An ihm ist überhaupt nichts weich und nachgiebig.

»Ich bin Bella, die Babysitterin«, sage ich. »Und das hier ist Dana. Sie ist acht.«

»Mir gefällt deine Tätowierung«, sagt Dana. »Wie alt bist du?«

»Danke, Kleines. Ich bin vierundzwanzig«, sagt er und führt mich zum Spülbecken. »Lass uns mal diese Schnitte auswaschen.« Meine Hand fühlt sich wie eine Puppe in seiner Pranke an, doch obwohl seine Hände groß und rauh sind, wäscht er mir das Blut so sanft von den Handflächen und Knien, als wären sie Blütenblätter. In mir steigt ein warmes Gefühl auf, als wäre ich wieder ein kleines Kind und jemand wie beispielsweise meine Großmutter kümmerte sich um mich.

Während der nächsten Woche beginne ich, Mushs Gesellschaft aus vollen Zügen zu genießen. Soll er doch ein Hell's Angel sein, auf jeden Fall ist es schön, wieder einen Mann im Haus zu haben. Zack kommt nur gelegentlich vorbei, zwischen seinen Übungsstunden mit der Band und dem Basketballtraining, um meine Französischhausaufga-

ben abzuschreiben. Aber, wie ich schon sagte, Zack ist mein Kumpelfreund, ein langes Wort. Manchmal erwische ich ihn, wie er mich anstiert, aber Zack ist sehr dünn, und ich habe da eine Regel, die besagt, dass ich nie mit Jungs ausgehe, in deren Jeans ich nicht hineinpasse.
Abgesehen davon verschafft mir das Motordröhnen von Mushs Van oder Chopper, der die Auffahrt hinaufbraust, einen ganz anderen Kick. Mush ist älter, und ich gestehe, dass es mir gefällt, wenn er mich »Miss Bella« nennt, als wäre ich Krystle Carrington aus *Denver Clan* oder so. Außerdem macht er mir immer kleine Komplimente. Mir gefällt der Gegensatz von seinem harten Auftreten und seiner inneren Liebenswürdigkeit. Im Englischunterricht nennen wir das »Ironie«.
Manchmal bitte ich Mush, zum Abendessen zu bleiben.
»Wer steckt eigentlich in deinem Medaillon?«, sagt er eines Abends, nachdem wir Tiefkühlpizza gegessen haben, und deutet mit dem Kinn auf Grandinas Kette. Da stelle ich plötzlich fest, dass Chandler mir nie auch nur ein Kompliment wegen des Anhängers gemacht hat, obwohl ich ihn immer trug, wenn wir uns trafen.
»Niemand«, entgegne ich. »Meine Großmutter hat mir das Medaillon hinterlassen, nachdem sie gestorben ist. Ich trage es seitdem ununterbrochen.«
»Und dieser Zack, der hier ständig aufkreuzt, ist nicht dein Alter?«, fragt er.
»Nein, wir sind nur gute Freunde«, erkläre ich. »Ich habe keinen Freund.«
»Das ist aber ein Jammer!«, meint Mush. »Eine heiße Braut wie dich sollte man auf Händen tragen. Du siehst aus wie Cher.«
Nun, ich trage meine enge Jeans und die hohe Frisur kaum

zufällig, hätte ich am liebsten gesagt. Nach der Trennung von Chandler habe ich mich Hals über Kopf in eine Eiscreme-Orgie mit Häagen Dazs gestürzt. Zusammen mit der Tatsache, dass ich das Rauchen aufgegeben habe, hat mich das um mindestens eine Kleidergröße dicker werden lassen. Ohne Hilfe Diät zu halten ist schwer, aber nach der Geschichte mit dem Ohnmachtsanfall hatte ich beschlossen, dass meine Zeiten mit Dexatrim vorbei waren. Und während sich alle Welt eine Dauerwelle zulegt, habe ich bereits eine natürliche vorzuweisen.

Obwohl ich meinen fetten Körper verabscheue, kann ich mich wenigstens in ihm verkriechen. Und ich bin noch keineswegs in der Stimmung, wieder dünn zu werden, denn Dünnsein ist ein Knochenjob rund um die Uhr, dafür wird man dann aber auch von allen anders behandelt. Ich begreife erst jetzt allmählich, dass sich mein Inneres noch gar nicht der Situationen bewusst war, in die mein Äußeres es hineinmanövriert hatte. Zum Beispiel, meine Jungfräulichkeit zu verlieren, bevor ich wirklich dazu bereit war.

»Chandler wollte sein Ding einfach durchziehen«, erklärte ich. »Und Drogen nehmen, ohne dass ich ihn deswegen nervte. Die Wahrheit ist, dass ich mich eigentlich nie wohl in meiner Haut gefühlt habe, wenn ich mit ihm zusammen war.«

»Wie meinst du das?«, fragt Mush.

»Na ja, ich habe immer erraten, was er von mir hören wollte, und es dann prompt gesagt, statt zu sagen, was ich wirklich dachte«, erläutere ich. »Ich habe jede Menge Übung durch meine Eltern. Sie wissen nicht einmal die Hälfte der Dinge, die ich denke oder tue.«

»Egal, jeder, der dein wahres Ich abserviert, ist ein Vollidiot«, sagt er.

»Nun, eigentlich war ich diejenige, die sich getrennt hat«, entgegne ich. »Aber nur rein formal gesehen.«
»Trotzdem verdienst du mehr Respekt«, sagt er.
»Und was ist mit deiner Freundin?«, fragte ich. Das Bild von Pinky Tuscadero, Fonzies Freundin in *Happy Days*, taucht vor meinem inneren Auge auf.
»Frau«, sagt er.
»Du bist *verheiratet?*«, frage ich. Daran hätte ich nicht gedacht, auch wenn Mush recht alt ist. Schließlich ist er schon vierundzwanzig.
»War«, verbessert er mich leise.
»Oh, geschieden?«, frage ich. Wenn ich bedenke, wie ich allein schon von Chandlers Anblick auf dem Schulparkplatz Magenkrämpfe bekomme, kann ich mir kaum vorstellen, wie schmerzhaft es sein muss, eine Scheidung durchzustehen.
Mush schweigt eine Minute lang. »Mein Frau ist vor fast zwei Jahren gestorben«, sagt er dann. »Wurde von einem betrunkenen Autofahrer angefahren und war sofort tot.«
Was soll man dazu sagen? Mir fällt nichts ein, und so lege ich meine Hand auf seine, wie ich es immer tue, wenn meine Mutter den leeren Blick hat. Wir bleiben so, bis die Kerzen ganz heruntergebrannt sind und wir im Dunklen sitzen.
Was ich über Mush erfahren habe, erklärt einiges über ihn. Obwohl er wie ein Serienmörder aussieht und mit einer Motorradgang abhängt, hat er etwas an sich, dass man ihn einfach respektieren muss. Als wüsste er genau, wer er ist, und als würde er immer für das einstehen, woran er glaubt. In seiner Gegenwart fühle ich mich sicher. Statt eines Ritters *in* glänzender Rüstung ist er der Ritter *auf* einer glänzenden Rüstung.

»Wie hast du das überstanden?«, frage ich schließlich.
»Das werde ich dir zeigen«, meint er. »Wann kommt Mrs. D nach Hause?«
Eine halbe Stunde später steckt mich Mush in einen schwarzen Overall aus winddichtem Anorakstoff und setzt mir einen glänzenden roten Helm auf. Dann gibt er mir genaue Anweisungen, wohin ich meine Füße setzen soll, und klopft auf den Sitz hinter ihm. »Das hier ist der Schlampensitz«, sagt er mit teuflischem Lachen. »Schwing dich rauf.«
»Machst du *Witze?*«, frage ich.
»Komm, Miss Bella«, erwidert er. »Ich fahre dich, wohin du willst.«
Schließlich siegt meine Neugier. Ich schwinge mein Bein über den Sattel und lege Mush die Arme um die Taille. Dann bitte ich ihn, nach Manor Park zu fahren, mit Route über die Straße, in der Chandler wohnt.
»Bist du bereit, Lolita?«, fragt er und gibt Gas. Mit donnerndem Motor fahren wir los.
Auf einer Harley Davidson zu sitzen, die mit achtzig Meilen die Stunde dahinbraust, fühlt sich an, als passte ich wieder in eine weiße Jeans Größe sechs, fiele einem süßen Jungen auf und könnte mich gleichzeitig um meinen Bruder kümmern – und das alles hoch zehn. Es ist die rohe, reine Kraft. Und gleichzeitig fühlt man sich lebendig und doch verletzlich. Als säße man auf dem Rücken eines elektronischen Pferdes, dessen Motor einem zwischen den Beinen pulsiert. Ich meine, es fühlt sich so gut an, dass ich sogar vergesse hinzusehen, als wir an Chandlers Haus vorbeikommen. (Obwohl ich nicht vergaß, mir etwas zu wünschen, als wir über die Schienen fuhren. Dabei war es bestimmt nicht das Sicherste, gleichzeitig die Augen zu

schließen, die Finger zu kreuzen und die Füße anzuheben.)

Aber das Beste ist die komplette Anonymität. Mit dem Helm auf dem Kopf brauche ich mir keine Sorgen zu machen, dass mich meine Eltern oder die Nachbarn entdecken könnten, während wir durch die Stadt fahren. So muss sich Catwoman auf ihren Streifzügen fühlen, denke ich, als wir durch die Nacht gleiten.

Als Mush mich schließlich absetzt, bin ich außer Atem.

»Besser als Sex, Drogen und Rock'n'Roll, stimmt's?«, sagt er.

»Besser als weiße Jeans in Größe sechs«, erwidere ich, winke ihm zu und laufe um die Ecke zu unserer Auffahrt.

In der Küche sitzen meine Eltern am Tisch unter einer dicken grauen Wolke. Ich merke sofort, dass etwas nicht stimmt. Nicht nur meine Mutter hat den leeren Blick, sondern auch mein Vater. Ich frage mich, ob ich wohl Ärger bekomme wegen der Fahrt auf der Harley. Die Freude darüber verwandelt sich auf der Stelle in Schuldgefühle, die auf meinen Magen drücken.

»Was ist los?«, frage ich betont unschuldig.

Mein Vater schüttelt den Kopf und verschwindet im Keller, wo er wieder einmal das Wunder vollbringt, ein Schiff in eine Flasche zu stecken, während das eigentliche Problem ungelöst bleibt. Er verbringt seine gesamte Freizeit damit, diese kleinen Modellschiffe zu basteln, die den Leuten »Ah« und »Toll« entlocken. Währenddessen bleibt die Situation mit meinem Bruder so ausweglos wie immer.

Meine Mutter seufzt. Ich nenne es »die Leere«, wenn sie so ist. Der Schmerz steht ihr überall ins Gesicht geschrieben, und sie will ihn durch nichts überdecken, nicht einmal mit meinem »Fire and Ice«-Lippenstift von Revlon, den ich ihr anbiete.

»Du weißt, dass dein Vater nicht gut mit der Situation deines Bruders umgehen kann«, sagt sie.

Ich hätte es wissen müssen – es dreht sich immer um Bobby. »Was ist es dieses Mal?«, frage ich.

»Nun, dein Vater hat unsere finanzielle Situation geprüft, und es sieht so aus, als müsste ich eine Teilzeitstelle annehmen, damit wir Bobbys Arztrechnungen bezahlen können«, erklärt sie. »Wir haben sämtliche Ersparnisse und Kapitalanlagen aufgebraucht, seine Betriebsrente und unsere Lebensversicherung aufgelöst. Jetzt ist nur noch sehr wenig übrig.«

»Was kann ich tun, um euch zu helfen?«, frage ich.

»Nicht viel, Liebes«, sagt sie. »Das eigentliche Problem besteht darin, dass wir nicht wissen, wo wir deinen Bruder nach der Schule unterbringen sollen, wenn ich mich nicht um ihn kümmern kann.«

Ich weiß, was die richtige Antwort wäre, aber mein selbstsüchtiges Ich befiehlt mir, den Mund zu halten. Wenn meine Eltern eines Tages tot sind, werde ich mich rund um die Uhr um Bobby kümmern müssen. Ich hoffe lediglich, vorher einen Mann gefunden zu haben, der mich heiraten will. Wie soll ich auch noch Bobby betreuen, wenn ich schon babysitten, Hausaufgaben machen und wieder dünn werden muss? Allein der Gedanke daran erschöpft mich.

Meine Mutter wischt sich eine Träne aus dem Augenwinkel. Es bekümmert mich mehr, wenn ich mit ansehen muss, wie sie sich wegen Bobby aufregt, als wenn er selbst ausrastet. Also beschließe ich, zur Rettung zu schreiten.

Meine guten Einserzeugnisse bekommen nie ihre ungeteilte Aufmerksamkeit, aber vielleicht tut es das hier.
»Keine Sorge, Mom. Ich werde mich um ihn kümmern«, sage ich. »Ich bin doch ohnehin jeden Tag beim Babysitten. Bobby kann mit Dana Atari spielen.«
»Oh, Bella«, sagt meine Mutter, und ihre Miene hellt sich auf. Die graue Wolke hebt sich, und die Sonne strahlt aus ihren Augen. Sie sieht mich liebevoll an. »Das wäre wunderbar.«
Ich habe noch nie harte Drogen wie Heroin ausprobiert, aber wenn man davon die gleichen Gefühle bekommt wie ich, wenn ich meinen Eltern eine Freude machen kann, dann kann ich verstehen, weshalb man davon abhängig wird.
In der darauffolgenden Woche bei den Daleys beschließe ich, Mush schon an der Haustür zu begrüßen und ihn vorzuwarnen, bevor er Bobby das erste Mal trifft. Mush und ich haben uns nun monatelang täglich gesehen, und irgendwann im Lauf der gemeinsamen Abendessen und Spritztouren auf der Harley habe ich ihm von meinem Bruder erzählt, aber ihn real zu erleben ist dann doch etwas anderes.
»Er ist dein Zwillingsbruder, und er ist autistisch, stimmt's?«, fragt Mush.
»Genau. Es ist eine nervenbedingte Störung, die aus ihm einen eckigen Pflock im runden Kreis des Lebens macht«, erkläre ich. Schwachsinnitis, denke ich im Stillen.
»Er marschiert also zum Rhythmus seines eigenen Schlagzeugs, das ist cool«, meint Mush.
»Ja, so könnte man es wohl sagen«, erwidere ich.
Wir betreten das Wohnzimmer der Daleys, und natürlich hat sich Bobby in seinem Flanellpyjama mal wieder be-

sonders flach gemacht und sich zwischen das Sofa und die Kissen eingeklemmt. Er hat sogar Dana dazu überreden können, sich auf die Kissen zu setzen, was er besonders mag. Ich weiß, es ist wirklich verrückt, dass Bobby, der Berührungen nicht ausstehen kann, trotzdem das Gefühl von Druck auf seinem Körper mag. Manchmal schläft er sogar zwischen der Matratze und den Sprungfedern.

»Bobby, sag meinem Kumpel Mush hallo«, sage ich.

»Klopf, klopf. Wer ist da? Der böse Wolf!«, antwortet Bobby wie ein Roboter.

Mush verzieht keine Miene. »Hi, Bobby«, sagt er. »Wie ich sehe, bist du ein Fan von *Saturday Night Live*.«

Ich zerre Mush in die Küche und versuche, es ihm zu erklären. »Tut mir leid«, sage ich, »er zitiert immerzu Filme und Shows. Das ist seine Art, zu kommunizieren.«

»Das habe ich kapiert«, sagt Mush. »Aber warum der Schlafanzug?«

»Dinge, die sich für uns normal anfühlen, sind oft zu viel für ihn. Sogar auf der Haut. Normale Kleidung ist zu kratzig – deswegen der Flanell«, erkläre ich. »Seine Sinne sind total durcheinander. Seine Augen und Ohren funktionieren zwar, aber er ist nicht in der Lage, die Informationen zu verarbeiten, weil alles auf dem Weg zu seinem Gehirn durcheinandergerät. Es versinkt quasi auf dem Weg der Übersetzung.«

»Wow, wie hast du geschafft herauszufinden, was in seinem Kopf vorgeht?«, fragt er. »Ist es, weil ihr Zwillinge seid?«

»Eigentlich gerade nicht. Ich *kann* nicht wissen, was in seinem Kopf vorgeht. Aber nach den vielen Jahren, die ich ihn beobachtet habe, konnte ich einige Dinge herausfinden. Wie zum Beispiel, dass er in Bildern denkt.«

»Was für Bilder?«, fragt Mush.

»Es ist, als hätte er eine Videothek in seinem Kopf«, erkläre ich. »Für alles gibt es ein Bild, besonders für Gefühle oder Zusammenhänge, die ihm Schwierigkeiten bereiten. Beispielsweise hasst er Bugs Bunny. Wenn er also sagt: ›Ääh, is was, Doc?‹, weiß ich, dass er frustriert oder irritiert ist.«

»Wie hast du das herausgefunden?«, fragt Mush.

»Einfach, indem ich bei ihm war. Außerdem habe ich jedes verfügbare Buch zu dem Thema gelesen.«

»Ein Glück, dass er eine Schwester hat, die sich so viel aus ihm macht«, sagt Mush.

Wohl kaum, denke ich. Ich behandle ihn nicht einmal halb so respektvoll, wie die Angels miteinander umgehen. In der Zeit, die ich mit Mush und seinen Freunden verbracht habe, habe ich gesehen, dass die Bruderschaft enger zusammenhält als Blutsverwandte. Vermutlich ist es etwas anderes, wenn man sich die Mitglieder seiner Familie aussuchen kann, statt mit denen gestraft zu sein, die Gott einem gegeben hat.

»Er hat in anderer Hinsicht Glück«, erwidere ich. »Du solltest mal sehen, was er alles kann. Er hat echte Talente.«

»Was für welche?«, fragt Mush.

Bevor ich antworten kann, kommt Bobby in die Küche geschlurft, vergräbt seine Nase in Mushs Achselhöhle und schnuppert kräftig.

»Hey!«, ruft Mush überrascht.

»Wir sind unterwegs im Auftrag des Herrn!«, sagt Bobby und zitiert Dan Aykroyd aus dem Film *Blues Brothers*.

»Bobby! Du weißt doch, dass man sich nicht wie ein Hund benimmt. Das ist unhöflich«, schimpfe ich und bin Gott noch immer dankbar, dass Bobby das hier nicht bei Chandler getan hat.

»Heiliger Ehemann Batman!«, sagt Bobby. »In Gotham City wird es eine Hochzeit geben!«
»Danke für diese aufschlussreiche Aussage«, bemerke ich und drücke ihm einen Rubik's-Zauberwürfel in die Hand. »Bobby, kannst du ihn für Mush drehen?«
Innerhalb von zwei Minuten hat Bobby sämtliche farbigen Quadrate des Würfels in die richtige Stellung gebracht.
»Toll!«, sagt Mush aufrichtig beeindruckt. »Dafür hätte ich fünf Jahre gebraucht. Weiter so, kleiner Mann. Her mit der Hand!«, sagt er und hebt Bobbys Arm, um seine Handfläche an Bobbys klatschen zu lassen.
»Uh-oh, uh-oh, nein, nein, *nein!«*, kreischt Bobby auf, verkriecht sich in eine Ecke und beginnt seinen Kopf monoton gegen die Wand zu schlagen. »Nimm sie fest, Dano! Nimm sie fest, Dano!«
Da wären wir mal wieder.
»Was habe ich getan?«, fragt Mush und springt zurück. »Tut mir leid, tut mir leid!«
Zum ersten Mal, seit ich ihn kenne, entdecke ich Angst in Mushs blauen Augen. Ein Hell's Angel fürchtet sich vor einem schutzlosen Autisten, der nicht einmal sein Kleingeld richtig nachzählen kann.
»Du hast ihn berührt«, sagt Dana, die in diesem Augenblick die Küche betritt. »Das mag er nicht. Deswegen sagt er, ›Nimm sie fest, Dano!‹«
»Ehh! Eeh! Eeh! Is' was, Doc? Is' was, Doc?« Bobbys Kreischen ist schlimmer als ein Rauchmelder im Alarmzustand.
»Du wirst schon lernen, mit ihm umzugehen«, sage ich und verdrehe die Augen.
Mush lehnt mit dem Rücken am Türrahmen. Er sieht ganz schön mitgenommen aus.

»Schon gut, Bobby. Es ist alles gut. Mush wusste nicht Bescheid«, sage ich und steuere ihn an Mush vorbei Richtung Wohnzimmer. »Komm, deine Lieblingsfolge von *Star Trek* läuft gerade.«

»Bella, es tut mir so leid!«, sagt Mush. »Ich würde ihm doch nie weh tun wollen.«

Als wir an ihm vorbeikommen, bleibt Bobby wie angewurzelt stehen. Auch ich halte an, um zu sehen, was er da betrachtet. Es ist Mushs Unterarm und natürlich seine Tätowierung.

»Dein letztes Stündlein hat geschlagen, Mistvieh«, juchzt Bobby und schlägt plötzlich glücklich die Hände zusammen.

Mush lässt seine Muskeln spielen, und es sieht aus, als gingen die Pistolen von Yosemite los, eine nach der anderen.

»Ha! Yosemite Sam tanzt!«, sagt Bobbby, als sei dies die lustigste Sache, die er je in seinem Leben gesehen hätte.

»Stimmt genau!«, sage ich, völlig überrascht, dass eine so widerliche Tätowierung einen ausgewachsenen Tobsuchtsanfall stoppen kann, auch wenn Yosemite Sam zu Bobbys Lieblingen gehört. Ich habe Bobby noch nie aus so vollem Hals lachen hören.

Bobby so glücklich zu sehen lässt mich Mut fassen, Mush um etwas zu bitten. An Fremden herumzuschnüffeln ist nicht Bobbys einzige Art, Hunde nachzuahmen. Er liebt es auch, seinen Kopf aus dem Fenster zu strecken, wenn wir mit Mom im Auto fahren. Ich frage Mush, ob es ihm etwas ausmachen würde, mit Bobby nur eine klitzekleine Fahrt mit der Harley zu unternehmen, nur einmal um den Block.

»Ich habe einfach das Gefühl, dass es für ihn zehnmal besser als Sex, Drogen und Rock'n'Roll sein wird«, sage ich. »Da er ohnehin nichts davon je erleben wird. Bitte?«

»Wäre mir eine Freude«, sagt Mush.

Ich stecke Bobby in den Anzug und setze ihm den Helm auf. Dann nehmen wir die langen Gummiseile aus Danas Rattenfalle und binden Bobby im wahrsten Sinn des Wortes an Mush fest. Außerdem stecken wir ein Kissen zwischen die beiden, damit sie sich nicht berühren. Ich zupfe an der Haut um meine Fingernägel, als der Chopper langsam die Straße hinabfährt, und werde richtig panisch, als er um die Ecke verschwindet. Habe ich es übertrieben? Was, wenn Bobby herunterfällt und stirbt? Was sollte ich dann meinen Eltern sagen? Warum dauert es so lange? Ich wünschte, ich hätte eine Zigarette.

»Vielleicht amüsieren sie sich bloß«, sagt Dana. »Mach dir keine Sorgen, Bella. Mush ist nett.«

Sie hat recht, sage ich mir die ganze Zeit, bis die beiden am Fuß des Hügels wieder auftauchen.

»Willkommen zurück, Cowboy!«, begrüße ich Bobby.

»Dein letztes Stündlein hat geschlagen, Mistvieh! Jetzt wirst du Blei fressen. Ich warne dich, Fremder …« Bobby zitiert wie ein Wasserfall Yosemite Sam.

»Dabei bin ich schon ein großer Fan, aber das beeindruckt mich. Er kennt wirklich alles von Yosemite«, sagt Mush und hört Bobbys Geplapper genau zu.

»Es bedeutet alles das Gleiche«, sage ich. »Übersetzt: Er ist glücklich.«

Ich umarme Mush ganz fest dafür, dass er Bobby einen Moment der Freude geschenkt hat, den ich ihm nie hätte geben können. Wenn ich genau darüber nachdenke, dann ist das sogar das Netteste überhaupt, was ein Typ je für mich getan hat. Chandler hat nicht einmal gefragt, ob ich einen Bruder habe. Kein einziges Mal.

»Ich wünschte, ich dürfte Auto fahren«, sage ich zu Mush und stelle mir vor, wie ich Bobby durch die Gegend kutschiere, während er den Kopf aus dem Fenster streckt.

»Bist du nicht schon sechzehn?«, fragt Mush.

»Doch. Ich habe meine vorläufige Fahrerlaubnis«, erkläre ich. »Aber ich habe es bislang irgendwie nicht geschafft, mich zur Prüfung anzumelden.«

Als ich klein war, hatte ich einen wiederkehrenden Alptraum. Ich wurde in einem fahrenden Auto gefangen gehalten, mit einem völlig außer Kontrolle geratenen Bobby hinter dem Steuer. Der Traum endete immer gleich, nämlich mit einem tödlichen Aufprall, woraufhin ich so schweißgebadet aufwachte, dass ich mein Nachthemd wechseln musste.

Mush mustert mich ein wenig, dann sagt er: »Ich habe eine Idee. Soll ich dich am Samstagmorgen für eine Fahrstunde abholen?«

Klar, sicher. Meine Eltern würden ausflippen!

»Wie wäre es, wenn ich dich an der Ecke treffe?«, schlage ich vor. »Dann musst du nicht extra wenden.«

An diesem Wochenende bekomme ich meine erste Privatstunde. Die gute Nachricht: Es handelt sich um eine silberne Corvette, Baujahr 1960. Die schlechte Nachricht: Der Wagen hat Knüppelschaltung.

»Ähm, können wir nicht mit Automatik anfangen?«, frage ich. »Sonst fahre ich deinen Wagen bestimmt noch zu Schrott.«

»Aber nicht dort, wo wir jetzt hinfahren«, sagt er. »Hüpf rein und schnall dich an.«

Mush sieht ein wenig eingequetscht aus auf dem Fahrersitz. Nun verstehe ich, weshalb er Autos »Kästen« oder »Käfige« nennt. Während er zu »Miss You« von den Rolling Stones vor sich hin pfeift, fährt er zu einem leeren Parkplatz, auf dem er bereits einige orangefarbene Verkehrshütchen aufgestellt hat. Es rührt mich, dass er sich mit meiner Fahrstunde so viel Mühe gibt.

Die größte Hürde sind jedoch nicht die Plastikhütchen, sondern die Frage, wie man den verfluchten ersten Gang einlegt. Trotz seiner geduldigen Anweisungen würge ich den Motor immer wieder ab. Dann werde ich ernsthaft frustriert, aber Mush treibt mich immer wieder an. Endlich bringe ich den Wagen zum Fahren, doch schon bockt er wie ein wildes Pferd. Nach dem zehnten ruckenden Versuch lehnt sich Mush aus dem Fenster und kotzt.

»Das reicht!«, rufe ich, stürme aus dem Wagen und knalle die Tür hinter mir zu.

»Warte!«, ruft er hinter mir her. »Warum bist du so streng zu dir?«

»Weil ich ein hoffnungsloser Fall bin und fett, und ich werde es nie lernen.« Tränen treten mir in die Augen. Ich bin wie mein Bruder, denke ich. Wenn das hier nicht symbolisch für meine Unfähigkeit ist, mein Leben in den Griff zu bekommen, was dann? Im Englischunterricht würde mein komplettes Versagen ein »Leitmotiv« heißen.

»Man muss bloß üben«, sagt Mush.

»Ich *habe* bereits geübt«, gestehe ich. »Und ich bin durch die Prüfung gefallen.«

»Wie bitte?« Mush lacht. »Miss Extrakurse ist in der Fahrprüfung durchgefallen?«

»Hör auf zu lachen«, sage ich. Es war tatsächlich der erste Unterricht meines Lebens, in dem ich keine Eins bekommen hatte.

Aber Mush lacht jetzt so heftig, dass er aus dem Auto steigen und sich die Seiten halten muss. Als sein Kichern endlich nachlässt, kommt er zu mir und legt mir die Hände auf die Schultern. »Hör mal, Kleines«, sagt er. »Es ist alles eine Frage des Willens und der Macht.«

»Wie das?«, frage ich.

»Wenn du nicht willst, macht es auch nichts«, erwidert er lächelnd. Dann lässt er seine Muskeln spielen, und Yosemite Sam tanzt ein wenig.

»Lass das, es sieht eklig aus.«

»Nur, wenn du wieder einsteigst.«

Nach einer weiteren Stunde habe ich endlich den Bogen mit Kupplung-Schalten-Gas raus. Dann tauschen wir die Plätze, und er fährt uns zu seinem Haus, das ordentlich und gut gepflegt wirkt, auch wenn es auf der falschen Seite der Schienen steht.

»Ich habe eine Überraschung für dich«, sagt er. »Warte hier.«

Eine Minute später kehrt er auf seinem Chopper zurück. Dann öffnet er das hintere Fach, in dem er die Zutaten für ein Picknick und einen Strauß roter Rosen verstaut hat. Ich habe noch nie von jemandem Blumen geschenkt bekommen.

»Ich habe etwas zu erledigen, und ich hätte gern, dass du mitkommst«, sagt er und klopft auf den Sitz hinter sich. Mein Herz pocht heftig, und ich befehle ihm innerlich, damit aufzuhören.

Wir fahren eine Stunde lang über Nebenstraßen, bis Mush in eine breite Auffahrt mit verzierten Toren einbiegt und ein Schild zu sehen ist, auf dem WOODLANDS CEMETERY steht.

Erst rollen wir langsam an Mausoleen und Grabsteinen

vorbei, dann halten wir unter einem Magnolienbaum an. Mush nimmt die Rosen und legt sie auf einen weißen Stein mit einem Marmorengel mit weit ausgebreiteten Flügeln, als wolle er ihn beschützen. Fast ein wenig protzig, denke ich.

Mush küsst die Fingerspitzen seines Handschuhs und berührt dann die Inschrift. Dort steht: CARLA MUCELLI, 1957 – 1979, MEINE GELIEBTE FRAU, RUHE IN FRIEDEN.

»Heute jährt sich Carlas Tod zum zweiten Mal, und ich bin hergekommen, um ihr meine Ehre zu erweisen«, sagt Mush. »Ich bin dir für deine Gesellschaft dankbar. Es ist immer noch schwer, allein hier zu sein.«

Ich bleibe stumm und schelte mich innerlich für meine Enttäuschung, dass die Blumen nicht für mich waren.

Überrascht beobachte ich, wie er das Picknick unter dem Baum ausbreitet.

»Stört es dich?«, fragt er.

»Überhaupt nicht«, antworte ich. Wie sollte ich ihm erklären, dass ich mich einer *toten* Person gegenüber wie das fünfte Rad am Wagen fühle? Ich beschließe, mitzumachen. Ich meine, schließlich sind wir ja Freunde, stimmt's? Also helfe ich Mush, Peperoni, Oliven und verschiedene Käsesorten auszupacken, und bitte ihn, mir von seinen Lieblingserinnerungen an Carla zu erzählen.

Seine blauen Augen leuchten, als er die kleinen Dinge beschreibt, die er an ihr so sehr mochte: die Art, wie kitschige Werbespots sie zum Weinen brachten, ihre weißen Krankenschwesterstrumpfhosen, die sie zum Trocknen in der Dusche aufhing, die Reihen mit roten Rosen, ihrer Lieblingsblume, die sie jeden Frühling so behutsam in ihrem Garten pflegte. Er wirkt so lebendig und glücklich, als er die schönsten ihrer gemeinsamen Erinnerungen durchlebt, dass ich ihn am liebsten in die Arme genommen hätte.

Und das tue ich auch und halte ihn lange fest, als er mich zu Hause absetzt. »Danke für die Fahrstunde, Professor«, sage ich.

»Danke für die Gesellschaft. Ich hoffe, es war nicht zu viel für dich, wegen Carla und allem«, sagt Mush. Dann zieht er mich für eine letzte Umarmung fester zu sich heran. Er ist ein Hell's Angel, na wenn schon?, denke ich und atme den Duft seiner Lederweste ein. Er ist der netteste Mann, dem ich je begegnet bin.

Doch etwas ist seltsam an der Sache. Denn obwohl mich Mush regelmäßig zu Verabredungen ausführt und wir ins Kino gehen oder mit seinen Freunden sonntags lange Ausfahrten unternehmen, geht es nicht übers Händchenhalten hinaus. Als wären wir geduldige Ersatzspieler, einer für den anderen, bis die wahre Liebe auftaucht. Wir sprechen nie darüber, aber ich habe fast das Gefühl, dass wir beide für etwas anderes üben.

Endlich kommt der Tag der Fahrprüfung. Doch ich bin verwirrt, als mich Mush auf seinem Chopper abholt, nicht mit seinem Wagen.

»Wir wollten doch das Wenden üben?«, frage ich. »Das ist die letzte Gelegenheit vor der Prüfung.«

»Du kannst alles, Miss Bella«, entgegnet er. »Du solltest lieber aufhören, dir Sorgen zu machen. Lehn dich zurück, entspann dich und genieße die Fahrt, dann bist du nachher fit.«

Nach längerer Fahrt klopft er mir sanft ans Bein und zeigt auf einen 7-Eleven-Supermarkt gegenüber unserer Schule. »Limopause?«, fragt er über seine Schulter.

Ich hebe zustimmend die Daumen. Mush geht in den Laden, während ich mir auf dem Parkplatz die Beine vertrete. Ich kann mein Glück kaum fassen, als Chandler, zusammen mit Pete und Brad, direkt neben mir hält. Ich kann sogar den Joint riechen, den Chandler unter dem Armaturenbrett versteckt.

Mein Herz hüpft vor Aufregung. Erst vor einer Woche ist Chandler völlig unverhofft an meinem Schulspind aufgetaucht. »Hi, Bella, wie läuft's so mit deinen Kursen?«, hat er gefragt und dabei so süß wie immer in seinem Wollpulli ausgesehen. Wir redeten ein wenig, und ich habe genau gemerkt, dass er mich ziemlich intensiv unter die Lupe genommen hat, obwohl ich an diesem Tag wirklich fett ausgesehen habe. Es ist eine kühne Hoffnung, aber ich frage mich, ob Chandler mich bitten wird, ihn zum Abschlussball zu begleiten. Vielleicht hat er mich vermisst.

»Beeilung, Brad, ich habe Kohldampf«, sagt Pete, als Brad aus dem Wagen springt und in den Laden läuft. Ich will gerade meinen Helm absetzen und sie begrüßen, als ich höre, wie sie über den Abschlussball sprechen.

»Also, wen wirst du mitnehmen, Sums?«, fragt Pete.

»Egal, Hauptsache, ich kann anschließend vögeln«, meint Chandler.

»Da wäre immer noch Bella, Alter. Lisa sagt, dass sie *immer* noch nicht über dich hinweg ist«, sagt er.

Meine Wangen fangen an zu brennen.

»Ich halte mir Bella sicherheitshalber warm, falls dieses heiße Ding Cindy absagt«, erklärt Chandler. »Aber habt ihr gesehen, wie fett sie geworden ist? Wie Schweinchen Dick.«

»Boah, das ist ja krasser als damals, als du sie entjungfert und danach so getan hast, als wärst du eingeschlafen«, sagt Brad, der mit Limonade und Chipstüten zurückkehrt

und in den Wagen steigt. Ihr Gelächter verebbt langsam, als sie davonfahren.
Wie eine Zündschnur in einem Cartoon zieht das Brennen in meinem Gesicht durch meinen ganzen Körper, und ich wünschte, die Erde täte sich auf und würde mich verschlingen.
Auf der Fahrt zurück zu Mush begreife ich, dass er mich vor allem in der Welt beschützen kann, außer vor dem, was am meisten schmerzt: die Wahrheit. Mag Mush auch noch so ein netter Kerl sein, wir haben keine gemeinsame Zukunft. Mein Problem besteht darin, dass ich gern eine gemeinsame Zukunft mit jemandem hätte, der sich nicht einmal mehr mit mir treffen will.
»Stimmt etwas nicht?«, fragt mich Mush, als ich mich vor seinem Haus hinters Steuer klemme. Meine Hände zittern auf dem Lenkrad.
»Doch, alles okay«, erwidere ich. *Nichts ist okay*, denke ich.
»Ich habe dich noch nie so still erlebt«, sagt er. »Und warum tränen deinen Augen?«
»Allergie«, entgegne ich. Ich bin so durcheinander, dass ich es kaum schaffe, den ersten Gang einzulegen. *Schweinchen Dick! Schweinchen Dick! Schweinchen Dick!*, hämmert es in meinem Kopf. Ich schaffe es, die Auffahrt hinunter und auf die Straße zu fahren. Und dann sehe ich aus dem Augenwinkel, wie eine Katze unter das Auto huscht. Um ihr auszuweichen, mache ich einen Schlenker auf die Gegenfahrbahn und in den entgegenkommenden Verkehr.
»Vorsicht!«, schreit Mush und greift ins Lenkrad. Ein riesiger Truck rollt laut hupend direkt auf uns zu. Ich bringe den Wagen gerade noch rechtzeitig auf unsere Spur zurück, schlage aber zu weit in die andere Richtung aus. In

meiner Panik komme ich von der Straße ab, fahre den Bordstein hinauf und in einen Briefkasten. Dabei geht der vordere Kotflügel von Mushs Wagen kaputt. Im Englischunterricht würde man so etwas »Vorausdeutung« nennen. Mein ganzes Leben wird eine einzige Katastrophe werden.

»Alles klar mit dir?«, fragen wir beide gleichzeitig.

»Ja, zum Glück fuhren wir nur fünfzehn Meilen die Stunde«, sagt Mush und sieht mich an. »Was ist denn in dich gefahren?«

Ich platze mit der ganzen Geschichte heraus und erzähle vom 7-Eleven, von Schweinchen Dick und davon, dass ich meine Jungfräulichkeit bei einem Trommelsolo von Grateful Dead verloren habe und nicht bei »Sailing«. Ich erzähle von der Sammlung der Ex-Freundinnen an Chandlers Tür und davon, dass ich bis zum Ende meines Lebens nie mehr jemanden lieben werde und mich um Bobby kümmern muss, wenn meine Eltern einmal tot sind, wenn nicht gar früher. Dann breche ich in Tränen aus.

»Hey, hey«, sagt Mush sanft, öffnet meinen Sitzgurt und nimmt mich in seine starken Arme. Ich weine, bis seine Schulter ganz durchweicht und voller Rotz ist.

»Wann lernst du endlich die Hauptregel im Leben? Der erste Mensch, dem du Respekt zollen musst, bist du selbst, Miss Bella«, sagt er. »Das ist der einzige Weg, damit auch jemand anders es genau so tun kann.«

»Aber ich respektiere mich doch«, sage ich. Besonders, wenn ich dünn bin.

»Aber nicht, wenn du wieder zu dieser Pfeife zurückkehrst«, antwortet er, hebt mein Kinn an und sieht mir in die Augen. Ich vermute mal, dass er recht hat, aber das zuzugeben macht die Sache nicht besser für mich. In der

Tiefe meines Herzens hatte ich darauf gewartet, dass Chandler mich anruft und eingesteht, dass er einen großen Fehler begangen hat. Ich habe an der Vorstellung festgehalten, die ich von ihm hatte, statt mich der Realität dessen zu stellen, was sein Verhalten in mir auslöste. Dass ich mich nämlich wie ein fettes Stück Scheiße fühlte.

»Okay, Piggy, sieh gefälligst zu, dass du den Rückwärtsgang einlegst, oder wir verpassen noch deinen Termin«, sagt Mush und lässt die Muskeln auf seinem Unterarm spielen, so dass Yosemite Sam mal wieder ein wenig tanzt.

»Ihh, ich hasse es, wenn du das tust«, sage ich schniefend. »Was ist mit dem Kotflügel?«

»Nichts, was man nicht mit ein wenig Muskelkraft wieder herrichten könnte«, meint Mush. »Wir sollten uns jetzt erst einmal um dich kümmern.«

Ich wende und parke perfekt ein und habe soeben den Führerschein bestanden! Aber als Mush mich zu Hause absetzt, weiß ich, dass unsere Vergnügungsfahrt für immer vorbei ist. Seine Arbeit am Haus der Daleys ist fertig, und er ist auf dem Weg zu einem großen Bikertreffen in Arizona. Mittlerweile vermisse ich Zack und meine Freunde. Es ist an der Zeit, die Rolle der Motorradbraut aufzugeben und in mein normales Leben zurückzukehren.

»Es ist nicht schlimm«, sagt er, als wir uns verabschieden.

»Weil es dir nichts ausmacht?«, frage ich. »Und Wissen ist Macht, es ist nicht so schlimm, wenn es dir nichts ausmacht?«

Er legt mir einen Finger unter das Kinn und hebt mein Gesicht zu sich heran. Ich denke, dass er mich nun küssen wird, aber seine Hand gleitet nach unten und greift stattdessen nach dem Medaillon. Stumm betrachtet er es eine Weile.

»Nein, es ist nicht schlimm, dass du es nicht für mich bist«, sagt er schließlich. »Viel wichtiger ist doch, dass ich gedacht habe, ich könnte nach Carlas Tod nie wieder etwas für jemanden empfinden. Jetzt weiß ich, dass ich eines Tages so weit sein werde. Auch du wirst dein Herz wieder jemandem öffnen, Bella«, sagt er und blickt noch immer auf das Medaillon. Dann sieht er mir in die Augen und fügt hinzu: »Das verspreche ich dir.«

Bevor ich ihn fragen kann, was er damit meint, hat er sich den Helm aufgesetzt und ist davongebraust. Ich beobachte ihn, bis er nur noch ein schwarzglänzender Punkt am Horizont ist.

Ich denke über die letzten sieben Monate mit Mush nach und darüber, wie viel wohler ich mich im Vergleich in meiner Haut gefühlt habe, wenn ich mit ihm zusammen war statt mit Chandler. Es ist so viel einfacher, wenn man nicht ständig darüber nachdenkt, was die andere Person wohl von einem hält.

Mush hat recht, dass ich die Kontrolle über mein Leben übernehmen muss. Ich kann nicht warten, bis Chandler oder ein anderer Mann mir sagt, dass ich in Ordnung bin. Ich muss es selbst so sehen.

Einige Tage später kämpfe ich mich durch meine Englischhausaufgaben, als ich auf ein Zitat von Eleanor Roosevelt stoße: »Wo Blumen blühen, wächst Hoffnung.« Dann trifft mich wie der Schlag die Erkenntnis, und ich weiß, wohin mich meine erste Fahrt führen wird.

»Mom, darf ich mir den Wagen ausleihen?«, frage ich. »Ich nehme Bobby mit.«

»Sicher, Liebes«, sagt sie und gibt mir die Schlüssel.

Ich helfe Bobby mit seinem Gurt und rutsche hinter das Lenkrad unserer Familienkutsche. Ich habe Mushs Stimme im Ohr, die mich anleitet: »Anschnallen. Man kann nie wissen, wohin die Reise geht.« Als ich das Radio anschalte, wird mir plötzlich klar, dass ich diejenige bin, die bestimmen und sich für jedes Lied frei entscheiden kann. Ich drehe am Knopf und bleibe an einem Sender für Oldies hängen. Aretha Franklin singt gerade »R-E-S-P-E-C-T«. *Welch ein Zufall*, denke ich, während Bobby mit monotoner Stimme mitsingt.

Dann tätigen Bobby und ich einen Großeinkauf bei Tonys Gärtnerei und nehmen den Highway Richtung Woodlands Cemetery. Als wir dort fertig sind, ist Carlas Grabstätte mit üppigen Rosenbüschen bepflanzt. Wenn Mush von seinem Bikertreffen in Arizona zurückkommt, werden die roten Blüten in ihrer ganzen Pracht aufgegangen sein und dem huldigen, was Carla liebte, und dem Mann, der sie liebte. Ich weiß, dass ich nie mehr etwas von Mush hören werde, aber ich erwarte auch keine Dankesbriefe. Ich habe es ebenso für mich wie für ihn getan.

Auf dem Weg nach Hause kommen wir an der Harrison High School vorbei. Bobby, der schon die ganze Fahrt über seinen Kopf wie ein Hund aus dem Fenster streckt, wird plötzlich unruhig.

»Heiliges Auto vom Ex-Freund, Batman«, schreit er und zeigt auf Chandlers Cabrio, das auf dem Parkplatz steht. »Graffiti an der Harrison High School.«

Auf der Seitenwand unseres Schulgebäudes steht in runden gelben Buchstaben: CHANDLER SUMNER IST SCHEISSE! Sogar aus der Entfernung kann ich an Chandlers Körpersprache erkennen, dass er sich noch stärker aufregt als an dem Tag, als er die Regatta verlor. Und das ist kein Wunder, denn die Abschlussfeierlichkeiten, und damit auch der Ball, stehen unmittelbar vor der Tür, und man wird das Graffiti bis dahin auf keinen Fall entfernen können.

Welch ein Zufall. Die Farbe der Buchstaben scheint genau das Narzissengelb zu sein, in dem das Haus der Daleys erst kürzlich fertig gestrichen wurde.

# 6

Jahr: 1983 *(Frühling)*
Alter: 18
Idol: *Jennifer Beals in Flashdance*
Lieblingslied: *»Every Breath You Take« von The Police*
Kostbarster Besitz (sehnlich erwartet):
*Collegezulassung*
Schönste Schuhe: *Elfenstiefeletten mit Stulpen*

Ich drehe die Lautstärke von »Tainted Love« im Autoradio herunter und gebe Bobby die übliche Vorwarnung, dass wir gleich da sind, als wir auf den Parkplatz der Harrison High School einbiegen.

»Landung vorbereiten.«

»Verstanden, Kumpel«, sagt er und zieht den Kopf ein. Er hatte ihn wie immer so weit aus dem Fenster gestreckt, wie der Sitzgurt es zuließ. Dann beginnt er mit seiner täglichen Routine, seine neuen E.T.-Figuren in einer bestimmten Reihenfolge, die nur er versteht, sorgfältig in seine *Hulk*-Brotdose einzusortieren.

Noch vor ein paar Jahren wäre ich lieber gestorben, als mit Bobby gemeinsam zur Schule zu fahren, aber jetzt macht es mir eigentlich nichts mehr aus, dass die Leute wissen, dass wir miteinander verwandt sind. Obwohl ihre Reaktion – »O mein Gott, ihr seid *Zwillinge?*« – allmählich langweilig wird. Als könnte ich irgendetwas an der Tatsache ändern. Ich bekomme Bobby nicht oft zu Gesicht, denn er nimmt an einem speziellen Programm teil. Doch wenigstens ist er in Mathe und den naturwissenschaftlichen Fächern mit normalen Leuten zusammen. Eine der größten Fragen meines Lebens ist, wie er sich jemals in der wirklichen Welt zurechtfinden soll. Die Highschool sehe ich als Übung dafür an.

Die andere große Frage ist, was *ich* in der wirklichen Welt einmal tun will und welches College mir dabei helfen wird, dies herauszufinden. Meine erste Wahl ist Notre Dame, aber dafür brauche ich ein Stipendium, denn die Kosten für Bobbys Krankenversicherung haben den Großteil der Ersparnisse unseres Vaters verschlungen. Ich fühle mich deswegen schon schlecht – sollte mich Notre Dame allerdings abweisen, wird es mir noch schlechter gehen. Es ist, als sei mein Vater komischerweise ein wenig in das College verliebt, auf dem er nicht einmal gewesen ist. Seine Eltern hatten ihm nur das örtliche College in der Bronx finanzieren können. Also ist der Druck ziemlich hoch, weil er praktisch durch mich alles nachholen will.

Das Urteil kann nun jeden Tag gefällt werden. Die meisten von uns fahren jeden Tag in der Mittagspause nach Hause, um zu sehen, ob Post gekommen ist. Man muss nicht einmal den Umschlag öffnen, um zu wissen, ob man genommen wurde oder nicht. Wenn er groß und dick ist, dann ist man auf der sicheren Seite, handelt es sich hingegen um einen dünnen Brief, dann hat man verloren und sollte sich besser selbst die Daumen drücken, dass es mit der zweiten Wahl klappt. Für die Extraportion Glück hat mein Vater uns eine Briefkastenklappe in der Form eines Helms der Footballmannschaft von Notre Dame bestellt. Das ist zwar reichlich peinlich, aber was soll's? Vielleicht funktioniert es ja.

Wenigstens gibt es eine Sache in meinem Leben, auf die ich mich verlassen kann: Zack und ich haben in der elften Klasse beschlossen, dass wir in der Zwölften gemeinsam zu unserem Abschlussball gehen werden, komme, was wolle. Das war damals, als Zack noch aussah wie Chachi aus der Serie *Joanie Loves Chachi*. Mittlerweile lungern die Cheerleader vor seinem Schulspind herum, und er hat eine heiße Affäre mit einem schwedischen Au-pair-Mädchen namens Brigitte, die neben ihm wohnt. Jedes Mal, wenn ich ihn frage, ob wir zusammen Mittag essen wollen, antwortet er mir: »Keine Zeit, Babe. Ich erlebe gerade die Blüte meiner Jugend.«

Manchmal frage ich mich, ob ich die Blüte meiner Jugend schon in der zehnten Klasse erlebt habe. Es gibt noch nicht einmal jemanden, in den ich mich verlieben könnte. Manchmal denke ich, dass es schmerzhafter ist, niemanden zu haben, den man anschwärmen kann, als an einem gebrochenen Herzen zu leiden. Denn dann gibt es wenigstens einen Grund für das schmerzhafte Ziehen, und man kann an jemanden denken, wenn sie diese kitschigen Lieder von Hall and Oates im Radio spielen. Ich fühle mich einsam und ausgehöhlt, aber ohne die Liebeskummerentschuldigung, weshalb es mir vorkommt, als verdiente ich diesen Zustand nicht einmal.

Ich werfe einen Blick auf meine Swatch und stelle fest, dass wir wieder einmal zu spät kommen werden. Geduld, Geduld, sage ich mir, als ich Bobby beobachte, der systematisch seine Figuren einpackt. Man kann ihn nicht zur Eile antreiben, egal, wie laut man »Welchen Unterschied macht es schon, ob Mr. Spock vor E.T. hineinkommt?« in die Stille im eigenen Kopf hineinbrüllt.

Also stehe ich jeden Morgen vor derselben Entscheidung: Verbringe ich die letzten fünf Minuten damit, einige Ponysträhnen zu bändigen, oder gebe ich Bobby die Zeit für das Packritual seiner Spielzeugfiguren? Normalerweise ist es Letzteres, denn schließlich bin ich es auch, die ihn dazu bringt, die Figuren zu verstecken, bevor er das Gebäude betritt. Normal auszusehen ist schon die halbe Miete im Spiel des Lebens, und wenn ich ihm dabei helfen kann, dann wird er sich eines Tages vielleicht besser anpassen können.

»Der Weltraum, unendliche Weiten«, sagt er und sieht an mir vorbei.

»Ja, lass uns in Galaxien vordringen, die nie ein Mensch zuvor gesehen hat«, erwidere ich, als ich ihn zu seinem Klassenraum bringe und danach weiter zu meinem Englischunterricht renne. Es klingelt, und ich schlüpfe gerade hinein, als Ms. Fine die Tür schließt.

»Gut, dann wollen wir mal loslegen«, sagt Ms. Fine, schnippt mit den Fingern und lässt ihre Absätze zu einem kleinen Flamencowirbel klappern. Ms. Fine ist total cool. Sie hat in den Sechzigern in einer Kommune gelebt, und sie sagt uns ständig, dass wir *Der Weiblichkeitswahn oder die Mystifizierung der Frau* von Betty Friedan lesen sollen. Außerdem heißt ihr Credo *carpe diem* und dass man gelegentlich die Sau rauslassen soll.

»Heute werden wir Zweiergruppen bilden und mit eurem großen Abschlussprojekt beginnen, den Präsentationen.«

Die Klasse stöhnt auf.

»Für die Vorbereitung habt ihr sechs Wochen Zeit, und die Präsentation wird fünfzig Prozent eurer Note ausmachen«, fährt sie fort.

Weiteres Stöhnen.

»Würde mir jemand bitte eine typische Floskel nennen?«, bittet sie.

Josh, der Klassenstreber, der neben mir sitzt, hebt wie immer sofort die Hand. Wenn man im Wörterbuch unter »Nerd« nachsieht, stünde dort ein Bild von Josh. Bifokalbrille, Pisspott-Schnitt und jeden Tag Hochwasserhosen.

»Man soll die Dinge nicht nach ihrem Äußeren beurteilen«, schlägt er vor.

»Ausgezeichnet! Das ist eure Aufgabe«, sagt sie. »Ihr und euer Teampartner überlegt euch jetzt jeder für sich, wie man dieses Klischee belegen oder widerrufen kann. Dann sprecht ihr euch im Team darüber ab. Wir fangen auf dieser Seite an« – sie zeigt in unsere Richtung –, »und zwar sitzt euer Teampartner zu eurer Rechten.« Josh und ich sehen uns an.

Lieber würde ich mich einer Wurzelbehandlung unterziehen, als mich öffentlich bis auf die Knochen zu blamieren. Also beschließen Josh und ich, auf der Stelle zu beginnen und uns nach der Schule in der Bibliothek zu treffen, da ich ohnehin noch auf Bobby warten muss, der mit seinem Betreuer übt, wie man besser im Leben zurechtkommt.

Als wir uns am Nachmittag treffen, stellt Josh zuerst seinen Aktenkoffer neben mir ab. Warum kann er nicht einen Rucksack nehmen, wie alle anderen auch?

»Hey, hat sich dein Bruder schon an die H.H.S. gewöhnt?«, fragt Josh.

»Es gibt noch kein abschließendes Urteil zum neuen Lernprogramm«, erwidere ich. »Aber ich glaube, dass es hier besser für ihn ist als auf einer Privatschule. Bobby wird sich früher oder später in der wirklichen Welt zurechtfinden müssen.«

»Klar. Wir sollten uns an die Arbeit machen«, sagt Josh und geht los. Ich folge ihm gemächlich und höre Musik auf meinem neuen Walkman. Bei »American Pie« geht buchstäblich die Glühbirne über meinem Kopf an. Ich drehe eine Runde durch die Bibliothek, kann Josh aber nirgends finden. Ich weiß genau, dass er noch nicht gegangen ist, weil sein peinlicher Aktenkoffer noch hier steht.
Dann werfe ich einen Blick aus dem Fenster. O mein Gott! Bobby wird auf dem Parkplatz von ein paar Spielern der Hockeyschulmannschaft herumgeschubst.
Wut steigt in mir auf und legt sich wie ein Würgegriff um meinen Hals. Wie kann es jemand nur wagen, die Hand gegen Bobby zu erheben, der schon so viel in seinem Leben durchmachen musste – Schocktherapie, Krankenhausaufenthalte, stundenlange Untersuchungen in seltsamen Anstalten. Auch wenn er mir zu neunundneunzig Prozent der Zeit auf die Nerven geht mit seinen *Star-Trek*-Sprüchen und seinen Ordnungsritualen, so bringe ich doch jeden um, der ihm auch nur ein Haar seines behelmten Schädels krümmt.
Im Adrenalinrausch renne ich aus dem Gebäude. Als ich zum Parkplatz gelange, hat sich allerdings schon Joshs dürre Gestalt zwischen Bobby und die drei Raufbolde geschoben, die Bobbys *Hulk*-Brotdose als Hockeypuck verwenden.
»Was zur Hölle ist hier los?«, brülle ich.
»Aliens greifen an! Fertigmachen zum Hochbeamen, Scotty! Hochbeamen!«, sagt Bobby mit seiner Roboterstimme. So peinlich die Trekkiesprache auch ist, sie ist immer noch besser, als mit den Händen zu wedeln und »huch-huch-huch« zu schreien, um den Stress abzubauen,

wie Bobby es bis zur neunten Klasse immer getan hat. Apropos Stress. Ihr hättet mal sehen sollen, was für Blicke man erntet, wenn er sich so im Restaurant benahm.
»Schnauze, R2-D2«, höhnt Gonzo, der Anführer, und schubst ihn kräftig. Bobby krümmt sich. »Das kommt davon, wenn man andere anstarrt, du Freak!«
»Heiliges nonverbales Benehmen, Batman!«, sagt Bobby. »Wenn Blickkontakt die Zeitgrenze überschreitet, droht Ärger in Gotham City!«
Aha, er teilt uns also mit, was sein Betreuer mit ihm für Alltagssituationen geübt hat. Zu Hause übe ich mit Bobby ebenfalls Blickkontakte. Zwei Sekunden sind zu wenig, aber fünf Sekunden werden als aggressiv eingestuft. Dinge, die für uns ganz natürlich sind, zum Beispiel jemanden anzusehen, Konversation zu betreiben oder Witze zu machen, müssen Bobby beigebracht werden, als käme er von einem anderen Planeten. Kein Wunder, dass er Spock über alles liebt.
»Das geht dich nichts an!«, sagt Gonzo. »Wir amüsieren uns nur ein wenig mit diesem Spinner hier.«
»Das geht mich *wohl* etwas an«, gebe ich zurück, »denn er ist mein Bruder. Und ich werde Zack und der gesamten Oberstufe Bescheid sagen, dass sie euch den Arsch aufreißen, wenn ihr ihn nicht sofort in Ruhe lasst.«
»Ist sowieso total langweilig«, meint Gonzo. »Lasst uns abhauen.«
Als sie weggehen wollen, verstellt ihnen jedoch Josh den Weg.
»Nicht so schnell«, sagt Josh und verschränkt die Arme vor seiner schmächtigen Brust.
Ich halte den Atem an, als hätte jemand bei mir auf den Pause-Knopf gedrückt.

Keiner bewegt sich, und ich frage mich, ob ich auch Josh davor bewahren muss, verprügelt zu werden.
»Erst entschuldigst du dich«, verlangt Josh. »Und reparierst die Beule in Lou Ferrignos Gesicht.«
Gonzo bleibt der Mund offen stehen, als Josh ihm die Brotdose in die Hand drückt. Wir haben Glück, dass genau in diesem Augenblick die Cheerleader-Riege vorbeischlendert.
»Was gibt's denn als Pausenbrot, Gonzo?«, kichern sie spöttisch. »So eine tolle Box!«
Die Scham auf Gonzos Gesicht ist so befriedigend, dass ich darauf bestehe, Josh nach Hause fahren zu dürfen. Ich meine, der größte Streber der Abschlussklasse rettet einen Ausgestoßenen vor seinen fiesen Feinden – das war fast wie das Gegenteil einer *Hulk*-Episode.
»Hättest du Lust, noch hereinzukommen und Pac Man zu spielen, oder so?«, fragt Josh.
»Danke, aber ...«, sage ich, weil ich weiß, wie sehr Bobby es hasst, wenn sein täglicher Ablauf nach der Schule durcheinandergerät. Jeden Tag packt er seine Figuren aus und stellt sie auf dem Küchentisch auf. Dann isst er kalte Spaghetti, die er sich einzeln nacheinander mit einer Pinzette in den Mund führt. Anschließend sind die Wiederholungen von *Star Trek* dran.
Doch ich stelle überrascht fest, dass Bobby bereits aus dem Wagen geklettert ist. Er liebt Atari nicht nur, sondern ist darin auch noch richtig gut. Ein Blick auf seine zerdrückte Brotdose auf dem Beifahrersitz reicht mir, und ich beschließe, dass dieser Zwischenstopp nun wirklich ein geringer Preis für ein wenig Freude ist. Außerdem hatte ich bislang noch keine Gelegenheit, Josh von meiner Idee zu erzählen.

»Wow, du bist ja richtig gut!«, sagt Josh zu Bobby, während sie beide die Joysticks bewegen.

»Ich bin Vulkanier, ich bin Vulkanier. Ich habe keine Schmerzen«, sagt Bobby und nickt. »Sir, auf Ihrer Schulter krabbelt eine giftige Spinne.«

»Wunderbare Episode«, sagt Josh zu Bobby, ohne sich zu unterbrechen. Kann es sein, dass es ein Chromosom gibt, das die Spinnergene mit den Trekkiegenen verbindet?

»Also, Bella, wie lautet dein Thema?«, fragt Josh.

»An der Floskel ›Man soll die Dinge nicht nach ihrem Äußeren beurteilen‹ ist etwas dran, und das gilt nicht nur für Bücher, sondern auch für Musik«, sage ich. »Beispielsweise beschreibt der Text von Don McLeans ›American Pie‹ ziemlich genau die turbulenten sechziger Jahre.«

»Hey, das nenne ich kreativ«, sagt er.

»Danke«, erwidere ich. »Und worüber sprichst du?«

»Das Wörterbuch«, antwortet er, ohne aufzublicken. »Während der äußere Einband so unauffällig ist, ist es doch faszinierend zu lesen – was bedeutet, dass die Floskel stimmt.«

»Hört sich, äh, tiefsinnig an«, sage ich. Zutiefst langweilig, denke ich. Ich könnte nie jemanden davon überzeugen, dass ein Wörterbuch faszinierend ist, nicht einmal Ms. Fine.

In der folgenden Woche macht sich Ms. Fine Notizen, während wir im Raum umhergehen und uns von unseren Themen erzählen.

»Ausgezeichnet«, sagt sie. »Tauscht jetzt eure Themen mit euren Partnern. Eure Aufgabe besteht darin, euer Konzept so klar und deutlich zu formulieren, dass euer Teampartner es ebenso gut vorstellen kann wie ihr. Und übrigens werdet ihr nach der Präsentation eurer Partner benotet.«

Na, toll! Josh kriegt das coole »American Pie«, während ich gezwungen bin, ein verdammtes Wörterbuch zum Leben zu erwecken. Als wäre das möglich, einfach zum Kotzen. Und Ms. Fine hat unsere Themen bereits eingetragen, so dass ein Wechsel jetzt nicht mehr möglich ist.

»Ihr habt genau sechs Wochen Zeit«, sagt sie.

Während der kommenden Wochen verbringen Josh, Bobby und ich die Nachmittage entweder bei uns oder bei Josh und arbeiten an unseren Vorträgen. Als wir eines Tages auf die Zufahrt zu unserem Haus einbiegen, sehe ich, dass nicht nur die Flagge von Notre Dame gehisst wurde, sondern dass mein Dad auch Lichterketten um den Briefkasten mit dem N. D.-Helm drapiert hat.

Mein Vater öffnet uns die Tür und trägt eine Kappe mit Pompons und – o Gott – seinen Kilt.

»Seht mal, was ich hier für Bella habe!«, ruft er aufgeregt und winkt mit meinem Collegeschicksal, das sich zurzeit noch in einem weißen Umschlag verbirgt. Ich laufe die Stufen hoch, lasse alles andere fallen und reiße den Umschlag auf.

»Komm schon, Bella, mach ein Tor für den Gipper«, sagt mein Vater, Knute Rockne, den legendären Footballtrainer Notre Dames, zitierend.

Meine Augen überfliegen die Zeilen, bis sie auf Worte treffen, an die ich nie auch nur im Entferntesten gedacht hätte.

»Ich stehe auf der Warteliste!«, heule ich und lasse mich zu Boden sinken. Dabei erwähne ich nicht, dass es in dem Brief weiter heißt, es läge daran, dass ich auf finanzielle

Unterstützung angewiesen sei. Wäre dem nicht so, wäre ich direkt angenommen worden.
Mein Vater sieht völlig niedergeschlagen aus. Sogar die Pompons auf seiner Kappe scheinen die Köpfe hängen zu lassen. Voller Unbehagen stehen wir vier herum.
»Emotionen sind mir fremd«, sagt Bobby und unterbricht die Stille. »Ich bin Wissenschaftler. ›Faszinierend‹ ist ein Wort, das ich nur benutze, wenn mich etwas überrascht.«
Wann immer etwas schiefgeht, kann man darauf zählen, dass mein Bruder total unpassende Dinge sagt.
Bobby zieht in Richtung Küche davon.
»Na ja, Liebes, du hast dein Bestes versucht«, sagt mein Vater. »Wer weiß? Vielleicht wirst du ja noch angenommen.«
Er umarmt mich kurz und verschwindet dann im Keller, wo er ein weiteres Mal das Wunder vollbringen wird, ein Schiff in eine Flasche zu bugsieren. Ich stehe da und fühle mich wie ausgehöhlt, weil meine Hoffnung soeben im Ausguss verschwunden ist wie der Larios Gin, den mein Vater im Spülbecken ausgießt, damit er ein Schiff in die Flasche setzen kann.
»Wie wäre es, wenn du mit Bobby eine Runde Pac Man spielst?«, schlage ich Josh vor. »Ich sollte jetzt meiner Mutter Bescheid sagen.«
Meine Mutter ist im Garten, wo sie gerade Fleißige Lieschen vor den Zaun pflanzt. Es ist ganz erstaunlich, wie es ihr über die Jahre hinweg gelungen ist, ihren Florence-Henderson-Haarhelm beizubehalten. Wenn man mich fragt, ist das ein echtes Modestatement.
»Nun?«, fragt sie und blickt mit erwartungsfroh hochgezogenen Brauen von mir zu dem geöffneten Umschlag, den ich in der Hand halte.

»Ich stehe auf der Warteliste«, sage ich und beobachte, wie ihre Brauen nach unten fallen, was sich für mich anfühlt, als stürzte ein zehnstöckiges Gebäude über mir zusammen. Ich hoffe, dass sie mir jetzt Mut zuspricht, aber wieder einmal kommen keine tröstenden Worte aus ihrem Mund. Ihre Miene verrät Geistesabwesenheit, und jetzt habe ich erst recht das Gefühl, dass ich das gesamte Team im Stich gelassen habe.

»Ich habe mein Bestes gegeben«, presse ich hervor.

»Das weiß ich doch, Liebes. Alles wird sich schon irgendwie zum Guten wenden«, sagt sie und widmet sich dann wieder ihren Pflanzen. »Wie hat dein Vater die Nachricht aufgenommen?«

»Ganz okay«, erwidere ich. »Er hat sich ins Verlies zurückgezogen.«

»Oh«, sagt sie. Dorthin geht er immer, wenn er mit etwas nicht zurechtkommt.

»Es ist noch nicht alles verloren«, sage ich zögernd. »Aber ich denke, es wäre besser, die Anzahlung an das College der zweiten Wahl zu schicken.«

Ich komme mir vor, als hätte mein letztes Stündlein geschlagen, als ich in der Dunkelheit die Stufen zu Dads Arbeitsplatz hinuntergehe. Als ich neben ihm stehe, sehe ich, dass er seinen Kilt gegen das Outfit des netten Mr. Rogers aus dem Fernsehen getauscht hat.

»Es tut mir so leid, dass ich dich enttäuscht habe, Dad«, sage ich und schlucke gegen den Kloß in meinem Hals an.

»Liebes, du hast mich nicht enttäuscht«, sagt er wenig überzeugend. »Aber was ist mit dir? War es nicht das, was du wolltest?«

Was ich will, was ich immer schon gewollt habe, ist, dass

meine Eltern stolz auf mich sind. Ich komme mir vor, als müsste ich in allem super sein, um die vielen Enttäuschungen wiedergutzumachen, die sie wegen Bobby erlitten haben. Mit der Zulassung für Notre Dame stand viel auf dem Spiel, und ich habe es total vermasselt.

Wenn mein Dad wenigstens etwas Aufmunterndes von Knute Rockne in petto hätte, wie zum Beispiel, dass das Gewinnen allein nicht das Ziel ist oder dass er stolz auf mich ist, weil ich es versucht habe, oder irgendetwas. Ich warte ab.

»Bella«, sagt er langsam, die Augen auf seine Hobbyarbeit gerichtet.

Ich schlucke.

»Würdest du mir bitte die kleine Zange reichen?«

Ich blinzele die Tränen zurück und sehe mich nach seinem bescheuerten Werkzeug auf dem dafür vorgesehenen Platz um, aber es liegt nicht dort. »Hm, vermutlich hat Bobby es sich mal wieder geholt«, sage ich. Bobby schnappt sich die Zange immer dann, wenn es Spaghetti gibt und er seine Pinzette nirgends finden kann.

»Ich könnte es in der Semesterhälfte noch mal probieren«, schlage ich vor. Das ist doch die Lösung! Außerdem habe ich vielleicht noch eine Chance, es wird zwar eine ganze Weile dauern, aber es gibt noch Hoffnung.

»Es ist nicht so wichtig, wirklich«, würgt er hervor. »Viel wichtiger ist doch, dass du dein Bestes gegeben hast, Liebes. Darauf kommt es im Leben an.«

Ich weiß, dass er mich bloß trösten will, aber ich fühle mich noch viel schrecklicher, weil ich trotz der Anstrengung nicht gut genug war. Nicht gut genug für Notre Dame, nicht gut genug für meinen Vater und deshalb auch nicht gut genug für mich selbst.

Weil ich nicht weiß, was ich jetzt noch sagen soll, schleiche ich mich davon. Ich gehe die Treppe hinauf zu Josh und Bobby, die an ihren Joysticks kleben. Ein seltsamer Anfall von Eifersucht auf meinen Bruder überkommt mich. Wie kann es sein, dass niemand je irgendetwas von ihm erwartet?

»Mach dir keine Sorgen, Bella. Ich bin mir sicher, dass die Zulassungsstelle noch Vernunft annehmen wird«, sagt Josh. »Die wären doch gut dran, wenn sie dich hätten.«

»Du hast leicht reden!«, blaffe ich zurück. »Im letzten Monat hast du dicke, fette Umschläge von Harvard, Cornell, Brown, Princeton und Yale bekommen.«

»Aber ich habe noch nichts von Stanford, meiner ersten Wahl, gehört«, erwidert er. »So befinden wir uns streng genommen in derselben misslichen Lage.«

»Komisch, aber ich fühle mich dadurch nicht besser«, entgegne ich.

»Du bist von Natur aus intelligent, ich habe mein Wissen bloß aus Büchern«, sagt er dann. »Sieh doch nur, wie du die öde Floskel ›Man soll die Dinge nicht nach ihrem Äußeren beurteilen‹ in etwas total Spannendes verwandelt hast.«

In diesem Moment klingelt das Telefon.

»Bella, Zack ist dran«, ruft meine Mutter.

»Wir müssen reden«, sagt Zack und klingt ernster als an dem Tag, als er mir mitteilte, dass John Lennon erschossen wurde.

»Du weißt, dass du immer mit mir parlieren kannst«, antworte ich und gehe mit dem Telefon in den nächsten Raum. »Wir sind *meilleures amis*.«

Daraufhin platzt er heraus: »Ich nehme Brigitte mit zum Abschlussball.«

»Was?«, rufe ich ungläubig. Ich hatte doch schon geplant, mein Haar exakt wie Jennifer Beals in *Flashdance* zu frisieren. Und ich hatte sogar schon den Ausschnitt meines Sweatshirts vergrößert für die Party am nächsten Tag am Jones Beach.

»Es ist so, dass Brigitte und ich uns mittlerweile wirklich sehr nahe gekommen sind … «, meint er.

»Klar, zwischen den Laken, was? Sie spricht nicht einmal Englisch!«, schreie ich. »Machst du es, damit du vögeln kannst? Aber du vögelst doch *jeden Tag!*«

»Ich weiß, dass ich es dir schon früher hätte sagen müssen«, meint er.

»Ach wirklich, Sherlock Holmes, der Ball ist doch erst am Freitag«, schnauze ich ihn an. »Viel Spaß in dem Smoking, den ich für dich ausgesucht habe, Chachi!«, höhne ich und knalle den Hörer auf.

»Gab es Streit?«, fragt Josh.

»Das hier ist nicht das Leben, für das ich mich gemeldet habe«, sage ich. »Erst die Warteliste, und dann werde ich auch noch für den Ball abserviert.«

Plötzlich zeigt Bobby völlig unerwartet auf Joshs Brusttasche, und die Tatsache an sich, dass Joshs Hemd eine Brusttasche hat, ist wiederum eine ganz andere Geschichte.

»Get down, boogie oogie oogie«, zitiert Bobby mit monotoner Roboterstimme einen Discosong.

Joshs Wangen färben sich rot. »Nun ja, ich habe mir zwar zwei Karten gekauft, aber es gibt eigentlich niemanden, mit dem ich hingehen will, äh«, stottert er, »es sei denn …«

»Ähm, das ist total nett von dir, aber …«, sage ich.

Und so hat sich binnen Sekunden meine Begleitung vom

Klassenschwarm zum Klassendepp gewandelt. Doch wenigstens habe ich die Gelegenheit, mich wie aus *Flashdance* zu stylen. Ich denke, das ist immer noch besser, als zu Hause zu sitzen und mir mit Bobby *Love Boat* oder *Fantasy Island* anzusehen.

Die letzte Hürde zwischen meinem Zipfelkleid und mir ist die Präsentation, die ich ohne einen Nervenzusammenbruch bestehen muss. Josh und ich sind als Letzte an der Reihe.

Mir graut jede Sekunde davor, bis es schließlich klingelt und der Augenblick der Wahrheit gekommen ist.

Ich halte *Merriam-Webster's Collegiate Dictionary* hoch und arbeite mich durch Joshs Konzept, bis ich mich zwanzig Minuten später wieder auf dem sicheren Terrain meiner eigenen Schlussfolgerungen befinde.

Nach höflichem Applaus ist Josh an der Reihe. Er räuspert sich und steht dann einfach vor der Klasse. Die Leute fangen an zu kichern. Warum muss er ausgerechnet heute ein T-Shirt mit der Aufschrift TAYLOR'S ANGELZUBEHÖR – HIER SEHEN SIE DEN GRÖSSTEN KÖDER tragen? Dabei hat er den Witz noch nicht einmal verstanden. Kluge Köpfe stellen sich manchmal ganz schön dumm an.

Wieder räuspert er sich.

»Bye-bye«, rufe ich Josh zu.

»Miss American Pie«, setzt er die Liedzeile fort und greift den Faden der Präsentation auf, die wir bis zum Umfallen geübt haben. »Popsongs sollten genauso wenig wie Bücher nach dem ersten Eindruck beurteilt werden. Nehmt zum Beispiel ›American Pie‹.«

Die Leute hören auf zu reden, ihre Aufmerksamkeit ist geweckt.

»Der Klassiker von Don McLean hat nicht nur einen ganz

normalen Text«, erklärt er, »sondern stellt eine Metapher für die Werte der sechziger Jahre in Amerika dar.«
Josh analysiert das Lied Zeile für Zeile und nimmt dabei Bezug auf Buddy Holly, Janis Joplin, die Beatles und die Rolling Stones. Als er geendet hat, stehen alle auf und applaudieren. Schüchtern verbeugt er sich, und dann wird mir klar: Man sollte wirklich nichts und niemanden nach der äußeren Erscheinung beurteilen. Josh ist ein netter Typ. Wäre er nur etwas … Bobby würde mir niemals erlauben, ihm eine modische Generalüberholung zu verpassen. Josh hingegen … vielleicht.
»Komm, Josh!«, sage ich nach dem Unterricht und greife nach seiner Hand. Gemeinsam laufen wir zum Parkplatz.
Sechs Stunden später hält unsere Limousine vor dem American Yacht Club, der für heute Abend nach dem Motto von Michael Jacksons »Thriller« geschmückt wurde.
»Bist du dir sicher, dass ich so gehen kann?«, fragt er.
»Versprochen«, sage ich. »Es wird ganz toll werden.«
Josh hilft mir aus der Limousine, und sämtliche Köpfe wenden sich uns zu. Aber niemand sieht mich an, weil alle damit beschäftigt sind herauszufinden, wer mein geheimnisvoller Begleiter ist. Hinter seiner *Risky-Business*-Wayfarer-Sonnenbrille ist er nicht zu erkennen. Unsere Mission war erfolgreich, obwohl wir so viele Zwischenstopps einlegen mussten, dass ich praktisch keine Zeit mehr hatte, mich wie Jennifer Beals zu frisieren. Außerdem musste ich mich innerhalb einer Nanosekunde bei Josh zu Hause umziehen.
Nachdem wir die Zeitschrift *Seventeen* genau analysiert hatten, wussten wir, wie die ultimative Typveränderung auszusehen hatte. Beim Optiker tauschten wir Joshs Brille

mit dem schwarzen Rahmen und den dicken Gläsern gegen Kontaktlinsen ein. Beim Friseur wurde er seiner Pagenkopf-Frisur (die man eigentlich nicht Frisur nennen kann) beraubt, ebenso wie seines Augenbrauenbalkens (zwei sind einfach so viel besser als eine). Doch erst der perfekt sitzende Anzug katapultierte ihn von ganz nett aussehend direkt an die Spitze der Charts.

Ein abschließendes Urteil gefällig?

»Wow!«, ruft Ms. Fine, die zu den Betreuerinnen des heutigen Abends gehört. »Josh, ich muss sagen, dass Bella einen guten Einfluss auf dich ausübt.«

Zacks aufgeplusterte Barbiebegleitung, Brigitte, dürfte ähnlich denken, denn sie hat uns noch während unseres ersten Tanzes abgeklatscht. Was mir und Zack aber gelegen kam, weil wir uns dann wieder versöhnen konnten.

»Es tut mir leid«, sagt Zack und wirbelt mich zu »All Night Long« von Lionel Richie im Kreis umher. »Ich habe mit meinem kleinen Freund gedacht.«

»*D'accord, mon ami*«, sage ich und umarme ihn. Wir scheinen uns dieses Jahr immer abwechselnd zu entschuldigen, je nachdem, wer gerade weniger Zeit für den anderen hatte. Aber ich finde, das Wichtigste ist, dass wir immer wieder Freunde sind.

Josh und ich tanzen miteinander zu »Every Breath You Take«. Als das Lied endet, flüstert er mir ins Ohr: »Das habe ich seit der sechsten Klasse für dich empfunden.«

*Du machst wohl Witze*, denke ich. Mit geradezu untypischem Wagemut greift Josh nach meiner Hand und führt mich zum Strand hinunter. Wir ziehen unsere Schuhe aus und gehen bis an das Ende der Reihe der Umkleidehäuschen. Dort zieht Josh mich eng zu sich heran und küsst mich leidenschaftlich.

Ich würge innerlich.
Was ich daraus lerne: Auch wenn es sinnvoll erscheinen mag, jemanden zu mögen, der bereits in einen verliebt ist, kann der Kopf dem Herz doch nichts befehlen. Ich liebe das Gefühl, von jemandem begehrt zu werden, der klug ist, aber ich brauche trotzdem jemanden, der selbstbewusster ist als ich. Und damit leider keinen, der nur dem Aussehen nach ein süßer Typ ist.
Zum Glück wird in diesem Augenblick der letzte Tanz ausgerufen, was uns die perfekte Entschuldigung gibt, zurückzugehen und uns wieder den anderen anzuschließen. Die Band stimmt schon »Celebration« von Kool & the Gang an, als Ms. Fine auf die Bühne klettert und dem Sänger etwas ins Ohr flüstert. Der wiederum wendet sich an den Rest der Band, dann folgt ein Rascheln der Notenblätter, und plötzlich spielen sie »American Pie«.
Wir haben gerade die Hälfte der zweiten Zugabe hinter uns, als ich plötzlich Bobby entdecke, der doch zu Hause bei meinen Eltern sein sollte, stattdessen aber mit seinem seltsam gebeugten Gang eines alten Mannes seitwärts auf mich zugeschlurft kommt.
»Was ist los?«, frage ich, während ich verschnaufe. Warum ist er hier? Ist zu Hause etwas passiert? Ist jemand gestorben?
»Heilige Eilzustellung, Batman«, sagt er und zieht aus seiner *Hulk*-Brotdose einen mehrfach gefalteten, zerknitterten Umschlag hervor.
Den Absender kenne ich, und die Größe gefällt mir auch. Ich winke zum Wagen meiner Eltern hinüber, den ich vor dem Eingang stehen sehe. Meine Eltern winken mir zurück, und dann fällt mir der Notre-Dame-Wimpel an der Antenne unseres Kombis auf.

»Juchhu!« Ich reiße den Umschlag auf und schließe Bobby und Josh in meine Arme.
»Nimm sie fest, Dano!«, kreischt Bobby und weicht vor meiner Berührung zurück. Aber was soll's? Ich bin zu glücklich, als dass es mir etwas ausmacht.
Notre Dame, ich komme!

# 7

Jahr: 1983 *(Herbst)*
Alter: 18
Idol: *Molly Ringwald*
Lieblingslied: *»It's Raining Men« von den Weather Girls*
Kostbarster Besitz: *Dauerticket für die Footballsaison (Los, Irish!)*
Schönste Schuhe: *ein Collegeschuh*

*Poch, poch, poch.* Bevor ich die Augen öffnen kann, spüre ich schon den kleinen Kobold, der mit seinem Vorschlaghammer von innen gegen meinen Schädel donnert. Er soll mir sagen, wie viel Alkohol ich am Abend zuvor getrunken habe. Gemessen an seinem pausenlosen Hämmern, müssen es diverse Liter gewesen sein.

Langsam öffne ich die Augen. *Oho, wer zum Teufel ist der Typ, der da neben mir schnarcht?* Und warum hat er mein Zimmer über und über mit Heineken-Postern geschmückt? Moment mal. Oh, Mist, das ist nicht mein Zimmer, also müssen wir uns in *seinem* Zimmer befinden. Und, und (ich werfe rasch einen Blick unter die Bettdecke) … puh! Wenigstens bin ich noch vollständig angezogen.

Ich sehe verstohlen nach rechts und entdecke einen Blondschopf, der unter der Decke hervorlugt. Dann spule ich in Gedanken die Ereignisse des Vorabends zurück, und mir fällt ein, dass ich mit diesem total süßen Typen geflirtet habe – aus dem dritten Jahrgang, wenn ich mich recht erinnere. Einer von ihnen trug ein Lacrosse-Sweatshirt ... ah, da ist es ja, zusammengeknüllt auf dem Boden. Wenn ich mich jetzt noch an den Namen von dem Typ erinnern würde ...

Ich sollte mich lieber aus dem Staub machen, irgendwo ein Aspirin auftreiben und mit meinem Leben neu beginnen. Sogar in Georgetown, wenn es sein muss. Leise schlüpfe ich aus dem Bett und blicke mich suchend nach meinen Schuhen um. Ich sehe überall nach, kann aber nur einen finden. Wölfe nagen sich übrigens ihre Gliedmaßen ab, um aus einer Falle zu entkommen. Ein Collegeschuh ist im Vergleich dazu ein geringes Opfer, finde ich.

Ich prüfe, ob die Luft rein ist, und verlasse den Raum durch das Fenster. Gott sei Dank war ich so vorausschauend – ach, wem will ich etwas vormachen ... es war pures Glück – und habe mich mit einem Typen eingelassen, der im Erdgeschoss wohnt. An unserem College gelten bestimmte Regeln, Parietals genannt, dazu gehört, dass Jungen und Mädchen bis elf Uhr abends aus den jeweiligen Trakten verschwunden zu sein haben. Wenn man erwischt wird, fliegt man. Natürlich sind Regeln dazu da, gebrochen zu werden, aber nur die Mutigen und Geilen, oder in meinem Fall Betrunkenen, fordern ihr Glück heraus.

Ich begebe mich auf meine waghalsige Mission in Richtung meines Zimmers. Unterwegs bete ich inständig, dass ich nicht in dem erkannt werde, was eindeutig mein Outfit von gestern Abend ist – abzüglich eines Schuhs. Und in meinem Kopf schreibe ich einen Brief an meinen Freund Alk, denn es reicht mir allmählich.

*Lieber Alkohol,*

*ich finde, dass wir uns trennen sollten, denn ich frage mich, ob du nicht zu viel Einfluss auf mich hast. Zum Beispiel:*

*1. Schöntrinken: Warum sorgst du immerzu dafür, dass mir jedermann vertraut vorkommt? Bitte verhindere, dass ich mich mit dem Typen mit der Flock-of-Seagulls-Frisur, dem ausgewaschenen Jeansanzug etc. unterhalten will. Warum finde ich ihn »einzigartig«, wenn ich mit dir zusammen bin, und am nächsten Morgen so abstoßend, wenn deine Wirkung nachgelassen hat?*

*2. Essen: Warum schlägst du mir andauernd vor, dass ich Hotdogs mit Fritten und Raspelkäse essen soll und dazu eine Pizza »mit allem« und lasche Cracker, die ich mit Orangenlimo hinunterspüle, um hinterher einen Müsliriegel zu essen, nachdem es zuvor einige Kartoffelchips und eine Fünfhundert-Gramm-Tüte M&M's gab?*

*3. Schnappschüsse: Bitte hör auf, mir die folgenden Kopfbedeckungen zu empfehlen: Footballhelme, Sombreros, Servietten, Krawatten, umgedrehte Becher, aufblasbare Plastiktiere, Verkehrshütchen und BHs, besonders, wenn es sich um meine handelt. Das Fotoalbum ist bereits voll, danke.*

*4. Telefonanrufe: Warum rätst du mir so nachdrücklich, Chandler (und alle anderen süßen Typen) anzurufen, wenn ich ganz sicher weiß, dass er schon tagsüber nichts von mir wissen will, ganz zu schweigen von vier Uhr nachts? Außerdem: Diese Kater müssen aufhören. Ich bin katholisch, eine kleine Bestrafung*

*für die Ausschweifungen von letzter Nacht wäre da also noch in Ordnung. Aber mein ganzer Tag ist im Eimer, und das nicht zum ersten Mal.*
*Bitte denk über diese Punkte nach und komm heute zur Happy Hour darauf zurück. Sonst ist es mit uns aus.*
*Danke.*

*Dein größter Fan,*
*Bella*

»Auswärtsspiel gehabt?«, fragt meine Zimmergenossin Carrie, als ich zur Tür hereinplatze und mich auf mein Bett werfe. Carrie kommt aus New Jersey, ist Hobbyturnerin, und bei ihrem Anblick kriegen Männer Stielaugen. Sie mögen eben Mädchen, die blond, hübsch und klein sind, ganz besonders solche, die sie wie Knetfigürchen in alle möglichen pornographischen Positionen bringen können. Carrie wird begehrt und ist daher ziemlich wählerisch. Ich bewundere ihre Zurückhaltung, wo ich mich doch bei den Männern hier wie ein Kind im Süßwarenladen benehme. Das Verhältnis von Typen zu Frauen ist drei zu eins.
»Trink, bis er gut aussieht!«, sagen wir beide wie aus einem Mund und fangen an zu kichern.
»Ja, aber der hier war schon süß, bevor ich mit dem Trinken anfing … glaube ich jedenfalls«, sage ich. »Wenn mir doch bloß sein Name einfallen würde.«
»Keine Sorge, dort, wo er herkommt, gibt es noch mehr davon«, sagt sie. »Sich den Kopf über Typen von Notre Dame zu zerbrechen ist so, als würde man Sand an den Strand tragen.«

Sie hat gut reden. N. D. sollte eher für »Non-Dating« stehen. Alle betrinken sich ständig und sind für eine Nacht »zusammen«. Am nächsten Tag ist man wieder ohne Partner. Keine Spaziergänge am See mit Händchenhalten, kein stolzes Tragen seiner Jacke mit den Initialen, keine Zettelchen im Briefkasten oder irgendetwas von den Dingen, von denen ich mir vorgestellt hatte, dass ich sie mit einem Freund am College erleben würde. Es ist das Gegenteil von der sechsten Klasse, wo viel geredet wurde und nichts geschah. Hier geschieht jede Menge, aber ohne große Worte.

Die meisten Collegeanfänger, die ich kenne, hören recht schnell damit auf, durch die Betten zu hüpfen. Wenn man katholisch ist, dann fühlt man sich zudem schuldig, wenn man mit einem Typen schläft, ohne offiziell mit ihm zusammen zu sein. Aus welchem Grund auch immer ist es etwas anderes, wenn man offiziell zur »Freundin« ernannt wird. Ich persönlich bin da noch ein wenig pingeliger: Wenn ich mit jemandem schlafe, dann muss ich auch in ihn verliebt sein.

Manya, die nebenan wohnt, kennt solche Regeln nicht. Jeder weiß, dass sie eine echte Expertin ist, wenn sie »ins Mikrofon spricht« und bei was nicht sonst noch allem. Sie stellt ihren kräftig durchtrainierten Körper in superengen Klamotten zur Schau und hat jedes Wochenende einen anderen Typen, der bei ihr übernachtet, Parietals hin oder her. Wir nennen sie hinter ihrem Rücken »die Professionelle«.

Nun, da ich wieder Jungfrau bin, werde ich ganz bestimmt wählerischer sein, an wen ich meine Jungfräulichkeit beim nächsten Mal verliere. (Wenn man ein Jahr lang keinen Sex hatte, bekommt man seine Unberührtheit zurück. Da es bei mir mit Chandler schon drei Jahre her ist, habe ich rein technisch gesehen noch drei Male zu vergeben.) Bislang habe ich in diesem Semester mit zwei Typen rumgemacht – nun ja, mit letzter Nacht sind es drei –, aber ich höre immer beim Knutschen auf. Oder eine Stufe darüber.

»Hier«, sagt Carrie und reicht mir zwei Aspirin, eine Diet Coke und die Post von gestern.

»Danke, dass du den Briefkasten geleert hast«, sage ich.

»Sehe ich es richtig, dass du die erste Stunde schwänzt?«, fragt sie.

»Ja«, erwidere ich, aber dann bleibt mein Blick an einem offiziell aussehenden Brief aus dem Fachbereich Englisch hängen.

»Hm«, sage ich, setze mich auf und lese das Schreiben laut vor: »›Bella: Komm unverzüglich nach dem Unterricht am Freitagmorgen zu mir.‹ Unterschrieben von Professor Whitford. Warum muss mich der Oxford-Idiot ausgerechnet heute zu sich rufen?«, stöhne ich und wälze mich aus dem Bett.

Normalerweise komme ich sehr gut mit meinen Englischlehrern aus, aber dieser Idiot, ein Doktorand, den sie sich aus Oxford ausgeliehen haben, treibt mich die Wände hoch.

Er ist dreißig und tut so, als habe er die Weisheit mit Löffeln gefressen. Unsere Fehde begann, als er sich während eines seiner brillanten Selbstgespräche über *Beowulf* über spielende Kinder vor dem Fenster beschwerte.

»Würde jemand dieser meckernden Ziegenherde sagen, dass sie gefälligst ihre Klappe halten soll?«, klagte er.

»Diese ›Tiere‹, Professor Whitford, sind Kinder mit einer Lernschwäche«, informierte ich ihn und erdolchte ihn förmlich mit meinen Blicken. »Ihre Schule liegt genau gegenüber.«

Vielleicht bin ich so empfindlich wegen Bobby, der noch immer nicht die Highschool beendet hat. Er hat fast perfekte achthundert Punkte in Mathematik geschafft, aber sämtliche Fächer, die so etwas wie einen gesunden Menschenverstand erfordern, muss er mindestens zweimal durchlaufen, bevor er sie besteht.

»Komm, ich gehe mit dir über den Hof«, sagt Carrie.

Ich ziehe mir eine Sweatshirt-Jacke über und setze eine Baseball-Kappe auf, dann eilen wir zur Tür hinaus. Auf dem halben Weg bekleckere ich mich mit Limonade und stelle erst dann fest, dass ich nur einen Schuh gewechselt habe. Ich trage einen Collegeschuh und einen flachen, schwarzen Pumps. Ich kann wirklich nirgendwo mit mir hingehen, denke ich.

Ich muss mir förmlich Streichhölzer unter die Lider stecken, um bis zum Ende des Unterrichts wach zu bleiben und für mein Tête-à-tête mit dem Oxford-Idioten bereit zu sein.

»Sie wollten mich sehen?«, frage ich, als die anderen nach und nach den Raum verlassen. Mein Blick ruht auf Tim, der kürzlich in das Footballteam aufgenommen worden ist und einem wandelnden Kühlschrank gleicht. Wir haben uns ein wenig angefreundet, und ich habe ihm einige Male bei seinen Aufsätzen geholfen. Seine Größe entschädigt etwas für seinen Vokuhila (ihr wisst schon, vorne kurz, hinten lang) und seine Jacke mit der Aufschrift »Members Only«. Außerdem sagt Carrie, dass man ihn ja immer noch umstylen könnte.

»Ja, Bella«, sagt Professor Whitford und legt die größtmögliche Herablassung in diese drei Silben. »Überraschend ist ein Platz in einem Förderprogramm frei geworden, dem Honors Program of Arts and Sciences. Es hat einen sehr strengen Lehrplan über vier Jahre. Während dieser Zeit wird eine kleine Gruppe von Studenten mit einem Professor die Werke der größten Dichter lesen, darüber schreiben und diskutieren.«

»Und?« Eine lange Pause entsteht, während der ich mich frage, was das Ganze mit mir zu tun hat. »Wollen Sie mich dafür vorschlagen?« Vielleicht habe ich ihn die ganze Zeit falsch eingeschätzt.

»Dem Programm mangelt es zurzeit noch an, nun ja, Vielfalt, um es irgendwie beim Namen zu nennen. Bring diese Nachricht zum Büro des Dekans. Während du weit entfernt von dem bist, was man eine Musterstudentin nennt, hast du keine Scheu, deine Meinung zu vertreten«, sagt er und räuspert sich. »Hübsche Schuhkombination, übrigens.«

Ich blicke zu Boden und laufe feuerrot an. Wenigstens muss ich diesem arroganten Penner nicht mehr länger zuhören, denke ich, als ich mich für das Förderprogramm einschreibe und eine Schubkarre voller Klassiker kaufe, die ich alle lesen muss. Der Unterricht wird im Kuppelgebäude stattfinden, wo die Atmosphäre sehr geschichtsträchtig ist.

Einige Tage später lerne ich meine neuen Klassenkameraden kennen. Was soll ich sagen – ein Gruselkabinett. Diese Mannschaft lässt Josh wie Mr. T aussehen, und ich rede von der Zeit, *bevor* wir ihn rundumerneuert haben. Als unser Lehrer eintritt, spiele ich mit dem Gedanken, durch eines der Buntglasfenster zu springen.

»Ich hoffe, ihr habt Pascals *Gedanken* ganz gelesen«, leiert der Oxford-Idiot mit seinem arroganten, britischen Akzent herunter. »Bella, warum teilst du uns nicht deine Ansichten dazu mit, wo du doch sonst auch nicht damit hinter dem Berg hältst?«

Am Ende der zwei Stunden komme ich mir so doof vor wie eine der Blondinen aus den Seifenopern. Vielleicht hatte N. D. mit seinem ersten Brief recht gehabt, und ich gehöre auf die Warteliste und nicht zur Studentenschaft. Alles wäre besser, als über das Wochenende einen zehnseitigen Aufsatz schreiben zu müssen! Was ist mit dem Spiel N. D. gegen Penn State? Und den netten Partys auf den Parkplätzen während des Spiels? Was ist mit der Welle im Stadion? Und was mit dem Biertrinken aus Trichtern während der Halbzeit? Und wie soll ich meinen neuen Riesenkumpel Tim anfeuern, den wandelnden Kühlschrank, den ich gern mal umstylen würde? Mir wird klar, dass ich das Wochenende unausweichlich hier in der Bibliothek werde verbringen müssen.

Aber das Schicksal macht es wieder gut, als ich Tim in der darauffolgenden Woche zufällig in der Cafeteria über den Weg laufe.

»Wo hast du gesteckt, Bella?«, fragt er.

»Ich bin in einen anderen Englischkurs gewechselt«, antworte ich.

»Der Unterricht ist nicht mehr derselbe ohne deine witzigen Bemerkungen«, sagt er. »Wollen wir gemeinsam zu Mittag essen?«

Und ehe ich michs versehe, bin ich von den Stammspielern der Fighting Irish umringt und sitze mit ihnen an ihrem inoffiziellen Tisch.

»O mein Gott«, ruft mir Carrie lautlos von unserem Collegeanfängertisch aus zu.

Ich lerne alle Footballkumpel von Tim kennen und amüsiere mich dabei so prächtig, dass ich kaum einen Bissen esse, und das ist nicht typisch für mich – Gierschlund, der ich bin. Dann hat mich der Dating-Gott auserwählt und wirft mir einen Knochen zu, denn als Tim und ich aufstehen, um zu gehen, sagt er: »Wollen wir heute Abend gemeinsam lernen?«

»Klar!«, antworte ich und hoffe, dass ich nicht zu enthusiastisch klinge. Ich bin so glücklich, dass die mexikanischen Springbohnen in meinem Magen anfangen, Breakdance zu tanzen.

An diesem Abend ziehe ich meinen ausgewaschenen Jeansmini an, dazu eine geraffte Bluse, meine Lieblingsstulpen und Stiefeletten. Ich rasiere mir sogar die Beine, nur für den Fall, dass ich einem echten Collegedate nie näher kommen werde.

Als ich über den Hof gehe, fühle ich mich richtig besonders, sogar stolz. Ich frage mich, ob mir die Leute ansehen, dass ich mich mit einem der aufstrebenden Stars unserer Footballmannschaft zum Lernen treffe.

Aufgeregt klopfe ich an seine Tür und hauche mir in die Handfläche, um meinen Atem zu prüfen. Er öffnet die Tür mit Schwung, und ich schwöre bei Gott, dass sein traumhafter Körper den gesamten Rahmen ausfüllt.

Wir zögern das Lernen hinaus und erzählen uns stattdessen von unseren Heimatstädten, unseren Familien und Freunden. Tim ist ein Einzelkind, der allein von seiner Mutter an der Eight Mile Road in Detroit aufgezogen wurde. Während er erzählt, achte ich auf Anzeichen einer F.D., einer Freundin Daheim, doch glücklicherweise gibt es keine.

Er unterbricht sich mitten im Satz und fragt: »Hast du das gehört?«

Was ich höre, sind zwei konkurrierende Stereoanlagen. »You Shook Me All Night Long« gegen »Eye of the Tiger«.

»Die Musikschlacht?«, frage ich.

»Nein, *das hier*«, sagt er und zeigt auf das Fenster über unseren Köpfen, gegen das sanft der Regen prasselt. »Das ist mein Lieblingsgeräusch.«

»Meines auch«, erwidere ich. Unsere Oberschenkel liegen nebeneinander und berühren sich. Neben seinen sehen meine aus wie Karen Carpenters Schenkel.

»Kommst du nächstes Wochenende zum Spiel?«, fragt er.

»Boston College gegen Notre Dame?«, erwidere ich. »Das werde ich um nichts in der Welt verpassen.«

»Super! Ich begleite dich noch nach Hause«, sagt er. »Draußen ist es schon dunkel.«

Ich betrete mein Zimmer, werfe mich aufs Bett und muss mich kneifen. Es gab zwar keinen Gutenachtkuss, aber wir haben uns an den Händen gehalten, und das ging von *ihm* aus. Ein Footballspieler! Wie viel Glück kann ein Mädchen haben? Ich fühle mich wie der Filmstar von Notre Dame. Und noch besser ist, wie ich mich in seiner Nähe fühle, absolut winzig, oder besser noch mikroskopisch.

Ich schufte die ganze Woche, damit ich das Spiel sehen kann. Carrie und ich brechen früh auf und gehen zu verschiedenen Parkplatzpartys. Zum ersten Mal verstehe ich, weshalb die Leute den Parkplatz immer wieder verlassen, um sich das Spiel tatsächlich anzusehen. Ich mag es besonders gern, wenn sie die Spieler auf dem riesigen Bildschirm, dem JumboTron, mit all den statistischen Details nach einem besonders guten Spielzug einblenden.

»Bella, da ist er!«, sagt Carrie und zeigt auf den Bildschirm.

Überlebensgroß prangt das Porträt eines steif lächelnden Tims dort, neben einer Liste seiner Spiele.

Dann verändert sich das Bild, kleine Lichtblitze zucken umher und bilden Worte, eine blinkende Frage. »Bella, wie wäre es mit einer echten Verabredung?«, liest der Stadionsprecher mit dröhnender Stimme vor. »Bella, wer auch immer du bist, jemand hat ein Auge auf dich geworfen!«

»Das ist das Romantischste, was ich je gehört habe«, ruft Carrie verzückt und umarmt mich.

In meinem Inneren breitet sich eine weiche Wärme aus, wie geschmolzene Marshmallows. Die Mädchen aus meinem Wohnheim umringen mich plötzlich und jubeln mir zu. Wie groß ist die Wahrscheinlichkeit, dass man vor fünfzigtausend Menschen um eine Verabredung gebeten wird und das auf einem »Non-Dating«-College! Den Fighting Irish gelingt ein Touchdown, und sie geben den Eagles Saures, woraufhin im gesamten Stadion Applaus ausbricht. Meine Freude ist so riesengroß, dass es mir vorkommt, als sei der Applaus für mich, weil ich ein Date habe. Das macht die letzten zwei Jahre auf der Highschool definitiv wieder wett, als die beiden einzigen Männer, mit denen ich intim wurde, meine Eiscremefreunde Ben und Jerry waren.

Als ich am nächsten Tag von den Vorlesungen zurück ins Wohnheim komme, hat mir Manya einen Zettel unter der Tür durchgeschoben. »Komm sofort zu mir rüber«, steht dort zu lesen und ist mit vielen Küsschen unterzeichnet. Als ich ihr Zimmer betrete, streckt sie mir ein Dutzend rote Rosen entgegen.

»Die sind von Tim«, haucht sie. »Er ist vorhin vorbeigekommen.«

»Hast du etwa die Karte gelesen?«, frage ich mit einem Blick auf den aufgerissenen Umschlag.

»Ich konnte nicht anders«, meint sie achselzuckend. »Da steht: ›Ich freue mich auf Samstag, Tim.‹«

Ich schwebe durch die nächste Woche, gehe täglich zum Aerobic für Fortgeschrittene (*Was sind die neusten Gerüchte?*) und probiere verschiedene Outfits an, die wir dann in der Gruppe diskutieren. Dann entscheiden wir uns für einen gestreiften Overall von Guess? mit supereng geschnittenen Beinen und hochhackigen Stiefeln, falls er mit mir schick ausgehen will. Fast ist es, als würde ich für das gesamte Wohnheim zu diesem Date gehen.

Als der Samstagabend naht, lauern meine Freundinnen hinter den Jalousien auf Tims Ankunft.

»Da kommt er!«, verkündet Manya dramatisch. Mein Herz hämmert, als Tim im Wohnheimgebäude verschwindet und die anderen in ihre Zimmer huschen.

Plötzlich will ich ihn nicht mehr sehen, weil der Druck fast nicht zu ertragen ist.

Dann klopft es an der Tür. Carrie öffnet, während ich mit einem Foto meines Bruders auf meinem Schreibtisch herumspiele.

»Ich bin hier, um dich zu unserer Verabredung mitzunehmen«, sagt Tim an mich gewandt. Und dann nimmt er mich *im wahrsten Sinne* des Wortes auf die Arme (*als wäre ich leicht wie eine Feder!*) und trägt mich zum Flur hinaus. Ich komme mir vor wie »Ja, Adrian« in *Rocky*.

Bei der Pasta Extravaganza kommt »Er« schließlich zur Sprache. Ich weiß, dass Tims Vater starb, als er noch ein kleiner Junge war, daher brauche ich eine Weile, bis ich begreife, wer »Er« ist. Dann endlich fällt der Groschen: Gott.

»Immer wenn ich auf ein Hindernis stoße, bringt Er mir bei, wie ich es umgehen kann«, sagt Tim. »Die Zeichen sind immer vorhanden, wenn man um Hilfe bittet.«

»Wie meinst du das?«, frage ich.

»Als mein Vater starb, war das sehr schwer für uns, aber es hat mir auch die Gelegenheit gegeben, reifer zu werden und mich um meine Mom zu kümmern«, erklärt Tim. »Und als feststand, dass ich mir das College nicht leisten konnte, wies Er mir die Richtung zum Football, was mir das Stipendium verschaffte.«

Für mich ist Gott immer eine abstrakte höhere Instanz gewesen, jemand, der mich danach streben lässt, ein braves Mädchen zu sein, weil ich weiß, dass es sonst am Ende im Fegefeuer die große Quittung geben wird. Die Vorstellung, dass Er ein Freund sein kann, mit dem man über eine geistige Verbindung plaudert, ist etwas völlig Neues für mich. Ich beginne mich allmählich zu fragen, ob der Junge mir gegenüber nicht ein wenig »anders« ist.

Gerade lege ich mir einen Plan zurecht, wie ich aus der Sache wieder herauskomme, als mir etwas einfällt.

»So ähnlich wie du mit Gott sprichst, spreche ich mit meiner Großmutter, die gestorben ist, als ich noch klein war«, sage ich und spiele mit meinem Medaillon. »Klingt so, als sei Er dir so nah, wie sie es mir ist.«

»Gott ist ganz nah bei mir«, sagt er und tippt sich auf die rechte Schulter. »Und momentan bitte ich Ihn um Hilfe bei der wichtigsten Entscheidung meines Lebens.«

»Du meinst, welcher Mannschaft du als Profi beitreten sollst, wenn du deinen Abschluss hast?«, frage ich. Gerüchteweise sind die Talentsucher gerade überall unterwegs.

»Nein, ob es überhaupt der Profisport werden soll«, antwortet er. »Oder das Priesterseminar.«
Ich verschlucke mich an meinen Gnocchi. »Du überlegst, ob du Priester werden willst?«, frage ich. Das ist doch wieder mal typisch, oder? Ich habe eine Verabredung mit einem Möchtegernpfarrer.
»Wenn ich mich für den Sport entscheide, ist der Verdienst wirklich gut«, überlegt er. »Und ich muss mir über die Finanzen meiner Mutter keine Sorgen mehr machen.«
»Eben. Und glaubst du nicht, wenn Gott dir diese Möglichkeit bietet, dass du dich dafür entscheiden *musst?* Ist es dann nicht dein Schicksal?«, frage ich.
»Nein, man hat immer eine Wahlmöglichkeit«, erwidert er mit einer gewissen Festigkeit in der Stimme. »Es sind deine Entscheidungen, die dich am Ende zu dem machen, was du bist. Nicht deine Möglichkeiten.«
Wenn Tim unbedingt Priester werden will, warum legt er dann auf dem Weg nach Hause bei jeder roten Ampel meine Hand auf den Reißverschluss seiner Hose? Auch dort macht sich eine gewisse Festigkeit bemerkbar.
Während der nächsten Monate verbringen wir viel Zeit miteinander, lernen, gehen essen, feiern mit seinen Mannschaftskameraden und kommen uns in langen und bedeutungsvollen Stunden näher, bis uns die Collegeregeln auseinanderzwingen. Trotzdem bleibt mir Tim in vieler Hinsicht ein Rätsel. So weiß ich beispielsweise nicht, ob ich ihn liebe oder nicht. Aber das ist nebensächlich. Warum drängt er nicht darauf, dass wir es tun?
Warum komme ich nicht näher an ihn heran? Eines Abends in der Bibliothek spreche ich ein kleines Gebet und bitte meine Großmutter, mir ein Zeichen zu geben.

Ich spiele mit meinem Medaillon, als mich die weibliche Intuition plötzlich wie ein Blitz durchzuckt und ich beschließe, zur heiligen Messe zu gehen. Wenn Tim Ihn um Antworten bittet, dann sollte ich vielleicht auch einen Versuch wagen.

Ehrlich gesagt, trete ich in der Kirche immer vollkommen weg. Es ist dann wie bei den *Peanuts*, ihr wisst schon, wenn die Erwachsenen sprechen und ein »Blablabla« in den Sprechblasen erscheint. Aber was habe ich schon zu verlieren, denke ich, als ich meine Sachen zusammenpacke und mich auf den Weg zur Kapelle begebe, wo die Abendmesse um zehn Uhr beginnt.

Als ich die Kapelle durch den Hintereingang betrete, bin ich überrascht, wie viele Leute bereits da sind. Noch überraschter bin ich, dass Tim vorn steht und das Abendmahl zelebriert. Lieber Gott! Deshalb verlässt er das Wohnheim immer so früh: wegen der heiligen Kommunion! Er hat sich davongeschlichen, weil er eine Verabredung mit Jesus hat! Ich verschwinde, bevor alles zu Ende ist, damit ich ihm nicht meine Zunge entgegenstrecken muss.

Aber was er kann, kann ich schon lange. Wenn er mich mit der Religion betrügt, dann zahle ich es ihm mit meinem Förderprogramm heim! Ich beschließe, seinem Motto zu folgen und meine Hürde (mein zusätzliches Pensum) als Chance zu sehen. Als Tim mich fragt, was ich Donnerstagabend vorhabe, sage ich ihm, dass ich beschäftigt bin.

Und das bin ich auch. Carrie ist ein wenig überrascht, als dem Bierfass, das ich hereinrolle, im Gänsemarsch acht Bücherwürmer folgen. Während meine Kommilitonen aus dem Förderprogramm ihre Bücher öffnen, zapfe ich jedem von ihnen zunächst einmal ein kühles Blondes.

Dann denken wir uns ein neues Trinkspiel aus, *Shakesbier*, während wir das Drama *Richard III*. lesen. Sechs oder sieben Runden später gehen wir in den Pub der älteren Semester.

*Sie haben schnell gelernt*, denke ich, als meine Kommilitonen die Tanzfläche stürmen und sich im Takt zur Musik winden. Am Ende des Abends knutscht die eine Hälfte des Kurses mit der anderen auf der Tanzfläche zu »Total Eclipse of the Heart«.

Seit dieser gruppendynamischen Maßnahme halten meine Kommilitonen immer zu mir, wenn der Oxford-Idiot es wieder einmal auf mich abgesehen hat, was ständig der Fall ist. Außerdem mäkelt er immer an meinen Klamotten herum. Und ich habe wieder einmal die widerliche Aufforderung von ihm bekommen, mich in seinem Büro einzufinden.

»Ich wollte dir nur mitteilen, dass es ein einjähriges Austauschprogramm mit Oxford gibt«, sagt er, während sein Blick zu meinen hochhackigen Stiefeln wandert. (Ich trage sie immer bei Prüfungen, weil sie mir eine Extraportion Selbstbewusstsein bei den Essayfragen geben.)

»England, wie spaßig!«, sage ich. »Vielleicht sehe ich ja Prinzessin Di!« Sie hat zwar diesen Trottel geheiratet, aber das war mal eine ordentliche Hochzeit.

»Es dreht sich nicht immer alles um den Spaß, Bella«, sagt er. »Deswegen denke ich, dass du dich bewerben solltest. Ein Tapetenwechsel würde dir guttun.«

»Ich werde darüber nachdenken«, erwidere ich, und das tue ich auf dem Rückweg zum Wohnheim. An meiner Tür klebt ein Zettel, dass ich meine Mutter zurückrufen soll.

Mein Herz klopft heftig, als ich die Nummer wähle. »Was

ist los?«, frage ich, denn ich weiß, dass etwas nicht stimmen kann. Meine Eltern rufen normalerweise sonntagvormittags an, weil mein Vater dann ausführlich mit mir jedes Detail des Spiels vom Samstag besprechen kann.

»Es ist wegen deines Bruders«, sagt sie. Ich höre die Leere in ihrer Stimme. »Ihm geht es nicht gut.«

»Verträgt er das neue Medikament nicht?«, frage ich. Man hat ihm etwas Neues gegen seine Herzrhythmusstörungen verschrieben.

»Ja, und nun ist er in der Regression«, sagt sie.

»Bobby hat das früher auch schon getan, Mom«, beschwichtige ich. »Solange es bei seiner Routine bleibt – du weißt, dass sie ihm Sicherheit gibt.«

Sie verstummt für eine Minute, während ich mir den Kopf nach weiteren tröstlichen Worten zerbreche. Dann sagt sie mit leiser, dünner Stimme: »Wir mussten ihn nach Meadowbrook bringen.«

Es war schon oft kurz davor gewesen, aber mein Bruder hat bislang noch nie in ein Heim gemusst. Die graue Wolke erscheint und umschlingt mich von hinten.

Ich verdränge die Hilflosigkeit, räuspere mich und schlage meinen vernünftigsten Tonfall an: »Ich bin so schnell wie möglich bei euch.«

Dann leihe ich mir Carries Volvo und fahre nach Hause. Während der zweitägigen Fahrt denke ich darüber nach, dass jegliche Herausforderung in meinem Leben – Männer, Bücher, was auch immer – völlig lächerlich ist im Vergleich zu dem, was Bobby täglich durchmachen muss. Wie kann ich es wagen, mich zu beschweren, wenn nur der harmloseste Reiz aus seinem Leben einen Alptraum macht? Für ihn ist prasselnder Regen – mein neues Lieb-

lingsgeräusch – so zermürbend wie eine Maschinengewehrsalve. Laute Geräusche sind für ihn der Bohrer eines Zahnarztes, der auf einen Nerv trifft.
Ich halte nur selten am Seitenstreifen an, um zu schlafen, und als ich die Grenze von New York passiere, kann ich kaum noch die Augen offen halten. Trotzdem fahre ich an unserem Haus vorbei, direkt nach Meadowbrook.
Das Gebäude ist groß, fast wie auf einem Collegecampus, aber jeder hier trägt Weiß. Ich muss mich erst mit zwei Dokumenten ausweisen, obwohl meine Eltern angerufen und mein Kommen angekündigt haben.
Ich wappne mich innerlich auf dem Weg zu seinem Zimmer und vermeide es unterwegs sorgfältig, die anderen Patienten anzusehen. Ich kann es nicht glauben, dass Bobby nun offiziell einer von ihnen ist. Als ich vor seinem Zimmer ankomme, atme ich tief durch.
»Bobby?«, rufe ich leise und betrete den Raum. Keine Antwort. Er sitzt einfach nur auf einem Stuhl und scheint weggetreten zu sein.
»Ich habe dir etwas mitgebracht«, sage ich und zeige ihm die *Star-Trek*-Videos. Ich hasse *Star Trek* inbrünstig, aber ich dachte, dass ihn die Videos trösten würden.
»Der Weltraum, unendliche Weiten«, sagt er mit seiner monotonen Roboterstimme. Wir sehen uns eine Folge an, in der ein namenloses Mitglied der Crew von einem Monster umgebracht wird und Kirk seine Leiche an Bord haben will, bevor sie sich wieder aus dem Staub machen. Spock hingegen will das Schiff einfach so schnell wie möglich aus der Reichweite des Monsters bringen, und ich weiß, wie sich das anfühlt. Auch ich möchte hier am liebsten sofort abhauen.

»Auf Warpantrieb gehen. Auf Warpantrieb gehen«, sagt Bobby und wiederholt Spocks Worte.
»Ja, Bobby, sie befinden sich in Gefahr, aber sie achten auch ihren Kameraden, und deshalb wollen sie ihn mitnehmen«, versuche ich zu erklären.
»Das ist unlogisch«, erwidert Bobby.
»Ja, aber er bedeutet ihnen etwas«, sage ich. »Die Regel dahinter lautet, dass bestimmte Dinge nicht immer logisch sind, wenn man jemanden liebt.«
In gewisser Hinsicht ähneln sich Bobby und Mr. Spock – alles ist logisch, keine Gefühle. Aber wie kann ich meinem Bruder erklären, was Liebe ist, wenn ich sie doch selbst kaum verstehe?
Nach einer Woche Fernsehmarathon mit Mr. Spock bin ich völlig frustriert, weil ich Bobby auf keine sinnvolle Weise helfen kann. Und ich bin so wütend auf meine Eltern, die völlig nutzlos sind. Es muss doch irgendetwas geben, was irgendjemand tun kann.
Den letzten Abend verbringe ich zu Hause und esse gemeinsam mit meinen Eltern. Meine Mutter hat Linguini mit Muschelsoße gekocht. Wenn Bobby da wäre, würden wir stundenlang zusammensitzen, während er seine Nudeln eine nach der anderen mit einer Pinzette zu sich nimmt. Es treibt einen in den Wahnsinn, gelinde gesagt. Ohne ihn vergeht die Mahlzeit jedoch fast unerträglich rasch, und das ist beunruhigend.
»Habe ich euch schon von dem Förderprogramm erzählt, in das ich aufgenommen wurde?«, frage ich, um die Stimmung aufzuheitern.
»Wie schön für dich, Liebes«, sagt meine Mutter abwesend. Die Leere in ihrer Stimme tritt schreiend hervor.
»Und ich bin mit jemandem zusammen.«

Meine Mutter zieht eine Augenbraue hoch, ihr Interesse ist geweckt.

»Jemand Nettes?«, fragt sie.

»Ja. Er ist nicht nur katholisch, sondern auch sehr religiös, das wird dich bestimmt freuen«, meine ich.

»Das ist wunderbar, Bella!«, ruft sie. »Diese Zeit deines Lebens ist so wichtig. Am College hat man noch keine Sorgen.«

Keine Sorgen? Hat sie Crack genommen? Sieht sie nicht den rosa Elefanten, der unser Abendessen mal wieder zunichtegemacht hat? Meine Gefühle wegen Bobby, unsere Situation und meine Verantwortlichkeiten kochen in mir hoch und überwältigen mich. Im nächsten Augenblick kommt es zu einem vesuvähnlichen Ausbruch. Ich kann mich nicht zurückhalten und schlage mit der Faust fest auf den Tisch.

»Warum könnt ihr ihm nicht helfen?«, schluchze ich.

Bestürzt blicken mich die beiden an. Nein, es sollte besser verängstigt heißen.

»Warum könnt ihr keine zweite Meinung oder so etwas einholen?«, frage ich. »Ihr lasst ihn da einfach mit den Verrückten allein. Warum unternehmt ihr nichts?«

»Bella, beruhige dich«, sagt meine Mutter mit unsicherer Stimme. »Die Ärzte sind noch dabei, ihn auf die richtige Medikamentendosis einzustellen.«

»Das versuchen sie doch ständig«, bricht es aus mir heraus. »Und hat es schon etwas genützt, hm? Er befindet sich praktisch im Koma. Ich bin heute fünf Stunden bei ihm gewesen, und er hat kaum gemerkt, dass ich überhaupt da war. Ich meine, er hat überhaupt keine Ahnung. Hat er begriffen, dass ich eigentlich schon längst wieder zurück am College sein müsste, um für die Prüfungen zu lernen? Natürlich nicht. Und ihr? Ihr wisst ja nicht einmal, ob ich da bin oder nicht, und das sogar dann, wenn seine Medikamente richtig eingestellt sind.«

Verdammt, das hatte ich nicht sagen wollen. Wie ist mir das nur herausgerutscht? Vielleicht haben sie ja nicht richtig zugehört.

Aber es stimmt doch. Sosehr ich mich auch anstrenge, etwas zu erreichen, für meine Familie bin ich immer unsichtbar. Meine Eltern scheinen nichts außer meinem Bruder wahrzunehmen. Und Bobby ist so sehr in seiner eigenen Welt gefangen, dass ich mich frage, ob er es merken würde, wenn ich auf der Stelle tot umfiele.

»Bella, wir tun alles, was wir können«, sagt mein Vater nachdrücklich und streng. »Wir müssen eben Geduld haben, bis Bobby die Sache überstanden hat.« Dann schiebt er seinen Stuhl vom Tisch zurück und verschwindet im Keller, um ein weiteres Mal das Wunder eines Flaschenschiffs zu vollbringen. *Santa Maria* ruft wieder einmal, denke ich.

Ich sehe, wie die Wangen meiner Mutter zittern, als sie die übriggebliebenen Nudeln in den Abfall wirft. Die Tränen in ihren Augen bringen mich fast um den Verstand. Ich hasse mich. Ich hätte niemals nach Hause fahren dürfen. Je mehr ich zu helfen versuche, desto schlimmer mache ich alles.

»Tut mir leid«, flüstere ich mit rauher Stimme und nehme ihr den Teller aus der Hand. »Wir werden schon eine Lösung finden.«

»Liebes, ich weiß, wie frustriert du bist«, sagt sie. »Wir sind es auch.« Ich möchte sie am liebsten umarmen, kann mich aber nicht bewegen. Sie zuckt mit den Achseln und

lächelt schwach. Ein Zeichen der Vergebung, wie ich hoffe, denn in meiner Situation frisst der Teufel Fliegen.
Auf der Rückfahrt nach South Bend überlege ich, ob ich auf eine Hochschule wechseln sollte, die näher bei meinen Eltern ist. Oder auf eine, die weiter entfernt ist. Meine Gedanken wandern zu Tim. »Mach aus der Not eine Tugend«, lautet sein Credo. Vielleicht sollte ich mich für Oxford einschreiben. Vielleicht kann ich noch etwas lernen? Wenn ich bloß wüsste, was in Bobbys Kopf vorgeht, dann könnte ich ihn dazu bringen, mir zu vertrauen, und ihn in unsere Welt zurückholen.
Ungefähr eine Woche nach meiner Rückkehr meint Tim, dass wir miteinander reden müssten. Er ist in letzter Zeit stiller geworden, seit die Chance, nach Oxford zu gehen, mich dazu bewogen hat, mein Studium an oberste Stelle zu setzen und nicht mehr stiefmütterlich zu behandeln. Wir setzen uns auf eine Bank in der Nähe der Grotte und beobachten die hin und her eilenden Kommilitonen in der Ferne.
»Bella, ich weiß nicht recht, wie ich es dir sagen soll, aber …«, stammelt er, »… in gewisser Hinsicht kann man sagen, dass es da jemand anderes gibt.«
»Ich weiß«, sage ich und tätschele seine Hand. »Ich habe euch beide zusammen gesehen, und ich verstehe dich völlig.« Ich meine, er hätte ebenso gut die gesamte Messe zelebrieren können. Einen Punkt für Jesus Christ Superstar, null für Bella.
»Tust du das?«, fragt er und sieht überrascht aus.
»Es gibt da eine Nähe zwischen euch, die wir niemals haben werden«, sage ich und versuche, es ihm leicht zu machen. Es ist bestimmt nicht einfach, Gott den Frauen vorzuziehen, vor allem wenn man bedenkt, dass Tim je-

des Mal einen Riesenständer kriegt, wenn wir knutschen.
Hinzu kommt, dass es zwar gut fürs Image ist, die Freundin eines Footballspielers zu sein, ich aber, um die Wahrheit zu sagen, nie besonders tief für Tim gefühlt habe.
»Danke, Bella«, sagt er. »Ich hätte nie gedacht, dass du so verständnisvoll bist.«
Es gibt einen Unterschied zwischen verstehen und verständnisvoll sein, aber hatte ich eine andere Wahl?

Als sich mein erstes Jahr zum Ende neigt, fangen alle außer mir an zu feiern. Ich hingegen muss schuften, um für ein Jahr nach Oxford gehen zu dürfen.
Dabei ist es eine Sache, von meinen Mitbewohnerinnen bis in die frühen Morgenstunden mit den Eurythmics beschallt zu werden, und eine andere, Manyas Sexabenteuern wie in Geiselhaft lauschen zu müssen. Ich habe keine Ahnung, wer ihr in den letzten Wochen immer Besuch abstattet, aber ihre ekstatischen Schreie »Big Boy! Big Boy, gib's mir, Big Boy!« deuten darauf hin, dass es sich um einen Wiederholungstäter handelt – sozusagen. Ich wünschte, dass die Betreuerin unseres Wohnheims öfter ein Machtwort spräche.
Als mein Kruzifix durch das Gehämmere eines Kopfs gegen die Wand, die unsere Zimmer voneinander trennt, auf das Kissen fällt, beschließe ich, dass es an der Zeit ist zu handeln. Am nächsten Morgen schreibe ich ihr eine kurze Nachricht und bitte sie höflich, künftig leiser zu sein, bis ich mit meiner Abschlussprüfung in Englisch und meiner Bewerbung fertig bin.
Carrie und ich wollen gerade frühstücken gehen, als ich mich bücke und den Umschlag unter Manyas Tür hin-

durchschiebe, die sich plötzlich öffnet. Ich werde von einem Kühlschrank erdrückt, der über mich gestolpert ist.
»Tim?«, sage ich zu dem Körper, der auf mir liegt. Er muss so dermaßen von Manyas Anblick fasziniert gewesen sein, die nichts außer dem *Flashdance*-Sweatshirt trägt, das sie sich von mir geliehen hat, dass er nicht darauf geachtet hat, wohin er ging.
Das glückliche Paar sieht mich stumm an.
»Wie ich sehe, hast du dich entschieden, Profi zu werden«, sage ich zu Tim.
Carrie fällt die Kinnlade hinunter. Einen Moment lang herrscht drückende Stille. Und dann höre ich die kleinste Andeutung eines Geräuschs, das wie ein unterdrücktes Lachen von Carrie klingt. Ich presse die Lippen zusammen, als wäre ich in der Kirche, aber es ist zu spät, und ich breche in wieherndes Gelächter aus.
Carrie und ich laufen johlend den Korridor entlang.
»Wow!«, meint Carrie, als wir endlich wieder sprechen können, ohne uns vor Lachen in die Hose zu machen. »Du bist soo cool – eiskalt. Diese Bemerkung verdient gefeiert zu werden. Bist du sicher, dass du mich diesen Sommer nicht nach Nantucket begleiten willst?«
Sie hat mit ein paar Freunden dort ein Haus gemietet. Hört sich nach jeder Menge Spaß an, aber mein Bruder ist gerade aus Meadowbrook entlassen worden.
»Ich kann nicht«, sage ich. »Ich habe mir überlegt, zusammen mit Bobby einen Sommerjob anzunehmen, das täte seinem Selbstbewusstsein gut«, füge ich hinzu und erwähne nichts von meinem eigenen Selbstbewusstsein.
Ich habe beschlossen, selbst »professionell« zu denken, und bete für ein Zeichen, dass etwas Gutes geschehen wird.

# 8

Jahr: 1984
Alter: 19
Idol: *Madonna*
Lieblingslied: *»Like a Virgin« von Madonna*
Kostbarster Besitz: *neu entdeckter Abenteuergeist*
Schönste Schuhe: *flache, rote Sandalen*

»Du bist gefeuert!«, sagt der Personalkoordinator des Ferienlagers, Mr. Howe. Er sieht aus wie Mr. Potato Head und leitet das Lager, in dem Bobby und ich arbeiten. Vielmehr, in dem Bobby *arbeitete*.

»*Sir*«, sagt Bobby.

Wir bleiben stehen und hören zu. Ich habe nicht ein einziges Mal mitbekommen, dass Bobby für sich selbst eingestanden wäre. Das wird interessant.

»Auf Ihrer Schulter krabbelt eine giftige Spinne«, zitiert er Mr. Spock.

Argh.

»Aber, Mr. Howe, ich dachte, Sie hätten gesagt, dass Bobby wahre Wunder an Ihrem Computer bewirkt hätte«, sage ich und hasse den flehenden, bettelnden Unterton in meiner Stimme. »Hat er nicht Ihre Datenbank umstrukturiert und einen Kurzschluss entdeckt? Ganz zu schweigen davon, dass mit der Verkabelung etwas nicht stimmte?«

»Ja, aber er ist nicht flexibel genug«, sagt Mr. Howe. »Im-

mer wenn ich eine Änderung in der Abfolge seiner Aufgaben festlege, widersetzt er sich meiner Autorität.«
»Aber er versteht Autorität nicht!«, sprudele ich hervor. »Er hat eine strikte Vorstellung in seinem Kopf, wie die Dinge zu sein haben, und das ist seine Autorität«, erkläre ich und versuche, meinen sarkastischen Unterton zu unterdrücken. »Aber er erledigt seine Aufgaben doch, und ist es nicht das, was zählt? *Bitte?* Dies ist sein erster Job!« Mir wird ganz schlecht, und ich fühle mich beschmutzt von der Bettelei.
Mr. Potato Head schüttelt den Kopf. Ich würde ihm am liebsten seine Nase und die Brille aus dem Gesicht schlagen. Oder ihm ein Ohr abreißen. Oder ihm sagen, dass Mrs. Potato Head gerade zermatscht wird oder so etwas in der Art.
»Früher oder später wird er sich in die normale Welt einfügen müssen«, sagt er achselzuckend. Ich begreife, dass die Sache verloren ist.
Und genau das bereitet mir höllische Angst. Wie soll Bobby jemals in der Welt da draußen zurechtkommen und auf sich selbst aufpassen? Er muss lernen, dass mit dem Erledigen einer Aufgabe erst die halbe Miete gewonnen ist und der Rest noch aussteht. Wenn ich ihm in diesem Sommer dabei helfen kann, dass er es kapiert, dann hat er wenigstens etwas bessere Chancen auf eine Zukunft nach der Highschool.
»Sie können ihn nicht feuern«, sage ich.
»Und warum nicht?«, fragt Mr. Howe.
»Weil er kündigt!«, entgegne ich. »Und ich auch!«
Hm. Vielleicht hätte ich vorher darüber nachdenken und nicht an einem Tag kündigen sollen, an dem meine Mutter den Wagen hat. Heute war Zirkustag im Camp, und

wir mussten uns verkleiden. Ich habe mich als Löwenbändigerin kostümiert, damit ich Netzstrümpfe mit Naht tragen kann. Sie sehen ziemlich gut aus zu meinem Badeanzug, den Pumps und einer Lone-Ranger-Maske. Dachte ich zumindest, obwohl ich mir jetzt nicht mehr so sicher bin, als wir in den Ort marschieren, um den Bus nach Hause zu nehmen. Im Vergleich zu mir sieht Bobby geradezu brav aus in seinem roten Pyjama und der Perücke, die ich ihm über den Helm gestülpt habe.

Mir wird jetzt klar, was die Artikel in der *Glamour* sagen wollen, wenn sie von Stress in der Arbeit sprechen. In diesem Augenblick fährt Chandler in seinem Cabrio vorbei und drückt ein paarmal auf die Hupe. Hat er mich erkannt, oder handelt es sich lediglich um männliche Anerkennung meiner Netzstrümpfe?

Beim Abendessen beobachte ich Bobby, der seine Spaghetti wie immer einen nach dem anderen mit einer Pinzette isst, und denke darüber nach, wie ich meinen Eltern beibringen soll, was passiert ist.

»Na, Bobby, wie war es heute bei der Arbeit?«, fragt mein Vater und legt das *Wall Street Journal* beiseite. Er findet es ganz besonders toll, dass Bobby einen Job hat. Jede Wette, dass er davon träumt, Vater-Sohn-Gespräche darüber zu führen, wie man die Karriereleiter erklimmt. So wie ich von meinem nächsten Freund träume.

»Billie Jean's not my lover«, zitiert Bobby mit abgehackter Roboterstimme Michael Jackson. »Just beat it.«

Meine Eltern blicken mich erwartungsvoll an und warten auf die Übersetzung.

»Ähm, es ist heute nicht so gut gelaufen«, fange ich an.

»Just beat it! Beat it! Beat it!« Bobby spricht immer schneller, als würde er den Refrain singen.

»Er wurde heute gefeuert, und da habe ich auch das Handtuch geworfen«, erzähle ich beiläufig.

»Warum?«, fragen beide Elterneinheiten wie aus einem Mund. Mir fallen auf Anhieb hundert Gründe ein, und sie können sich nicht einmal einen einzigen vorstellen?

»Alarmstufe rosa Elefant! Alarmstufe rosa Elefant!«, möchte ich am liebsten schreien. Aber das tue ich nicht. Stattdessen suche ich nach einem diplomatischen Weg, ihnen zu erklären, dass nicht jedermann der Ansicht ist, sich den strikten Ritualen eines Autisten unterwerfen zu müssen, während besagter Autist am Küchentisch sitzt und seelenruhig seine grünen Bohnen mit einem Zahnstocher isst. Um Himmels willen, wann werden sie endlich aufwachen und kapieren, was los ist?

»Nun, Mr. Howe wollte, dass die Aufgaben auf eine bestimmte Art und Weise erledigt werden, und Bobby wollte dies wiederum nur auf seine bestimmte Art und Weise tun«, sage ich. »Letztlich kann man wohl sagen, dass es an künstlerischen Differenzen gescheitert ist.«

»Das ist schon okay, Sportsfreund«, sagt mein Vater und knufft Bobby an die Schulter, was diesem überhaupt nicht gefällt.

»Eee! Eee! Eee!«, kreischt Bobby. »Nimm sie fest, Dano.«

»Dad, du weißt doch, dass er nicht berührt werden will …«

»Ja, nun, Sportsfreund«, fährt mein Vater fort, »als ich in deinem Alter war, haben sie unsere ganze Abteilung in der Fabrik rausgeworfen und durch eine Maschine ersetzt. Ich weiß also, wie es dir geht.«

Wie kann mein Vater überhaupt jemals wissen, wie es Bobby geht, wenn man bedenkt, dass er völlig unfähig ist, seine Gefühle irgendjemandem von uns mitzuteilen? Aber ich spiele mit, während sich die graue Wolke über uns senkt.

»Tut mir leid«, murmele ich meiner Mutter zu, während wir gemeinsam abspülen. »Ich habe es versucht.«

»Liebes, ich denke, dein Bruder war noch nicht bereit für einen Job«, sagt sie, und die Leere kriecht langsam in ihre Stimme. »Ich verstehe nicht, weshalb du so sehr darauf drängen musstest, dass er in diesem Sommer arbeitet.«

»Er *hat* seine Arbeit gut gemacht«, erwidere ich. »Aber weil er überall aneckt, hat es nicht geklappt. Und ich habe nur deshalb gedrängelt, weil er lernen muss, sich einzufügen. Ich dachte, wenn ich auch da bin, um ihm auf die Sprünge zu helfen …« Meine Stimme verebbt.

»Nun, offensichtlich ist er noch nicht dazu bereit«, sagt meine Mutter. »Er kann vor seinem letzten Jahr in der Highschool nicht noch mehr Druck gebrauchen.«

»Da hast du wohl recht, Mom«, erwidere ich.

*Und was soll mal aus ihm werden?*, hätte ich jetzt gern geschrien, doch mir fehlt die Energie, um die graue Wolke zu vertreiben oder auf den riesigen rosa Elefanten zu zeigen, der alle in diesem Haus zerquetscht, seit ich denken kann.

Als wir gerade mit dem Abspülen fertig sind, ruft Zack an.

»Kommst du heute Abend mit ins Kino? *Avec moi?*«, fragt er.

»*D'accord*«, sage ich. »Hol mich ab, schnell. *Vite, vite!*« Alles ist mir recht, um dem Trübsinn in diesem Haus zu entkommen. Wir fahren rasch zum Kino hinüber, parken im Halteverbot und kaufen Eintrittskarten für *Indiana Jones und der Tempel des Todes.*

Nach dem Film diskutieren wir die Frage, ob Zack einen guten Indiana Jones abgeben würde, als wir sehen, dass ein Zettel an seiner Windschutzscheibe klemmt.

»*Merde!*«, entfährt es ihm.

»Zack, sieh doch«, sage ich und inspiziere den pinkfarbenen Flyer. »Das ist kein Knöllchen, sondern Werbung für den Greyhound Bus: ›Zum halben Preis nach Nantucket‹. Ich sollte sofort meine Tasche packen«, sage ich scherzend. Auf dem Weg zum Kino hatte ich ihm von dem missglückten Projekt Bobby-und-Schwesterherz-haben-einen-Job erzählt. Jetzt wirft er den Wagen an, und Madonnas »Holiday« läuft im Radio. Sie ist so cool und tut nur das, was sie will, obwohl sie katholisch ist! Wie setzt sie sich bloß über die Schuldgefühle hinweg?

»Und warum fährst du nicht einfach?«, fragt Zack. »Hier gibt es keine Jobs mehr. Und musst du dir nicht noch das Geld für Unterkunft und Verpflegung am College verdienen?«

»Ja, das stimmt«, antworte ich. »Aber ich komme mir vor wie eine Verräterin, wenn ich meinen Bruder allein lasse.«

»Was kannst du jetzt noch für ihn tun?«, meint Zack. »Für mich sieht es so aus, als hättest du nichts zu verlieren. Madonna würde es bestimmt auch so machen.« Dieser Mann weiß ganz genau, wie man den Druck noch steigert.

Ich beschließe, Carrie anzurufen und zu fragen, ob ihr Angebot noch steht.

»Klar!«, meint sie. »Ich habe gehört, dass sie noch Kellnerinnen im *Chanticleer* suchen. Da kannst du nachts gutes Geld verdienen und den ganzen Tag am Strand verbringen. Habe ich schon die niedlichen Rettungsschwimmer

erwähnt?«, sagt sie und lässt den Köder dicht vor meiner Nase baumeln.
Das Schulgeld fürs kommende Jahr, erstklassige, bräunende Sonnenstrahlen und die Aussicht auf einen Ferienflirt!
Ich lege auf und klopfe an die Tür des Elternschlafzimmers. »Mom, Dad«, rufe ich und unterbreche sie bei ihrer Lieblingsshow, *Chefarzt Dr. Westphall.* Ich erzähle ihnen von meinem Plan.
»Sind auch Erwachsene in dem Haus?«, fragt mein Vater.
»Vertraust du mir etwa nicht?«, antworte ich ausweichend.
»Wir vertrauen dir, Liebes«, schaltet sich meine Mutter ein, »aber da draußen laufen jede Menge Spinner herum, denen wir nicht trauen. Das hört sich nicht sehr sicher an.«
»Bitte! Ich verspreche, dass ich das Geld verdiene, das ich fürs Semester brauche«, meine ich. »Und abgesehen davon, gibt es hier keine Jobs mehr.«
»Robert, was meinst du?«, sagt meine Mutter zu meinem Vater. Sonst führen sie diese Gespräche unter vier Augen.
»Bitte? Bitte? Bitte?«, flehe ich.
»Na gut, Liebes«, sagt er gähnend. »Aber versprich uns, dass du ein braves Mädchen bist und uns anrufst, wenn es Probleme gibt.«
Die Ereignisse des Tages haben sie erschöpft, da bin ich mir sicher, weshalb sie schlicht zu müde für eine weitere Auseinandersetzung sind. Es ist nicht so, dass sie sich nicht um mich sorgen, sage ich mir, aber ihre Kapazitäten sind begrenzt, ungefähr so wie bei einem Kreditkartenlimit.

Zwei Tage später holt mich Carrie an der Fähre ab und bringt mich zu dem Haus, das ich mir sehr hübsch vorstelle, mit einer rundum verlaufenden Veranda und buschigen, violetten Hortensien. Als wir dort ankommen, sieht es jedoch mehr wie ein Studentenwohnheim aus. Im Vorgarten liegen leere Bierfässer, Fliegen summen in der Küche, und mein »Bett« ist ein Schlafsack auf dem sandigen Fußboden. Trotzdem, hier gibt es weder graue Wolken noch rosa Elefanten, und so bin ich froh, da zu sein.

»Kannst du mich später zum *Chanticleer* mitnehmen?«, frage ich und habe eine sexy Kellnerinnenkluft und zweistellige Trinkgelder vor Augen. »Ich muss so rasch wie möglich anfangen zu arbeiten.«

»Tut mir leid, ich habe gerade erst erfahren, dass die Stelle schon besetzt ist. Aber Mr. Hendricks hat an seiner Tankstelle einen Aushang, dass er noch jemanden sucht.«

»Benzin pumpen?«, hake ich nach, und die sexy Kluft verwandelt sich vor meinem geistigen Auge in einen schmierigen Overall, in dem ich tierisch fett aussehe. Mit meinem Namen auf einem Schild über der linken Brust.

»Es ist gar nicht mal so schlecht«, sagt Carrie. »Ich arbeite da sozusagen auch. Komm morgen mit, und dann zeige ich es dir.«

»Was weißt du über giftige Dämpfe?«, fragt Mr. Hendricks am nächsten Morgen, als ich mal »unverbindlich nachfrage«.

»Na ja, ich esse häufig Bohnen«, antworte ich, weil mir klar wird, dass ich nichts zu verlieren habe.

»Dein Sinn für Humor ist schon mal ein Anfang. Carrie wird dir den Rest beibringen.«

»Es ist ganz einfach«, sagt sie. »Der kniffligste Part ist der

Ausschnitt deines T-Shirts. Er muss tief genug sein, um die Aufmerksamkeit der männlichen Kundschaft zu wecken, aber nicht zu großzügig, damit sich die Kundinnen nicht beschweren. Wenn du es richtig machst, dann garantiere ich dir, dass du immer weißt, wo die besten Partys der Insel stattfinden.«

»Abgemacht!«, sage ich. Und wenn schon, dann ist es eben nur der Mindestlohn. Ich werde Doppelschichten machen, um das Schulgeld zu verdienen. Und vielleicht lerne ich ja jede Menge Typen kennen.

Nach einer ganzen Woche Benzinpumpen bei strömendem Regen und ohne eine einzige Partyeinladung beschließe ich, mich ein wenig aufzumuntern und durch die niedlichen Läden des Ortes zu stöbern. Ich spähe durch die Fenster des *Chanticleer* und sehe die perfekten, kleinen Familien vor ihren Hummern und ihren Steaks. Ich habe Heimweh, aber nach einem Zuhause, das ich gar nicht besitze.

Also besteht mein nächstes Abenteuer darin, am Strand Volleyball zu spielen. Diese Werbespots für Mountain Dew lassen das Ganze richtig spaßig aussehen.

Wenn man dann allerdings wirklich spielt, ist man erschöpft, schwitzt, und der Badeanzug verfängt sich in der Poritze. Popcorn gehört in dieselbe Kategorie und ist total überbewertet. Der Geschmack ist nie so toll wie der Geruch.

Als ich mich gerade abwenden will, entdecke ich Blondie, den Typen, mit dem ich ein besoffenes Techtelmechtel ganz zu Beginn des ersten Semesters hatte. Mein erster Schandfleck! Hey, der ist aber süß, auch ohne Alkohol, denke ich, als ich ihn dabei beobachte, wie er an den Tischen bedient.

Am nächsten Tag berichtet Carrie von ihrem Date mit dem Sugardaddy, der sie in ein todschickes Restaurant ausgeführt hat, das *Galley*, wo sie ein Fünf-Gänge-Menü aßen. Ich erzähle ihr, dass ich Blondie im *Chanticleer* ausspioniert habe.

»Mit dem Typen hast du damals rumgemacht?«, fragt sie. »Ich wette, es ist Grant Stockdale.«

»Du *kennst* ihn?«, frage ich.

»Ich habe von ihm gehört«, erwidert sie. »Er kommt aus dem Ort.«

In diesem Moment fährt Carries Date vom Vorabend in seinem Jaguar zum Tanken heran und um einen tiefen Blick in Carries Ausschnitt zu riskieren. Er muss ungefähr doppelt so alt sein wie sie. Ich bewundere ihre Fähigkeit, sich daran nicht zu stören.

»Hi, Carrie«, ruft Paul alias Sugardaddy. »Ich hole jetzt Bart an der Fähre ab. Magst du uns zum Essen begleiten?«

Carrie beugt sich näher zum Fenster heran und lockt ihn mit dem Ausblick auf ihre festen Kurven. »Ähm«, macht sie und wirft mir einen listigen Blick zu. »Ich habe Bella versprochen, dass wir ins *Chanticleer* gehen und dort an der Bar etwas essen«, sagt sie mit einem Hauch gespielter Enttäuschung. Dann dreht sie sich um und zwinkert mir unübersehbar zu.

»Ich mache dir einen Vorschlag«, sagt Sugardaddy, und schon läuft alles genau nach Carries Plan. »Lasst uns doch zusammen ausgehen.«

»Hört sich gut an«, sage ich, lässig an die Zapfsäule gelehnt.

Kaum ist der Jaguar verschwunden, laufe ich zu Carrie hinüber, und wir geben uns Fünf. »*Chanticleer*, wir kommen!«, rufen wir gleichzeitig. So nah wie jetzt werde ich dem Lebensgefühl eines Madonnasongs nie wieder kommen!

Am Abend warten wir vor der Haustür auf unsere Dates. Ich bin furchtbar aufgeregt, weil ich noch nie zuvor ein Blind Date hatte, aber diese Gelegenheit *konnte* ich mir nicht entgehen lassen. Es wird mein erster Kontakt zu Grant alias Blondie sein. Aber was, wenn er nicht für unseren Tisch zuständig ist? Oder wenn er glaubt, dass ich mit Bart zusammen bin? Ich kreuze zwei Finger und hoffe auf das Beste.

Die Herren kreuzen in ihrem silbernen Jaguar auf. Ein Fossil, denke ich, als ich mich Bart vorstelle. Ich bin sehr froh, dass ich die Kunst beherrsche, auch dann noch lächeln zu können, wenn ich dem Tod ins Auge blicke (okay, nicht dem Tod, aber einem Mann von mindestens vierzig Jahren).

Wir erreichen das *Chanticleer*, und als wir das Restaurant betreten, bleibt mir der Mund offen stehen. Nicht nur, dass Grant mit einem makellosen marineblauen Blazer, Krawatte und Khakihosen bekleidet ist, er wurde offensichtlich auch zum Oberkellner befördert.

»Du wirkst überrascht«, flüstert Carrie mir zu.

»Ich dachte, Grant sei ein einfacher Kellner«, erkläre ich.

»Machst du Witze?«, entgegnet Carrie. »Seiner Familie *gehört* der Laden.«

Gerüchte besagen, dass Billy Joel und Christie Brinkley ein Haus auf Nantucket besitzen, aber die echten Prominenten sind hier die Einheimischen, die Inselbewohner, die gegenüber den Touristen stets die Oberhand behalten. Ihnen werden Türen geöffnet, die dem Rest der Bevölkerung verschlossen bleiben, egal, wie neureich sie sind.

Wir kommen dem Empfangsbereich näher, und mein Herz pocht heftig. Grant beendet sein Telefonat, notiert etwas im Reservierungsbuch und schaut dann hoch. Unsere Blicke treffen sich. Seine grauen Augen wechseln rasch zwischen dem Fossil und mir hin und her. Schamesröte kriecht mir den Hals empor.

»Haben Sie reserviert, Sir?«, fragt er.

»Ja, einen Tisch für vier Personen auf den Namen Coleman«, sagt Carries Date. »Ich hatte um einen besonders romantischen Tisch gebeten.«

Ich winde mich innerlich und schrumpfe zusammen.

»Selbstverständlich«, antwortet Grant und streckt die Hand nach den schmiedeeisernen Türen aus. »Hier entlang zur Veranda bitte.«

Sugardaddy geht vor, und wir folgen ihm im Gänsemarsch, mit mir als Vorletzter und Grant, der hinter mir geht. Das ist meine einzige Chance, oder er wird denken, dass ich wirklich mit dem Fossil zusammen bin. Ich beschwöre meine innere Madonna herauf und nehme meinen dreifachen Mut zusammen.

Hinter dem Rücken des Fossils drehe ich mich zu Grant um und zwinkere ihm zu.

Hat er mich erkannt? Hält er mich jetzt für eine Schlampe? *Was tue ich hier?* In diesem Moment legt Grant eine Hand auf mein Kreuz, und das auf eine Art, die mir klarmacht, dass alles in Ordnung und meine Botschaft angekommen ist.

»Ihr Tisch, *Madame*«, sagt er und zieht den Stuhl für mich heran.

Drei Stunden und acht Gänge später habe ich begriffen, wie Carrie es anstellt, sich den ganzen Sommer mit verschiedenen Männern zu treffen. Aber für mich ist das nichts. Ich finde, sie nutzt sie aus, auch wenn man nur miteinander ausgeht. Außerdem kann ich mich nur auf jeweils eine Person konzentrieren. Und was an dem Song von Crosby, Stills & Nash »Love the One You're With« dran sein soll, verstehe ich nicht. So höflich ich mich auch gegenüber dem Fossil zu benehmen versuche, ich bin doch völlig durch Grant abgelenkt.

Als wir uns erheben, um zu gehen, ist er nirgends zu entdecken. Wir verlassen das Restaurant, und da steht er und redet mit jemandem vom Parkservice. »Ihr Wagen steht bereit, Sir«, sagt er zu Sugardaddy. »Ich hoffe, es war alles zu Ihrer Zufriedenheit.« Heimlich lässt Grant ein Streichholzbriefchen in meine Hand gleiten.

Es ist schon nach Mitternacht, als die drei mich absetzen. Sobald ich das Haus betreten habe, gehe ich in den Flur zum Telefon und wähle die Nummer auf dem Streichholzbriefchen.

»Ich habe in einer Stunde frei«, sagt Grant. »Wie wäre es mit einem Absacker?«

Also, das kann man wohl mit Fug und Recht ein Doppeldate nennen, denke ich, als ich anfange, die Minuten zu zählen.

Pünktlich zum verabredeten Zeitpunkt höre ich Steinchen, die gegen mein Fenster geworfen werden. Ich blicke kurz hinaus, und da wartet Grant auf seinem Fahrrad am Gehsteig auf mich. Er hat einen Weidenkorb mit einer Flasche Champagner und zwei Kristallgläsern dabei.

»Eure Kutsche, Hoheit«, sagt er und beugt sich auf den Sattel deutend vor. Ich springe auf, halte mich an den Zipfeln seines Hemds fest, dann tritt er in die Pedale. Nach fünf oder zehn Minuten erreichen wir die Windmühle in der Nähe des Kreisverkehrs, die längst nicht mehr in Betrieb ist. Meine Ihr-wisst-schon ist total wund, aber ich werde mich bestimmt nicht beklagen.

Wir stellen das Rad an der Rückseite ab und klettern die verwitterten Stufen nach oben. Dort draußen über dem Atlantik ist der Himmel so tintenschwarz, dass die Sterne wie Diamanten aussehen, die jemand auf dunklem Samt ausgeschüttet hat. Sie zwinkern uns von oben zu, und ich zwinkere ihnen mit einem Dankeschön zurück und wünsche mir etwas.

»Think pink, zauberhafte Cinderella«, sagt er, als wir die Gläser aneinanderstoßen und uns zuprosten. Und erst dann stelle ich fest, dass der Champagner in unseren Gläsern tatsächlich rosarot ist.

»Bitte verschwinde diesmal nicht«, sagt er. »Von dir war nur noch ein Collegeschuh zurückgeblieben.«

»Ich musste total früh raus …«, will ich ihm erklären.

»Klar, und das mit einem Kater. Ich meine, wie viele Biere haben wir an dem Abend getrunken?«

»Etliche aus meinem Schuh, wie es scheint«, sage ich und verstehe erst jetzt seine Anspielung auf Cinderella. »Wie beeindruckend, dass deiner Familie das Restaurant gehört. Ganz schön glamourös.«

»Na ja, wenn du es so spannend findest, dass ich gezwungen werde, für den Aushilfskellner oder den Tellerwäscher einzuspringen, oder wer sonst noch bis zur letzten Minute nicht erscheint.«

»Ich finde es glamourös, rosaroten Champagner im Licht des Vollmonds zu trinken«, antworte ich.

»Nantucket bietet jede Menge heimlicher Vergnügungen«, sagt er. »Du wirst schon sehen.«

»Darauf trinken wir«, entgegne ich, und wir prosten uns abermals zu. Nachdem wir ausgetrunken haben, kommen wir uns näher, und unsere Münder verschmelzen miteinander. Französische Küche ist nicht das Einzige, auf das sich Grant versteht, er kann auch exzellent küssen. Wir umarmen uns immer leidenschaftlicher, und ohne dass wir den Körperkontakt abreißen lassen, gleiten wir zu Boden und wälzen uns auf dem harten Holz. Irgendwann müssen wir Luft holen, und dann fährt Grant mich nach Hause. (Dieses Mal sitze ich auf dem Lenker.)

Nach einem Monat voller Strandspaziergänge, Mitternachtspicknicks und Umherstreunen in unberührten Dünenlandschaften, die jedem kitschigen Liebesroman zur Ehre gereicht hätten, lässt meine Hochstimmung mit Eintreffen der ersten Vorboten des Herbstes nach. Ich habe gezögert, mit ihm zu schlafen, weil ich befürchte, dass unsere besondere Zeit in Nantucket wie eine Seifenblase zerplatzt, sobald uns die Realität des College eingeholt hat. Dank Chandler weiß ich nur allzu genau, dass Sommerromanzen ein jähes Ende finden können.

»Was ist los? Du wirkst besorgt«, sagt Grant. Wir werfen Angelschnüre ins Meer und beobachten einen unserer letzten Sonnenuntergänge in Sconset.

»Ich habe Angst, dass wir nun wieder zu einfachen Bekannten werden«, sage ich.

»Wie bitte?«, fragt er.

»Du hast *Marjorie Morningstar* offensichtlich nicht gelesen«, bemerke ich. »Es geht dabei um eine Beziehung, die innerhalb einer bestimmten Umgebung perfekt funktioniert, aber sich nicht ohne weiteres auf eine andere übertragen lässt.«

»Und du glaubst, dass uns so etwas passieren könnte?«, fragt er.

»Ich hoffe nicht, aber man kennt das doch von Kleidung.

Du weißt schon, man kauft ein Paar knallroter Cowboystiefel aus Echsenleder während der Ferien in Texas, aber man zieht sie zu Hause nie an. Einmal, als mein Vater einen Familienurlaub nach Jamaika gewonnen hatte, habe ich mir dort die Haare zu vielen Zöpfen flechten lassen, wie Bo Derek in *Zehn – Die Traumfrau*«, erzähle ich. »Und als ich in New York aus dem Flugzeug stieg, sah es wie das Allerletzte aus.«
Er betrachtet mich eine Weile. Vielleicht merkt er gerade, wie seltsam ich in Wirklichkeit bin.
»Mach dir nicht so viele Gedanken um die Zukunft«, sagt er dann. »Lass dich lieber vom Leben überraschen.«
Er setzt mich zu Hause ab und geht zur Arbeit. Ich verbringe den Abend damit, Teigränder einer alten Pizza zu verspeisen und mir Johnny Carson anzusehen, bis ich auf dem Sofa eindöse. Als ich gerade in Tiefschlaf hinübergleite, höre ich die Worte »Aufwachen, Bella« dicht an meinem Ohr. Grant weckt mich zärtlich, und ich merke allmählich, dass ich nicht träume. Ich springe auf und putze mir blitzschnell die Zähne, und dann sitze ich auf Grants Lenker und werde so rasant, dass mir ganz schwindlig wird, ins *Chanticleer* gefahren, in das wir durch die Hintertür hineinschlüpfen.
Wir klettern die steilen Treppenstufen bis ins oberste Stockwerk hinauf, wo Grant die Tür öffnet und mir eine Dienstbotenkammer zeigt, die er in ein Boudoir verwandelt hat. Ich liebe die alte, weiße Tagesdecke und die Vorhänge aus Chenille, die Wiesenblumen in der winzigen Vase aus Sterlingsilber und – das Beste von allem – das offene Fenster, durch das das Rauschen der Wellen vom Strand ins Zimmer dringt.
»Das Abendessen ist serviert«, sagt er und führt mich in

die Küche des Restaurants. Während ich am Tresen vor dem Metzgerblock sitze, tischt Grant ein Gourmetdinner auf, das von flambierten Bananen gekrönt ist.

»Wie fühlst du dich?«, fragt er.

»Wie Eloise im *Plaza*«, antworte ich und küsse ihn auf die Nasenspitze. Ich beschließe auf der Stelle, dass Grant mir eine Sache beigebracht hat, auch wenn unsere Romanze es nicht bis zum Collegealltag schaffen sollte: Manche Abenteuer sind einfach dazu da, erlebt zu werden.

# 9

Jahr: 1986
Alter: 21
Idol: *immer noch Madonna*
Lieblingslied: *»Melt with You« von Modern English*
Kostbarster Besitz: *U-Bahn-Ticket fürs Gesamtnetz*
Schönste Schuhe: *spitze Punkstiefel mit vielen Reißverschlüssen*

Mutig setze ich mich in den Stuhl, und das Mädchen mit dem flammend roten Irokesenschnitt taucht hinter mir im Spiegel auf. Sie bindet mir eine dieser Plastikschürzen um.

»Was soll's sein, Schätzchen?«, fragt sie mit breitem Cockneyakzent. Ich frage mich, ob sie die Freundin einer der Typen von Duran Duran ist.

»Hm, vielleicht nur ein wenig die Spitzen schneiden«, sage ich und betrachte mit schwindendem Mut ihre Frisur. Ein Schild mit der Aufschrift »Studentenrabatt« hat mich in den Salon von Vidal Sassoon gelockt. Ich amüsiere mich hier in Oxford prächtig, lese Charles Dickens, trinke Earl Grey und fahre mit der U-Bahn nach London und sehe mir *Cats* an. Doch ich meine, dass ich weniger auffallen würde, wenn ich nicht so, nun ja, so wahnsinnig amerikanisch aussähe.

Punkmieze holt ihre Schere hervor und fängt an zu schnippeln. Bevor ich sie aufhalten kann, fällt eine fünfzehn

Zentimeter lange Strähne zu Boden. Noch mehr Schnippeln, dann sagt sie: »So, sieht schon viel besser aus.«
Mein ehemals schulterlanges Haar, die Frisur, die ich trage, seit mein Pagenkopf in der Neunten herausgewachsen ist, liegt mir jetzt wie ein totes Pelztier zu Füßen.
»Aber wirst du es nicht noch angleichen?«, frage ich. Die linke Seite endet auf Kinnlänge, die rechte jedoch fünf Zentimeter höher, an meinem Ohrläppchen.
»Das ist ein asymmetrischer Schnitt«, sagt Punkmieze gelangweilt. »Ein sogenannter Bi-Level, total angesagt, Schätzchen.«
Als ich der Kassiererin beim Bezahlen meinen Studentenausweis zeige, sieht sie mich fragend an. »Wegen des Studentenrabatts«, sage ich.
»Die *Stylisten* sind die Studenten«, klärt sie mich auf. Na toll, jetzt trage ich eine Frisur, die ungefähr so cool ist wie ein Schild mit der Aufschrift »Fahranfänger« auf dem Scheitel.

»Ein *Bisexueller?*«, fragt Hallie, meine Zimmergenossin in Oxford, die von Harvard kommt und sehr geistreich ist, allerdings neigt sie zu schneidenden Kommentaren. Wenn man aber über die Messerklingen hinwegsieht, ist sie eigentlich ein sehr netter Mensch.
»Ein Bi-Level«, erkläre ich im breitesten Punkmiezen-Cockney. »Total angesagt.«
»Hm«, murmelt Hallie und legt den Kopf erst zur einen, dann zur anderen Seite, um beide Haarlängen auf eine Gerade zu bringen. »Aha, jetzt verstehe ich. Von links siehst du im Profil aus wie eine Frau, aber von rechts wie ein Mann. Sehr geschickt. Übrigens hat Grant angerufen.«

Sie wirft mir die gute Nachricht zu wie einen Knochen und verschwindet rasch, bevor ich sie würgen kann.

Grant und ich hatten uns in diesem Herbst voneinander verabschiedet. Es war traurig, aber kein Moment voll melodramatischer Geigenklänge, wie ich ihn mir ausgemalt hatte. Als ich erfuhr, dass ich in letzter Minute noch in das Oxfordprogramm aufgenommen worden war, war er es sogar, der mir zuredete, die Chance zu nutzen.

»Da ruft schon dein nächstes Abenteuer«, sagte er.

»Versprichst du mir, dass du mich besuchen kommst?«, habe ich ihn gefragt.

»Wenn du am wenigsten damit rechnest«, hatte er geantwortet, mich an sich gezogen und mir einen Zungenkuss gegeben. »Rechne also mit mir.«

Viele Frauen leiden unter dem »Erst-Habenwollen-dann-das-Interesse-verlieren«-Syndrom. Die einzelnen Phasen sehen folgendermaßen aus: fürchterliches Verliebtsein in eine Person, die völlig außer Reichweite ist. Man ist besessen, schmiedet Pläne und setzt alle Hebel in Bewegung, bis man den Typen dazu gebracht hat, die Zuneigung zu erwidern. Dann, nach ein paar Verabredungen, ist man total angeekelt von ihm und schießt ihn in den Wind. Bühne frei für einen neuen Schwarm, und man beginnt wieder von vorn.

So bin ich nicht. Wenn jemand über meine Witze lachen kann und ihm meine Gewichtsschwankungen (und der damit verbundene Einfluss auf mein Selbstwertgefühl) nichts ausmachen, dann bleibe ich am Ball. Warum ich dann darauf habe verzichtet habe, Grants Abschlussjahr am College mit ihm zu verbringen, um mein Studium in Oxford weiterzuführen?

Die Wahrheit ist, dass mein inneres Gleichgewicht seit

Bobbys letztem Anfall aus den Fugen geraten ist, ähnlich wie mein Haarschnitt. Manchmal kommt es mir vor, als säßen Bobby und ich uns auf den beiden Enden einer Wippe gegenüber. Je besser mein Leben läuft, desto mehr geht es mit seinem bergab. Mittlerweile habe ich erfahren – und bin fast geneigt, dies auch zu glauben –, dass sein Autismus genetische Ursachen hat und nicht ich daran schuld bin, weil ich mich bei unserer Geburt an ihm vorbeigedrängelt habe. Trotzdem kann ich nichts gegen das verbleibende Schuldgefühl tun, ich hätte mir all die guten Gene geschnappt und ihm nur die schlechten überlassen. Dann ereilt mich eines Samstagabends der Anruf meiner Mutter. Es dauert nicht lange, sie spricht fast nur von Bobby und seinen Anfällen.

Meine Frisur spiegelt sich in der Kühlschranktür und sieht dadurch noch grotesker aus, wie in einem Zerrspiegel. Hallie hatte recht, was den Schnitt angeht. Wenn ich mich nach rechts drehe, verwandle ich mich in Bobby.

Die Stimme meiner Mutter ist dünn wie Papier und bebt. »Das Gespräch ist sehr teuer, ich lege lieber auf«, sagt sie, bevor ich ihr überhaupt erzählen kann, dass ich einsam und traurig bin, dass ich Angst um meinen Bruder habe und dass mich das schlechte Gewissen plagt, weil ich im guten alten England bin und mich meistens prächtig amüsiere. Manchmal, wenn ich mich eigentlich glücklich fühlen müsste und es aber nicht bin, möchte ich mich am liebsten auslöschen.

Und das tue ich an dem Abend dann auch, zusammen mit Hallie und einigen Kommilitonen. Wir gehen ins *Bird and Babe*, was der britischen Oxfordvariante des *Eagle and Child*, ein typischer Name für einen Pub, entspricht. Ich bin gerade bei meinem vierten halben Pint Guinness, als

mich jemand an einer meiner letzten verbliebenen Locken zieht. Ich fahre herum und bin völlig verblüfft, als ich plötzlich – *Professor Whitford?* – gegenüberstehe.
»Habmir gleich gedacht, dass du das bisss«, lallt er. »Hast dich in ein lebendes Heckenschnittkunstwerk verwandelt.«
»Professor Whitford, was tun Sie hier?«, frage ich.
»Habwas zu erledign«, sagt er. »Bleibe bis zum Ende des Semesters in Oxford.«
»Und was ist mit dem Förderprogramm in Notre Dame?«, will ich wissen, noch immer überrascht, dass er hier ist. Betrunken. Und in ausgewaschenen Levi's.
»Mein Kollege aus Oxford wird den Unterricht für mich übernehmen«, erklärt er.
Whitford betrachtet mich vom Scheitel bis zur Sohle, und ich tue dasselbe. Er sieht ganz anders aus in Jeans und mit der brennenden Zigarette in der Hand. Sein Haar, das er normalerweise in die Stirn gekämmt trägt, ist zurückgebürstet, was ihn zum ersten Mal recht attraktiv aussehen lässt, ein wenig wie in *Wiedersehen mit Brideshead.* Jetzt verstehe ich, weshalb manche Mädchen aus meinem Kurs in ihn verliebt waren. Aufhören, sage ich mir – hier spricht schon wieder das gute, alte Schöntrinken.
»Ihre Frisur«, sage ich.
»*Deine* Frisur!«, antwortet er. »Wirst du zurückgehen, damit sie dir auch die andere Seite schneiden?«
»Das ist ein Bi-Level«, erkläre ich. »Von Vidal Sassoon.«
»Du bist also bi? Soll das etwa heißen, dass du auch auf Frauen stehst, Bella? Hmmm?«, fragt er, lehnt sich vor und fährt mir mit der Hand über den Hintern.
»Professor Whitford!«, entgegne ich, einen schockierten,

britischen Akzent nachahmend, wobei der schockierte Teil der Wahrheit entspricht.
»Sag Niles zu mir«, erwidert er.
»Das kann ich nicht. Sie sind mein Lehrer.«
»Nicht mehr.«
Hallie, die sich mit einigen argentinischen Polospielern amüsiert, kommt zu uns herüber. Ich stelle sie vor, und »Niles« lässt seinen Charme spielen und besteht darauf, eine Runde nach der anderen zu spendieren, während wir die Jukebox bis zur Erschöpfung »Rock me Amadeus« spielen lassen. Als der Barkeeper die letzte Runde einläutet, führt uns Whitford durch mehrere Hintergassen an scheinbar endlosen Straßen mit dicht aneinandergereihten, winzigen Häusern vorbei in einen Club, der um diese Zeit noch geöffnet hat.
Ich habe noch nicht ganz realisiert, wie betrunken ich eigentlich bin, bis ich auf der Damentoilette versuche, Lippenkonturenstift aufzutragen. Meine Güte, dieser freche kleine Stift benimmt sich nach den paar Drinks ganz schön daneben. Ich stolpere zurück zu unserem Tisch und begegne unterwegs »Niles«, der seinerseits auf dem Weg zur Toilette ist. Wir rennen uns auf der dunklen Treppe fast über den Haufen.
»Was ist da drinnen mit dir passiert?«, fragt er und schiebt sein Gesicht ganz nah an meines heran. »Wurdest du von einem Killerlippenstift angegriffen?«
Ich fahre mir mit der Zunge über die Hand und versuche dann, den Clownsmund abzuwischen.
Er holt sein Taschentuch hervor und sagt: »Lass mich das machen.« Er steht so nah vor mir, dass ich den fünfzehn Jahre alten Scotch in seinem Atem rieche.
Aber seine Hand kommt nicht bis zu meinem Mund, son-

dern verharrt auf der Höhe meiner Brust und zwickt mich kurz hinein.
»Au!«, rufe ich, empört, dass er soeben meine Brust berührt hat, und das nicht einmal sanft. Was ist das für eine seltsame englische Sitte? Soll das etwa ein britisches Vorspiel sein? Oder genießt er es, wenn man ihm das Knie in die Eier rammt?
»Was denn?«, fragt er und tut plötzlich ganz unschuldig. Ich habe vielleicht schon einiges intus, aber ich weiß, was ich gespürt habe.
»Sie haben mich gekniffen!«, platze ich heraus. »In die … die … die *Brustwarze!*«
»Nun ja, aus Versehen vielleicht«, murmelt er und hebt die Schultern. Wieder gibt er sich ganz unschuldig. Dann beugt er sich vor und gibt mir einen kleinen Kuss auf die Wange.
Plötzlich muss ich nervös kichern.
Auch Whitford fängt an zu lachen, aber das aus voller Kehle, tief und rauchig. Plötzlich stürzt er sich auf mich, schiebt mich gegen die Wand und drückt seinen Körper an meinen. Also entweder hat er einen Stift in der Tasche (lang, dünn und spitz zulaufend), oder er freut sich, mich zu sehen.
Bevor ich weiß, wie mir geschieht, knutsche ich mit dem Feind. Flatternde Zungen, stoßende Stifte – und *o mein Gott.*
Als wir Luft holen, nimmt er mich an der Hand und zieht mich die Treppe hinauf zu einer mit Samt ausgeschlagenen Nische, in die wir uns setzen. Dann ist unser Moment der Wahrheit gekommen. Die Geheimnisse sprudeln nur so aus ihm heraus, angefangen mit dem ersten Eindruck, den er von mir hatte (er fand mich »kurvig und sexy wie

ein Filmstar der Vierziger«), über unsere Fehde während des Jahres (»verbales Vorspiel«) und was er *wirklich* von mir hält (»unterdrückt von der katholischen Vorgabe, immer ein braves, tugendhaftes Mädchen sein zu müssen, wie bei einer Gehirnwäsche«).

»Aber ich hätte da einige Vorschläge, wie wir dich heilen könnten«, sagt er und legt seine Hand auf mein Knie.

»Ach, wirklich?«, frage ich und ahme seinen unschuldigen Tonfall nach.

Dieser Mann hat von mir phantasiert? Vor meinem inneren Auge taucht eine Slapstick-Filmszene in Schwarzweiß auf. Ich in einem Charlestonkleid, und er jagt mich im Kreis um ein Bett, wie ein geiler Charlie Chaplin. Ich werde schamrot, und zwar von der Taille abwärts. Die lustige Musik hört abrupt auf, als das missbilligende Gesicht der Jungfrau Maria in Nahaufnahme ins Bild rückt.

»Professor Whitford«, sage ich.

»Niles, Bella, Niles«, korrigiert er mich und unterbricht mein privates Kopfkino. Unter dem Tisch drückt er mein Knie und flüstert mir mit rauher Stimme zu: »Kommst du noch auf einen Absacker mit zu mir nach Hause?«

»Okay, lassen Sie mich nur kurz nachfragen, ob Hallie mitkommen möchte«, antworte ich und denke, dass man zu mehreren einfach sicherer ist. Aber Hallie möchte lieber mit ihren neuen Polofreunden weiterfeiern. Was soll's, denke ich.

Niles' Wohnung sieht exakt so aus, wie ich sie mir vorgestellt habe, voller traumhafter, ledergebundener Bücher und alten Drucken mit Jagdhunden, Gänsen und dergleichen. Ich frage, ob ich die Toilette benutzen dürfte, während er ein Feuer im Kamin macht und uns weitere Drinks einschenkt. Genau das, was wir jetzt brauchen.

»O mein Gott!«, sage ich kichernd zu meinem Spiegelbild. »Ich gebe dem Lehrkörper eine Chance!«
Dann durchstöbere ich den Badschrank (Medizin gegen Hämorrhoiden, igitt!) und drücke ein wenig Zahnpasta auf meinen Finger, mit dem ich mir dann die Zähne putze. Außerdem werfe ich noch Paracetamol ein, was von der Packungsaufschrift so etwas wie Aspirin oder Tylenol sein könnte, aber wer weiß das schon, ich jedenfalls nicht, solange die Buchstaben nicht stillstehen wollen. Mir ist klar, dass der Zwerg mit seinem Hammer für morgen früh einen Besuch in meinem Schädel eingeplant hat.
Als ich in das Wohnzimmer zurückkehre, prasselt ein Feuer im Kamin, aber Niles ist nirgends zu sehen. Ich gehe durch die Wohnung, bis ich ihn im Schlafzimmer finde. Er ist fest eingeschlafen und schnarcht ohrenbetäubend laut vor sich hin. Das Lied von The Clash kommt mir in den Sinn: »Should I Stay or Should I go?«
Ich weiß, dass ich eigentlich gehen sollte, aber mir fehlt die Kraft dazu. Es kommt mir vor wie die Stille, nachdem der Ballon geplatzt ist – ich bin ruhig und fühle mich klein und verzagt. Obwohl Grant und ich uns einige Male geschrieben hatten, war es unmöglich gewesen, ihn oder Carrie an den Hörer zu bekommen. Professor Whitford hingegen *kommt* von zu Hause, und er kennt mich. Wir haben uns heute Abend auf eine Art unterhalten, wie ich es schon lange mit niemandem mehr getan habe, ohne dass man immer alles erklären muss. Und abgesehen davon, warum sollte ich auf die kleine Stimme in meinem Inneren hören? Schließlich ist mir mein Urteilsvermögen abhandengekommen. Zwei Jahre lang habe ich geglaubt, dass mich dieser Mann hasst, und dabei habe ich die ganze

Zeit die Hauptrolle der Femme fatale in seinen Phantasien gespielt!

Am nächsten Morgen wache ich von den tastenden Händen Professor Whitfords auf, der sich über Nacht in einen menschlichen Kraken verwandelt hat. Meine Was-soll's-Einstellung hat sich in ein »Was habe ich bloß getan?« verwandelt.

»Böses Mädchen, ab in mein Schlafzimmer«, murmelt er. »Oh, du *bist* schon in meinem Schlafzimmer, du freches Früchtchen!«

Dann küsst er mich, bevor ich mir noch die Zähne putzen kann. Der Zwerg hämmert, und ich sehe noch alles verschwommen. Zwar bin ich die Unterlegene, kann jedoch das Äußerste abwenden. Er grinst ironisch, wegen meiner Regeln, denn Rummachen ist eine Sache, aber Sex? Sogar in meinem verwirrten Zustand weiß ich, dass ich dazu noch nicht bereit bin.

Also trete ich meinen ersten Leidensweg in England an, und ich schäme mich wirklich. Ich weiß nicht einmal, ob ich Professor Whitford mag, doch eines weiß ich ganz sicher: Ich muss ihn dazu bringen, mich zu mögen, oder ich werde zur naiven, dämlichen Schlampe abgestempelt. Das ist ein genauso ungeschriebenes Gesetz wie die Regel, dass es okay ist, mit jemandem zu schlafen, wenn man sich liebt. Ich glaube nicht, dass ich mir noch länger ins Gesicht sehen könnte, wenn ich ihn nicht dazu brächte, mich zu mögen. Wenn er mich anruft und wir uns ein paarmal treffen, dann heißt das, dass ich mich letztendlich doch nicht benutzt fühlen muss.

Ich verbringe den Rest des Tages mit Warten, weil mein Kater zu groß ist, um etwas anderes zu tun, als auf Niles' Anruf zu warten, der nicht kommt. Ich esse eine ganze

Packung McVities-Kekse und bestelle mir dann indisches Essen. Außerdem beschließe ich, Carrie anzurufen. Vielleicht habe ich ja ausnahmsweise Glück und erwische sie. Sie nimmt den Hörer nach dem zweiten Klingeln ab, und mein Magen macht einen kleinen Hüpfer.

»Du glaubst ja nie, mit wem ich gestern ein kleines Auswärtsspiel hatte«, platze ich heraus.

»Hm, Billy Idol?«, rät sie. »Planst du schon deine White Wedding?«

Ich halte den Atem an. Soll ich es ihr erzählen? Irgendwie wird es dadurch erst real, und wenn ich niemandem davon erzähle, verschwindet es vielleicht. Aber diese Geschichte ist wie ein Rülpser nach einem Bier – ich glaube nicht, dass ich es unterdrücken kann.

»Der Oxford-Idiot«, zische ich und warte auf ihre Reaktion.

»Nein!«, keucht sie.

»Doch«, erwidere ich.

»Bella, ich habe gehört, dass er gefeuert wurde«, sagt sie. »Es gibt ein paar Gerüchte über ihn. Ich weiß nicht, um was es genau geht, aber das kann ich herausfinden.«

»Nein, er ist nicht gefeuert worden«, stelle ich klar. »Sie brauchten ihn hier wieder, weil …« Die Erinnerung verlässt mich. »Er hat es mir gesagt, ich weiß es nur gerade nicht mehr.«

»Oh«, sagt sie. »Und was ist mit Grant?«

»Du weißt doch, wie sehr Grant in den Tag hinein lebt. Wir haben darüber gesprochen, dass wir uns auch mit anderen Leuten treffen können, während wir voneinander getrennt sind. ›Dating Light‹, du verstehst schon«, erkläre ich. »Wir haben vereinbart, dass wir es uns sagen, wenn aus einer Sache etwas Ernstes wird.«

»Klar. Du hast eine weitere Stufe auf der Skala des Schöntrinkens erklommen, Bella«, meint sie lachend. »Hat er schon angerufen?«

»Nein.«

»Oh«, sagt sie. Wir wissen beide, dass dies der eklige Teil ist. Dann unterhalten wir uns weiter und tauschen jede Menge Klatsch aus, aber nichts davon kann meine Neuigkeiten übertreffen.

Der eklige Teil dauert zwei Wochen. Während dieser Zeit durchlebe ich in Gedanken jeden Moment unserer Begegnung und zähle sämtliche Gründe auf, weshalb ich widerlich und unnütz bin und Whitford mich niemals anrufen wird.

Als ich schon aufgeben will und der Tatsache ins Auge sehen muss, dass ich eine Schlampe bin, ruft »Niles« betrunken aus einem Pub an, wo er ein Rugbyspiel im Fernsehen verfolgt.

»Bella, warum kommst du nicht auf einen Sprung vorbei?«, nuschelt er in den Hörer. »Ich hatte ständig Besprechungen, konnte aber nicht aufhören, an dich zu denken. Wirklich, es wäre zauberhaft, dich zu sehen.«

»Ähm«, sage ich, weil ich nicht zu eifrig erscheinen will, aber gleichzeitig erleichtert bin, dass er angerufen hat und unsere Begegnung damit nicht nur ein einmaliges Abenteuer ist.

»Erlaube meinen Blicken, deiner Eleganz eines Filmstars der Vierziger zu huldigen«, sagt er in seinem vornehmsten Akzent. Ich denke, na gut, solange es nur die Augen und nicht die Hände sind, die da huldigen …

Ich lasse mich überreden und treffe ihn im *Eagle and Child*, wo wir uns stundenlang über Philosophie unterhalten und uns das Rugbyspiel ansehen. Er ist beeindruckt von einem

Aufsatz, den ich geschrieben habe und in dem ich das Zeitalter der Aufklärung mit einem Vulkan vergleiche.
»Du hast tatsächlich von allen Studenten, die ich bisher unterrichtet habe, den einzigartigsten Verstand«, sagt er, bevor wir zu ihm fahren, um dort »ein Feuer zu entfachen«.
Wir schaffen es gerade noch rechtzeitig, bevor es anfängt zu regnen.
»Hungrig?«, fragt er.
»Und wie!«, antworte ich. »Wollen wir uns ein Curry bestellen?«
»Komm her«, ruft er mir von der Küche aus zu. Ich gehe zu ihm und bleibe neben ihm vor dem Kühlschrank stehen. Er hält eine Augenbinde in der Hand.
»Wozu?«, frage ich.
»Komm her«, befiehlt er mir mit der strengen Stimme, die er oft auch im Unterricht anschlägt, während er meine Frage ignoriert.
Ich tue, was er mir sagt. Ich weiß, dass wir das alles schon einmal besser in *Neuneinhalb Wochen* gesehen haben, aber etwas lockt mich trotzdem. Er verbindet mir die Augen und küsst meinen Nacken. Ich höre, wie er die Kühlschranktür öffnet, dann folgt das Rascheln von Papier.
»Mund auf«, flüstert er mir ins Ohr.
Ich weiß nicht genau, was ich da esse, aber der Geschmack ist salzig und vollmundig. Es dauert ein Weilchen, bis ich begriffen habe, dass es sich um geräucherten Lachs handelt. Während ich mich auf den Geschmack konzentriere, lässt er seine Hand unter meine Bluse gleiten. Als Nächstes steckt er mir etwas Süßes zwischen die Lippen.
»Hm, das schmeckt mir«, sage ich. »Valrhona Schokolade?«

»Sehr gut«, murmelt er unter meiner Bluse hervor, wo er damit beschäftigt ist, meine Brüste zu küssen. »Willst du mehr davon?«

»Ja«, sage ich.

Aber was er mir als Nächstes auf die Zunge legt, fühlt sich ganz anders an, und plötzlich steht mein Mund in Flammen! Ich spucke es auf den Boden und greife nach der Augenbinde. Daraufhin hält er mich an den Handgelenken fest, presst sich mit dem ganzen Körper an mich und küsst mich leidenschaftlich.

»Na, na, na«, sagt er beschwichtigend. »Ich dachte, du magst heiße Sachen. Schließlich bist *du* total heiß.«

Ich komme mir albern vor, weil ich so überreagiert habe, aber den Mund voller Wasabi zu haben, wenn man eigentlich Schokolade erwartet und einem die Augen verbunden sind, während man befühlt wird, ist, nun ja, ein seltsames Gefühl. Die Rechnung bitte, ich muss jetzt los.

»Okay, okay«, sagt er, als er mein Unbehagen spürt. »Unser kleines Spiel ist vorbei. Ich wollte bloß, dass du deinen Horizont erweiterst, dich von deinen Zwängen befreist.«

»Ich sollte jetzt gehen«, sage ich, während ich mich auf die Tür zubewege. Selbst wenn ich eine zwangbehaftete, katholische Frau bin, es gefällt mir eben so.

»Aber ich habe einen wundervollen Nachmittag für dich geplant«, sagt er und wird plötzlich ganz sanft und spielt den Verliebten. Er schürt das Feuer und fördert eine Flasche teuren, französischen Wein zutage.

Dann kommt die Sonne hervor.

»Lass uns Kahn fahren«, sagt er und greift nach einer Decke und dem Wein.

Wir fahren an den Cherwell, ein fast stehender Fluss, wo wir einen etwa viereinhalb Meter langen, flachen Kahn,

einen »Punt«, mieten. Niles rammt die Stange in den Fluss und schiebt das Schiff dann voran. Ich lehne mich auf der Decke zurück, öffne den Wein und genieße die Landschaft. Wir sprechen über unsere Lieblingsbücher.
»Hast du *Zen oder die Kunst ein Motorrad zu warten* gelesen?«, frage ich.
»Ja, brillant!«, ruft er mit glänzenden Augen. »Warum fragst du?«
»Weil einige Motive in dem Buch zu dem Zeug gehören, das du uns gelehrt hast«, erwidere ich. »Über Pascal und Montaigne.«
»Genauso ist es, Bella, du schlaues Mädchen! In dem Roman taucht allerhand von dem auf, was wir über Philosophen des neunzehnten Jahrhunderts besprochen haben.«
Ich komme mir richtig schlau vor, weil ich in unserem Gespräch über Literatur und Philosophie mithalten kann. Er ist so selbstbewusst, und das imponiert mir sehr. Intelligenz kann noch mehr Sexappeal haben als Größe, beschließe ich.
Auf dem Weg nach Hause kommen wir an einer Markthalle vorbei.
»Warte hier«, sagt er in dem Befehlston, der mir mittlerweile wirklich an ihm gefällt.
Dann taucht er wieder mit einem Dutzend weißer Tulpen auf. »Für den schönsten Verstand Oxfords«, verkündet er und verbeugt sich, bevor er sie mir überreicht. Ich fühle mich wie etwas ganz Besonderes, als hätte er einen Blick in mein Inneres geworfen und dort etwas schätzen gelernt, was noch nie zuvor jemandem aufgefallen ist.
Als Hallie beschließt, nach Amsterdam zu fahren, lade ich Niles für das Wochenende zu uns ein. Ich werde ganz bestimmt *nicht* mit ihm schlafen, befehle ich mir. Allerdings

ist es schon recht weit zwischen uns gegangen, und ich muss Grant langsam ins Bild setzen. Ich ziehe hier so locker mein Ding durch, da soll er sich ganz frei fühlen, das Gleiche zu tun.

Ich schreibe einen Brief, in dem ich ihm alles erkläre, und bringe ihn zum Briefkasten.

Als ich zurückkomme, ist Niles schon da und schmettert Opern unter der Dusche.

»Hallie, Haddie, oder wie sie heißt, hat mich beim Weggehen hereingelassen«, sagt er und steckt den Kopf hinter dem Duschvorhang hervor. »Hast du Lust, mir Gesellschaft zu leisten?«

»Nein, danke, aber lass dir ruhig Zeit.« Ich hasse es, wenn sich immer alle gegenseitig nackt betrachten müssen. Bestimmte Dinge, wie beispielsweise mein Körper bei hellem Tageslicht, gehen mich schon nichts an, und jemand anderes erst recht nicht.

Er kommt in meinem lilafarbenen Frotteebademantel aus dem Bad, was mich ein klitzekleines bisschen anekelt.

»Als du sagtest, dass deine Mitbewohnerin nach Amsterdam fährt, fiel mir ein, dass ich auch noch was zum Rauchen habe«, sagt er und holt einen Joint hervor.

»Damit habe ich nach der neunten Klasse aufgehört«, erkläre ich ihm.

»Wie alt bist du gewesen, fünfzehn?«, hakt er nach.

»Ja. Aber es hat mich so paranoid gemacht, dass ich von Bette Midler halluzinierte. Sie hat mir gesagt, dass ich ich selbst sein soll und mit dem Haschrauchen aufhören muss. Also habe ich das getan.«

»Ich passe schon auf dich auf«, sagt er und legt mir den Joint zwischen die Lippen. Ich denke, dass ein Zug nicht schadet. Oder zwei.

Wow, da habe ich mich aber getäuscht. Ich komme mir vor wie in einem Traum gefangen.
Nachdem wir die Kippe ausgedrückt haben, sagt Niles: »Ich hätte dich warnen sollen, Marihuana war auch dabei.«
»Okay«, sage ich und füge augenblicklich hinzu: »Ich habe Kohldampf, aber versprich mir, dass du nicht wieder die Augenbinde hervorholst. Lass uns mal nachsehen, ob wir etwas Essbares finden.«
Ich gehe in die Küche, öffne den Kühlschrank und entdecke die üblichen Verdächtigen – Gewürze und nicht sehr viel mehr. Daraufhin bestelle ich etwas beim Chinesen. Man teilt mir mit, dass es mindestens eine halbe Stunde dauern wird.
»Ich glaube nicht, dass ich so lange warten kann«, sage ich zu Niles.
»Dann sollte ich dich lieber ablenken«, antwortet dieser und küsst mich hart auf den Mund. Wir stolpern ins Schlafzimmer, und dort fängt er an, mir die Kleider auszuziehen. Mir kommt er ziemlich grob vor, aber vielleicht bin ich auch nur wieder paranoid. Ich weiß nur, dass ich binnen kürzester Zeit komplett nackt bin.
Plötzlich hüpft er vom Bett und kramt in seiner Tasche herum. Dann zieht er zwei Seidenkrawatten hervor. »Nur ein kleines, albernes Spiel«, murmelt er in mein Ohr. »Ich habe die von Hermès mitgebracht, meine Liebe, weil nur das Beste gut genug für dich ist.«
Bevor ich den Mund öffnen kann, hat er meine Handgelenke an den Bettpfosten festgebunden. Dann gleitet er zwischen meine Beine. Ich halte das keine Sekunde länger aus und fange an zu protestieren.
»Niles«, sage ich, »das ist mir ein wenig zu abgefahren …«

Aber dann werde ich von einem lauten Klopfen an der Tür unterbrochen.
»Deine Rettung«, sagt Niles. »Das wird der chinesische Lieferservice sein.«
Als Whitford jedoch die Tür öffnet, ist das nicht die erwartete Lieferung von Rind Szechuan oder zweimal gebratenem Schweinefleisch, sondern vielmehr eine Sonderzustellung aus dem fernen South Bend, Indiana.
Da liege ich nun festgebunden und splitternackt auf dem Bett, aber meine Fesseln sind immerhin Seidenkrawatten von Hermès. Dann wäre da noch mein nackter Hochschulprofessor, der eine Zwanzigpfundnote vor sein Gemächt hält. Und Grant, mit einer Flasche Champagner in der einen und einer Reisetasche in der anderen Hand.
»Bella, was, zum Teufel …«, sagt Grant und durchbricht endlich die Stille, »hast du mit deinem Haar angestellt?«
»Lange Geschichte«, sage ich schwach. »Und zurzeit bin ich etwas kurz angebunden.«

# 10

Jahr: 1986 *(Frühling)*
Alter: 21
Idol: *Meryl Streep in Out of Africa*
Lieblingslied: *»Avalon« von Roxy Music*
Kostbarster Besitz: *Porträt*
Schönste Schuhe: *spitze, weiße Stiefel mit goldenen Paspeln*

Ich fühle mich schmutzig, innerlich und äußerlich. Ihr kennt doch noch Pigpen von den *Peanuts*, über dem ständig eine Staubwolke schwebt? Wenn meine Depression sichtbar wäre, dann würde sie mit ziemlicher Sicherheit so aussehen, eine große graue Wolke, die mir überallhin folgt.

Zwei Monate sind seit dem Zwischenfall mit den Seidenkrawatten vergangen, aber es kommt mir immer noch so vor, als sei es gerade erst geschehen. Und als wäre es nicht schon schlimm genug, dass ich meine Beziehung zu Grant in den Sand gesetzt habe, rief Carrie mich an, um mir zu erzählen, dass Whitford gefeuert wurde, weil er das Frischfleisch der Hochschule etwas zu genau geprüft hatte. Mindestens drei Studentinnen hatten zugegeben, auf seine Schmeicheleien und die Nummer mit »Notre Dames schönstem Verstand« hereingefallen zu sein. Nicht zu fassen, dass ich diesen Mist auch geglaubt habe. Aber eines habe ich gelernt. Man kann sich mit Männern noch besser als mit Essen bestrafen, wenn das Schuldgefühl groß genug ist. Denn obwohl Welten zwischen uns liegen, kann ich nicht aufhören, von meinem Bruder zu erzählen.

Aber wo wir gerade von Essen reden, ich muss mein Leben wieder in den Griff kriegen. Wenn ich nur ein wenig abnehmen würde, dann wäre meine Laune gleich viel besser. Doch vorher brauche ich noch einen kleinen Snack. Und schon habe ich die Reste des chinesischen Essens verputzt. Da ich keinen besseren Nachtisch habe, verschlinge ich einige tiefgekühlte Hotdogbrötchen mit Ahornsirup. Im Fresskoma sitze ich auf der Couch und starre ins Leere. Herrje, ich bin so vollgestopft, dass ich den Knopf meiner Hose öffnen muss.

Während ich mich noch ausgiebig im Selbstmitleid suhle, klingelt das Telefon. Ich schäme mich, als hätte mich jemand beobachtet und würde nun anrufen, um mich auszuschimpfen.

Ich will jetzt mit niemandem reden. Das Telefon klingelt weiter mit diesem dämlichen, englischen Biep-Biep-Ton. Kann man sich nicht mal in Ruhe selbst hassen?

*Biep-biep, Biep-biep*. Nachdem es fünf Minuten lang geklingelt hat, versuche ich, meine Hose zu schließen, und greife nach dem Hörer.

»Dein letztes Stündlein hat geschlagen, Mistvieh!« Eine roboterhafte Stimme dröhnt an mein Ohr, gefolgt von irrem Gelächter, das mir sehr bekannt vorkommt.

»Bobby?«, rufe ich in den Hörer. Ich kann es nicht glauben! Mein Bruder hat mich noch nie angerufen. Und ist er nicht gerade in Meadowbrook weggesperrt?

»Heilige Englandbesuche, Batman!«, sagt er.

Ich bin verwirrt. Die Vorstellung, wie schlecht es ihm geht, hat ja die Verkettung unseliger Ereignisse ins Rollen

gebracht, aber er hört sich gut an. Während ich zu einer Schlampe im Fresskoma geworden bin.
Plötzlich ist mein Vater am Telefon. »Wie geht's meinem Mädchen? Alles in Ordnung?«, fragt er, ohne die Antwort abzuwarten. »Hey, wie wäre es mit einem Besucher?«
»Bobby kommt nach London?«, hake ich nach und kratze mich am Kopf. »Ist er schon entlassen worden?«
»Nein, aber die Ärzte sind der Meinung, wenn er sich auf etwas freuen könnte, ein Ziel hätte, auf das er hinarbeiten kann, dann würde ihm das helfen«, erklärt er. »Er sagt ununterbrochen ›Heiliger Big Ben, Batman‹.«
»Wow«, sage ich. »Wann?«
»Wenn alles gutgeht, in ungefähr einem Monat«, meint mein Vater. »Ist alles in Ordnung mit dir, Süße?«
Süße, das soll wohl ein Scherz sein. Das Süßeste an mir sind die tiefgekühlten Hotdogbrötchen mit dem Ahornsirup.
»Klar doch«, antworte ich, und mein Magen macht einen Satz. Ich stecke mitten in meinem selbstverschuldeten Schlamassel und weiß nicht, ob ich meinen Bruder jetzt ertragen kann. »Kann ich Mom hallo sagen?«, frage ich, um das Thema zu wechseln. Ich wünsche mir schmerzlich ein wenig zärtliche Fürsorge und würde mich gern an der Schulter meiner Mutter ausweinen.
»Oh, sie redet gerade mit Bobbys Ärzten. Wir müssen auflegen, dieser Anruf kostet ein Vermögen. Aber wir wollten dir unbedingt die Neuigkeiten erzählen«, sagt er und beendet damit das Gespräch.
Als ich am nächsten Morgen die Augen aufschlage, fällt mir sofort wieder ein, dass mich Bobby besuchen kommt. Aus irgendeinem Grund gibt mir das Hoffnung. Wenn er in der Lage ist, sich selbst aus einem dunklen Loch heraus-

zuholen, dann schaffe ich das auch. Ein kühner Gedanke übertritt die feindlichen Linien der grauen Wolke und schießt mir durch den Kopf: *Heute ist alles möglich*.

Ich wälze mich aus dem Bett. *Heute ist alles möglich*, denke ich, während meiner täglichen Routine, die darin besteht, dass ich während des Vormittagsunterrichts an das Mittagessen denke und während des Nachmittagsunterrichts an das Abendbrot.

Am nächsten Tag geschieht das Gleiche, und wieder erinnere ich mich: *Heute ist alles möglich*.

Am dritten Tag laufe ich die Straße hinunter zu meinem Apartment, als ich sehe, dass *tatsächlich* etwas passiert ist. Das Universum hat mir den schönsten Mann der Welt vor die Tür gestellt!

»Es tut mir schrecklich leid, dass ich dich störe, aber wie es aussieht, habe ich mich ausgesperrt«, eröffnet mir das Bild eines Adonis schüchtern. »Macht es dir etwas aus, wenn ich über deinen Balkon klettere, um in meine Wohnung zu kommen?«

»Aber nicht im Geringsten«, antworte ich und öffne die Tür zu meinem Apartment.

Ich führe ihn in mein Zimmer und frage mich, wie dick mein Hintern wohl in der Hose aussieht, die ich heute trage. Wir stapfen durch ein Minenfeld von schmutziger Unterwäsche und leeren Kekspackungen, um zum Balkon zu kommen.

»Tut mir leid«, bemerke ich und deute auf die Unordnung. »Meine Mitbewohnerin ist furchtbar chaotisch.«

»Bist du Amerikanerin?«, fragt Adonis.

»Ja, ich bin wegen des Studiums hergekommen.«

»Ah, verstehe. Nun ja, vielen Dank«, sagt er und macht Anstalten, über den Balkon zu verschwinden. Doch er dreht sich noch einmal um und sagt: »Du hast mir übrigens das Leben gerettet.«

*Warte! Warte! Warte!*, denke ich. Bitte komm zurück, auf dass meine Augen sich an dir ergötzen können! Aber selbst wenn er nie zurückkäme, so ist doch etwas passiert. Und das ist ein Zeichen, dass es Hoffnung gibt, was wiederum zu noch mehr Hoffnung führt, denke ich.

Am nächsten Abend haben Hallie und ich uns gerade an den Tisch gesetzt, als es an der Tür klopft.

Als ich sie öffne, steht Adonis vor mir, mit einer Flasche Chianti in der Hand.

»Ähm, hallo« sagt er schüchtern. »Ich wollte mich nur bei dir dafür bedanken, dass ich über deinen Balkon klettern durfte.«

»Wie lieb von dir!«, antworte ich. »Komm doch herein, dann lernst du meine Mitbewohnerin Hallie kennen.«

In der Küche stellt sich Adonis als Johnner vor. Seine Schönheit lässt Hallie mitten im Satz verstummen. Plötzlich hat sich die Atmosphäre im Raum verändert. Zwar unterschwellig, aber trotzdem greifbar. Hallie versucht, mich zu übertrumpfen, und ihre latent aggressiven Bemerkungen und koketten Anspielungen machen deutlich, dass wir uns in einem Wettstreit befinden – und der erste Preis ist Johnner. Da ich in diesen Dingen nie besonders gut gewesen bin, halte ich die Klappe und höre dem Gespräch zu.

Als sie anfängt, Johnner auszufragen, wie lange er schon unser Nachbar ist und womit er seinen Lebensunterhalt verdient, und er uns erklärt, dass er lediglich handwerkliche Arbeiten nebenan verrichtet, hat sie das Interesse plötzlich verloren. Dann ruft auch noch ihr Freund aus den Staaten an, und sie muss Farbe bekennen.

Damit ist die Beute mir ganz allein überlassen. Wir unterhalten uns über die Hockney-Ausstellung in der Tate Gallery, und ich erfahre, dass Johnner als einer der Besten seines Jahrgangs die Kunstakademie abgeschlossen hat. Mit dem Handwerksjob verdient er sich nur das Geld für seine eigentliche Arbeit, im Moment Bildhauerei.
Wo wir gerade von Skulpturen reden – gut für mich, dass Johnner mit freiem Oberkörper arbeitet, als ich gerade vom Unterricht nach Hause komme. Das Muskelspiel auf seinem Rücken ist ein Kunstwerk für sich.
»Entschuldige, Bella«, sagt er, als er vor mich tritt. »Wollen wir uns einige Sehenswürdigkeiten in London ansehen? Ich habe morgen frei.«
O mein Gott, er will sich in der Öffentlichkeit mit mir zeigen? Auch wenn das nur Teil seiner Dankbarkeit ist, fühle ich mich doch sehr geschmeichelt und bin so aufgeregt, dass ich die nächsten vierundzwanzig Stunden durchs Leben schwebe, ohne auch nur einen einzigen Keks zu naschen. Ohne eine einzige Hungerattacke.
Am Nachmittag des darauffolgenden Tages steigen wir in einen Doppeldeckerbus ein, gehen zielstrebig ans vordere Ende und setzen uns hin.
»Prächtige Aussicht«, meint er.
Während der Fahrt macht er mich auf besondere Sehenswürdigkeiten aufmerksam und ergänzt sie durch persönliche Anekdoten aus seiner Vergangenheit. Der Pub, in dem er sein erstes Pint bestellt hat. Die Ecke, an der er seinen Mini Cooper zu Schrott gefahren hat, Lieblingsstellen mit besonderer Architektur.
»Das dort ist die Tower Bridge«, erklärt er, als wir an dem monumentalen Bauwerk vorbeikommen. »Sie wurde Ende des neunzehnten Jahrhunderts erbaut und verein-

bart den Wunsch nach historischer Baukunst mit moderner Technologie«, erklärt er. »Auf ihre eigenwillige Art ist aus dieser Verbindung sogar eine glückliche Ehe geworden.«

Plötzlich fängt es an zu regnen, dann zu schütten. Johnner nimmt mich unter seinen Poncho, und wir kuscheln uns aneinander. Während der Fahrt staune ich über seinen sensiblen Umgang mit mir, wie aufmerksam er sicherstellt, dass mich der Poncho wärmt, und mich fragt, ob ich es bequem habe. Wäre ich mir selbst gegenüber so achtsam, dann würde ich vielleicht endlich verstehen, was diese Artikel in Frauenzeitschriften sagen wollen, wenn es heißt: »Werden Sie zu Ihrer besten Freundin.«

Nachdem es wieder aufgeklart hat, gehen wir in den St. James's Park und füttern dort die Pelikane, Schwäne und Enten. Wir setzen uns auf eine Bank, und er ahmt perfekt meinen amerikanischen Akzent nach, dann unterhalten wir uns über Musik. Ich liebe die Pet Shop Boys, INXS und die Simple Minds. Er steht auf Flock of Seagulls, O.M.D. und Duran Duran, und uns beiden gefallen die alten Sachen von den Stones, von Roxy Music und Bowie.

»Lass uns gehen«, sagt er.

»Wohin?«

»Überallhin!« Er steht auf, streckt seine Arme zum Himmel empor und dreht sich im Kreis. Die Leute bleiben stehen und starren uns an. Ist er verrückt geworden?

»Lass uns auf die Jagd nach der besten Jukebox Londons gehen«, ruft er und zieht mich auf die Beine. Sein Enthusiasmus ist ansteckend, und plötzlich rennen wir Hand in Hand durch einen Schwarm Tauben. Als sie vor uns hochflattern, spüre ich, wie sich auch in mir etwas öffnet und

befreit. Zum ersten Mal seit Chandler habe ich das Gefühl, mich wieder zu verlieben.
Im *Kings and Cross* am Cheney Walk trinken wir unsere Pints, umgeben von supertrendigen Londonern und Punks. Meine asymmetrische Frisur sieht spießig aus, wie eine Bienenkorbfrisur, verglichen mit den Irokesenschnitten in Regenbogenfarben und den Tätowierungen der Skinheads an den Nebentischen.
»Du gehst zuerst«, sagt er und drückt mir ein paar Pfund für die Jukebox in die Hand. Ich wähle eines meiner Lieblingslieder von den Stones, »Angie«.
»Gerüchte sagen, dass Mick das Lied für seine Frau geschrieben hat …«, meint er.
»Wie süß von ihm«, entgegne ich.
»… nachdem sie ihn mit David Bowie im Bett erwischt hat«, fährt er fort.
»Oh, kein Wunder, dass er von der Traurigkeit in ihren Augen singt.«
Wir haben die Köpfe dicht zusammengesteckt, trinken unser Guinness und lauschen dem Liedtext.
»Jetzt bist du dran«, sage ich.
Johnner entscheidet sich für einen meiner Lieblingssongs von Bowie, »Heroes«.
»Worum geht es in dem Lied?«, frage ich.
»Bowie schrieb den Song über ein Paar, das durch die Berliner Mauer getrennt wurde und deswegen nicht zusammen sein konnte«, sagt er, und seine Lippen, die sich dicht an meinem Ohr bewegen, jagen mir einen Schauer über den Rücken.
»Ach, deshalb wären sie gern Delphine, damit sie zueinander schwimmen können«, flüstere ich zurück.
Johnner weiß so viel über Kunst und Musik. Und mit die-

sem Akzent könnte ich ihm ewig zuhören, auch wenn er über Automotoren spräche. Doch ehe wir es uns versehen, müssen wir den Zug nach Oxford erwischen.

Als wir an unserem Bahnhof aussteigen, bin ich enttäuscht, dass der Abend vorbei ist, aber Johnner ist derjenige, der besorgt wirkt.

»Bella, ich muss dir etwas gestehen«, sagt er.

Jetzt wird er mir gleich sagen, dass er eine Freundin hat, oder schlimmer, eine Ehefrau. Oder zwei Hermès-Krawatten, die mit mir Bekanntschaft schließen möchten. Ich halte den Atem an.

»Ich hatte gehofft, dass du diejenige sein würdest«, sagt er.

»Diejenige welche?«, frage ich.

»Diejenige, die mich ins Haus lässt«, sagt er.

»Aber wir sind uns doch noch nie zuvor begegnet«, wende ich ein.

»Nein, aber ich habe dich gesehen«, sagt er.

Er nimmt meine Hand, und gemeinsam gehen wir durch die stockdunkle Nacht in sein heruntergekommenes Apartment, das nicht sehr viel mehr als eine Baustelle ist, mit einer nackten Glühbirne, die von der Decke herabhängt. Doch als er das Licht anschaltet, werden riesige Wandgemälde sichtbar. Auf allen bin ich zu sehen, wie ich auf meinem Bett liege.

Ich starre auf die Kohlezeichnungen und blinzele heftig, weil ich meinen Augen nicht trauen kann. Ich sehe wie die Venus von Botticelli aus, sanfte Kurven, fließendes, ungebändigtes Haar, ein wunderschöner, entrückter Blick, die wahre Essenz weiblicher Göttlichkeit.

»Zimmer mit Aussicht«, sage ich.

»Du bist schon seit Wochen meine Muse«, sagt er leise aus einer Ecke des Zimmers. »Ich hoffe, es stört dich nicht.«

»Wie hast du mich überhaupt sehen können?«, frage ich. O Gott, *hat er etwa auch beobachtet, wie ich mich in der Küche vollgestopft habe? Igitt!*
»Das konnte ich nicht direkt, aber sieh mal«, meint er und zeigt auf ein Fenster, das nach hinten geht. Das Zimmer liegt ein Stockwerk über meinem und führt um eine Ecke. Wenn man nach unten blickt, erkennt man die Spiegelwand in meinem Schlafzimmer, die mein Bett, das jetzt natürlich leer ist, reflektiert.
Also, mir hätte jetzt tierisch unheimlich werden können, wie in diesem Songtext »I wear my sunglasses at night, so I can, so I can watch you«, aber aus irgendeinem unerfindlichen Grund geschieht das nicht. Ich weiß zwar, dass ich ihn nicht kenne, trotzdem fühlt es sich so an. Außerdem bin ich sprachlos, wie ich auf seinen Gemälden aussehe. Ich trage ein altes, weißes Spitzennachthemd, das ich auf dem Flohmarkt an der Portobello Road gekauft habe, und meine Haare sehen wild aus. Die einfachen Striche geben meine Stimmung sehr gut wieder, sogar die Art, wie der Baumwollstoff meinen Körper umspielt, wirkt erschöpft, entmutigt und traurig. Es haut mich förmlich um, wie er mein Inneres nach außen gebracht hat, als würde er mich wirklich kennen.
Wir stehen gemeinsam vor den Wandzeichnungen. »Du hast so traurig ausgesehen«, sagt er.
»Ja«, flüstere ich. »Das war ich auch.«
»So traurig, aber so wunderschön.« Er schlingt von hinten seine Arme um mich und zieht mich zu sich heran. Dann küsst er meinen Nacken und flüstert mir ins Ohr: »Wie eine griechische Göttin. Bitte bleib.«
Sein provisorisches Bett besteht lediglich aus einem Stapel alter Zeitungen und Klamotten, über die er ein paar

Decken und Laken ausgebreitet hat. Ich ziehe das T-Shirt an, das er den ganzen Tag über getragen hat, damit ich seinen Duft auf der Haut habe, und schlüpfe zwischen die Laken. Als er sich auszieht, werden seine deutlich sichtbaren Muskeln in flackerndes Kerzenlicht getaucht. Vielleicht ist es das, was in den schnulzigen Liebesromanen mit »Lust« gemeint ist. Bis zu diesem Augenblick hätte ich nie gedacht, einmal ein »Ziehen in den Lenden« zu spüren.

Wir bleiben bis zum Morgengrauen wach, reden, küssen und streicheln uns. Als sich der Himmel rosarot färbt, dösen wir in den Armen des anderen ein. Und weil er nicht den kleinsten Versuch unternimmt, mit mir zu schlafen, verfalle ich ihm noch mehr. Als ich meine Augen jedoch wenige Stunden später öffne, liegt Johnner nicht mehr neben mir. Ich rolle mich auf die Seite und sehe ihn am anderen Ende des Raums auf einem farbbekleckerten Stuhl sitzen, den Zeichenblock in der Hand.

»Entschuldige, aber dich direkt vor mir zu haben, statt dich im Spiegel zu sehen, war einfach eine zu große Versuchung«, sagt er.

Plötzlich merke ich, dass ich im Schlaf die Bettdecke beiseitegeworfen habe. Meine monströsen Oberschenkel sind total entblößt! Bergeweise eingedelltes, ekliges Fleisch liegt unverhüllt vor ihm da! Panisch zerre ich an dem Laken, um mich zu bedecken.

»Bella, tu das nicht!«, bittet er, während seine Augen zwischen mir und dem Block hin- und herwandern. »Du ruinierst sonst alles.«

»Ich hasse sie«, gestehe ich und vergrabe mein Gesicht in den Kissen. Meine Oberschenkel sind es nun wirklich nicht wert, betrachtet, geschweige denn gezeichnet zu werden. Immer wenn ich zufällig mein Spiegelbild in einem Schaufenster sehe, trenne ich den unteren Teil meines Körpers gedanklich ab und tue so, als gehörte er nicht zu mir. Meine Wangen brennen, als ich mein Gesicht in den Kissen vergraben halte.

Leise und wie auf Samtpfoten läuft Johnner durch das Zimmer. Ich bemerke ihn erst, als er seine rauhen Finger über meinen Rücken gleiten lässt.

»Aber ich *liebe* deine Oberschenkel«, sagt er.

Er hat tatsächlich »liebe« gesagt, was meinen Magen zum Flattern bringt. Seit Chandler hat kein Mann mehr dieses Wort im Zusammenhang mit mir verwendet. Nicht einmal für einen Teil von mir.

»Wie kannst du deinen Körper bloß so verachten, wenn ich nichts als üppige Früchte sehe?«, sagt er mit einer rauchigen, total sexy Stimme. »Saftige, pralle, exotische Früchte.«

Er knabbert an mir, und ich lache auf.

»Okay, okay«, sage ich, ziehe ihn zu mir heran, um ihn zu küssen, und greife nach dem Zeichenblock. »Dann werde ich mir dieses Füllhorn einmal ansehen.«

»Nein!«, kreischt er wie ein zimperliches Mädchen und springt auf.

Schlagartig wird mir klar, dass er sich seiner Kunst ebenso sehr schämt wie ich mich meines Körpers.

»Johnner«, sage ich. »Wie wäre es, wenn wir den Rest unserer gemeinsamen Zeit damit verbringen, einander zu vertrauen? Ich dir und du mir?«

Wir sehen uns eine ganze Minute lang an. Sei tapfer, sage ich mir, dann ziehe ich die Decke zur Seite und zeige meine Beine. Und zögernd streckt er mir seine Zeichnungen entgegen.

Ich keuche auf, denn ich sehe noch schöner aus als auf den Wandmalereien. Zum ersten Mal begreife ich, dass an dem kitschigen Sprichwort etwas dran ist: Schönheit liegt im Auge des Betrachters. Die Art, wie Johnner die Welt wahrnimmt, macht aus ihm einen echten Künstler. Er sieht sie ohne Vorurteile, blickt hinter das Vordergründige und erkennt die verborgene Schönheit in allem. Meine Oberschenkel als Schätze der Natur oder seinen Bauarbeiterjob als Gelegenheit, mit den Händen zu arbeiten.

Ich starre auf das Bild und versuche, mir seine Botticelli-Version der Wirklichkeit ins Gedächtnis einzubrennen und mein hässliches, fettes Bild dagegen auszulöschen. Lange, fließende, kurvige Linien, die ganze ursprüngliche Essenz der Weiblichkeit, verschmelzen zusammen und bilden mich ab. Ich führe ihn zum Bett zurück und beginne, ihn zu lieben. Nach einer Weile unterbricht er mich und sieht mich zögernd an. Aber ich zeige ihm mit meinen Lippen und meinen Händen, dass es ganz allein meine Entscheidung ist. Er bewirkt, dass ich mich schön fühle, und das Gefühl möchte ich mit ihm teilen. Während ich mich an seiner Haut reibe und mein Schweiß sich mit seinem mischt, fühle ich mich ihm so nah wie noch nie jemandem zuvor in meinem Leben.

Während der nächsten Wochen erkenne ich, dass Johnners unkritische Wahrnehmung der Welt etwas Ansteckendes hat. Langsam fühle ich mich wie ein einzigartiges, wunderschönes Geschöpf, das zu großer Kunst inspiriert, und nicht mehr wie eine übergewichtige Amerikanerin mit einem unvorteilhaften Haarschnitt.

Doch während wir uns immer mehr ineinander verlieben, zähle ich den Countdown bis zu Bobbys Ankunft. Zum ersten Mal in meinem Leben bin ich so unbeschwert, glücklich und sorglos wie der Schwarm Tauben, den wir bei unserem ersten Besuch im St. James's Park aufgestöbert haben. Bobbys bevorstehender Besuch ist wie ein romanticus interruptus.

Ich nehme mich selbst hart ins Gebet: Ich werde mich beherrschen und dafür sorgen, dass Bobby einen tollen Aufenthalt erlebt, egal wie sehr ich mir wünsche, mit Johnner allein zu sein.

Am Tag von Bobbys Ankunft begleitet mich Johnner zum Flughafen Gatwick. Während wir warten, versuche ich, ihm so gut wie möglich Bobbys Eigenart zu erklären. Seine zu laute Stimme, seine strengen Abläufe, dass er von bestimmten Cartoonfiguren geradezu besessen ist, die steifen Bewegungen und der verschleierte Blick, der ihn immer wie ein wenig neben der Spur wirken lässt.

Endlich entdecke ich ihn, wie er mit Trippelschritten die Passkontrolle verlässt. Sein Blick ist starr auf meine Füße gerichtet. Er trägt seine Spockohren, was seinen Mitreisenden sicherlich Anlass zu Spekulationen während des acht Stunden dauernden Flugs gab. Los geht's.

»Nichtsnutziger, hinterlistiger Barrakuda«, sagt er zu mir, als er endlich vor uns steht. Yosemite Sam. Das hört sich nach einem guten Start an.

»Bobby, das ist Johnner. Er ist ein besonderer Freund von mir.«

Ich beobachte, wie Bobby ihn aus den Augenwinkeln betrachtet. »Mach dich zum Gefecht bereit, Hase«, sagt er. »Ich komme an Bord!« Noch mehr Yosemite Sam. Ich entspanne mich allmählich.

Die kommenden Wochen verbringen wir zu dritt mit der Erkundung Oxfords und sehen uns Londons wichtigste Sehenswürdigkeiten an: den Tower, Big Ben, Trafalgar

Square. Doch Bobby gefällt die Londoner U-Bahn, die Underground, am besten. Er kannte bereits am ersten Tag das gesamte Streckennetz auswendig.
»Wenn es nach ihm ginge, würden wir den ganzen Nachmittag in der U-Bahn verbringen, statt irgendwo hinzufahren«, sage ich zu Johnner, als wir auf die Station »Kensington« zulaufen, um zum Britischen Museum zu fahren.
»Na gut, warum nicht?«, erwidert Johnner.
»In Ordnung«, meine ich achselzuckend. »Bobby, nimm uns mit.«
»Heiliges Umsteigen am Charing Cross, Batman!«, ruft er aufgeregt und fährt draußen vor der Station mit dem Finger über den bunten Netzplan. »Wir haben Anschluss am Sloane Square.«
Bobby zieht seine Fahrkarte durch den Schlitz und fährt vor uns die Rolltreppe hinab. Als die Bahn in die Station einfährt, hören wir, wie Bobby die automatische Ansage »Vorsicht beim Einsteigen!« nachspricht. Dann drängeln wir uns mit den anderen Fahrgästen hinein, die sich, wie wir, nur an den Haltegurten festhalten können.
Nach einigen Haltestellen werden Sitzplätze frei. Johnner und ich setzen uns nebeneinander, Bobby nimmt gegenüber von uns Platz. Johnner und ich vertreiben uns die Zeit, indem wir die Leute als Darsteller auf einer Bühne betrachten. Wir erzählen uns gegenseitig, wie wir ihre Aufmachung finden, und denken uns verrückte Sachen aus, die sie vielleicht in ihren Taschen mit sich herumtragen. Unterdessen blickt Bobby starr geradeaus und wirkt glücklich entrückt. Es erinnert mich daran, dass man Babys beruhigen kann, indem man sie im Auto spazieren fährt.
Am Sloane Square steigen dann einige Punks in unseren

Waggon ein. Einer trägt schwarze PVC-Klamotten und hat das Gesicht voller Sicherheitsnadeln, ein anderer trägt einen blutroten Irokesenschnitt. Sie wirken ziemlich bedrohlich, und ich werde ein wenig nervös, weil sie direkt in Bobbys Blickrichtung stehen.

Und schon kommt es, wie es kommen muss.

»Hey, Kumpel, was glotzt du so?«, fragt der in Schwarz gekleidete Punk mit lauter Stimme und blickt Bobby direkt ins Gesicht.

Ich sehe, wie ihm Bobbys Spockohren auffallen, die Bobby seit seiner Ankunft hier jeden Tag trägt. Mein Puls beginnt zu rasen, und ich spüre, wie auch Johnner neben mir erstarrt. Bobby hingegen bleibt völlig gelassen.

»Entschuldigen Sie, Sir«, erwidert Bobby wie ein Roboter mit piekfeinem, britischem Akzent, nicht mit dem Cockney des Punks. »Hätten Sie zufällig etwas Dijonsenf mit Weißweinessig dabei?«

Der Punk beugt sich herab, bis er auf gleicher Augenhöhe ist wie Bobby, der noch immer sitzt. Besser gesagt, stoßen ihre Nasenspitzen bereits aneinander, was für Bobby viel zu nahe ist.

»Was hast du gerade gesagt?«, fragt der Punk.

Ohne mit der Wimper zu zucken, ruft Bobby aus voller Kehle: »Vorsicht beim Einsteigen!«

Der Punk erschrickt so sehr, dass er zurücktaumelt und gegen seine Freunde prallt, die ihn auslachen. In diesem Augenblick öffnen sich die Türen, und die Punks steigen aus.

Johnner und ich sind verdutzt, dann müssen wir lachen. Johnner begegnet Bobby völlig vorurteilsfrei, und wenn man Bobby so akzeptiert, wie er ist, und kein »normales« Verhalten von ihm erwartet, dann nimmt das dem Ganzen eine Menge Druck. Ich schäme mich nicht mehr für alles, was aus seinem Mund kommt, und fühle mich auch nicht mehr dafür verantwortlich. Ich sehe Bobby durch Johnners Augen und finde ihn zum ersten Mal faszinierend anstatt durchgeknallt.

An Bobbys letztem Tag schaffen wir es doch noch ins Britische Museum und sehen uns eine Bronzeskulptur von Henry Moore an, die eine Mutter mit Kind zeigt. Ich erwähne Johnner gegenüber, wie beeindruckend die klaren Linien der Skulptur wirken.

»Das liegt daran, dass es bei Plastiken häufiger darum geht, was *nicht* da ist, statt um das, was man sieht«, erklärt er. »Es ist der negative Raum, der ihr die Form verleiht.«

»Hey, Bobby, sieh dir das einmal an«, sage ich und möchte das Wissen mit ihm teilen. Doch mein Bruder ist wieder einmal davongeschlendert und starrt auf das einzige Detail des Raums, das kein Kunstwerk ist, nämlich das blinkende, rote Licht des Rauchmelders.

»Nein, Bella, lass ihm, was ihm Spaß macht«, mahnt Johnner sanft. »Du musst ihn für all das, was ihn ausmacht, akzeptieren und auch für das, was er nicht ist.«

Ich werfe einen Blick zurück auf die Skulptur von Moore und versuche, den tieferen Sinn dieser Worte auf mich wirken zu lassen. Er hat ja recht, aber, aber, aber, na ja, es ist eben nicht immer leicht.

»Schon, aber was ist, wenn meinen Eltern etwas zustoßen sollte?«, frage ich. »Dann liegt es an mir, ihn zu kurieren.«

»Kurieren oder dich um ihn zu kümmern?«, hakt Johnner nach. »Das ist ein großer Unterschied.«

»Na ja, wenigstens einen Weg finden, wie er glücklich wird.«

»Woher weißt du denn, dass er das nicht ist?«, fragt er.

Gute Frage. Ich hatte immer fest angenommen, dass Bobby unglücklich ist, weil er es nicht schafft, in dieser Welt zurechtzukommen. Aber es ist schwer, seine Gefühle zu begreifen, abgesehen von einigen grundlegenden, wie Frustration oder Angst, die gelegentlich aufflammen.

»Na ja, er muss ständig ins Krankenhaus und wird wieder entlassen und so«, sage ich. »Das kann ihn einfach nicht glücklich machen.«

»Auf mich wirkt er aber zufrieden«, sagt Johnner, als wir zu Bobby hinübergehen. »Dir scheint es schwerer zu fallen, seinen Zustand zu akzeptieren, als ihm selbst.«

»Fragen wir ihn doch«, schlage ich vor. »Hey, Bobby, bist du glücklich?«

»Emotionen sind mir fremd. Ich bin Wissenschaftler«, zitiert er Mr. Spock. »Wahnsinn dient keinem Zweck, er kennt keine Vernunft. Aber er kann ein Ziel haben.«

Johnner lacht, und ich falle ein. »Das habe ich wohl verdient«, sage ich.

Ehe man sichs versieht, ist der Besuch, vor dem es mir anfänglich graute, wie im Flug vergangen. Zu dritt fahren wir nach Gatwick, um Bobby zum Flughafen zu begleiten. Alles ist so prima verlaufen, und ich bin so verliebt und glücklich, dass ich meinen Bruder spontan am Flugsteig umarme. Das ist ein Fehler.

»*Nüücht!*«, jault Bobby auf. »Vorsicht beim Einsteigen! Vorsicht beim Einsteigen!« Er weicht vor mir zurück, als hätte ich ihn geschlagen.

»Entschuldige bitte!«, sage ich. Ich weiß, dass ich das nicht hätte tun dürfen. Diese Welle der Zuneigung hatte mich in diesem Augenblick mitgerissen, und ich war tatsächlich einen Moment lang traurig darüber, dass er nach Hause zurückmusste.

Doch mein Fehltritt hat keine totale Katastrophe ausgelöst. Schon bald hört Bobby auf, sich auf den Kopf zu schlagen, und beruhigt sich wieder. Johnner, der die Szene gelassen betrachtet hat, sagt unbekümmert: »Dein Bruder lässt sich also nicht gern umarmen. Das ist ja nicht so schlimm.«

Ich versuche mir selbst einzureden, dass es, ja, klar, nicht so schlimm ist und ich Bobby so akzeptieren muss, wie er wirklich ist, statt immer etwas mehr von ihm zu erwarten. Wir bleiben stehen, während Bobby erst »Fly the Friendly Skies« murmelt und dann zum Einsteigen weitergeht, ohne sich noch einmal umzudrehen und sich zu verabschieden.

Wenige Monate später legen Johnner und ich eine Verabschiedungsszene am Flughafen von Gatwick hin, die ein wenig anders verläuft. Lasst es mich so formulieren, wir umarmen uns, nun ja, sehr gern.

»Nehmt euch ein Zimmer!«, ruft uns eine Gruppe aufgekratzter amerikanischer Studenten zu, als wir hemmungslos zum Abschied knutschen. Johnner hat Tränen in den Augen, aber ich bin gar nicht traurig, sondern voller Glück, bei dem Gedanken an unsere gemeinsame Zukunft. Was heißt es schon, dass ich eine superenge Minibadehose in seiner Schublade gefunden habe? Es heißt nichts anderes, als dass er perfekt ist und wir eine wichtige Entscheidung getroffen haben. Sobald ich meinen Collegeabschluss geschafft habe, wollen wir heiraten!

# 11

Jahr: 1987
Alter: 22
Idol: *Anna Quindlen, Kolumnistin bei der New York Times*
Lieblingslied: *»With or Without You« von U2*
Kostbarster Besitz: *zum ersten Mal in der Verfasserzeile erwähnt werden*
Schönste Schuhe: *schwarze, flache Lacklederpumps von Joan & David mit Schleifen*

»Bella, ich habe Steve Guttenberg auf Leitung eins, Melanie Griffith auf der zwei und Nora Ephron auf Leitung drei – sie wollen alle mit dir sprechen«, sagt das Mädchen vom Empfang gelangweilt im breitesten Bronx-Dialekt. »Was soll ich tun?«

Ich darf mich offiziell Redaktionsassistentin nennen, genauer gesagt: Sklavin. Meine Aufgabe ist es, Faxe zu verschicken, Spesenabrechnungen auszustellen, Recherchen durchzuführen und jede Art von langweiligem Kram, den mir meine drei Chefs auftragen. Außerdem fertige ich Zusammenfassungen für angekündigte Filmstarts an, und das ohne Bezahlung. Das hört sich vielleicht glamourös an, aber es ist so wenig glamourös wie eine Beziehung mit Johnner über eine große Entfernung hinweg: Jede Menge Telefonate, und nichts kommt dabei heraus.

Mein Gehalt besteht aus mickrigen sechzehntausend Dollar im Jahr, was bedeutet, dass ich für eine gewisse Zeit wieder zu Hause einziehen werde. Carrie hingegen hat sich einen Superjob als Mediaplanerin bei Chiat Day geangelt, einer absolut angesagten Werbeagentur, und verdient zweimal so viel. Sie lebt in einem Loft in Tribeca und geht jeden Abend ins *Odeon*, um sich dort auf Kosten der Firma mit tollen Männern zu treffen.

Im Vergleich dazu hat mein Leben den Charme einer Vorstadtsiedlung. Und für meine Eltern ist es, als ginge ich noch zur Highschool. Hier einige Routinefragen: »Bist du zum Abendessen zu Hause?« *Woher soll ich das wissen? Es ist sieben Uhr morgens.* »Willst du das wirklich tragen?« *Gute Frage in Anbetracht der Tatsache, dass ich zu spät zum Zug komme.* Und meine Lieblingsfrage: »Warum nimmst du nicht deinen Bruder mit? Vielleicht lernt er jemand Nettes kennen.« *Äh, Erde an Mom, das Problem ist er, es sind nicht die Leute, die er kennenlernt.*

Aber ich lasse alles über mich ergehen, bis Johnner kommt. *Wenn* er denn kommen wird. Lasst es mich so formulieren: Ich lerne gerade, dass es nicht immer glücklich macht, wenn man das bekommt, was man sich gewünscht hat.

»Einen Freund zu haben«, hat mich nämlich irgendwie unglücklich gemacht. Statt mein letztes Jahr am College zu genießen, habe ich die ganze Zeit nur Pläne geschmiedet, wie ich nach London zurückkehren könnte. Ich habe sogar einen Job bei Ann Taylor ergattert und nach ungefähr einer Million Mal »Toll, darin sehen Sie aber schlank aus!« genug Provision kassiert, um mir ein Ticket über den Atlantik kaufen zu können. Während meine Kommilitonen es sich in den Frühjahrsferien in Cancun gutgehen ließen, habe ich auf dem Fußboden auf Johnners aktueller Baustelle geschlafen.

Am schlimmsten aber war Johnners Stimmung während der gesamten Woche. Finster und stürmisch, um es vorsichtig auszudrücken. Immer, wenn ich versuchte herauszufinden, woran es lag, sagte er nur »Ich kann es nicht ertragen, so weit von dir entfernt zu sein«, obwohl ich gerade neben ihm stand. Ihn konnte nur aufheitern, wenn wir über unsere gemeinsame Zukunft sprachen.
Ich hatte das Bild schon genau vor Augen: Wir, in einem riesigen Loft in Soho, Johnner, der auf dem Titel des *New York Magazine* als nächster David Salle gefeiert wird. Ich werde eine berühmte, ach, ich weiß nicht, was, aber was macht das schon? Ich werde mit einem super aussehenden, berühmten Künstler verheiratet sein! Und Andy Warhol wird auch zu unserer Hochzeit kommen.
Das ist nun schon sechs Monate her, und Johnner hat noch immer keine Arbeitserlaubnis. Mittlerweile schüttelt etwas in meinem Inneren vehement den Kopf.
Zuerst ignoriere ich es. *Sei still, du ruinierst alles*, sage ich. *Du hast immer heiraten wollen.* Nicht nur, dass Johnner wirklich der schönste Mann der Welt ist, sondern bei wem sonst werde ich mich trotz dieser Oberschenkel wie die Venus von Botticelli fühlen?
Doch das innere Kopfschütteln hält an. Dann durchkreuzt ein kühner Gedanke die Hochzeitsphantasien, die die Abteilung »Hoffnungen und Träume« meines Gehirns fest im Griff haben: Was, wenn mein Herz sich nach etwas *noch stärker* sehnt als nach einer Hochzeit? Ich habe keine Ahnung, was das sein könnte, aber ich kann mein Bauchgefühl nicht länger ignorieren, das mir deutlich sagt: *Finde es heraus*.
Mein Plan sieht eigentlich vor, Johnner die Wahrheit zu sagen, wenn er nächsten Monat zu Besuch kommt, um

meine Eltern kennenzulernen und bei meinem Vater um meine Hand anzuhalten. Im Moment haben meine Eltern jedoch keine Ahnung, wie ernst es zwischen uns ist, auch wenn sie von Johnners Plänen, herzuziehen, wissen. Die Vogel-Strauß-Methode. Und in diesem Fall war sie vielleicht sogar erfolgreich. Wenn es nämlich eine Sache gibt, auf die ich mich überhaupt nicht freue, dann ist es eine peinliche Unterhaltung darüber, dass ihre Tochter den Rest ihres Lebens mit einem mittellosen Künstler verbringen will, statt mit einem perfekten Katholiken von Notre Dame.

»Bella, du hast Post bekommen«, sagt meine Mutter, als ich eines Tages von der Arbeit komme.

»Von wem?«, frage ich.

»Ich denke, aus England«, antwortet sie. Mir fällt auf, dass sie nicht sonderlich neugierig wirkt.

Ich nehme den großen, gelben Umschlag mit auf mein Zimmer und öffne ihn dort. Zuerst ziehe ich einen Brief hervor, der mit den Worten »Ich halte das nicht länger aus …« beginnt. Dann entnehme ich dem Umschlag Johnners neuestes Kunstwerk, ein Bild von mir, wie ich von einer Kreatur bestiegen werde, die halb Mann, halb Zentaur ist. Von hinten. Und ich lächle wie die Mona Lisa. Aber die Krönung ist eine Plastiktüte, die mit etwas Gelbem gefüllt ist. Als mir dämmert, um was es sich handelt, kann ich kaum noch meine Zugtherapie mit Zack am nächsten Morgen erwarten.

Zack und ich pendeln jeden Morgen mit dem Zug von Westchester nach New York City. Wir beklagen uns abwechselnd über das Leben in einem Kaff und geben uns Ratschläge in Sachen Eltern, Karriere oder Verabredungen mit dem anderen Geschlecht. Wir nennen das Ganze

»Zugtherapie«, weil es uns davor bewahrt, den Verstand zu verlieren.

Am nächsten Morgen greife ich nach dem Höllenumschlag und versuche wie immer, meinen Bruder zur Eile anzutreiben.

»Bobby, bist du fertig?«, rufe ich die Treppe hinauf in Richtung seines Schlafzimmers. Jeden Morgen setze ich ihn nämlich bei seiner Arbeit im RadioShack ab, das in der Nähe des Bahnhofs liegt.

Bobby erscheint mit einer Aktentasche und seiner *Mord-ist-ihr-Hobby*-Brotdose. »Rock me, Amadeus«, sagt er, dann gehen wir rasch zum Auto.

Ich bin mittlerweile morgens viel geduldiger mit ihm als noch zu Highschool-Zeiten. Aber mich überkommen trotzdem noch Schuldgefühle. Hier bin ich und baue mir eine Karriere auf, während er auf der Stelle tritt, wie immer. Meine Eltern hegen noch immer die Wunschvorstellung, dass er eines Tages alles überwunden und jemand Nettes kennengelernt haben wird. Oder dass ein neues Medikament ihn wie durch ein Wunder in einen normalen Zustand versetzt. Ein Teil von mir denkt wahrscheinlich genauso, denn manchmal ist es so viel leichter, ein Stück zur Seite zu rücken, um Platz für den rosa Elefanten zu machen, statt meine Eltern zu fragen, was zur Hölle er in unserem Haus verloren hat.

»Schönen Tag, Bobby«, sage ich, als wir beide aussteigen und in verschiedene Richtungen davongehen. Ich ermahne ihn noch: »Denk dran, wenn du jemandem in die Augen siehst, dann musst du nach drei Sekunden wegschauen. Es ist unhöflich, andere anzustarren.«

»Nano, nano«, erwidert er und zeigt mir den Mork-vom-Ork-Gruß.

Ich beeile mich, um den Zug zu erwischen, und treffe Zack in unserem üblichen Waggon.
»Das wirst du nicht glauben«, sage ich, sobald wir uns auf unseren Sitzen niedergelassen haben. »Unglaublich!«
»*Oui, Mademoiselle?*«, fragt er und reicht mir die Gesellschaftsseiten der *New York Times*. Er weiß, wie sehr ich Anna Quindlens Kolumne über das Leben der Dreißigjährigen liebe, nämlich mindestens ebenso sehr wie Hope in der Serie *Thirtysomething*.
»*Voilà!*«, sage ich und ziehe den Umschlag hervor. Dann entrolle ich die Bleistift- und Tuschezeichnung, die Zack tatsächlich dazu bringt, den Sportteil beiseitezulegen.
»Wow!«, entfährt es ihm, und er spuckt seinen Kaffee über meine neue Steghose. »So viel zum Thema Hündchenstellung«, lacht Zack. »Sieh dir nur dein Gesicht an. Sieht aus wie, ›danke für den Orgasmus, doch jetzt ist Schluss!‹«
»Das ist nicht alles«, erkläre ich. »In seinem Brief schreibt er, Zitatanfang, ›Ich habe nicht die Kraft, die Beziehung weiterzuführen‹, Zitatende.«
»Dann macht *er* also Schluss?«, fragt Zack, den Blick noch immer auf die Zeichnung geheftet.
»Er gibt zu, dass er nicht einmal damit begonnen hat, sich um eine Arbeitserlaubnis zu kümmern«, sage ich. »Dafür hat er mir etwas zur Erinnerung geschickt.« Ich halte den Plastikbeutel hoch. »Sieh mal.«
»Na so was, sind das etwa seine Haare?«, fragt Zack und beäugt die blonden Locken in dem Beutel.
»Was wird er mir wohl als Nächstes schicken, ein Ohr?«, unke ich.
»Ich muss sagen, Bella, ein Glück, dass van Gogh sich selbst aus dem Rennen genommen hat«, meint Zack kopf-

schüttelnd. »Aber du fühlst dich bestimmt ein wenig komisch, wenn man bedenkt, dass er herkommen und dich heiraten wollte.«

»Es *ist* seltsam«, erwidere ich. »Aber im Rückblick betrachtet, sollte mir die Beziehung vielleicht einfach nur über eine schwere und einsame Zeit hinweghelfen. So etwas wie die perlenbestickten Pumps, die perfekt zu dem Abschlussballkleid passen, aber die man anschließend zu keiner Gelegenheit jemals wieder tragen wird.«

»*Excusez-moi?*«, fragt er.

Ich fühle mich so wohl in Zacks Gegenwart, dass ich manchmal einfach vergesse, dass er keine Frau ist. »Vielleicht sind Beziehungen wie Modetrends«, erkläre ich.

»Und Männer sind dann wie Schuhe?«, fragt er.

»Ja, so ungefähr«, erwidere ich. »Er muss perfekt passen, der Sohlenverwandte, verstehst du?«, sage ich und lache über meinen eigenen Witz. »Aber in diesem Fall bin ich die Traumprinzessin, die darauf wartet, dass jemandem der gläserne Schuh passt. Aber weißt du, was wirklich seltsam ist?«

»Du meinst, es kann noch merkwürdiger werden?«

»Als Bobby den Inhalt des Umschlags sah, sagte er: ›Wahnsinn dient keinem Zweck, er kennt keine Vernunft. Aber er kann ein Ziel haben.‹«, erkläre ich.

»Mr. Spock?«, fragt Zack nach.

»Wie immer, aber Bobby hat recht. Johnner *ist* wahnsinnig geworden.«

Zack summt die Melodie von *Twilight Zone* und sagt: »Nehmen wir den Zug um vier nach sechs?«

»Klar«, antworte ich und küsse ihn auf die Wange.

Als ich die Park Avenue in Richtung meines Büros hinunterlaufe, fühle ich mich, nun ja, erleichtert.

Ich denke, in vielerlei Hinsicht geht es mir besser damit, dass die Beziehung beendet ist. Trotz der reizvollen Tatsache, dass Johnner meine Oberschenkel nicht als fett, sondern als verführerische Früchte betrachtet, lassen seine dunklen Seiten meine graue Wolke wie ein Wollmäuschen aussehen. Für meine nächste Beziehung halte ich nach der Leidenschaft Ausschau, die ich mit Johnner geteilt habe, und nach der Freundschaft, die mich mit Zack verbindet. Bin ich erst einmal fündig geworden, das weiß ich genau, dann habe ich auch meinen Seelengefährten gefunden. Wir werden wie Donald und Ivana sein, wie Don und Melanie oder Burt und Loni. Ihr wisst schon, Paare, die für die Ewigkeit bestimmt sind.

# 12

JAHR: 1989
ALTER: 24
IDOL: *Hope von Thirtysomething*
LIEBLINGSLIEDER: *»Brandy (You're a Fine Girl)« von Looking Glass und »Straight Up« von Paula Abdul*
KOSTBARSTE BESITZTÜMER: *Apartment in Manhattan und die Pille*
SCHÖNSTE SCHUHE: *Westernhalbstiefel von Guess?*

Können Männer und Frauen miteinander befreundet sein, ohne dass ihnen der Sex dazwischenkommt? Auf dem Weg zur Premierenparty im *Plaza Hotel* diskutieren Zack und ich über den Film *Harry und Sally*.

Zack als meine Begleitung zu wählen, ist das mindeste, was ich für ihn tun kann, denn dank seiner Hilfe lebe ich in einem Apartment in Manhattan, das ich mir leisten kann. Zacks Schwester Jaimie hat nämlich beschlossen, nach L. A. zu gehen und dort Schauspielerin zu werden, daher habe ich ihr Studio an der Upper West Side als Untermieterin übernommen.

»Es ist nicht möglich, einfach nur befreundet zu sein«, sagt Zack kopfschüttelnd.

»Und was ist mit uns?«

»Wir zählen nicht«, meint er.

»Und warum nicht?«

»Weil wir uns noch aus der Zeit kennen, *bevor* ich mich für Sex zu interessieren begann«, erwidert er. »Bella, Männer sind nur aus einem Grund mit einem Mädchen befreundet, weil sie ihr an die Wäsche wollen.«

Wir gehen an den Stretchlimos vorbei, die vor dem Eingang stehen, und drängen uns durch die Paparazzimeute zum großen Ballsaal. Dieser wird von einer Furie in roten Pumps mit einem Klemmbrett in der Hand bewacht, die mich von oben bis unten mustert und mit höhnischem Grinsen sagt: »Nur für geladene Gäste.«

Ich bleibe stehen und genieße den Augenblick. Seit es mir gelungen ist, meine monatliche *Spotlight*-Kolumne an Land zu ziehen, stehe ich ganz oben auf allen Gästelisten zu Filmvorführungen, -partys und Premieren. »Bella Grandelli, *Preview Magazine*«, sage ich. Und schon sind wir drinnen!

»Meg Ryan auf neun Uhr, *avec* Dennis Quaid!«, quietsche ich, während Zack und ich auf die Bar zusteuern.

Plötzlich legen sich zwei Hände auf meine Schultern. Rauhe, schwere, männliche Hände. Ist das Megs Bodyguard?

»Hey, Kumpel!«, sagt Zack zu der Person, die mich von hinten festhält. »Wie geht's?«

Es ist Matt Dillon, der immer noch so rebellisch wie James Dean aussieht, wie damals in der achten Klasse. Nur, dass ihm jetzt ein Supermodel wie eine Klette am Arm hängt.

»Hey, wie schön, euch zu sehen!«, ruft Matt und umarmt uns, bevor er uns die Frau namens Uma vorstellt. »Was treibt ihr so?«

»Ich habe gehört, dass du die Rolle in *Drugstore Cowboy* bekommen hast, Glückwunsch!«, sage ich.

»Danke. Hey, wie geht's Bobby? Ich habe an ihn denken müssen, als ich *Rain Man* sah.«

»Da ging es dir wie mir«, antworte ich.

*Rain Man* könnte ein Film über meinen Bruder sein, da es sehr viele Übereinstimmungen zwischen ihm und der Figur von Dustin Hoffman gibt. Der Film hat es mir enorm erleichtert, anderen zu erklären, was mit meinem Bruder los ist. Wenn ich bisher das Wort »Autismus« erwähnt habe, wusste keiner, was das ist. Sage ich jetzt aber »Mein Bruder ist wie *Rain Man*«, dann antwortet jeder »*Ach, wirklich?*«.

»Kommt ihr mit in den VIP-Bereich?«, fragt Matt. (Die Klemmbrettfurie inspiziert ihre Pumps, als wir an ihr vorbeigehen.) Meinen Job als Vorwand nutzend, stelle ich mich und Zack allen Leuten vor, von Billy Crystal bis Nora Ephron, bis sich die Party gegen zwei Uhr morgens auflöst.

»*Fitzpatrick's?*«, schlage ich vor, als wir gehen und Zack ein Taxi heranwinkt.

Das *Fitzpatrick's* ist die geniale Idee einiger Collegeabsolventen aus Boston, die irgendwann einmal durchgerechnet haben, wie viel sie für alkoholische Getränke ausgeben, und die daraufhin beschlossen, den Gewinn doch lieber selbst einzustreichen, indem sie einige Kneipen eröffneten, statt eine ordentliche Arbeit zu ergreifen.

Was das *Fitzpatrick's* zur echten Goldgrube macht, ist seine schäbige Gemütlichkeit. Die Wände sind mit angestaubten Collegewimpeln geschmückt, und von der Decke hängen Hunderte von Büstenhaltern und Krawatten wie Kneipenlametta. Es wird ausschließlich Musik aus den Siebzigern gespielt, und dort ist es ein wenig so wie bei *Cheers* – man trifft garantiert jemanden, den man kennt.

»Beau Callahan ist heute Abend Gastbarkeeper«, sagt Zack. Ein weiterer Beweis der Genialität der *Fitzpatrick's*-

Betreiber sind die gutaussehenden Barkeeper, die sich regelmäßig abwechseln und neuen Schwung in den Laden bringen.

»Yo, Beau!«, ruft Zack über den Lärm von »Build Me Up, Buttercup« hinweg, was von der Hälfte der betrunkenen Gästeschar mitgegrölt wird.

Beau kommt herüber, unsere Blicke begegnen sich und WUMM! Wisst ihr noch, wenn Batman kämpft und die Worte gegen den Bildschirm fliegen? Genauso fühlte es sich an, als wir das erste Mal Blickkontakt hatten.

Na gut, dann halte ich eben jeden Mann für den schönsten der Welt, wenn ich ungefähr zehn Bud Lights intus habe. Aber ich schwöre, dass ich ihn mir nicht schöngetrunken habe. Ich meine, er sieht schon ganz gut aus, aber er hat eine Glatze. Doch sein Megawattlächeln bringt sein gesamtes Gesicht zum Strahlen. graue Wolken würden in seiner Gegenwart einfach zusammenschrumpfen.

»Nett, dich kennenzulernen, Beulah«, sagt er, nachdem Zack uns vorgestellt hat.

Igitt, ich hasse es, wenn Männer meinen Namen falsch verstehen, was ständig passiert, denn dann kommt es mir vor, als wüssten sie gar nicht, wer ich wirklich bin.

»Ganz meinerseits, *Joe*«, schieße ich zurück.

»Ich heiße Beau«, korrigiert er mich lächelnd.

Den Rest des Abends verbringe ich damit, Zack bis ins letzte Detail über Beau auszuquetschen.

»Status?«, frage ich.

»Weiß ich nicht genau«, antwortet er. »Er hatte lange Zeit eine Freundin, Janice, eine ziemlich toughe Frau. Sie arbeitet bei Tan Central Station.«

»In einem Sonnenstudio?«, frage ich.

»Ja«, antwortet er. »Aber ich habe gehört, dass es zwischen ihnen aus ist.«

»Hhmm.« Dieser Typ hat etwas ganz köstlich Koboldhaftes an sich.

Doch die Sache hat einen Haken. Falls ihr es noch nicht wisst, dann lasst euch gesagt sein, dass eigentlich alle Männer Mitte bis Ende zwanzig unter ASF leiden – der Angst, sich festzulegen. Ich hatte erst vermutet, dass es mit Notre Dame zusammenhing, aber es ist so schlimm wie damals 1976, als man Jungs plötzlich eklig fand. Ich habe buchstäblich kein einziges Date mehr gehabt, seit die Beziehung mit Johnner vor zwei Jahren in die Brüche ging. Das ist eine Dürreperiode, die schlimmer ist als die Sahara. Kein Wunder, dass ich so viel trinke.

Zack meint, dass es nicht viel gibt, was ich dagegen unternehmen könnte. Wenn du eine Beziehung willst, dann ist die beste Methode noch immer, sich zu zieren und rar zu machen. Sei nie die Erste, die ihn anruft, und bitte ihn nie um ein Date. Versuche nicht, mit rationalen Argumenten gegen diese Regeln anzugehen, indem du dir einredest, dass er »einfach nur ängstlich« ist. Wovor er Angst hat, ist, dass du ihn in die Falle lockst und dass sein Leben die Fortsetzung von *Eine verhängnisvolle Affäre* wird.

Doch glücklicherweise ist Beau ja der Barkeeper, und so habe ich einen guten Vorwand, um mit ihm ins Gespräch zu kommen. »Beulah, du schon wieder?«, sagt Beau, als ich zum dritten Mal an die Bar komme und eine Runde ordere. »Du scheinst mich ja wirklich zu mögen.«

»Wir sollten uns nicht mehr hier treffen, Joe«, sage ich und singe bei dem kitschigsten Song der Siebziger mit, nämlich »Brandy«. Beau stimmt ein, aber er ändert den Text so, dass ich gemeint bin.

»›Beu-lah, you're a fine girl. What a good wife you would be!‹ Hey, komm rauf, Beulah!«, sagt er und zieht mich auf den Tresen. Dann gibt er mir eine Flasche mit Woo-woo-Shots und zeigt mir, wie ich den Inhalt in die geöffneten Münder der Leute kippen muss, während ich auf dem Tresen tanze.

Alle klatschen in die Hände und singen, während ich fröhlich Schnäpse verteile. Plötzlich werde ich mit etwas Kaltem, Nassem übergossen. Ich sehe an mir herab und stelle fest, dass sich meine weiße Bluse in Klarsichtfolie verwandelt hat. Lediglich meine Schultern sind nicht entblößt, was an den überdimensionalen Schulterpolstern liegt, die ich zu wirklich allem trage. Der gesamte Kneipenraum wird still, und ich sterbe vor Scham. Welch ein Schwachsinn, auf der Theke zu tanzen! Jemand hat mir seinen Cocktail übergeschüttet, und ich wische mir den Sex on the Beach aus den Augen.

»Ausziehen! Ausziehen! Ausziehen!«, fängt die Meute gutaussehender, adretter Typen im Sprechchor an zu rufen und klatscht dazu in die Hände. Warum werde ich jedes Mal bestraft, wenn ich die Aufmerksamkeit auf mich ziehe?

»Schlampe!«, wirft mir jemand an den Kopf. Ich folge dem Brooklyner Akzent und entdecke, wer den Drink nach mir geworfen hat. Sie ist das gebräunteste Mädchen im Raum, obwohl wir November haben, trägt eine Pat-Benatar-Frisur und sehr lange, matt lackierte Fingernägel. Aha, Janice. Sie hat es mir heimgezahlt, weil ich mit ihrem Typen gesprochen habe.

Während sich Janice einen Weg in meine Richtung bahnt,

zerrt mich Zack vom Tresen herunter und legt mir seinen Blazer über. »Nichts wie weg hier«, sagt er und zieht mich in Richtung Tür davon.

»Aber, aber, aber ...«, stammele ich und versuche, Beaus Blick zu erhaschen. Kein Glück. Er ist damit beschäftigt, Pat Benatar abzuwehren, die ihm über den Tresen hinweg versucht, eine Ohrfeige zu verpassen.

»Ich bin so enttäuscht«, jammere ich, als wir im Taxi sitzen. »Wir hatten uns gerade richtig gut verstanden!«

»Klar, bis du deinen eigenen Miss-Wet-T-Shirt-Wettkampf gewinnen musstest«, sagt Zack und lacht mich aus.

»Ich habe gewonnen? Gut«, erwidere ich und steige aus. »Danke für den Blazer. Ich werde ihn reinigen lassen und gebe ihn dir dann am Wochenende zurück.«

»*D'accord*, Baby«, erwidert er, als wir uns zum Abschied auf die Wangen küssen. »*Au revoir.*«

Immer wenn Beau in den kommenden Tagen in meine Gedanken platzt, sage ich ihm, dass die Bar geschlossen ist. Dann hatte ich eben schon seit zwei Jahren keinen Freund mehr, na wenn schon. Das Letzte, was ich gebrauchen kann, ist, mich in einen Typen zu verlieben, dessen Freundin aussieht, als habe sie schon einmal einen Knast von innen gesehen. Beau ist nicht der Richtige, aber er ist ein Zeichen dafür, dass es *tatsächlich* noch gutaussehende, lustige, nette Typen in Manhattan gibt. Ich brauche aber einen, der verfügbar ist.

Stellt euch bloß meine Überraschung vor, als ich die Nachrichten für meinen Boss hole und dabei auch eine für mich entdecke. »Joe hat angerufen«, heißt es da, es steht keine Nummer dabei, aber das Kästchen »Ruft zurück« ist angekreuzt.

Ich tanze im Sambaschritt zurück zu meinem Schreibtisch und rufe Zack an.

»Ja, er hat mich gefragt, wo du arbeitest«, erklärt Zack.

»Warum hast du mir nichts davon gesagt?«, heule ich auf. »Glaubst du, dass er es noch einmal probieren wird? Glaubst du, dass er mich mag? Was ist mit Janice?«, frage ich atemlos weiter. Ich habe so ein gutes Gefühl, was ihn angeht – ich kann es gar nicht genau beschreiben. Als ob die Sonne in mir schiene. Es ist, es ist, jetzt hab ich's, es ist wie ein Solarium für die Seele!

»Ruhig bleiben, Prinzessin«, sagt Zack. »Zerbrich bloß nicht deinen Glasschuh, indem du ihn dem falschen Mann an den Fuß zwängst.«

»Schon gut, schon gut«, erwidere ich.

Als Beau und ich uns am nächsten Tag endlich sprechen, frotzeln wir lustig da weiter, wo wir aufgehört haben.

»Hey, Beulah«, sagt er. »Ich muss dich etwas fragen.«

Das Herz klopft mir bis zum Hals. »Was ist, Joe?«

»Warum verbesserst du die Leute nicht, wenn sie deinen Namen falsch verstehen?«, fragt er. »Alle in deinem Büro scheinen zu glauben, dass du Bella heißt.«

»Die ganze Welt denkt das«, erwidere ich. »Da kann man leicht zum Säufer werden, nicht wahr, Joe?«

»Hältst du es noch bis zum Feierabend aus?«, fragt er. »Dann treffen wir uns im *St. Regis*.«

Verdammt, es ist Dienstag! Ich trage kein Outfit zum Weggehen, vielmehr ist mein Body eine Nummer zu klein und hat sich schon den ganzen Tag unangenehm zwischen meinen Pobacken bemerkbar gemacht. Aber ich werde es nie im Leben rechtzeitig zu meiner Wohnung schaffen, um dort in meine schwarze Steghose zu schlüpfen und wieder pünktlich im *St. Regis* zu sein, das weiß ich genau!

Ich werde sagen, dass ich schon etwas vorhabe. Genau! Es den Männern schwermachen, wie Zack immer sagt.

»Sechs Uhr hört sich gut an«, erwidere ich. Ich kann einfach nicht anders! Die mexikanischen Springbohnen stellen sich in einer Reihe auf und fangen an, in meinem Bauch zu steppen.

»Ich muss los«, sagt er und legt auf, bevor ich mich verabschieden kann. Die Stunden krieeeechen dahin an diesem Nachmittag, bis es endlich so weit ist und ich mich mit Beau treffe. Ich bin vor ihm da und gehe deshalb noch einmal um den Block, wobei ich darauf achte, nicht auf die Kanten zwischen den Pflastersteinen zu treten, weil das Pech bringt. Dann schließe ich einen Handel mit Gott. Wenn alles gutgeht, werde ich mich ernsthaft darauf konzentrieren, jemanden für meinen Bruder zu finden.

»Beulah, hast du dir unterwegs schon einen oder zwei genehmigt?«, fragt Beau, der geduldig vor dem *St. Regis* auf mich wartet. (Mein Gott, er sieht so süß aus!)

»Aber nein, Joe, warum fragst du?«, hake ich verblüfft nach.

»Weil ich dich beobachtet habe, wie du die Straße entlanggegangen bist, und dein Gang wirkte ein wenig, nun ja, unregelmäßig«, bemerkt er mit schiefem Grinsen.

Erwischt!

»Ich habe nur ein wenig vor mich hin getanzt«, erwidere ich. »Wenn du ein braver Junge bist, bringe ich es dir vielleicht einmal bei.«

»Was, wenn ich ein böser Junge bin?«, fragt er und hält mir die Tür wie ein perfekter Gentleman auf.

»Dann bekommst du Privatstunden«, erwidere ich verschmitzt und zwinkere ihm zu. Wir machen es uns in einer dunklen Nische gemütlich und nehmen uns gegenseitig auf den Arm, als würden wir uns schon seit Ewigkeiten kennen. Dabei stellen wir tatsächlich fest, dass wir uns eigentlich über sechs Ecken kennen. Ich wende meine erstklassigen Interviewmethoden an und leiere ihm alle wichtigen Informationen aus dem Kreuz. So ist Beau im Begriff, eine steile Karriere bei Morgan Stanley hinzulegen, und wird bald seine Prüfung machen, um als Broker arbeiten zu können. Außerdem ist Janice längst passé.

Nachdem Beau um die Rechnung gebeten hat, sagt er: »Also, Beulah, was hältst du von einem gemeinsamen Dinner am Samstagabend?«

»Fabelhaft!«, erwidere ich, vielleicht ein wenig zu enthusiastisch. Denn in diesem Augenblick schnappt mein Body auf, und der Höschenteil mit den Druckknöpfen rollt sich bis zu meiner Hüfte hoch.

Wir blicken beide auf den Zwickel und wissen nicht, was wir sagen sollen. Ich wäre vor Scham am liebsten gestorben.

»Das solltest du unbedingt tragen«, meint er. »Das ist noch besser als das durchsichtige Teil, das du im *Fitzpatrick's* anhattest.«

Ich bete, dass mein Gesicht nicht mehr knallrot ist, als Beau mich zum Taxi bringt. Er öffnet mir die Tür und gibt dem Fahrer einen Zehner. »Passen Sie besonders gut auf die Lady auf.« Er drückt mir einen viel zu kurzen Kuss auf die Lippen und sagt: »Bis dann.«

Für den Rest der Woche esse ich buchstäblich nichts mehr, bis zu unserem Date. Denn wir gehen nicht einfach irgendwohin, sondern in das romantischste Restaurant der ganzen Stadt, in das *Rainbow Room*. Es befindet sich im fünfundsechzigsten Stockwerk des Rockefeller Centers, und man hat von dort einen Blick über die ganze Stadt. Ich beschließe, mir für diese Gelegenheit ein neues Kleid mit Puffärmeln zu kaufen.

Beau hält meine Hand mit sicherem Griff, als wir den Fahrstuhl verlassen und auf den Oberkellner warten. Ich werfe einen Blick aus dem Fenster und danke sämtlichen Abendsternen meines Lebens, für die ich mir etwas gewünscht hatte, dass sie mich hierhergeführt haben. Heute Abend. Mit ihm.

Kaum sitzen wir, reicht man Beau die Weinkarte von der Größe eines Telefonbuchs. Er blättert durch die Seiten und sagt dann zu dem Weinkellner: »Die Dame und ich nehmen ein Budweiser. Der Jahrgang 1989 wäre genehm.«

»Wie meinen, Sir?«, fragt der Sommelier.

»Zwei Buds, Kumpel«, sagt Beau.

Ist das nicht unglaublich süß? Während ich in Gedanken noch mit meinem Aussehen beschäftigt bin und ob ich mich richtig benehme und hier hinpasse, ist er einfach er selbst. Sogar auf der Tanzfläche sorgt er dafür, dass ich mich völlig ungezwungen fühle. Ich habe die Standardtänze nie gelernt, aber er wirbelt mich einfach herum, und wir amüsieren uns, wenn ich aus dem Gleichgewicht gerate oder ihm versehentlich auf die Zehen trete.

»Und, bin ich nun ein braver Junge gewesen?«, fragt er und biegt mich nach hinten. »Oder ein böser?«

»Ein sehr braver«, erwidere ich und lächle ihn von unten herauf an. »Du bekommst eine Eins mit Sternchen für dieses romantische Date.«

»Verflixt, ich hatte eigentlich auf eine Privatstunde Tanzunterricht gehofft. Du weißt schon, dieser seltsame Tanz, den du auf dem Gehsteig am Abend unserer ersten Verabredung aufgeführt hast. Es sah aus wie …«

»Wie was?«, frage ich und unterdrücke ein Lachen. Was für ein idiotisches Bild ich abgegeben haben muss, als ich über die Ritzen und Kanten der Pflastersteine sprang.

»Als würdest du ein Spiel spielen, dass ich früher oft mit meiner Schwester Amy gespielt habe, als wir noch klein waren. Man durfte nicht auf die Ritzen zwischen den Pflastersteinen treten.«

»Hast du nicht gehört, das ist der letzte Schrei. Paula Abdul wird so in ihrem nächsten Video tanzen«, sage ich, ohne eine Miene zu verziehen.

Nach dem Dinner im *Rainbow Room* gehen wir noch auf einen Drink ins *Elaine's*. Anschließend hüpfen, springen und hopsen wir über alle Kanten zwischen den Pflastersteinen auf dem Weg zu meinem Apartment. Wir singen die Lieder aus der Serie *Partridge Family* und denken uns einfach etwas aus, wenn wir nicht weiterwissen.

»I think I love you! So what am I so afraid of?«, singt er.

»Afraid of a love there's no beer for«, übernehme ich die nächste Zeile.

Vor meinem Haus nehmen wir uns an die Hand und springen gemeinsam über einen besonders dicken Riss im Gehsteig. Und als wir uns dann das erste Mal küssen, fangen die Glocken von St. Ignatius an zu läuten. Das ist ein Zeichen.

Es hat sich also gelohnt, auf keine einzige Kante zu treten. Schon nach einem Monat bittet er mich um etwas, das vorzuschlagen mir Zack strengstens verboten hat: ein Treffen mit meinen Eltern. Ich bin schon fast paranoid vor Sorge, dass man mich für eine Klette halten könnte, also hätte ich diesen Schritt in hundert Jahren nicht gewagt.

Und dann ist da noch die Sache mit meinem Zwillingsbruder.
Ich erzähle Beau die ganze Hintergrundgeschichte (wie oft muss ich das noch tun?), und dann betreten wir das Haus durch die Küchentür.
»Hi, Mr. und Mrs. Grandelli«, sagt Beau und schüttelt meinem Vater die Hand. »Ich freue mich, Sie kennenzulernen.«
»Soso, Sie müssen Bellas Freund Beau sein«, sagt mein Vater und drückt ihm kräftig die Hand. Die Football-Saison hat schon begonnen, und mein Vater trägt sein Lieblingsoutfit: Cordhosen, die mit kleinen Kobolden bedruckt sind, und eine Krawatte, die die Siegeshymne von Notre Dame spielt, wenn man daraufdrückt.
»Tolle Krawatte, Mr. Grandelli«, sagt Beau ohne die kleinste Spur von Sarkasmus. »Haben Sie auch Notre Dame besucht?«
Mein Vater räuspert sich und wird von meiner Mutter gerettet, die in diesem Augenblick mit einem Teller voller Würstchen im Schlafrock erscheint.
»Die esse ich am liebsten, Mrs. Grandelli, woher haben Sie das bloß gewusst?«, sagt er und bedient sich.
»Beau, wir haben Ihre Tante und Ihren Onkel heute Morgen bei der Neun-Uhr-Messe in St. Catherine gesehen«, sprudelt meine Mutter los. »Wie sich herausgestellt hat, kennen wir uns schon seit Jahren!«
Bobby schlurft herein. Er trägt sein neuestes Outfit, einen neonorangefarbenen Taucheranzug und darunter eine aufblasbare Schwimmweste. Das ist der Ersatz für die Sofakissen, die bislang seine Lieblingsmethode zum Entspannen gewesen sind.
»Shake, shake, shake«, zitiert er K.C. and the Sunshine

Band. Er beobachtet Beau aus dem Augenwinkel und pustet in das Mundstück der Schwimmweste, um den Druck auszugleichen.
Beau verzieht keine Miene, und dafür liebe ich ihn noch zehn Mal mehr.
»Hey, Bobby, ich habe dir etwas mitgebracht«, sagt Beau und reicht ihm eine lebensgroße Büste von Mr. Spock aus Pappmaché, die er in einem verrückten Laden im East Village erstanden hat.
»Ich bin Vulkanier, ich bin Vulkanier. Ich habe keine Schmerzen!«, sagt Bobby. Er umarmt die Figur und schlurft wie ein alter Mann in Richtung Treppe. »Sechzigtausend Megabytes in Macintosh City!«
Bobby verstummt und wirft Beau einen verstohlenen Blick aus dem Augenwinkel zu. Seit er aus dem Radio-Shack gefeuert wurde, ist er wieder sehr eingeschüchtert, wenn es um Blickkontakte geht.
»Ich glaube, er möchte dir seinen Computer zeigen«, sage ich. Wenn Bobby schon gut mit einem Joystick umgehen kann, dann sollte man ihn erst einmal mit der Maus sehen. Ich habe ihm einen Laptop gekauft, und zwar von dem ersten Geld, das ich als Freie mit einem Beitrag in der *Cosmo* verdient habe, einem Sexquiz mit dem Titel: »Wie pervers mögen Sie es?« Und ich hatte Glück und habe einen Computerkurs gefunden, der als Weiterbildung an unserer alten Highschool angeboten wurde.
Nach dem Abendessen fragt Beau meinen Vater nach seiner Flaschenschiffsammlung. »Die eigentliche Frage ist doch, wie man den Mast hochkriegt?«, sagt er und ist völlig ernst dabei.
»Es wäre mir eine Freude, sie Ihnen zu zeigen«, sagt mein Vater, beglückt, dass jemand Interesse an seinem seltsa-

men Hobby hat. Als sie gemeinsam in den Keller gehen und dabei die neuesten Football-Ergebnisse von Notre Dame diskutieren, drückt meine Mutter meinen Arm.
»Bella!«, ruft sie freudig erregt und sieht mir in die Augen. »So jemanden hast du verdient! Ein netter Junge aus einer reizenden Familie! Es ist sehr hilfreich, wenn man denselben Hintergrund hat.«
»Mom, lass uns nichts übereilen«, sage ich ganz ruhig, aber schließlich quietsche ich doch: »Aber ich weiß! Ist er nicht einfach perfekt?«
Wir umarmen uns. Als ich den Duft von Chanel No. 5 einatme, den sie trägt, seit ich denken kann, weiß ich nicht mehr, wann ich zuletzt so glücklich gewesen bin. Meine Eltern und Bobby sind offenbar genauso verrückt nach Beau wie ich.
Die beiden Männer kommen wieder die Treppe hoch, und dann begleite ich Beau zu seinem Wagen. Ich öffne den Kettenverschluss und nehme das goldene, herzförmige Medaillon ab.
»Was tust du da?«, sagt er. »Du hast doch noch nie das Medaillon deiner Großmutter abgelegt.«
Das stimmt. Ich habe es tatsächlich noch nie abgenommen, seit dem Tag, an dem meine Mutter es mir umgelegt hat. Es ist mein Glücksbringer, aber eine kleine Stimme in meinem Inneren sagt mir, dass ich es Beau geben soll.
»Das soll dir für deine Prüfung morgen Glück bringen«, sage ich und befestige das Medaillon an seinem Schlüsselring. Diese Prüfung ist die wichtigste, die er schaffen muss, um Broker zu werden.
Und es stellt sich heraus, dass mein Glücksbringer übertragbar ist, denn Beau besteht. Und nicht nur das, in we-

nigen Monaten wird er einer der jüngsten Manager bei Morgan Stanley sein.
Und jetzt verrate ich euch, was ich noch an ihm liebe: Statt sich nun wie Gott auf Erden aufzuspielen, vergisst er nie, woher er kommt. Es gibt da einen Typen, Jim, der ein Kleinkrimineller war und nun ein eigenes Geschäft aufziehen möchte. Beau hat ihn unter seine Fittiche genommen, dank eines Mentoringprogramms von Morgan Stanley.
»Triffst du dich heute Abend wieder mit Jim?«, frage ich, ein wenig enttäuscht.
»Man muss Leute respektieren, die noch einmal von vorn anfangen wollen«, sagt er. »Ich möchte ihm helfen.«
»Was bedeutet es eigentlich, Mentor zu sein?«, frage ich. »Ist das eine Ausrede fürs Saufen?«
»Es heißt nur, dass man Zeit mit demjenigen verbringt und ihm Ratschläge gibt«, erwidert Beau.
»Ich wusste gar nicht, dass man an der Wall Street Schutzengel treffen kann«, erwidere ich.
»Das sind wohl eher Hell's Angels«, entgegnet er achselzuckend. »Keine große Sache.«
Aber für mich ist es das schon. Auch wenn es etwas von meiner gemeinsamen Zeit mit Beau wegnimmt, so ist seine Freundlichkeit und seine Art, Schwächeren zu helfen, ein Grund für mich, ihm noch zehnmal mehr zu verfallen. Zum ersten Mal in meinem Leben beschließe ich, die Pille zu nehmen.
Ich weiß nicht, ob das irgendwie Sinn ergibt, aber bislang habe ich immer gedacht, dass ich eigentlich keinen richtigen Sex hatte, solange ich nicht verhütete. Indem ich keine Verantwortung für mein Handeln übernahm, konnte ich mir selbst etwas vormachen. Aber mit Beau ist es

anders, bei ihm habe ich zum ersten Mal das Gefühl, dass es in Ordnung ist, wenn wir miteinander schlafen, weil wir füreinander bestimmt sind.
Eine meiner persönlichen Regeln, die noch davon herrührt, dass ich zufällig diese superenge Badehose bei Johnner entdeckt habe, besagt, dass ein Paar sich erst wirklich kennt, wenn es alle vier Jahreszeiten miteinander verbracht hat. Erst wenn man den gesamten Inhalt des Kleiderschranks einmal erlebt hat, weiß man Bescheid und kann die Entscheidung treffen, ob man mit demjenigen den Rest seines Lebens verbringen will. Wir sind bald ein Jahr zusammen, und bislang hat es keine großen Überraschungen gegeben. Keine Konzert-T-Shirts von Air Supply oder Sommersandalen, die er zu schwarzen Kniestrümpfen trägt. Außerdem zieht er Boxershorts Slips vor. Ich muss zugeben, dass die Zustimmung meiner Eltern mich nur noch darin bestätigt, dass Beau der Richtige ist.
Am Abend unseres ersten Jahrestages sagt Beau, dass er eine Überraschung für mich hätte. Ich warte vor meinem Büro auf ihn, als er mit einer Stretchlimo vorgefahren kommt.
»Zum *Rainbow Room*, bitte«, sagt er zum Fahrer.
Der Oberkellner bringt uns an genau den Tisch, an dem wir vor einem Jahr gesessen haben, und eine Minute später erscheint ein weiterer Kellner mit einem dieser Teller mit einer silbernen Haube. Darunter befinden sich zwei Flaschen Budweiser.
»Madame?«, sagt er mit überkorrektem, britischem Akzent.
Ich kichere.
»Beulah, du bist ein tolles Mädchen«, sagt Beau und prostet mir zu.

Wir lassen die Flaschen aneinanderklirren, und ich will gerade den ersten Schluck nehmen, als ich etwas Glitzerndes bemerke, das an dem Flaschenhals befestigt ist. Ich stupse es an, und es macht *pling-pling-pling*.

Beau schwitzt mittlerweile aus allen Poren. Schlimmer als bei Albert Brooks von den *Broadcast News*.

Ich ziehe an der Schleife, mit der der Ring am Flaschenhals befestigt ist. Beau steht vom Tisch auf und lässt sich vor mir auf ein Knie sinken.

»And what a good wife you would be!«, singt er, nachdem ich den dreikarätigen Diamanten mit den Saphirsplittern befreit habe.

Beau streift mir den Ring über und improvisiert die letzte Zeile des Lieds: »Make my life and say you'll mar-ry me!« Und bei diesen Worten erscheinen drei Violinspieler an unserem Tisch – woher sie die Melodie dieses One-Hit-Wonders kennen, ist mir ein Rätsel.

»Ja, ja, ja!«, sage ich und lasse mich neben ihn sinken. Ich bin ganz benommen vor Glück.

Zum ersten Mal in meinem Leben ist alles perfekt. Wir legen den Hochzeitstermin für den kommenden Sommer fest, und meine Mom und ich machen ein Schnäppchen beim Ausverkauf von Vera Wang. Wir buchen den schicken Westchester Country Club für die Feier und engagieren eine wunderbare Swingband und einen DJ, der sich auf Musik der Siebziger spezialisiert hat. Beau verdient so gut, dass er darauf besteht, alles zu bezahlen. Und die Krönung auf meiner zuckerüberzogenen Martha-Stewart-Hochzeitstorte ist, dass ich gar keine Torte *brauche*. Zum ersten Mal seit meiner ersten großen Liebe, diesem Idioten Chandler, bin ich wieder auf Größe sechs geschrumpft.

»Liebes, wir müssen dein Kleid schon wieder ändern, du nimmst zu viel ab«, sagt meine Mutter bei der vorletzten Anprobe. Sie geht völlig in der Planung auf, manchmal frage ich mich, wer von uns heiraten wird.

»Ich habe keinen großen Appetit in letzter Zeit«, erwidere ich. Während der letzten Tage war mir sogar richtig übel, und ich habe ein komisches Stechen an der Seite. »Wahrscheinlich ist es nur die Nervosität.«

»Aber warum bist du nervös?«, fragt sie.

Aus irgendeinem Grund verstärkt sich die Übelkeit, wenn ich an meinen Bruder denke. Ich wünsche mir mehr als alles andere auf der Welt, mit meiner Mutter darüber sprechen zu können. Mein ganzes Leben lang hat sie sich bei jedem meiner Versuche, mit ihr zu sprechen, sofort zurückgezogen. Ich konnte förmlich spüren, wie sich in ihr eine Tür schloss, und dann war nichts mehr als die Hülle ihres Talbot-Blazers und der festgesprayten Florence-Henderson-Tolle übrig.

»Sind dir je Zweifel gekommen, bevor du Dad geheiratet hast?«, wage ich mich vor.

»Natürlich«, erwidert sie. »Ich war mir überhaupt nicht sicher, ob wir den Gästen lieber Hühnchen oder Fisch servieren sollten, und die Blumengestecke waren eine echte Herausforderung, ob mit einer Mischung aus Lilien und Rosen oder nicht …«

»Nein, Mom«, unterbreche ich sie zögernd. »Keine Zweifel wegen der Feier. Ich meine, ob du an dir selbst gezweifelt hast oder dich gefragt hast, ob das die richtige Person ist, mit der du den Rest deines Lebens verbringen willst, oder was, wenn …« Ich entdecke den rosa Elefanten in einer Ecke des Zimmers und verliere den Mut.

»Dass du immer über alles nachgrübeln musst, Bella«, sagt

sie, die Stecknadeln zwischen den Lippen. »Nichts ist jemals perfekt, Liebes. Du musst die Dinge so nehmen, wie sie sind.«

Sie lässt die Hände in den Schoß fallen, und einen Augenblick lang denke ich, dass sie weiterspricht, aber dann ändert sie ihre Meinung und redet wieder über die Hochzeit. »Sehr wichtig ist die Entscheidung, ob der Saum deines Kleids bis über die Schuhe fallen soll oder ob du ihn einige Zentimeter höher haben willst, damit du es beim Gehen leichter hast. Du möchtest an deinem großen Tag ja nicht in der Kirche stolpern …«

Ihre Stimme rauscht an mir vorbei und wird zu dem »Blablabla«, das bei den *Peanuts* in den Sprechblasen erscheint, wenn Erwachsene reden.

Wenn doch meine perfekte, weiß eingezäunte Vorstadtzukunft direkt vor mir liegt, warum habe ich dann das Gefühl, dass etwas fehlt? Beau ist der Richtige für mich, sogar nach dem Maßstab meiner Eltern, und doch fühle ich mich nicht rundum glücklich. Es gibt so vieles zu erledigen – ich sollte wahrscheinlich nicht allzu lange darüber nachgrübeln. Vielleicht hat meine Mutter recht, und ich neige dazu, mir zu viele Gedanken zu machen.

Später, am gleichen Abend, bemerkt Beau meine Stimmung, als wir nebeneinander auf dem Boden liegen und Dankeskarten für die blauen Tiffany-Schachteln schreiben, die täglich bei uns eintrudeln. »Was ist los, Prinzessin?«, fragt Beau.

»Ich habe so ein komisches Seitenstechen, und dann wäre da noch etwas: Bobby. Es fällt mir schwer, an den schönsten Tag meines Lebens und gleichzeitig an meinen Bruder zu denken«, erkläre ich. »Ich wünschte, wir könnten es auch für ihn zu etwas Besonderem machen, da es sehr unwahrscheinlich ist, dass er jemals ein Bräutigam sein wird.«

»Bella, das beschäftigt dich ganz schön, stimmt's?«, sagt Beau, legt den Stift zur Seite und sieht mich an.

»Ich weiß, dass ich mich damit selbst belaste«, erwidere ich, »aber ich möchte ihn einfach so viel wie möglich an meinem Glück teilhaben lassen.«

»Und was hältst du davon, wenn wir einfach tauschen?«

»Tauschen?«

»Ja, vergiss Martha Stewart und diese Ratgeber, die du gelesen hast«, meint er. »Wie wäre es, wenn du dir einen Trauzeugen aussuchst und ich mir eine Trauzeugin?«

»Dann könntest du deine Schwester Amy nehmen und ich Bobby«, rufe ich und springe auf, um ihn zu umarmen. »Danke, danke, danke!«

»Beulah«, meint er mit ernster Stimme. »Es macht mir nichts aus, wenn wir zu dritt sind, verstehst du. Ich *mag* Zeit mit ihm verbringen.«

Ich schlucke. Soeben hat er mir das allerbeste Hochzeitsgeschenk gemacht. Mein Bruder wird bei uns wohnen, wenn meine Eltern nicht mehr mit ihm zurechtkommen, und ich brauche nicht einmal darum zu bitten.

»Wie sich wohl die Büste von Mr. Spock auf unserem Kaminsims macht?«, überlegt er, während wir weiter Karten schreiben.

Beaus Großzügigkeit macht es mir sehr schwer, das Enthaltsamkeitsspiel weiter zu spielen. Wir hatten nämlich beschlossen, zwei Wochen vor der Hochzeit keinen Sex mehr zu haben, damit sich die erste Nacht unserer Flitterwochen – im fabelhaften *Four Seasons Ressort* auf Bali – wie ein erstes Mal anfühlt.

Doch als es nur noch zwei Abende bis zum Probedinner

sind, schwächt meine Junggesellinnenparty meine Entschlusskraft. Ich habe an diesem Tag nämlich etwas Wunderbares herausgefunden – die Chancen standen eins zu hundert –, und ich kann es nicht erwarten, ihm davon zu erzählen.

»Aber es ist fast drei Uhr morgens«, wendet Carrie ein. »Bist du sicher, dass du Beau nicht vorher Bescheid sagen willst, dass du noch vorbeikommst?«

»Nein, er wird begeistert sein«, erwidere ich. »Erst recht, wenn ich ihm die wunderbaren Neuigkeiten gesagt habe.«

»Welche Neuigkeiten?«

»Du wirst sie als Zweite erfahren«, sage ich, küsse sie auf die Wange und springe vor Beaus Apartment aus dem Taxi. »Versprochen!«

Ich öffne die Tür mit meinem Schlüssel und stelle fest, dass die Lichter brennen und der Fernseher läuft, aber wo ist Beau? Vielleicht ist er noch unterwegs, denke ich, da das Ende des Flurs im Dunklen liegt. Ich gehe zum Telefon, um im *Fitzpatrick's* anzurufen, als ich Geräusche höre, die aus seinem Schlafzimmer kommen. Also ist er doch zu Hause! Ich laufe durch den Flur und springe mit Anlauf auf sein Bett.

Doch als ich dort lande, muss ich feststellen, dass ich auf einem Körper liege. Mit Brüsten. Das kann nicht sein. Ich stecke gerade mitten in einem Alptraum. Das kann ich nicht glauben. Beau ist also zu Hause. Und Janice ist bei ihm. Ich rappele mich von den ineinander verschlungenen Körpern hoch. Dann schalte ich das Licht ein, und wir drei blinzeln uns stumm für eine gefühlte Ewigkeit an.

Schließlich marschiere ich zum Fenster, reiße es auf und

ziehe mir den Ring vom Finger. Ich verfluche den ersten Stern, den ich entdecke, und schleudere die drei Karat mit den Saphirsplittern aus dem Fenster direkt auf die Lexington Avenue hinunter.
Der Schock über das, was ich gerade sehen musste, lodert wie ein Feuerball in meinem Magen. Ich klammere mich am Fensterrahmen fest, lehne mich vor und beginne zu würgen. Aber der Drang, mein Inneres auszuspeien, wird von meinem Herzen aufgehalten, das mir im Hals feststeckt. Ich schlucke die Galle, drehe mich um und sehe die beiden an. Das Stechen in meiner Seite bringt mich fast um. Janice versteckt sich unter der Decke, und Beau ist noch immer stumm und sieht mich aus großen Augen an. Die Schmerzen werden schlimmer.
Johnner mag ja letzten Endes durchgeknallt gewesen sein, aber Beau? Ich habe hier doch alles geprüft, bevor ich mich richtig darauf eingelassen habe. Habe alle Kleider in seinem Schrank gecheckt. Sogar meine Eltern haben mir versichert, dass er der Richtige ist. Das kann also nur bedeuten, dass ich die Verrückte bin.
»Wollte dir etwas erzählen, *Papa*, aber wie ich sehe, bist du beschäftigt«, sage ich zu Beau und wische mir den Mund am Ärmel ab. Meine Augen füllen sich mit Tränen. »Ich werde dich in Kenntnis setzen, wenn es zeitlich besser passt.«
»Bella«, stammelt Beau, aber er steht nicht auf. Und seine Hand bleibt auf der Wölbung unter dem weißen Laken neben ihm liegen.
»Mach dir keine Umstände«, sage ich, »ich finde hinaus.«
Ich weiß nicht, was einem diese Benimmbücher vorschlagen, wenn es darum geht, wie man seinem Ex-Verlobten

am besten mitteilt, dass man schwanger von ihm ist und dies gerade erst entdeckt hat.
Ich kann den Rest der Nacht nicht schlafen und nehme am nächsten Morgen den ersten Zug nach Hause zu meinen Eltern. Ich sage ihnen nichts, aber sie können sich denken, dass meine geröteten Augen nicht von ungefähr kommen. Nachdem ich mich dreimal geweigert habe, mit Beau am Telefon zu sprechen, kommt sein Wagen schließlich unsere Auffahrt entlanggeschlichen.
Ich höre, wie Beau im Erdgeschoss lächerlichen Smalltalk mit Bobby macht, dann kommt er hoch und setzt sich auf meine Bettkante. Er lässt den Kopf tief sinken, und seine Augen sind ganz schmal vor lauter Schuldgefühlen, so dass er mir fast leidtun könnte, wenn ich nicht so sehr damit beschäftigt wäre, mich schlecht zu fühlen. Was er getan hat, war widerlich, aber weil ich immer noch daran glaube, dass wir füreinander geschaffen sind, werde ich ihn nach einer langen, angemessenen Reuephase wieder zurücknehmen.
»Bella, äh, ich war wirklich sehr betrunken«, beginnt er.
»Aha«, sage ich und verschränke die Arme vor der Brust. Dann warte ich.
»Es tut mir leid«, sagt er kleinlaut. »Janice, nun ja, sie hat mich im *Fitzpatrick's* in die Ecke gedrängt.«
»Aha«, wiederhole ich.
»Bella, ich befürchte, dass ich kalte Füße gekriegt habe«, sagt er.
In meinem Kopf geht *Der Schrei* von Edvard Munch los. Nein, nein, er darf nicht sagen, was ich befürchte, das er nun sagen wird …
»Es tut mir wirklich sehr leid«, fährt er fort. »Aber ich denke, dass ich das nicht durchstehen kann.«

»Beau, nein, wir sind perfekt füreinander«, sage ich schluchzend. »Wie kannst du deine Meinung über mich geändert haben?«

»Es liegt nicht an dir – sondern an mir«, flüstert er mit rauher Stimme. »Manchmal glaube ich, dass ich dich nicht verdient habe oder dass ich deine Erwartungen nicht erfüllen kann.«

»Und was soll das heißen?«, frage ich. Werde ich dafür bestraft, dass ich alles so gut und schön wie möglich haben möchte?

»Du gehst so wahnsinnig streng mit dir um, und du erwartest immer nur das Beste von mir«, sagt er.

»Na und?«

»Nun, Janice nimmt mich einfach so, wie ich bin«, erwidert er. »Das hat sie schon immer getan.«

»Daran hättest du denken sollen, bevor wir ein Kind gezeugt haben«, spucke ich ihm entgegen. »Ich bin schwanger.«

Beau windet sich ein winziges bisschen. »Bella, natürlich werde ich für das Kind aufkommen«, sagt er und hält den Blick zu Boden gerichtet. »Aber ich kann einfach nicht … wir sind nicht …« Seine Stimme verebbt.

*Das* Kind, nicht *unser* Kind. Oder *sein* Kind, wo wir schon einmal dabei sind.

Hat Beau mir schon am Abend zuvor das Herz gebrochen, so hat er es mit dieser Bemerkung endgültig in Stücke gerissen. Der Schmerz in meiner Brust gesellt sich zu dem stechenden Schmerz an meiner Seite.

»Raus«, sage ich mit unterdrücktem Schluchzen.

Beau, der denkt, dass ich es tatsächlich so gemeint habe, verlässt den Raum.

Ich dachte, ich könnte mich nicht noch schlechter fühlen, aber es gelingt mir trotzdem. Ich weine in mein Kopfkissen, bis ich zu erschöpft bin, um noch irgendetwas zu fühlen.

Schlimmer, als meinen Eltern sagen zu müssen, dass die Hochzeit abgeblasen wird, schlimmer, als all die blauen Tiffany-Schachteln zurückgeben zu müssen, die Anzahlungen für die Band, den Fotografen, den Mann mit der Videokamera und den Country Club zu verlieren, mein besticktes Kleid von Vera Wang mit der hohen Taille einem wohltätigen Zweck zu stiften, schlimmer als die Bemerkung von Beaus Chef, dass er »mit dreißig Millionär sein wird«, und sogar noch schlimmer, als mir das Leben als alleinerziehende Mutter vorzustellen, ist die einfache Tatsache, dass ich mich geirrt habe. Wie kann ich mir selbst je wieder vertrauen, wenn ich mich so abgrundtief getäuscht und gedacht habe, dass wir perfekt füreinander wären? Sogar *ich* will nicht mehr länger mit mir zusammen sein.

Am nächsten Tag melde ich mich bei der Arbeit krank, und das ist nicht gelogen. Ich fühle mich benommen, und die Schmerzen an meiner Seite wollen nicht verschwinden. Ich gehe zum Gynäkologen, um bestätigt zu bekommen, was mir die beiden durchgehenden Linien des Schwangerschaftstests schon gesagt haben. Ich berichte von meiner ausbleibenden Periode, obwohl ich die Pille nehme.

»Es heißt, die Pille sei zu neunundneunzig Prozent sicher«, sagt Dr. Nevin mit einem leisen Lachen. »Keine Frau glaubt, dass sie zu diesem einen Prozent gehört. Ich werde Ihnen jetzt Blut abnehmen, um die Höhe der Schwangerschaftshormone feststellen zu können. Und dann machen wir einen Ultraschall.«

»Ich habe seit einer Woche stechende Schmerzen an der

Seite. Und heute fühlt es sich schlimmer an«, sage ich und tue das, was jede Frau hasst: Ich rutsche mit entblößtem Hinterteil auf dem Untersuchungsstuhl nach vorn. »Ist das normal?«

»Sie sagen, dass Ihre letzte Periode sechs Wochen zurückliegt?«, fragt Dr. Nevin. »Ist es seitdem zu Blutungen gekommen?«

»Nein«, antworte ich. »Und ich fühle mich ziemlich benommen. Liegt es am Stress?«

»Hmm, der Uterus sieht normal aus«, sagt er und starrt auf den Ultraschallmonitor. »Aber Sie haben eine hohe Menge Flüssigkeit im Unterleib. Bella, ich glaube, dass es sich um eine durchgebrochene Eileiterschwangerschaft handelt.«

»Was heißt das?«, frage ich und spüre, wie mich große Furcht überkommt.

»Es bedeutet, dass Sie verbluten könnten«, antwortet er und ruft nach der Schwester. »Wir müssen sofort operieren. Sie haben Glück, dass meine Praxis direkt an ein Krankenhaus angeschlossen ist.«

Glück? Bevor ich das Grauen dessen, was mich erwartet, überhaupt begreifen kann, sitze ich schon in einem Rollstuhl und werde von einem Arzt in die Notaufnahme geschoben. Er fragt mich, ob ich jemanden benachrichtigen will. Nun, meine Eltern kann und Beau werde ich nicht anrufen. Ich könnte es bei Carrie probieren, aber dann fällt mir die einzige Person ein, bei der ich mich geborgen fühle: Zack.

Als seine Stimme aus dem Hörer des Münztelefons im Schwesternzimmer dringt, breche ich in Tränen aus.

»Ganz langsam, Bella«, sagt er ruhig. »Wo steckst du?«

»Das Baby, ich meine, ich war schwanger, und Beau, er

hat seine Meinung geändert«, schluchze ich ins Telefon. Die Wegbeschreibung zum Krankenhaus und weitere Einzelheiten meiner misslichen Lage folgen als großes Durcheinander. »Kannst du herkommen? Ich brauche dich.«
»Bin schon unterwegs«, sagt Zack so gelassen, als würden wir uns auf ein Bier im *Fitzpatrick's* verabreden.
Die Schwestern schieben mich in ein Zimmer, wo man mir ein Krankenhausnachthemd und eine Haube anlegt. Dann bekomme ich eine Infusion und werde in den Operationssaal geschoben. Kaum liege ich auf dem OP-Tisch, spüre ich auch schon, wie die Betäubung einsetzt, denn das Letzte, an das ich mich erinnern kann, ist die Sauerstoffmaske, die mir von jemandem übergestülpt wird, und das Gesicht von Dr. Nevin, der mir sanft die Schulter tätschelt.
Dann weiß ich nur noch, dass ich im Aufwachraum auf einem Bett liege, mich schwummrig fühle und mir schlecht ist. Als ich die Augen öffne, sehe ich Zack, der neben mir sitzt und die Bikini-Ausgabe von *Sports Illustrated* »liest«. Irgendetwas riecht heftig nach Knoblauch.
»Sie ist aufgewacht!«, sagt er fröhlich und hält eine Tüte von Zabar's hoch. »Ich habe dir etwas zum Mittagessen mitgebracht! Ein Pastrami-Sandwich mit Essiggurken.«
»Mir wird schlecht«, sage ich und fange an zu würgen.
Eine Schwester kommt herein. »Vielleicht tragen Sie das besser hinaus«, bittet sie Zack freundlich. »Wir müssen sie erst einmal mit Zwieback und Saft aufpäppeln.«
Die Schwester hilft mir, mich aufzusetzen. »Ihr Mann liebt Sie sehr«, sagt sie und nickt in Richtung des Flurs, in dem Zack mit seinem koscheren Festmahl verschwunden ist. »Er hat die ganze letzte Stunde wie ein nervöses Wrack an Ihrem Bett gesessen.«
Ich stelle den Irrtum nicht klar. Stattdessen beschließe ich

sogar, mitzumachen. »Den Ring habe ich zu Hause gelassen«, sage ich und winke ihr mit der linken Hand hinterher, als sie den Raum verlässt. »Sie wissen schon, wegen der Schwellung.«

Zack kommt zurück und entschuldigt sich. »Es tut mir leid, *mon amie*«, sagt er und nimmt meine Hand. »Das ist eben unsere jüdische Art, du weißt schon, das Fieber füttern, ein Gelage gegen die Grippe …«

»Und mit Knoblauch und Essiggurken eine Eileiterschwangerschaft vernichten, oder was?«, frage ich.

»Was ist das?«, fragt er.

»Es bedeutet, dass ich schwanger war, aber dass unterwegs etwas stecken geblieben ist«, erkläre ich. »Denke ich jedenfalls.«

Er hält mir einen Plastikbecher mit Apfelsaft entgegen, damit ich einen Schluck trinken kann. Nach einer kurzen Pause sagt er: »Sie sagen, dass du noch urinieren musst, bevor du entlassen wirst.«

»Ich hasse das Wort ›urinieren‹«, erwidere ich und trinke noch einen Schluck. »Warum können die hier nicht ›pinkeln‹ sagen, wie alle anderen auch?«

»Vagina«, murmelt Zack mit verstellter Stimme das nächste Wort, das ich hasse.

»Hör auf«, sage ich, aber dann lache ich los und flüstere laut: »Penis!«

Ungefähr nach einer Stunde schaut die Schwester wieder herein und fragt: »Okay, glauben Sie, dass Sie schon aufstehen können?«

Sie hilft mir, auf die Beine zu kommen. Mit unsicheren Schritten setze ich einen Fuß vor den anderen und durchquere in Pantoffeln den Raum, während ich gleichzeitig versuche, niemandem mein entblößtes Hinterteil durch das am Rücken offene Krankenhausnachthemd entgegenzustrecken.

»Here she comes, Miss America«, singt Zack. »Dieser Duschhaubenlook steht dir gut, *très chic!*«

»Wo wir gerade dabei sind: keine Dusche für die nächsten vierundzwanzig Stunden«, sagt Dr. Nevin, der in diesem Augenblick den Raum betritt. »Bella, Sie müssen es ruhig angehen lassen. Eine Woche lang keinen Sport. Bei starken Blutungen, Erbrechen oder Fieber rufen Sie uns sofort an. Und in einer Woche werden wir den Hormontest wiederholen.«

Dr. Nevin und die Schwester gehen wieder, und ich setze mich hin und fange an zu weinen. Mir tut alles weh.

»Vagina«, sagt Zack mit dieser lustigen Stimme und kniet sich neben mir hin.

»Vagina, Vagina, Vagina.« Er macht die ganze Zeit so weiter, bis wir in einem Taxi sitzen und zu meinem Apartment fahren. Zwischendurch bringt er mich tatsächlich zum Lachen, aber dann muss ich wieder weinen.

»Ich bin davon überzeugt, dass das Baby seine Meinung geändert hat«, gestehe ich Zack. »Genau wie sein Vater.«

Zack wischt mir die Tränen mit dem Saum seines T-Shirts ab. Er sagt nichts, und die Wahrheit hängt unangenehm in der Luft. Wenn Unglück seinesgleichen sucht, dann zeigt mir seine Miene ganz deutlich, dass ich nicht allein bin.

Sobald wir das Apartment betreten haben, gehe ich zum Anrufbeantworter. Keine Nachrichten. Daraufhin muss ich noch heftiger weinen.

Zack macht es mir auf der Couch gemütlich und gibt mir die Fernbedienung.

»Soll ich bei dir bleiben?«, fragt er. »Ich könnte die Bar-Mizwa meines Cousins ausfallen lassen.«

»Nein, du hast alles getan, was man von einem Freund erwarten kann«, erwidere ich und schneuze mir die Nase. »Wenn ich nur aufhören könnte zu weinen.«

»Ich hasse es, dich so zurücklassen zu müssen«, sagt er.

»Es geht schon«, sage ich und wische mir die Augen. »Mach dir keine Sorgen.«

»Versprichst du mir, dass du mir eine Nachricht auf dem Anrufbeantworter hinterlässt, wenn du irgendetwas brauchst?«, bittet er.

»Ich verspreche es.«

»Das wird schon wieder«, sagt er. »Ich weiß, dass du gerade Schlimmes durchmachst, aber ich schwöre dir, dass es dir wieder bessergehen wird.«

Einige Stunden später, als ich mich gerade durch die Programme zappe, höre ich plötzlich Musik. Ich erhebe mich von der Couch und gehe zum Fenster, von wo aus die Musik erklingt. Draußen entdecke ich Zack, der in einem Anzug vor meinem Haus steht und Trompete spielt. Ich öffne das Fenster und höre zum ersten Mal zu weinen auf, als ich die Melodie erkenne. Er spielt unsere persönliche Variante von James Taylors »You've Got a Friend«, die uns schon seit der achten Klasse miteinander verbindet, ohne Kitsch. Trotz dieser Karambolage, anders kann man mein Leben beileibe nicht bezeichnen, bin ich sehr glücklich, dass ich einen Freund habe, der alles für mich tun würde.

»Es ist ein Mädchenname!«, rufe ich zu ihm hinunter. Die Lichter der Straßenlaternen wirken durch meinen Tränenschleier wie Regenbogen.

»Vagina!« Er hat sein Spiel für eine Sekunde unterbrochen, um mir dies zurückzurufen. Dann spielt er den Refrain von »My Sharona«.

# 13

Jahr: 1992
Alter: 27
Idol: *Nora Ephron*
Lieblingslied: *»Why« von Annie Lennox*
Kostbarster Besitz: *meine erste Titelgeschichte*
Schönste Schuhe: *schwarze Cowboyboots aus Echsenleder von Billy Martin*

»Einen Tanqueray Martini, ohne Eis, aber mit extra Oliven, bitte«, bestelle ich bei der Kellnerin im Catsuit in der *Temple Bar*. Es ist die coolste Location in Downtown Manhattan, dank einer Kombination aus schummriger Beleuchtung und besonders großen Martinigläsern, dank derer sich alle Anwesenden ein wenig attraktiver fühlen.

»Dasselbe für mich, aber ich nehme meinen mit einem Schuss Olivenlake«, sagt Carrie, mit der ich heute Abend verabredet bin. Sie ist verliebt, mal wieder, und sosehr ich mich auch für sie freue, so rührt es doch an einer tief in mir verborgenen Wunde, mal wieder.

»Bella, es ist zwei Jahre her, seit du zuletzt ein Date hattest«, sagt sie. »Komm schon, Cowgirl, ist es nicht Zeit, mal wieder in den Sattel zu steigen?«

»Weiß nicht«, stammele ich.

»Miles kennt Unmengen süßer Typen, ältere Männer«, sagt sie. »Manche von ihnen reisen sogar im eigenen Jet.«

Und was soll ich über der klaffenden Wunde tragen, in der sich einst mein Herz befand, eine Fransenlederjacke? Sosehr ich Carrie auch darum beneide, dass sie sich Hals über Kopf in den besten Freund ihres Chefs verliebt hat, was zudem noch den Vorteil hat, dass sie die Karriereleiter bei Chiat Day hinaufkatapultiert wurde, dieses Cowgirl hier hat noch immer den Blues.

»Danke, aber ich glaube nicht, dass ich schon zu einem solchen Schritt bereit bin«, gestehe ich. »Auch wenn mir allmählich klarwird, dass Beau nicht der Richtige war.«

»Aber hattest du nicht gesagt, dass er einfach den perfekten Hintergrund hatte?«, fragt sie überrascht.

»Das hatte er, und dazu noch die Zustimmung meiner Eltern, was einem eine echte Gehirnwäsche verpassen kann«, sage ich.

»Aber?«

»Aber vielleicht waren wir doch nicht so perfekt füreinander. Er wollte Kinder und wäre am liebsten sofort in einen Vorort gezogen, und je mehr ich darüber nachdenke, desto stärker wird mir bewusst, dass ich nicht bereit war, nur Mutter zu sein«, sage ich. »Manchmal wünscht man sich etwas so sehr, dass man nicht einmal mehr innehält und sich fragt, ob es einen wirklich noch glücklich macht.«

»Ich habe die beiden übrigens gesehen«, sagt Carrie vorsichtig und sticht in ihre Olive.

Ein Blitzschlag durchfährt mich.

»Du hast Janice und Beau gesehen?«, platze ich heraus.

»Beim Westchester Classic Golfturnier, draußen in Rye«, antwortet sie. »Sie leben dort auf dem Gelände, das dem Golfclub gehört. Trink einen Schluck, Bella.«

Ich gehorche.

»Ich habe sie zufällig getroffen, als sie mit dem Kinderwagen unterwegs waren«, erzählt sie zögernd weiter.

Ein Kinderwagen! Ich bin völlig vor den Kopf gestoßen. Ich hatte die Hochzeitsanzeige im Gemeindebrief gesehen, dank meiner Mutter, aber sie haben offensichtlich keine Zeit vergeudet und eine Familie gegründet. Es hätte genauso gut ich sein können, die den Kinderwagen vor sich herschiebt, *wenn* ich nicht mit Anlauf auf den Körpern der beiden gelandet wäre, *wenn* ich nicht das Baby verloren hätte, und, der große Knaller, *wenn* Beau nicht beschlossen hätte, dass ich nicht die Richtige für ihn war. Ich wüsste nicht, was ich gegen die Tatsache unternehmen könnte, dass er sich in Gesellschaft einer hirnlosen Tussi wohler fühlt.

»Wow«, sage ich.

»Ich habe das Baby nicht gesehen, aber die beiden haben definitiv das Bild der Vorstadtidylle abgegeben, das du nicht wolltest«, sagt sie. »Und das ist noch nicht alles.«

»Erzähl.«

»Janice trug ein T-Shirt mit dem Aufdruck ›Baby an Bord‹«, sagt Carrie.

»Nummer zwei?«, frage ich.

»Ganz offensichtlich unterwegs«, bestätigt sie.

Bei allen scheint es im Leben voranzugehen, nur bei mir nicht. Und bei meinem Bruder, natürlich. Manchmal komme ich mir vor wie in einem Karussell. Ich halte mich ständig fieberhaft damit beschäftigt, zu diäten, zu arbeiten und mit Freunden in aufregende Restaurants auszugehen. Dabei bin ich besessen von dem, was ich esse, und treibe Sport, um die Kalorien wieder loszuwerden, während ich mir insgeheim verzweifelt wünsche, jemand Neues kennenzulernen, der mich aus meinem Trott befreit. Dann bleibt das

Karussell gelegentlich stehen, und ich begreife, dass ich die ganze Zeit an der gleichen Stelle gehockt habe und dass es die Welt war, die sich trotzdem weitergedreht hat.

Vielleicht ist das der Grund dafür, dass es mir im Moment immer schwerer fällt, Zeit mit Bobby zu verbringen, denn er erinnert mich ständig daran, wie sehr ich auf der Stelle trete. Doch ihm scheint es nichts auszumachen, seinen Alltag damit zuzubringen, die ewigen Wiederholungen von *Star Trek* zu sehen und auf seinem Computer zu spielen, während es mich erschöpft, gegen den Strom des ständigen In-Bewegung-Seins anzukämpfen, den ich mir selbst geschaffen habe.

Carrie und ich zahlen, dann zieht sie weiter in den *Caribou Club*, um Miles zu treffen.

»Bist du sicher, dass du nicht mitkommen willst? Er hat einen Freund für dich mitgebracht«, lockt sie mich mit Singsangstimme. »Ein australischer Milliardär, der eine eigene Fluglinie besitzt.«

»Danke, aber ich denke, ich werde meine gelbe Kutsche besteigen und nach Uptown fahren«, sage ich und winke ein Taxi heran. »Amüsier dich trotzdem gut.«

Manche Mädchen kriegen Lustanfälle, wenn sie betrunken sind, aber mich überkommt nur Frusthunger, als ich im Taxi auf dem Weg nach Hause sitze. Normalerweise schlage ich mir den Bauch mit fettfreiem, gefrorenem Joghurt mit Erdnussbuttergeschmack voll, was eine verzeihliche Sünde ist, wenn ich viel Sport treibe. Es lohnt sich, auch wenn ich anschließend im Bad den Fön anwerfen und mich aufwärmen muss, weil meine Lippen blau gefroren und meine Hände taub geworden sind.

»Tasti D-Lite auf der Sechsundachtzigsten, Ecke Broadway«, sage ich zu dem Fahrer.

Als wir dort ankommen, hat der Laden jedoch geschlossen. Dann habe ich eine Idee und denke an den einzigen Mann, mit dem ich mich *wirklich* gerne unterhalten will.

»Wenden Sie hier«, bitte ich den Taxifahrer. »Ich habe es mir anders überlegt.«

Soll ich? Soll ich nicht? Vielleicht ist er nicht allein. Ich meine, so wie ich ihn kenne, ist er *wahrscheinlich* nicht allein. Was soll's, zur Hölle, es ist erst elf Uhr abends.

Ich drücke auf die Klingel, lehne mich vor und sage: »*Bonsoir, Monsieur.*«

»Wie geht es Ihnen, *Mademoiselle?*«, antwortet Zack und drückt auf den Summer.

Er trägt nichts außer einer Boxershorts und locht mit einem Putter Golfbälle in einen großen, roten Pappbecher ein, während im Hintergrund Letterman läuft.

Ich folge Zack, als dieser einem Golfball nachgeht, der sich in sein Schlafzimmer verirrt hat. Dort lasse ich mich auf das Bett fallen und hüpfe auf und ab.

»Hör auf. Die Nachbarn unter uns beschweren sich sonst«, sagt er, wirft sich auch auf das Bett und zwingt mich durch einen Halbnelson zur Unterwerfung.

»Tu doch nicht so, das müssen die jede Nacht ertragen, Mr. American Gigolo«, sage ich. Es ist eine Tatsache, dass Zack in kürzerem Abstand mit den Damen zwischen die Laken hüpft, als er Zahnseide benutzt.

»Das ist kein Witz«, sagt er lachend. »Letzte Woche hat mich doch tatsächlich der Hausmeister angerufen und mehr Ruhe verlangt.«

»Joan, die Stöhnmaschine?«, frage ich.

»Du kennst mich besser, als ich mich kenne«, entgegnet er.

»Weil wir beste Freunde sind«, stelle ich fest.
»*Oui*«, sagt er.
»Also, wie sollen wir uns dieses Jahr zu Halloween verkleiden? Als Milli Vanilli?«
»Nein, das waren wir letztes Jahr schon. Und wir gehen auch nicht schon wieder als Sonny und Cher«, findet er.
»Wie wäre es als schwangere Nonnen?«
»Autsch«, erwidere ich. Er hat mir versprochen, das Wort »schwanger« unter keinen Umständen auszusprechen, bis ich über alles hinweg bin. Das Verbot gilt sogar noch strenger als für »Vagina«.
»Tut mir leid, Kumpel«, sagt er und umarmt mich. »Das war *très* dämlich von mir. Wie geht es dir eigentlich deswegen?«
»Ich weiß, dass ich mittlerweile darüber hinweg sein sollte, aber ich kann mich trotzdem nicht mit Begeisterung in Verabredungen stürzen«, gebe ich zu.
»Bella, du bist die tollste Frau der Stadt«, sagt er. »Sobald du bereit bist, werden die Männer von überall bei dir Schlange stehen, das verspreche ich dir. Und in der Zwischenzeit solltest du dich nicht so sehr unter Druck setzen.«
Dann lehnen wir uns in die Kissen zurück, und er zieht die Ärmel seines Pullovers hoch, damit ich ihn sanft kitzeln kann. Wir wechseln uns ab und lassen uns dabei über seine letzten Eroberungen, mein bevorstehendes Interview mit Woody Harrelson und die ausbleibenden Entwicklungserfolge meines Bruders aus.
Gähnend werfe ich einen Blick auf meine Armbanduhr.
»Huch, wie haben wir nur so lange quatschen können?«, sage ich. »Es ist schon nach zwei.«
»Draußen gießt es, du kriegst bestimmt kein Taxi mehr«,

entgegnet Zack. »Warum bleibst du nicht einfach hier und fährst erst morgen früh zu dir nach Hause?«

»Eine Pyjamaparty? Einverstanden, dann gib mir etwas, das ich als Nachthemd nehmen kann«, bitte ich ihn. »Hast du noch das T-Shirt vom Cheap-Trick-Konzert, das ich dir geschenkt habe?«

Er lacht und wirft mir ein extragroßes Golf-T-Shirt zu, in das ich im Badezimmer schlüpfe, nachdem ich mich an seiner Zahnbürste bedient habe. Es macht Spaß, eine Pyjamaparty mit seinem Kumpelfreund, ein langes Wort, zu veranstalten.

»Hast du es gemütlich?«, fragt er, als ich mich an ihn schmiege. Mir kommt es so vor, als ob Männer Nähe nutzen, um an Sex zu kommen, während Frauen Sex wollen, um jemandem nahe zu sein. Wenn man mit einem Kumpelfreund, ein langes Wort, kuschelt, dann hat man einen Ausweg aus dem Dilemma gefunden.

»Ja«, antworte ich. »Ich hoffe nur, dass mein Vater nicht wieder hereinkommt und uns erwischt.«

Wir lachen bei dem Gedanken an diese Erinnerung, dann schaltet Zack mit der Fernbedienung auf eine Wiederholung von *Seinfeld* um.

»Schmieg dich an meinen Rücken, Babe«, sagt er mit träger Stimme, als wir uns dem Fernseher auf seinem Sideboard zudrehen. Ich folge der Aufforderung und lasse meinen Atem über seinen Nacken hinwegstreichen, wie früher.

»Jetzt bin ich dran«, sage ich, als die Werbepause beginnt.

Zack hüpft aus dem Bett.

»Wohin gehst du?«, frage ich verdutzt.

»Ich hole die Eieruhr, damit du nicht wieder das Schummeln anfängst«, sagt er und tappt über den Flur. »Möchtest du vielleicht ein Glas Wasser, wo ich schon aufgestanden bin? Mit Zitrone, wie du es gern trinkst?«

»Klar«, erwidere ich.

Als er zurückkommt, wechseln wir die Positionen, um weiter fernsehen zu können, während er über meinen Nacken haucht. Ich sehe immer wieder prüfend zur Eieruhr hin, denn es fühlt sich sooo gut an. Ich möchte nicht, dass es aufhört. Dann klingelt die Uhr.

Doch Zack atmet weiter. Zuerst gefällt es mir noch zu gut, als dass ich etwas gesagt hätte. Aber da ich ja eine ehrenhafte Bürgerin bin, murmele ich verschlafen: »Du bist dran.«

»Ich weiß«, sagt er. »Aber ich mag die Härchen auf deinem Arm ansehen.«

Dank seines ausgezeichneten Könnens habe ich am ganzen Körper eine Gänsehaut. Diese schlichte Geste der Liebenswürdigkeit, dass er für mein Wohlbefinden sorgen will, ohne Ansprüche zu stellen, bewirkt bei mir, dass ich alle Vorbehalte über Bord werfe und mich auf neues Terrain begebe. Ich rolle mich herum und sehe ihn an.

Wir liegen Nase an Nase beieinander und blinzeln uns durch die Dunkelheit an.

Als er mich küsst, falle ich aus der Sicherheit meines selbstgewählten Exils hinab, tiefer und immer tiefer in einen Abgrund voller Wärme. Dabei ist die Bungee-Leine an meinem Knöchel mein erster Kumpelfreund, ein langes Wort. Oder ein kurzes?

Zack lässt sich viel Zeit und verbringt Stunden damit, jeden Zentimeter meines Körpers zu küssen. Es fühlt sich weniger nach Sex, sondern vielmehr nach einer tiefgehenden körperlichen Nähe an, als würde man alles durch die Haut des anderen spüren. Wir küssen und berühren uns, bis wir schließlich miteinander schlafen, so natürlich, wie Nachtisch dem Abendessen folgt. Ein köstlicher Nachtisch. Ich habe meinen ersten Orgasmus beim Sex mit einem Mann.

»O mein Gott«, keuche ich, als es vorbei ist. »Danke!«

»Gern geschehen«, sagt Zack. »Aber wofür?«

»Dafür, dass die Erde unter mir bebte«, sage ich. »Das war mein erstes Mal.«

»Niemals«, sagt er ungläubig und stützt sich auf den Ellenbogen. »Du bist bislang mit drei Männern zusammen gewesen, stimmt's?«

»Jetzt sind es vier«, erwidere ich.

»Es macht mich wütend, dass sich weder Blaue Lagune noch van Gogh oder Beau richtig um deine Bedürfnisse gekümmert haben«, meint er.

»Nun, sie haben es ja probiert. Ich habe immer geglaubt, dass mit mir etwas nicht stimmt«, sage ich. »Jetzt habe ich das Glück, in den Genuss deiner gesamten, äh, Forschungsergebnisse zu kommen, Mr. Gigolo.«

Noch bevor sich die umherwirbelnden Lustgefühle in meinem Bauch gelegt haben, durchzuckt mich eine Welle der Panik. Was, wenn ich soeben das Beste in meinem Leben ruiniert habe? Was, wenn sich Zack, der eingefleischte Junggeselle und Klassenschwarm des Jahrgangs 1983, wie Harry vorkommt, nachdem dieser mit Sally geschlafen hat und nun völlig ausflippt?

Ich nehme meinen ganzen Mut zusammen und frage ihn: »Hast du es *immer* noch gemütlich mit mir?« Ich bin sicher, dass das Wörtchen *immer* ihm klarmacht, dass meine Frage eher psychologisch als körperlich gemeint ist.

»*Oui, Madame*«, sagt er und drückt mir fest die Hand unter dem Laken. »Und du?«
Besser als ich mich je mit einem anderen in meinem Leben gefühlt habe, denke ich. Wie hatte ich diese Flutwelle bloß übersehen können?
Vier Monate vergehen, ohne dass sich viel ändert, abgesehen davon, dass ich den besten Sex meines Lebens habe. Doch wir führen nicht »das Gespräch«, ob wir daraus eine offizielle Beziehung machen. Und wir veranstalten auch keine Pressekonferenz für unsere Freunde. Doch mit der Zeit fühlen wir uns immer wohler miteinander, bis wir ein perfekt eingespieltes Paar sind. Wahrscheinlich ist das ein Nebenprodukt der dreizehnjährigen Testreihe unserer Beziehung. Schließlich sagen wir uns schon seit der achten Klasse, dass wir uns lieben, ganz zu schweigen von den zahlreichen Valentinstagen, Silvesterfeiern und Hochzeiten, die wir gemeinsam durchgestanden haben. Und ich kann mir die peinliche Vorstellung von Bobby ersparen, so viel steht fest, denn die habe ich bereits 1978 hinter mich gebracht.
Als Zack und ich beschließen, zusammenzuziehen, erkennen wir, dass wir lieber Farbe bekennen sollten. Wir fangen gleich ganz groß an, nämlich mit meinen Eltern. Sie wissen, dass wir sehr viel Zeit miteinander verbringen, stellen aber keine Fragen deswegen. Ich denke, sie stecken einfach den Kopf in den Sand, wenn es um meine »Freundschaft« mit Zack geht, der jüdisch und eben nicht katholisch ist, wie sie sich den perfekten Mann für ihre Tochter vorstellen. Aber wer weiß, vielleicht sind sie auch so vollauf mit meinem Bruder beschäftigt, wie immer, dass sie nicht gemerkt haben, wie aus Zack und mir mehr als nur Freunde wurde.

Es ist Sonntagnachmittag, der Braten ist im Ofen, und meine Familie sitzt im Wohnzimmer und hört Musik von den Carpenters. Bobby stellt seine *Zurück-in-die-Zukunft*-Sammelfiguren von McDonald's auf. Ich denke, dass ich schließlich erwachsen bin und es ihnen demnach so direkt wie möglich erzählen kann.

»Mom und Dad, ich wollte euch nur mitteilen, dass Zack und ich zusammen sind«, sage ich.

Sie sagen kein Wort. Sehen mich aus großen Augen an.

»Und wir sind, ähm, nun, eigentlich schon eine ganze Weile, äh, zusammen«, fahre ich fort.

Noch mehr Blicke aus Augen, die mittlerweile so groß und rund sind wie die Platzteller von Tiffany, die Beau und ich auf unserer Hochzeitsliste stehen hatten.

»Und, äh, daher haben wir mal darüber geredet, zusammenzuziehen«, sprudele ich hervor. Zögernd füge ich hinzu: »Ihr wisst schon, um Miete zu sparen.«

»Bella, du weißt, dass deine Mutter und ich nicht viel davon halten«, sagt mein Vater streng. »Zack ist ein netter Junge, aber …«

»Aber er ist nicht katholisch, nicht wahr?«, unterbreche ich ihn wütend. »Stimmt genau, Zack ist ein netter Junge, er ist sogar der Netteste von allen. Und deswegen sind wir zusammen.«

»Liebes, hast du wirklich gründlich darüber nachgedacht?«, fragt meine Mutter und senkt ihre Haushaltszeitschrift, *Martha Stewart Living*. »Zack ist ein guter Freund von dir, aber …«

»Aber was, Mom? Ist er nicht der perfekte Schwiegersohn, den du dir immer für deine Tochter gewünscht hast?«, unterbreche ich auch sie und verdränge mühsam meinen Zorn.

»Liebes, nein, wir denken nur an dich«, sagt sie. »Und wahrscheinlich sind wir schon ein wenig überrascht.«
»Von was überrascht?«, blaffe ich.
Bobby steht auf und wirft seinen Doc's Delorean durchs Zimmer. »Wheeere's the beef?«, ruft er schrill, wieder einmal völlig zusammenhanglos.
»Das ist jetzt nicht der richtige Zeitpunkt für eine Werbung von Wendy's«, schreie ich ihn an und verliere die Nerven. Meine laute Stimme erschreckt ihn, und er greift hastig nach seiner Doc-Brown-Figur, sammelt den Delorean auf und geht mit ruckartigen Bewegungen in sein Zimmer, wo er den Rest des Abends bleibt.
Noch bevor Bobby aus unserem Blickfeld verschwunden ist, hasse ich mich dafür, dass ich ihn angeschrien habe. Schließlich sind es meine Eltern, auf die ich wütend bin. Warum können sie sich nicht einfach für mich freuen?
In dieser Nacht liegen Zack und ich in der Löffelchenstellung beieinander, aber ich kann mich nicht entspannen. Immer wieder höre ich Bobbys seltsam roboterhafte Stimme in meinem Kopf, die ruft: »Wheeere's the beef?«
Außerdem beschäftigt mich noch etwas anderes. Zack hat mich auf das Dach seines Apartmenthauses mitgenommen, wo er eine Flasche Wein und eine Picknickdecke vorbereitet hatte. Dann hat er seine Trompete hervorgeholt und »Somewhere Over the Rainbow« für mich gespielt. Anschließend hat er mir den »Antrag« gemacht, dass wir zusammenziehen sollten.
Als ich Carrie am nächsten Tag davon am Telefon berichtete, war sie außer sich vor Begeisterung. »Das ist das Romantischste, das ich je in meinem Leben gehört habe«, plappert sie. »Mein Gott, wenn Miles so etwas für mich getan hätte, dann wäre ich vor ihm auf die Knie gesunken

und hätte ihm einen Antrag gemacht oder ihm wenigstens einen großartigen Blowjob verpasst. Oh, Bella, ich habe mich noch nie zuvor in meinem Leben so Hals über Kopf verliebt! Ich kann dir das Gefühl gar nicht beschreiben.«

Die Wahrheit ist aber, dass ich, nun, dass ich nichts fühlte. Nichts, nichts, nichts. Ich wusste, dass ich irgendetwas fühlen sollte, aber alles, was ich spürte, war eine gewisse Gereiztheit, eben weil da sonst nichts war.

Während ich noch so neben Zack liege, dämmert mir die grauenvolle Wahrheit. Trotz der Tatsache, dass Zack mein bester Freund ist und ich den besten Sex meines Lebens mit ihm habe, fehlt einfach das bestimmte *Gefühl*. Doch ich kenne es, die Leidenschaft, die ich einige Male erlebt habe, mit Chandler, Johnner und mit Beau. Mein Bruder hat recht. *Wo* ist das Fleisch?

Wenn ich in mein Herz schaue und eine Prioritätenliste dieser drei Faktoren aufstellen sollte, dann muss ich zugeben, dass an oberster Stelle für mich das steht, was fehlt – die Leidenschaft. Ich kann nicht mit jemandem zusammenziehen, den ich nicht liebe. Ich bin mir seiner ganz sicher, muss es aber trotzdem jetzt bereinigen.

Sanft tippe ich Zack auf die Schulter.

»*Oui, Madame?*«, sagt er. »Soll ich dir den Nacken kitzeln?«

»Nein«, erwidere ich. »Wir müssen reden.«

Er rollt sich herum und sagt mit sanfter Stimme: »Hey, warum weinst du?«

Dann hält er mich fest, während ich die ganze Nacht in seinen Armen schluchze. Und er hört geduldig zu, als ich ihm alles erzähle.

»Was, wenn wir nicht wieder einfach nur Freunde sein

können, jetzt, da wir die Grenze überschritten haben?«, sage ich und weine bitterlich.

»Bella, soll ich dir einmal sagen, was ich denke?« Er greift nach meiner Hand unter dem Laken.

Ich nicke, an seine Achselhöhle geschmiegt. Der Geruch seines Deos ist mir so vertraut, dass er sich geradezu heimatlich anfühlt. Ich kann nicht glauben, was ich hier tue. Warum muss ich immer alles ruinieren?

»Ich kenne dich nun schon sehr lange, und ich habe dich in viele Beziehungen hinein- und hinausgehen sehen«, sagt er.

»Und?«

»Jedes Mal, wenn du eine ernsthafte Beziehung eingehst, schraubst du deine Erwartungen so hoch, dass du fast schon die Beziehung für zwei Menschen zu führen scheinst, denke ich.« Er macht eine Pause und fügt dann hinzu: »Weil du wegen Bobby ein schlechtes Gewissen hast, da er nie eine eigene Beziehung führen wird. Außerdem bist du dir gegenüber so streng, was dein Gewicht und deine Karriere angeht. Als erwartetest du von dir selbst, perfekt zu sein, um es für ihn wiedergutzumachen, oder so etwas in der Art.«

Und jetzt ist es so weit, meine Damen und Herren. Einsatz des Zirkusorchesters, bitte das Scheinwerferlicht auf die erste Nummer der Freakshow: die gegensätzlichen Zwillinge auf der Wippe. Unten sitzt der dysfunktionale Zwillingsbruder, ein eckiger Pflock im Rund des Lebens, ein unlösbares Rätsel, verpackt in ein Trekkie-T-Shirt. Hoch oben auf der anderen Seite der Wippe thront die überkompensierende Zwillingsschwester, die zwanghaft danach strebt, die Enttäuschungen der Eltern wettzumachen. In ihrem verzweifelten Versuch, eine Verbindung zu ihrem Bruder herzustellen, *versagt sie! Das ist nicht akzeptabel!* Deswegen versucht sie, mit dem Rest der Welt intim zu werden! Tagsüber ist sie eine Schlampe, nachts verfolgt sie verheiratete Männer. Kein Wunder, dass sie es schon immer eilig hatte, vor den Altar zu kommen, seit sie den Mutterleib verlassen hat …

»Bella?«, fragt Zack und rüttelt mich sanft an der Schulter.

»Wow«, sage ich. »Interessantes Konzept.«

Ich habe verloren, weil ich Zack mit meinem eigenen Bruder betrogen habe. Ich bin so daran gewöhnt, dass mein Herz in zwei gegensätzliche Richtungen gezogen wird, einerseits zur fröhlichen Unbesonnenheit des Verliebtseins, andererseits zu der dunklen Trauer von Bobbys unabänderlicher Situation, dass ich nie einmal innegehalten und mich gefragt habe, wie wohl ein Freund damit zurechtkäme. Oder ein Kumpelfreund, ein langes Wort.

Am nächsten Morgen dröhnt mir der Schädel, mein Herz schmerzt, und ich kann nicht glauben, dass ich wirklich zur Arbeit gehen muss. Mein Gesicht ist vom Weinen derart angeschwollen, dass ich wie die Elefantenfrau aussehe.

Was habe ich getan? Ich habe eine Zwei plus gegen die Chance, eine Eins minus kennenzulernen, eingetauscht, die jedoch vielleicht nicht existiert. Und schlimmer, die Schulter, an der ich mich bislang immer ausweinte, wenn man mir das Herz gebrochen hatte, steht mir nicht mehr länger zur Verfügung. Ich habe meinen Freund und meinen Kumpelfreund auf einen Schlag verloren. Und das alles nur wegen eines dämlichen Werbespots von Wendy's.

»Hast du dich etwa erkältet?«, fragt Carrie, als ich ihren

Anruf im Büro entgegennehme. »Du klingst so komisch.«
»Nein, ich habe nur wahnsinnig geheult, das ist alles«, erkläre ich und erzähle ihr von der Trennung.
»Komm doch heute Abend mit zur Sneak Preview von Nora Ephrons neuem Streifen *Schlaflos in Seattle*«, schlägt sie vor. »Zwar ist keine Presse erwünscht, aber wir sind fürs Marketing verantwortlich, also kann ich dich hineinschmuggeln.«
So viel zum Thema Kinotherapie! Meg Ryan heiratet ihren Verlobten Bill Pullman nicht, sondern folgt ihrem innersten Gefühl und trifft auf die wahre Liebe – Tom Hanks! *Schlaflos in Seattle* ist ein Zeichen: »Gib dich nicht zu früh zufrieden, wähle sorgfältig!« Es wird sicherlich eine Weile dauern, bis der Schmerz nachlässt, aber wenigstens habe ich nun die Hoffnung, dass ich das Richtige tat, als ich mich von Zack trennte. Vielleicht wartet mein Seelengefährte noch auf mich.
Ich beschließe, Nora Ephron einen Brief zu schreiben.

*Liebe Nora,*

*meine Beziehung à la* Harry und Sally *mit meinem besten Freund Zack ist vor kurzem in die Brüche gegangen. Ich befinde mich also gerade in der scheußlichen Phase meines Lebens, wie Sally, als sie ihren Weihnachtsbaum allein nach Hause schleppen muss. Als Journalistin, die fürs* Preview Magazine *schreibt, frage ich mich manchmal, ob man es berufliche Verblendung nennt, wenn man auch im echten Leben erwartet, dass die Musik während der großen Romantikszenen zu einem Crescendo anschwillt. Vielleicht*

*wird dies jedoch nie geschehen. Dennoch war* Schlaflos in Seattle *für mich ein Zeichen der Hoffnung. Danke für einen Abend, der für einen Stimmungswechsel gesorgt hat. Ich werde allen meinen Freunden sagen, dass sie deinen Film ansehen sollen.*
*Beste Grüße,*
*Bella*

Stellt euch bloß meine Überraschung vor, als ich am nächsten Tag in die Arbeit komme und eine Nachricht auf meinem Anrufbeantworter vorfinde: »Bella, hier ist Nora Ephron, du anbetungswürdiges Wesen. Selbstverständlich erinnere ich mich an dich! Ich habe deinen Brief dem Leiter der Marketingabteilung gezeigt. Es war ein ›Zeichen‹, dass *Schlaflos* genau das Zielpublikum anspricht, junge Frauen wie dich! Lass uns doch mal zum Mittagessen gehen.«
Ich kann es nicht fassen – es ist, als wäre mein Leben zu einem Film geworden! Eben noch teilt mir mein bester Freund im schlimmsten Moment meines Lebens mit, dass ich einen Psychiater brauche, weil ich die Hauptrolle in meiner ganz persönlichen Freakshow spiele, und im nächsten Augenblick bin ich mit der heißesten Regisseurin Hollywoods zum Mittagessen verabredet.
Sie wählt das *Michael's*, das angesagteste Restaurant in Midtown für elitäre Medialeute, wo wir prompt den besten Tisch zugewiesen bekommen. Da Nora eine Expertin in Sachen romantische Komödien ist, muss ich sie einfach fragen, ob ich das Richtige getan habe.
»Zuallerst einmal darf man sich nicht zu früh binden. Wählt sorgfältig, sage ich immer. Und wenn du nicht Single bleiben willst, dann musst du ebenso viel Energie in

dein Privatleben stecken wie in deine Karriere«, empfiehlt sie. »Sogar mehr.«

Liebevolle Strenge.

»Das bedeutet, jeden Abend auszugehen, und wenn man noch so müde ist«, fährt sie fort. »Und alle, die man kennt, zu bitten, ein Date für einen zu arrangieren.«

»Okay, ich werde es tun«, sage ich. »Was noch?«

»Wenn du unangenehme Erlebnisse hast, verbuche diese unter ›Material‹. Du kannst sie später ausschlachten, denn die Menschen lieben es, wenn sie lustige Geschichten hören, in denen anderen ein Missgeschick passiert. Also, wie wäre es mit Steve Martin? Er ist Single.«

Ich lasse meine Gabel fallen.

»Ich werde ihn anrufen und ihm von dir erzählen«, meint sie und zwinkert mir zu. »Bedienung, die Rechnung bitte.«

Von einer der berühmtesten Regisseurinnen Hollywoods verkuppelt zu werden, kann einem den Spaß am Selbstmitleid ganz schön verderben.

# 14

Jahr: 1994
Alter: 29
Idole: *Thelma und Louise*
Lieblingslied: *»All I Wanna Do« von Sheryl Crow*
Kostbarster Besitz: *Wonderbra*
Schönste Schuhe: *schwarz-weiße Sandalen von Jack Rogers*

O Gott, ich muss mich übergeben, weil ich so nervös bin. Ich steige aus dem Sammeltaxi und laufe auf das Strandhaus zu, wo ich zu einem Blind Date mit vierzehn Unbekannten verabredet bin – und das von Memorial Day bis Labour Day. Alle reichen, alleinstehenden und geselligen New Yorker fliehen über den Sommer in die superexklusiven Hamptons. Dank Carrie bin ich an den Wochenenden dabei.

Ich habe gerade eine Glückssträhne, denn völlig unverhofft bekam ich einen Anruf von der Zeitschrift *Style*, die mich als Redakteurin für das Ressort Unterhaltung haben wollten.

Meine neue Chefin heißt Blanche, aber alle nennen sie hinter ihrem Rücken das Stinktier, weil sie einen tiefschwarzen Pagenkopf mit einer breiten, weißen Ponysträhne trägt. Außerdem badet sie förmlich in Giorgio, obwohl das Parfum stärker an die Achtziger erinnert als Wadenwärmer und Lionel Richie. Blanche hat etwas an

sich, das mich in eine Aufziehpuppe verwandelt, die nach ihrer Bestätigung lechzt.
Und dann ist da noch die Diva des Monats. Jeden Monat muss ich nämlich eine berühmte Persönlichkeit für die Titelstory interviewen. Das einzig Schlechte daran ist, dass mich das Stinktier immer dazu zwingt, eine peinliche Frage zu stellen. Bislang wollte sie, dass ich Jodie Foster dazu bringe, den Vater ihres Sohnes zu nennen, und Demi Moore frage, ob sie sich die Brüste hat vergrößern lassen. Aber ein Job ist nun einmal ein Job, und wenigstens kann ich mir dadurch die Hamptons für den Sommer leisten.
Als ich die Schiebetür zu unserem gemieteten Sommerhaus öffne, atme ich tief ein, kreuze die Finger und wünsche mir, dass ich in diesem Sommer den richtigen Mann treffe. Es ist ein einsames Jahr für mich gewesen, seit ich meinen Freund und besten Kumpelfreund auf einmal verloren habe. Die wenigen Blind Dates, die ich hatte, haben nichts an meinem Singlestatus ändern können.
»Hey, Bella!«, dröhnt eine Stimme über das Rattern des Mixers und »Love Shack« von den B-52's hinweg. »Wie ist es denn so, mit Steve Martin auszugehen?«
Mein Ruf eilt mir voraus, und ich vermute, dass ich mich bei Carrie dafür bedanken darf. In Wahrheit bin ich kein einziges Mal offiziell mit Steve Martin ausgegangen. Nora hatte mich auf eine Party zu sich eingeladen und uns einander vorgestellt. Doch leider war da einfach nichts zwischen uns. Er hat kein einziges Mal von seinen Füßen aufgesehen, was mich in eine schnatternde Quasselstrippe verwandelt hat. Schließlich entdeckten wir doch eine Gemeinsamkeit und unterhielten uns über moderne Kunst. Er besitzt einen Edward Hopper, einen Georges Seurat und einen Picasso. Aber als ich ihn fragte, wie es sei, ei-

nen echten Picasso bei sich hängen zu haben, sagte er: »Ich ziehe es vor, dass mein Privatleben privat bleibt.«
Sosehr ich auch die Vorstellung liebe, einen Filmstar zum Freund zu haben, wo ist dann der Sinn, wenn besagter Filmstar-Freund sein Privatleben privat halten will? Doch ich muss gestehen, dass dank Carrie, die die Nachricht verbreitete, ich würde einen Filmstar daten, das Interesse anderer Männer geweckt wird. Und das ist besser, als wenn man sagen würde: »Nun, durch ihre Dürrezeit ist sie ausgetrockneter als die Sahara. Ja, sie hat schon seit mehr als einem Jahr kein Date mehr gehabt.«
Ich folge der Stimme in die Küche, wo ich einem Typen mit zerzaustem, braunem Haar und einem schlauen Lächeln begegne. Er sieht gut aus, auf eine robuste Art, wie jemand, der gern und viel an der frischen Luft ist, wie aus einem Katalog für Freizeitkleidung.
»Ich werde dir eine Antwort auf diese brennende Frage geben, wenn du mir deinen Namen sagst.«
»Entschuldige, ich heiße Pete«, sagt er und nimmt einen Schluck von dem zehn Jahre alten Tequila, bevor er den Rest in den Mixer kippt. »Ich bin ein Kollege von Carrie aus dem Marketing. Sie hat mir gesagt, dass ich nach dir Ausschau halten soll.« Er legt den Kopf schräg und zwinkert mir übertrieben heftig zu.
Als er mir seine Hand entgegenstreckt, tue ich das Gleiche mit meiner, aber statt sie zu schütteln, zieht er sie an seine Lippen und küsst sie.
Kann er noch die Doritos riechen, die ich im Taxi gegessen habe? Ich *wusste*, dass ich noch hätte abnehmen sollen. Immer wenn ich mir wünsche, dass etwas geschieht, mache ich zuerst eine Diät. Das ist meine Vorstellung eines Vorspiels auf das Leben.

Manchmal erzähle ich Joyce, meiner Psychiaterin, dass ich gern magersüchtig wäre, es aber an meinem Willen scheitert. Ich sage das, um sie zu schockieren und zum Lachen zu bringen. Joyce fragt mich dann immer, was ich denn wirklich kontrollieren will, und wir verbringen die nächsten fünfundvierzig Minuten damit, über Bobby zu sprechen, was mich wirklich nervt.

Doch meine wöchentlichen Sitzungen während der letzten sechs Monate haben eines bewiesen, nämlich, dass Zack recht hatte.

Ich brauchte einige Zeit auf der Couch, um mich mit meinen Problemen zu konfrontieren. Joyce sagt zu Beginn jeder Sitzung: »Atme ein und erzähle mir, was in dir hochkommt.« Ich antworte dann normalerweise, dass ich mir einen Freund wünsche, aber es gelingt ihr jedes Mal, uns in die Zeit meiner Kindheit zurückzuversetzen, und dann sprechen wir über die graue Wolke, den rosa Elefanten und natürlich über den Verursacher des Ganzen, Bobby.

Die gute Neuigkeit ist, dass es Zack und mir zuletzt doch noch gelungen ist, unsere Freundschaft zu retten. Behutsam. Wir treffen uns gelegentlich, aber nie an einem Sonntag, dem schrecklichsten Tag auf der ganzen Welt, wenn man Single ist, und immer ohne Alkohol. Es wäre zu einfach, wieder mit ihm ins Bett zu steigen – besonders jetzt, wo ich weiß, was mir fehlt, und zwar die Dinner-Szene mit Sally, aber nicht vorgetäuscht.

Auf eine seltsame Art gleicht der Verzicht auf Zack dem Abgewöhnen von nächtlichen Naschattacken. Beide sind tröstlich, aber letztlich nur eine Ablenkung von der schmerzenden Wahrheit. Nach Beau war ich nicht in der Lage, in Sachen Beziehung einen Schritt nach vorn zu machen, auch wenn ich es mir sehr gewünscht habe. Und es mit jemand »Sicherem« wie Zack zu erzwingen, hatte zur Folge, dass ich meinem Herzen gegenüber nicht aufrichtig war. Bobby hat recht, wenn er »Wo ist das Fleisch?« fragt. Ich wollte mich vorschnell binden, statt sorgfältig auszuwählen.

Aber das war damals, und jetzt ist jetzt.

Als Pete mir eine Margarita reicht, steigt mir ein Hauch seines Dufts in die Nase. Sauber, mit einer Spur Coppertone-Sonnenschutzmittel. Er riecht nach Sommer, und plötzlich stelle ich mir vor, wie wir zusammen die Welt bereisen, während ich Artikel für die *Vanity Fair* schreibe und Pete Werbeaufnahmen für Nike macht. Wir wären so ein gutes Team, dass das Magazin *Hamptons* einen Beitrag über uns bringen würde. Wir, in unserem Strandhaus, Tür an Tür mit Kate und Steven Spielberg, die die Paten unserer Kinder sind.

»Hast du Lust, an den Strand zu gehen und die anderen kennenzulernen?«, fragt er und bietet mir seinen Arm an.

Eigentlich nicht, denke ich. Schaff mich ins Bett, oder ich bin weg!

»Auf jeden Fall«, sage ich und hake mich bei ihm ein. Wir stapfen den sandigen Weg zum Strand hinunter, wo ich Carrie entdecke, die sagenhaft gut aussieht in einem bauchfreien Oberteil und abgeschnittenen Jeans. Lieber Gott, wenn ich schon nicht dünn sein kann, dann mach wenigstens, dass meine Freundinnen fett aussehen.

Sie und Pete stellen mich den anderen Mitbewohnern vor, die allesamt locker über die Werbebranche miteinander bekannt sind. Dann schlendert dieses asiatische Strichmännchen, scheinbar die Erfinderin des Heroinchics, heran und lässt ihre Hände in Petes hintere Hosentaschen gleiten.

»Liza!«, sagt er und beugt sich herab, um sie zu küssen. Zwar subtil, doch verteidigt Liza gerade trotzdem deutlich ihr Revier, indem sie mit Petes Haaren spielt, sich an ihn schmiegt und »Mhm, dein Haar duftet so gut« sagt, während sie mir den Rücken zudreht. Wie idiotisch von mir. Ich habe bis eben von einem Mann phantasiert, der bereits vergeben ist.

Mein Herz sinkt tief in meine Magengrube. Ich beschließe, wieder zum Haus zurückzugehen und nach weiteren Chips zu suchen.

»Warte!«, ruft Carrie und läuft mir nach. »Was ist los?«

»Es ist nur so, dass Pete und ich, also zwischen uns hat es definitiv geknistert«, versuche ich zu erklären. »Aber diese Liza, mein Gott, sie sieht wie ein Model aus.«

»Sie *ist* ein Model«, klärt mich Carrie auf. »Pete hat sie bei einer seiner Kampagnen für Victoria's Secret kennengelernt. Sie sind aber kein perfektes Paar und streiten dauernd, weil sie findet, dass er zu viel trinkt.«

»Sie ist einfach nicht lustig genug für ihn«, sage ich. »Sie wird nie im Leben etwas trinken und gleichzeitig so dünn sein können.«

Während des restlichen Wochenendes versuche ich, meine Hoffnung, dass alles Mögliche passieren kann, wieder aufleben zu lassen. Ich habe mich gerade in ein prickelndes Gefühl von Freitagabendlaune versetzt, aber es nützt nichts. Jedes Mal, wenn sich die beiden berühren, bin ich total genervt, egal, wie streng ich mir befehle, mich damit abzufinden.

In der nächsten Woche stürze ich mich in die Arbeit, und das lohnt sich, denn ich bekomme meinen perfekten Einsatz für diesen Sommer: ein Interview mit Kate Capshaw in Quelle Barn, der abgeschiedenen Sommerresidenz der

Spielbergs in East Hampton. Was übersetzt bedeutet: eine Woche bezahlten Urlaub!

»Was dagegen, wenn ich mir einen Wagen miete?«, frage ich meine Chefin Blanche. »Ich benötige ein Fortbewegungsmittel (um abends in die Bars zu kommen).«

»Nein, aber nur wenn du herauskriegst, wie es diese Schickse angestellt hat, einem so netten jüdischen Mädchen wie Amy Irving den Mann auszuspannen«, erwidert sie. »Wissbegierige Geister wollen so etwas wissen.« Argh, sie schafft es immer wieder, jede Person, die ich interviewen muss, von der sicheren Umgebung ihres Büros aus zu beleidigen.

Ich miete ein Mustang Cabrio, und den ganzen Long Island Expressway entlang höre ich in voller Lautstärke alte Rolling-Stones-Kassetten. Ich werde in diesem Sommer einfach noch einmal durchstarten, ohne Bindungen. Der Triumph des Geistes über die Materie.

Carrie erzählte mir, dass vielleicht einige Leute im Haus sein werden und ein paar Tage Ferien machen. Ich hoffe, dass es die Singles und nicht die Paare sind, damit ich jemanden zum Feiern habe. Als ich das Wohnzimmer betrete, kommt Pete herein, der gerade die Außendusche benutzt hat. In einer Hand hält er eine Bierflasche, mit der anderen sichert er das Handtuch, das er sich um die Hüften geschlungen hat. Mein Herz macht einen Satz, wie diese Drachen für Kinder, wenn sie von einer Windströmung erfasst werden. Ich ziehe an der Leine. Ganz ruhig, Cowgirl – der Typ ist mit einem Model zusammen.

»Was machst du denn hier?«, fragen wir wie aus einem Munde.

»Verhext!«, rufen wir dann beide zur selben Zeit und jagen einander durch den Raum, um den anderen zu kneifen.

»Ich soll Kate Capshaw für *Style* zu ihrem neuen Film interviewen«, sage ich, woraufhin er antwortet: »Reine Erholung.«

»Wo ist Liza?«, wage ich mich vor.

»In Mustique für Katalogaufnahmen.«

Sofort begeben sich die mexikanischen Springbohnen in Stellung und tanzen Macarena in meinem Bauch.

Während der nächsten Tage sind Pete und ich unzertrennlich. Am Strand reiben wir uns gegenseitig den Rücken mit Sonnenmilch ein und lesen uns den neuesten Klatsch vor, abends spülen wir nach dem Essen gemeinsam ab. Es sind eben diese kleinen Dinge, die ich mit einem Freund zu erleben vermisse, viel mehr als »es zu tun«. Das wird mir klar, wenn wir jeden Abend in unseren jeweiligen Schlafzimmern verschwinden.

Am Abend vor dem Interview schlägt Pete vor, dass ich meine Fragen an ihm ausprobiere.

»Also, Kate, wie ist es einer Schickse wie dir gelungen, Hollywoods heißesten Regisseur diesem netten, jüdischen Mädchen wegzuschnappen?«, frage ich und ahme dabei Gilda Radner nach, die wiederum Barbara Walters imitiert.

»Ganz einfach, Baba«, antwortet Pete mit superweiblicher Marilyn-Monroe-Stimme. »Phantastische Blowjobs. Ich habe mir gedacht, wenn ihm der *Weiße Hai* Erfolg gebracht hat, könnte ich ihm zuliebe auch einmal den Kiefer aushaken.«

Ich breche in so heftiges Gelächter aus, dass ich fast vom Stuhl falle. Okay, vielleicht bewirken die beiden Flaschen Pinot Grigio, die wir zu unseren Schwertfischsteaks getrunken haben, dass ich es noch komischer finde.

Weniger lustig ist der nächste Morgen, als ich wegen des

Capshaw-Interviews aufstehen muss und einen kolossalen Kater habe. Obwohl ich mich wirklich sehr auf das Interview gefreut habe, zähle ich die Minuten, bis es vorbei ist. Als ich schließlich in die Einfahrt zu unserem Sommerhaus einbiege, sehe ich Pete, der schon auf der Türschwelle auf mich wartet.

»Wie ist es gelaufen?«, fragt er. »Bist du Blanches peinliche Frage losgeworden?«

»Ja, aber ich habe sie mit meinen eigenen Worten ausgedrückt«, sage ich. »Die da lauteten: ›Woher wussten Sie, dass er der Richtige war?‹«

»Und?«, fragt er. Wir sitzen Schenkel an Schenkel und blicken aufs Meer hinaus. Ich frage mich, ob er mein Bein mit Lizas vergleicht, das ungefähr die Größe des Unterarms eines Kindes hat.

»Sie sagte, ›Ich habe es daran gemerkt, wie er duftete‹«, antworte ich. »Also fragte ich, ›Und wonach duftete er?‹.«

»Calvin Klein Eternity?«, witzelt Pete.

»Seltsamer«, antworte ich. »Sie sagte, ›Wie ein neugeborenes Baby‹.«

»Und hast du das mit dem Ehemannklau gefragt?«, will er gespannt wissen.

»Ich habe es wieder mit meinen eigenen dezenten Worten ausgedrückt: ›Wenn man bedenkt, dass Amy Irving gerade ein Kind von ihm bekommen hatte, woher nahmen Sie das Selbstvertrauen, es trotzdem bei ihm zu probieren?‹«, erkläre ich. »Ich habe ihr gesagt, dass ich an ihrer Stelle gedacht hätte, sowieso keine Chancen zu haben, eben wegen der Sache mit dem Baby und weil sie keine Jüdin ist, und so weiter.« Ungefähr so, wie ich denke, dass Pete mich, verglichen mit einem superschlanken Model, vermutlich nie attraktiv finden wird.

»Hey, ich bin beeindruckt! Du hast es getan!«, sagt er. »Und, was hat sie gesagt?«
»Sie sagte, dass sie Selbstgespräche führt«, antworte ich.
»*Was?*«, fragt er verdutzt.
»Sie hat gemeint, dass sie sich jedes Mal, wenn sie die negative Stimme in ihrem Kopf hört, sagt: ›Nein, ich tue mir etwas Gutes und ersetze die Kritik durch positive Selbstgespräche‹«, erkläre ich.
»Wie seltsam.«
»Ja, aber es funktioniert«, entgegne ich. »Sieh doch, wer am Ende den Preis gewonnen hat. Ihre Gedanken wurden buchstäblich Realität.«
Ich wage einen Versuch.
Mein negatives Ich: Junge, mein Bein sieht fett aus.
Mein positives Kate-Capshaw-Ich: Mein Bein ist nicht fett – es ist eine üppige Frucht!
Mein negatives Ich: Aber Liza ist ein Model. Hallo, den Rest kannst du dir selbst ausrechnen.
Mein positives Kate-Capshaw-Ich: Ja, aber die beiden streiten sich ständig. Und du bist viieel lustiger als irgendein Zahnstocher …
»Ich habe eine Idee«, sagt Pete und unterbricht die Diskussion, die ich mit Kate Capshaw in meinem Kopf führe. »Lass uns rüber zur *Sunset Bar* skaten und eine dieser monstermäßigen Erdbeermargaritas trinken. Danach können wir noch auf dem Markt etwas fürs Abendessen einkaufen«, sagt er, aufgeregt wie ein kleiner Junge.
»Aber ich habe keine Rollerblades dabei«, wende ich ein.
»Ich habe ein Paar für dich!«, antwortet er und zieht mich auf die Füße. »Komm schon, das wird ein Abenteuer.«
Ich frage mich, ob dieser Plan so vernünftig ist, denke aber,

dass es immer noch besser ist, als betrunken Auto zu fahren. Außerdem bin ich für jeden Spaß zu haben, nicht wahr?
»Alles in Ordnung?«, fragt er, als wir die Einfahrt hinunterrollen.
Ich stehe ein wenig wackelig auf den Beinen, deswegen bleibt Pete dicht an meiner Seite. Ich versuche, einfach die Situation zu genießen, aber innerlich fühle ich mich zerrissen. Schuldgefühle nagen an dem, was eigentlich eine gute Zeit für mich ist. Ich würde es an Lizas Stelle hassen, eine andere in meinen Rollerblades stecken zu sehen. Dass sie ihr gehören, hatte Pete mir erst offenbart, nachdem er sie bereits zugeschnürt hatte. Er versicherte mir, dass Liza bestimmt nichts dagegen einzuwenden hätte. Ja, klar.
Ich: Du betrügerische Schlampe.
Mein positives Kate-Capshaw-Ich: Ich tue doch gar nichts, das schwöre ich! Wir sind nur befreundet!
Ich: Gut, dass du fett bist – damit bleibst du in Sicherheit.
Mein positives Kate-Capshaw-Ich: Ich bin nicht fett. Ich bin lustig! Wir gehen nur etwas trinken. Was ist schon dabei? Und was soll ich bitte schön tun, zu Hause bleiben und essen?
»Denk nicht so viel über die Technik nach«, sagt Pete, der meine gefurchte Stirn missdeutet. »Lass einfach locker. Es ist wie Schlittschuhlaufen.«
Wir laufen die vier Meilen bis zur Bar und klettern auf die hohen Hocker.
»Das Übliche, Pete?«, fragt der Barkeeper, eine rhetorische Frage, denn gleichzeitig stellt er einen Tequila und eine Erdbeermargarita vor ihn hin.
»Ja, und dasselbe für unsere kühne Reporterin«, sagt Pete. »Bella wird die nächste Barbara Walters.«

Ich liebe es, mich in seiner Aufmerksamkeit zu sonnen, aber gleichzeitig fühle ich mich auch total unwohl dabei, also wechsele ich das Thema und frage ihn nach seiner Karriere. Momentan ist Pete der aufsteigende Stern am Himmel von Grey Advertising, wo er Kunden wie Victoria's Secret und Heineken betreut.

»Muss total schlimm für dich sein, den ganzen Tag leichtbekleidete Dessousmodels anzusehen«, witzele ich.

»Man stumpft ein bisschen ab«, antwortet er. »Mein Traum ist es, eines Tages einen eigenen Laden aufzumachen. Eine kleine Agentur, die für gemeinnützige Organisationen wie Greenpeace arbeitet.«

Ich erzähle ihm daraufhin von meinem Traum, ein Drehbuch geschrieben und ein Kind bekommen zu haben, bevor ich fünfunddreißig bin. Und dass ich die Interviews mit Prominenten als Forschungsergebnisse für die romantische Komödie betrachte, die ich einmal schreiben werde.

»Falls ich doch nicht heiraten sollte, dann kann ich alles indirekt durch meine weibliche Heldin erleben«, sage ich.

Es ist wirklich nicht schwer, in der Gesellschaft eines Mannes, der vergeben ist, ganz man selbst zu sein. Und wenn man bereits vier oder fünf Runden hinter sich hat.

»Oh, du wirst sicherlich einmal heiraten«, meint Pete. In seinen Augen blitzt etwas auf, das ich nicht ganz einordnen kann. Seine Hand streicht ganz leicht über meine, als er nach seinem Glas greift und es austrinkt.

»Wir sollten uns lieber auf den Heimweg machen, es ist schon stockdunkel«, sage ich und wechsle damit erneut das Thema. »Wie es aussieht, haben wir das Abendessen verpasst«, sage ich kichernd.

Wir reden nur noch auf die typische Art von Barbara Walters, lachen und stolpern auf unseren Rollerblades den Weg zurück zum Haus. Kaum haben wir es betreten, schlittern wir über das Linoleum auf der Suche nach dem Lichtschalter.

»Hups!«, rufe ich, als ich nach hinten kippe.

»Ich hab dich«, sagt Pete und hält mich an den Schultern fest. Wir bleiben eine Minute so stehen und sehen uns an, und ich kann es fühlen. Er ist nur noch zwei Sekunden davon entfernt, mich zu küssen.

Ich schüttele im Dunkeln den Kopf – nein. Sosehr ich mich auch zu ihm hingezogen fühle, ich werde mich nicht darauf einlassen. Dann lehne ich mich vor und knipse das Licht an.

»Es werde Licht!«, rufe ich und breche den Bann zwischen uns.

Wir schnüren uns die Rollerblades auf und verschwinden in unsere jeweiligen Schlafzimmer.

»Gute Nacht, Baba!«, ruft er mir hinterher, in Anspielung auf Barbara Walters.

»Gute Nacht, John Boy!«, antworte ich und hüpfe gerade noch rechtzeitig ins Bett, bevor meine Entschlossenheit ins Wanken gerät.

Wenn es jemand anderen gäbe, in den ich mich verknallen könnte, dann würde ich das sofort tun, glaubt mir. Wenigstens musste Kate nicht mit ansehen, wie Steve und Amy in ihrem Schlafzimmer verschwunden sind. Aber sosehr mir auch klarwird, dass eine Beziehung mit Pete großartig wäre, so kann ich doch auf nicht mehr als Freundschaft hoffen. Ein typisches Dilemma, aber es war noch nie mein Stil, mich an vergebene Männer ranzumachen. Trotzdem wird Joyce sicherlich einen Weg finden, auch diese Situation auf den rosa Elefanten zu beziehen.

Als sich das Wochenende des 4. Juli nähert, bitte ich Carrie, uns so viele Partyeinladungen wie möglich zu besorgen, denn ich möchte Pete und Liza aus dem Weg gehen – und vielleicht jemand Neues kennenlernen.
»Also du brauchst dir keine Sorgen wegen Liza zu machen«, sagt Carrie. »Sie macht gerade ein Shooting.«
*Vergesst es*, sage ich zu den mexikanischen Springbohnen, die schon ihre Cowboyhüte aufgesetzt und sich in einer Reihe aufgestellt haben, um in meinem Magen loszutanzen.
Ich tue alles, um Pete aus dem Weg zu gehen, aber leider hat das denselben Effekt wie Unnahbarkeit. Ich spüre, wie sein Blick mir durch das ganze Zimmer folgt, und als sich alle Mitbewohner ins Auto quetschen, um zur Livemusik im *Steven Talkhouse* zu fahren, öffnet Pete absichtlich die Tür an meiner Seite.
»Bella, wir müssen ein wenig zusammenrücken«, sagt er und zieht mich auf seinen Schoß. Ich versuche, mit den Zehenspitzen mein Gewicht abzufedern, damit es nicht auf ihm lastet, aber ich bin abgelenkt. In der Dunkelheit spüre ich seine Hand, die auf meiner Taille liegt.
Wir betreten das *Talkhouse*, und ich verschwinde in der Menge auf der Tanzfläche. Loup Garou, diese unglaubliche Zydeco-Band, spielt, und alle meine Mitbewohner tanzen und schwitzen mit mir ausgelassen zur Musik. Als ein langsames Lied gespielt wird, steht Pete plötzlich neben mir, greift nach meiner Hand und hält sie fest.
Mein positives Kate-Capshaw-Ich: Er mag dich! Er mag dich!
Alle haben sich zu Paaren zusammengefunden, Pete und mich eingeschlossen. Die Blicke tief ineinander versunken, bewegen wir uns gemeinsam zum Rhythmus. Unser

Tanz ist unglaublich intim. Zwar berühren wir uns nur an den Händen, doch unser Blickkontakt ist so intensiv, dass es sich anfühlt, als hätten wir gleich dort auf der Tanzfläche Sex miteinander. Dann zieht er mich an sich und fängt an, mit mir zu knutschen, was er sagenhaft beherrscht. Vor allen. Seinen Freunden. Lizas Freunden. Allen.

Lizas Freunde entdecken uns am nächsten Morgen fest umschlungen auf der Couch. Vollständig bekleidet – wir haben eine Weile rumgemacht und sind dann eingeschlafen, was aber nicht schlimm war. Der Zwerg in meinem Kopf setzt seinen Vorschlaghammer in Bewegung und rollt ein Banner aus, auf dem steht: »Herzlichen Glückwunsch, Bella! Du hast dir gerade deinen ganzen Sommer versaut!«

Ich komme mir vor wie eine Ehebrecherin, eine dumme noch dazu. Auch wenn sie sich die ganze Zeit streiten, so modelt Liza doch immerhin für Victoria's Secret. Er wird sie nie im Leben verlassen. Keine noch so hohe Dosis Kate-Capshaw-positives-Gelaber wird dieses schlechte Gewissen nach einem Saufgelage mindern können.

Ich versuche, Pete aufzuwecken, aber er ist noch immer halb bewusstlos. Dann beschließe ich, den Schaden in Grenzen zu halten und mich von niemandem außer Carrie zu verabschieden, bevor ich mich, Schlange, die ich bin, zurück in die Stadt schleiche.

Später am Abend verschlinge ich einen Liter gefrorenen, fettfreien Joghurt, und danach ist mir so kalt, dass ich mich am ganzen Körper fönen muss, obwohl ich ein Sweatshirt trage. Vom Badezimmer aus höre ich das Klingeln des Telefons. Das wird Carrie sein, die mich anruft, um mich vom Boden abzukratzen.

»Ich weiß, dass das Tragen eines scharlachroten Buchstabens definitiv auf der Don't-Liste der *Glamour* steht«, sage ich, noch während ich den Hörer abnehme.

»Ähm, Bella?«, fragt eine männliche Stimme.

*O mein Gott, es ist Pete!*

»Entschuldige bitte, dass ich so spät noch anrufe, aber ich wollte dir sagen, dass …«, fängt er an.

Dass ich eine fette Versagerin bin, die gerade in aller Öffentlichkeit einen Fehler gemacht hat? Danke, diese Nachricht ist schon bei mir angekommen.

»Liza und ich uns getrennt haben«, sagt er.

Mein positives Kate-Capshaw-Ich: Hab ich dir doch gleich gesagt, dass du ihm gefällst!

Schon nach einer Nanosekunde haben wir uns im *Rebar* verabredet, einer seiner Stammkneipen. Im Laufe einiger Martinis erzählt er mir, wie die Sache mit Liza auseinandergegangen ist, und ich frage ihn, ob er sich wirklich gleich in die nächste Beziehung stürzen will. Sosehr ich ihn auch mag, ich werde ganz bestimmt nicht die Lückenbüßerin sein.

»Ich habe nie so mit Liza sprechen können wie mit dir«, sagt er. »Als könnten wir auch beste Freunde sein.« Freund, kurzes Wort, Kumpelfreund, langes Wort. Danke, Zack. Ich habe einige Erfahrung darin, wenn beides zu einem verschmilzt. Wir unterhalten uns die ganze Nacht hindurch, bis sie uns aus der Bar kehren. Am nächsten Tag nehme ich mir frei, und wir verlassen das Bett erst, als es Zeit fürs Abendessen ist.

Pete und ich beschließen, am kommenden Wochenende auf dramatische Szenen im Strandhaus zu verzichten, und mieten uns im *American Hotel* in Sag Harbor ein. Das Hotel ist urig, aber schick, und es ist bekannt dafür, dass alle möglichen Prominenten dort schon in der Cigar Bar gesichtet wurden. Auch kommt Billy Joel häufiger mal vorbei und spielt Klavier.

Nach einem Frühstück im Bett am Sonntagmorgen sagt Pete: »Ich habe eine Überraschung für dich.« Er führt mich zum Hafen und dort an Deck einer zwölf Meter langen Schaluppe, die er für einen Tag gemietet hat.

»Du brauchst dich um nichts zu kümmern, lehn dich zurück und entspann dich«, sagt er.

»Lass mich dir wenigstens bei den Manövern helfen«, erwidere ich.

»Du weißt, wie man segelt?«, fragt er überrascht.

»Ich weiß genug, um den Kopf einzuziehen, wenn du halst«, erwidere ich.

»Bella, es gibt so viele Dinge, die ich noch nicht von dir weiß«, sagt er und kommt, um mir einen Kuss zu geben. »Ich freue mich darauf, jede Kleinigkeit von dir zu erfahren.«

Als wir den Motor abstellen und die Segel setzen, kommt die Erinnerung an alles zurück, was mir Chandler beigebracht hat. Und mir wird klar, dass ich fast doppelt so alt bin wie damals, als ich meine Unschuld verlor. Als wir an Fahrt gewinnen, spiele ich in Gedanken das Damals-und-heute-Spiel. Damals: Größe sechs. Jetzt: Größe zehn. Damals: Mein fünfzehnjähriges Ich konnte es nicht glauben, dass ich hübsch genug war, um Chandlers Aufmerksamkeit zu erregen. Jetzt: Ich bin mit dem Ex-Freund eines Supermodels zusammen.

Das restliche Wochenende rauscht wie eine einzige, lange Cocktailparty an uns vorbei, und der einzige enttäuschende Zeitpunkt ist, als wir wieder in den Bus steigen und zurück in unseren Arbeitsalltag fahren müssen.

Doch zum Glück überspringen Pete und ich während unserer Anfangszeit die üblichen Katz-und-Maus-Spielchen. Ich muss mich auch nicht als »die Herausforderung« präsentieren, denn diese hat es schon gegeben – erst Liza, jetzt unsere konkurrierenden Reisepläne.

Doch nach einigen Monaten denke ich, dass Liza vielleicht ein klitzekleines bisschen recht hatte wegen Petes Trinkgewohnheiten. Manchmal rufe ich ziemlich spät abends in seinem Hotelzimmer an, und dann ist er noch immer nicht zurück. Und er treibt es definitiv zu weit, wenn er mit seinen Werbekollegen unterwegs ist.

Wie beispielsweise heute Abend bei dieser Bierparty auf dem Dach. Zugegeben, ich weiß, dass er erschöpft ist und nach den Aufnahmen in L. A. unter der Zeitverschiebung leidet, aber die Tatsache, dass immer er die Trinkspiele beginnt, ist nicht gerade hilfreich.

Carrie und ich beobachten Pete und die Jungs dabei, wie sie ausgelassen eine Runde Mexican spielen. Sie spürt, wie ich mich innerlich verkrampfe.

»Versuche, nicht zu überreagieren – das hat Liza immer getan«, empfiehlt sie mir. »Locke ihn lieber irgendwie weg, bevor er endgültig abstürzt.«

»Ich kann von hier aus sehen, dass er auf dem besten Weg dazu ist«, sage ich. »Seine Augen werden ganz schmal, und sein Mund ähnelt dem Münzschlitz eines Spielautomaten. Manchmal sieht er mich an und erkennt mich kaum mehr.«

»Komm, jetzt sei nicht so. Lass uns doch die neue Tapasbar ausprobieren, die gerade hier gegenüber eröffnet hat«, schlägt sie vor. »Ihn mit Blicken zu erdolchen hilft dir auch nicht weiter.«

Eine halbe Stunde später, nachdem ich alles über Carries neueste Eroberung erfahren habe, ein Investmentbanker, der natürlich ein total verantwortungsvoller Typ ist, kann ich mich nicht mehr länger beherrschen. Ich muss nach Pete sehen. Aber obwohl ich einmal die Runde übers Dach gedreht habe, kann ich ihn nirgendwo finden.

Als ich Carrie wieder treffe, sagt sie: »Ähm, mir hat eben jemand gesagt, dass er schon gegangen ist.«

»Ohne mich?«, sage ich. »Wie kann er nur? Es ist sein erster Abend, seit er wieder da ist, und wir haben uns wochenlang nicht gesehen.«

Ich bin schockiert. Wutentbrannt nehme ich ein Taxi zu seiner Wohnung. Ist er mit einer anderen weggegangen? Oder ist er vom Dach gefallen? Diese Gedanken rasen durch meinen Kopf. Als ich die Anspannung kaum noch aushalte, bleibt das Taxi vor seinem Apartmenthaus stehen.

»Nein, Mr. Pete habe ich nicht gesehen«, sagt José, der Portier in Petes Haus, bevor er wieder hinter seinem Tresen verschwindet.

In genau diesem Augenblick erscheint Pete mit einer Tüte von Blockbuster in der Hand.

»Hey!«, lallt er beiläufig, als hätten wir uns gerade zufällig auf einer Party getroffen.

»Sehr witzig, du bist ja völlig dicht!«, sage ich sarkastisch, reiße ihm die Tüte aus der Hand und kippe den Inhalt auf die Straße. *Good Morning Vietnam* und *Debbie treibt's in Dallas: Ungekürzte Version* liegen da auf dem Asphalt.

»Du hättest mir vorher Bescheid sagen können, dass du noch einen Videoabend vorhast, bevor du mich auf der Party stehenlässt!«, sage ich voller Zorn. Ich bin so unglaublich wütend, dass ich kaum weiß, wie ich mich be-

herrschen soll. Ich stehe kurz vor der Explosion. Dieser Mann hat völlig die Kontrolle über sich verloren und zieht mich in seinen Sumpf hinein.
Er beugt sich vor und hebt die Videos auf. Dabei wirkt er vollkommen verwirrt.
»Taxi!«, kreische ich. »Ich gehe! Ruf mich an, wenn du wieder unter den Lebenden weilst.«
Ich verbringe den gesamten nächsten Tag damit, schluchzend auf der Couch zu warten, dass er anruft und sich entschuldigt. Die Stunden fließen zäh dahin, und ich versinke immer tiefer in Verzweiflung, aber ich werde mich niemals zuerst melden. Stattdessen wähle ich Carries Nummer.
»Bella, wenn du einen Cowboy willst, musst du ihn dir zurechtbiegen und brechen«, rät sie mir. »Pete ist der Mittelpunkt jeder Party, aber danach muss man hinter ihm aufräumen.«
Endlich, endlich, endlich ruft er gegen fünf Uhr nachmittags an. »Feste arbeiten, Feste feiern«, sagt er fast fröhlich und hört nicht auf ein Wort, das ich sage. Ich knalle den Hörer auf und weigere mich zwei Tage lang, mit ihm zu sprechen.
Dann trifft ein Dutzend langstieliger Rosen in meinem Büro ein. Ich verweigere die Annahme und lasse sie zurückgehen. Anschließend rufe ich Carrie an, damit sie mir dreimal hintereinander dazu gratuliert.
Endlich kommt Pete persönlich vorbei, um sich zu entschuldigen.
»Bella, es tut mir leid«, sagt er und sieht, das muss ich zugeben, völlig erbärmlich aus. Aber nicht erbärmlich genug.
»Da muss dir noch etwas Besseres einfallen«, sage ich,

schließlich hat mich dieses Malheur schon drei Tage gekostet.
»Manchmal schlage ich ein wenig über die Stränge«, gesteht er.
»Sieh an«, antworte ich spöttisch.
»Aber ich habe es unter Kontrolle, wirklich. Ich war nur vollkommen dehydriert von dem Flug, und ich hatte nichts gegessen, und, na ja, ich war einfach dumm. Ich verspreche, dass es nicht mehr vorkommen wird.«
»Wie kann ich da sicher sein?«, frage ich. »Ich meine, du hast mich auf der Party stehenlassen, um nach Hause zu fahren und vorher noch einen Porno auszuleihen, verdammt noch mal.«
»Weil ich alles möglich machen werde, um bei dir sein zu können«, antwortet er und blickt mir direkt in die Augen. Ich sehe an seinem flehentlichen Blick, dass er es ernst meint.
»Warum soll ich dir glauben?«, frage ich. Allmählich hat er mich fast überzeugt, aber ich nutze meine seltene Machtposition aus.
Eine Minute lang sagt er nichts, während er mir mit suchendem Blick in die Augen starrt.
»Weil ich dich liebe, Bella«, flüstert er, zum ersten Mal.
Nun, das ist gar nicht schlecht! Mein Ärger ebbt langsam ab. Er liebt mich. Ich habe meinen Cowboy gebrochen, der erste Schritt, um glücklich mit ihm dem Sonnenuntergang entgegenzureiten.
»Ich liebe dich auch«, erwidere ich, als wir uns umarmen. »Und ich werde dir helfen. Du solltest ernsthaft die Anonymen Alkoholiker in Betracht ziehen.«
»Ich bin kein Alkoholiker, Bella«, widerspricht er. »Ich übertreibe es manchmal nur ein wenig. Ich verspreche,

dass ich nicht mehr so stark die Kontrolle über mich verlieren werde.« Wir einigen uns auf ein paar Grundregeln: Kein Alkohol vor fünf Uhr nachmittags, und nach jedem Drink ein Glas Wasser.

Ich beschließe, ihm zu vertrauen, und bin froh darüber.

Monate verstreichen ohne weitere Alkoholexzesse, und da Pete das Trinken im Griff hat, steht unserer Verlobung nur noch seine Karriere im Weg. Er sagt, er wolle erst noch einen Schritt weiter auf der Karriereleiter kommen, bevor er mir einen Antrag macht. Ich wünschte, er würde nicht so viele Etats betreuen und sich mehr seinen eigenen Plänen widmen, denn das ist das Einzige, das ihn seiner eigenen Agentur näher bringt. Aber ich sage mir, dass ich Geduld haben muss.

Als unser erster Jahrestag naht, stehen die Dinge ziemlich gut. Pete hat ein Zimmer im *American Hotel* gebucht, wo wir unser erstes Wochenende als Paar verbracht haben. Wir sind gerade in seinem Apartment und schmieden Pläne, als das Telefon klingelt. Pete geht ran und bedeutet mir dann mit einer Geste, ihm sein Auftragsbuch und einen Stift zu bringen.

»Nun, meine wunderhübsche Bella«, sagt er und legt auf. »Ich habe eine gute und eine schlechte Neuigkeit. Entscheide dich.«

»Die schlechte zuerst.«

»Ich kann nicht mit ins *American Hotel* kommen«, sagt er. »Und die gute Nachricht ist, dass sie mir den Etat für Nissan übertragen haben. Wir werden einen Autowerbespot auf Hawaii drehen.«

»Glückwunsch, das ist toll«, sage ich und bemühe mich angestrengt, fröhlich zu klingen, obwohl ich sehr enttäuscht bin, weil unsere Pläne wieder einmal über den

Haufen geworfen wurden. Und weil er noch mehr für Grey arbeitet, statt sich seiner Ausweichstrategie zu widmen.
»Komm doch mit!«, sagt er, zieht mich vom Stuhl hoch und tanzt einen Walzer mit mir durch sein Wohnzimmer. »Wir nutzen einfach meine ganzen Vielfliegermeilen. Lass uns nach dem Dreh auf Hawaii treffen, und dann fliegen wir weiter nach Bali.«
Bali – die Flitterwochen, die ich nie hatte! Ich bin mir sicher, dass er mir einen Antrag machen wird!
Und dann dämmert mir, dass ich ihn meiner Familie vorstellen muss, bevor das geschehen kann. Schließlich möchte ich nicht, dass meine Eltern gegen meine Beziehung sind, wo ich doch endlich den Richtigen gefunden habe. Und er ist nett, adrett und protestantisch. Das dürfte reichen.
Um es Pete einfacher zu machen, veranstalte ich eine Dinnerparty bei mir, statt ihn zum Haus meiner Eltern zu schleppen. Ich kaufe ein, schnippele und koche den ganzen Tag Rezepte aus dem *Silver Palate Cookbook*. Dann räume ich meine gesamte Wohnung auf und verstecke sorgfältig alle Anzeichen darauf, dass Pete praktisch bei mir eingezogen ist.
Punkt sechs Uhr erscheint meine Familie. »Pete freut sich so sehr, euch alle kennenzulernen«, sage ich und reiche den Krabbencocktail herum.
Viertel nach sechs, kein Pete. Der Verkehr, sage ich mir. Halb sieben, Viertel vor sieben.
»Pünktlichkeit ist in seinem Job wohl nicht so wichtig«, sagt mein Vater und tippt mit dem Finger auf seine Notre-Dame-Armbanduhr.
»Es liegt bestimmt am Verkehr«, sage ich.
Sieben Uhr. Viertel nach sieben. Die Bioschweinelende

brennt allmählich an, und Bobby fängt an, auf seinem Stuhl zu kippeln, was ein Zeichen für einen herannahenden Anfall ist.

»Shake-shake-shake, shake-shake-shake, shake your booty!«, zitiert Bobby KC and the Sunshine Band.

Gute Idee, denke ich. »Ich habe eine Zutat vergessen. Bin gleich zurück!«, rufe ich, greife nach meiner Handtasche und verschwinde wie der Blitz zur Tür hinaus.

Dann zahle ich dem Taxichauffeur das Doppelte, damit er mich noch schneller zum *Rebar* bringt. Wo ich Pete dann auch tatsächlich antreffe. Er kauert auf einem Barhocker, umgeben von seinen Saufkumpanen aus der Werbung. Ich ziehe ihn am Ohrläppchen aus der Bar auf die Straße und mache ihm die Hölle heiß, als wir im Taxi zurück zu meiner Wohnung rasen.

»Wie kannst du mir nur so etwas antun?«, frage ich und spüre, wie sich ein Kloß in meiner Kehle bildet.

»Bella, ich habe mich nur auf einen Drink mit meinen Kumpels getroffen, bevor ich deine Familie kennenlerne, was ist daran so schlimm?«, fragt er.

»Schlimm ist, dass du bereits anderthalb Stunden zu spät bist!«, kreische ich, während wir aussteigen und das Gebäude betreten. »Und du hast *kein* Wasser nach jedem Drink getrunken.«

Pete hickst ununterbrochen auf dem Weg zum Fahrstuhl.

»Bitte, versuche dich zu beherrschen«, flehe ich. »Tu's für mich, ja?«

Pete reißt die Wohnungstür auf und sagt: »Hellllooo, Newman.«

»Seht mal, wen ich unten aufgegabelt habe«, verkünde ich. »Es hat sich herausgestellt, dass sein Flieger, äh, verspätet war.«

Wieder hickst Pete.
»Dad, das ist Pete«, sage ich, als er meinem Vater die Hand schüttelt.
»Hallo, Pete«, sagt mein Vater und sieht ihn prüfend an.
»Nettsekennsulern«, lallt Pete.
»Das hier ist meine Mutter«, sage ich, und Pete küsst ihr die Hand.
»Wie charmant«, sagt sie, und ich hoffe, dass sie es tatsächlich so meint.
Und dann stelle ich ihm Bobby vor, der einen marineblauen Schlafanzug trägt.
»Schon fertig fürs Schlafengehen, Kumpel?«, fragt Pete. »Ich bin doch nicht zu spät gekommen, oder?«
»Ähhhh, is was, Doc?«, sagt Bobby und blickt ihn misstrauisch aus dem Augenwinkel an.
»Bugs Bunny ist saucool!«, sagt Pete, während ihm ein weiterer Hickser entfährt. »Bin auch großer Fan!«
Meine Mutter fängt meinen Blick auf. Pete hat da etwas falsch verstanden. Bobby hasst Bugs Bunny, und das ist seine Art, zu sagen, dass er Pete ebenfalls nicht leiden kann. Vielleicht kann er die Alkoholfahne in seinem Atem riechen. Pete stinkt wie eine ganze Tequiladestillerie.
Alle setzen sich an den Tisch, ich serviere das Essen und schenke meinen Eltern extra viel Wein ein. Ich versuche, Pete mit eisgekühltem Wasser zu versorgen, aber er bedient sich natürlich auch am Alkohol. Argh.
»Also, Pete, sind Sie ein Fan von College-Football?«, fragt mein Vater auf der Suche nach einem gemeinsamen Gesprächsthema.
»Ich stehe mehr auf Rugby«, brummelt Pete.
»Bella hat uns erzählt, dass Sie Werbung für Autos drehen«, sagt mein Vater und startet den nächsten Versuch.

»Jap«, antwortet Pete. »Sie zahlen mir jeeeede Menge Kohle.«
Am Tisch herrscht Stille, als alle endlos an der Bioschuhsohle kauen, die ich für fünfzehn Dollar das Pfund gekauft habe.
»Wie schmeckt's euch?«
Pete rülpst laut und lacht sich halbtot darüber.
Um das Geräusch zu überspielen, hebe ich sofort das Glas zu einem Trinkspruch. »Auf die Freunde und die Familie«, sage ich. Nachdem alle höflich miteinander angestoßen haben, stürzt Pete seinen Wein hinunter. Dann lässt er sich auf ein Knie fallen und bringt meiner Mutter ein Ständchen:

*»Mary Ann Barnes ist die Königin der Akrobaten,*
*auf ihre Tricks lassen Männer einen fahren.*
*Sie schießt grüne Erbsen aus ihrem letzten Loch,*
*die schlagen Kapriolen, aber mit ihren Titten*
*fängt sie sie doch.«*

Bevor ich ihn aufhalten kann, ist er schon bei der nächsten Strophe:

*»Sie ist eine Schlampe, richtig groß und fett,*
*und die Haare auf ihrem Arsch sind dick wie ein*
*Brett.*
*Sie schwimmt, kämpft, schießt und fickt,*
*klettert auf Bäume und fährt sogar Laster,*
*ein Mädel wie sie wird mich heiraten – basta!«*

Völlig entsetzt sieht sich meine Muter nach meinem Vater um und sagt: »Robert, wir sollten lieber gehen ...«

»Beruhig dich, Beavis, mach dir nicht in die Hose, he, he, he, he, he«, sagt Bobby, ohne eine Miene zu verziehen.
Von Petes lautem Gesang animiert, fühlt sich Bobby veranlasst, uns mit seinem Lieblingszitat von Beavis und Butthead zu erfreuen.
Ich versuche, mein positives Kate-Capshaw-Ich heraufzubeschwören, aber die Leitung ist gerade besetzt. Daher muss ich jetzt ganz allein durch die Hölle gehen.
»Tut mir leid«, sage ich zu meinen Eltern. »Pete ist völlig dehydriert. Er hat gerade einen Langstreckenflug hinter sich, und ihm ist nicht klar gewesen, welche Wirkung Alkohol auf ihn haben würde.«
»Bella, wir verstehen das, aber es ist spät, und dein Vater hat morgen früh gleich einen Termin«, sagt meine Mutter.
Fast wirkt sie ein wenig mitleidig.
Pete schlendert ins Bad, während ich meine Familie an die Tür bringe. Ich hatte mir so viel Mühe gegeben, aber der Abend ist eine komplette Katastrophe gewesen.
»Ist wirklich alles in Ordnung, Liebes?«, fragt mein Dad und sieht zur Badezimmertür, hinter der laute Würgegeräusche ertönen.
»Er hat jede Menge Lebensmittelallergien«, lüge ich.
»Hier ist alles in Ordnung, keine Sorge.«
Kaum fährt meine Familie mit dem Fahrstuhl nach unten, reiße ich die Badezimmertür auf und stolpere fast über Pete. Er sitzt auf dem Fußboden und lehnt mit dem Kopf an der Kloschüssel. Die Hände in die Hüften gestemmt, wiederhole ich das anzügliche Rugbylied, das er meiner Mutter am Tisch vorgesungen hat.
»›Auf ihre Tricks lassen Männer einen fahren‹?«, zitiere ich. »Hast du geglaubt, dass sie das charmant findet?«
Wir sitzen stumm da. Dies ist das Ende, es ist vorbei.

»Meine Mutter ist noch nie eine Rugbyqueen gewesen«, sage ich schließlich. »Danke für die Ehre.«

»Es tut mir leid«, meint er.

»Das reicht nicht«, sage ich. Und »ich liebe dich« reicht dieses Mal auch nicht.

»Ich brauche dich, Bella«, sagt er und hebt den Kopf, um mich anzublicken. »Ich habe ein Problem, und du kannst mir dabei helfen.«

Seine Worte durchdringen mich schmerzhaft – denn sie sind wahr. Er braucht mich wirklich, da er ganz schön in der Klemme steckt und sich ändern muss. So einfach ist es, und ich kann ihn ändern.

»Nun, du solltest dir eingestehen, dass du Alkoholiker bist und nicht einfach nur zu wenig Flüssigkeit zu dir genommen hast.«

Er nickt.

»Wirst du zu den Anonymen Alkoholikern gehen?«, frage ich.

»Nein, ich will selbst damit zurechtkommen«, sagt er und wirkt deutlich nüchterner. »Aber ich verspreche, dass ich mich besser im Griff haben werde.«

»Wirst du nicht mehr länger nach der Arbeit mit deinen Werbekumpels abhängen?«, frage ich. »Sie haben einen furchtbar schlechten Einfluss auf dich.«

»Ja, für dich werde ich das tun«, sagt er. »Für dich tue ich alles.«

Sein Blick bricht mir fast das Herz, als er hinzufügt: »Und das tue ich, weil du aus mir einen besseren Menschen machst.«

Ich bin nicht perfekt, niemand ist das. Daher hat jeder eine zweite Chance verdient.

Eine Weile wird alles wieder normal, sogar besser als normal. Pete fragt sogar, ob er bei den wöchentlichen Ausflügen dabei sein darf, die ich mit Bobby unternehme. Das ist perfekt, da am Tag der Premiere von *Virtuosity* ein unerwartetes Problem auftaucht. Mein Interview mit Julia Roberts, das für den Vormittag angesetzt war, ist auf den späten Nachmittag verschoben worden. Ich beschließe, Pete anzurufen und zur Abwechslung diejenige zu sein, die um seine Hilfe bittet. Wenn ich ihm helfen kann, dann kann er doch auch einmal etwas für mich tun, oder?

»Du willst, dass ich mich mit Bobby an der Grand Central Station treffe – *ohne dich?*«, sagt Pete am Telefon. Zwar kann ich sein Gesicht nicht sehen, doch das Zögern in seiner Stimme ist deutlich zu hören.

»Bitte? Ich bringe es nicht übers Herz, ihm abzusagen«, antworte ich. »Geh einfach etwas mit ihm essen, und dann treffen wir uns später vor dem Kino.«

»Und der Pyjamamann wird bestimmt keinen Anfall kriegen, oder?«, fragt Pete.

»Nein, sein neues Medikament, Tofanil, hat eine ganz wunderbare Wirkung«, antworte ich. »Aber vergiss nicht, keine Berührungen, keine lauten Geräusche. Ich schalte das Handy an, sobald das Interview vorbei ist.«

Sobald ich mit Julia fertig bin, rase ich zum Ziegfeld-Theater, wo ich jede Menge Paparazzi entdecke, aber weder Pete noch Bobby. Ich werfe einen Blick auf mein Handy – keine Nachrichten. Als schließlich nur noch ich auf dem roten Teppich stehe, breche ich in Panik aus. Ich bin kurz davor, meine Eltern anzurufen, als das Handy klingelt.

»Bella, komm schnell her!«, ruft Pete. »Dein Pyjamamann ist am Ausrasten!«

»Wo seid ihr?«, schreie ich in den Hörer.
»Ähm, im *Scores*«, erwidert er.
»Du hast ihn in eine *Striptease*-Bar geschleppt?«, frage ich ungläubig.
»Ich dachte, ich bringe einige Freunde von der Arbeit mit, damit sie deinen Bruder kennenlernen. Sie hielten es für eine lustige Idee«, sagt er lallend. »Aber du solltest dich jetzt lieber beeilen. Er hat sich wie ein Embryo unter dem Tisch zusammengerollt.«
Ich springe in ein Taxi und verspreche dem Fahrer, den doppelten Fahrpreis zu zahlen, wenn er dafür die roten Ampeln überfährt. Ich bin so zornig, dass ich mir wie eine dieser Cartoonfiguren vorkomme, denen der Rauch aus den Ohren quillt. Ich könnte vor Wut schreien und gleichzeitig heulen.
Ich stürme in den Club und entdecke Bobby, der zu einem Ball zusammengekrümmt daliegt und sagt: »Well, isn't that special.« Und das ununterbrochen. Anhand der typischen Phrase von Dana Carvey aus *Saturday Night Live* kann ich erkennen, dass er sich in die achtziger Jahre zurückbewegt hat.
»Was zur Hölle ist passiert?«, rufe ich über die Discoversion von »I Touch Myself« hinweg. Petes Freunde sehen betreten drein. Ein Blick zu Pete genügt, seine trüben Augen und den Münzschlitz-Mund, und mir wird klar, dass er zu besoffen ist, um wenigstens Reue zu zeigen. Er ist komplett abgestürzt.
»Die wollten zusehen, wie er einen Striptease auf seinem Schoß bekommt«, lallt er.
»Bobby, der zwischenmenschliche Berührungen nicht ertragen kann, hat einen persönlichen Striptease gekriegt?«, rufe ich fassungslos.

»Es tut mir leid«, sagt Pete. »Ich wollte ihm nicht weh tun. Lass mich dir helfen.«

»Du hast schon genug angerichtet«, spucke ich ihm entgegen. »Lass uns verdammt noch mal in Ruhe.«

Ich kratze meinen Bruder vom Boden und ziehe ihn aus der Bar.

»Es tut mir so leid, Bobby, so leid«, sage ich.

»Well, isn't that special«, wiederholt er Dana Carveys typische Phrase in der Rolle als Church Lady leise.

Ich winke uns ein Taxi heran und sage dem Fahrer, dass er uns den ganzen Weg bis nach Westchester fahren soll. Ich behalte Bobby im Auge, der die Lichter der Stadt betrachtet, die an uns vorbeiziehen. Der Highway scheint eine beruhigende Wirkung auf ihn zu haben.

»Ich weiß, es tut mir leid«, wiederhole ich und versuche, beruhigende Gedanken in seinen Verstand zu bringen. »Der Weltraum, unendliche Weiten. Dies sind die Abenteuer des Raumschiffs Enterprise, das mit seiner vierhundert Mann starken Besatzung fünf Jahre lang …«

Er macht an der Stelle weiter: »… unterwegs ist, um neue Welten zu erforschen, neues Leben und neue Zivilisationen. Viele Lichtjahre von der Erde entfernt, dringt die Enterprise in Galaxien vor, die nie ein Mensch zuvor gesehen hat.«

»Tja, Bobby, du bist dorthin vorgedrungen, wo viele Männer schon vor dir gewesen sind«, sage ich. »Nicht, dass ihre Ehefrauen oder Freundinnen davon gewusst hätten.«

Nach einer fünfundvierzigminütigen Fahrt hält das Taxi vor unserem Haus.

»Lassen Sie die Uhr ruhig laufen«, sage ich zu dem Fahrer. »Ich bin in fünfzehn Minuten wieder da.«

Ich schaffe Bobby nach oben in sein Bett. Er ist komplett verstummt und hat einen seltsamen Ausdruck im Gesicht.
Meine Mutter taucht im Morgenmantel im Flur auf.
»Bella, ist alles in Ordnung?«, fragt sie.
»Ja, Mom, alles unter Kontrolle. Ich dachte nur, dass ich Bobby heute vielleicht ins Bett bringen sollte«, sage ich. »Aber ich muss gleich wieder zurück in die Stadt.«
»Hattet ihr zwei Spaß im Kino?«, erkundigt sie sich.
»Bobby könnte etwas erschöpft sein«, antworte ich. »Tu mir einen Gefallen und sag mir bitte Bescheid, falls er sich morgen irgendwie seltsam verhalten sollte, ja?«
»Natürlich, Liebes. Und du willst sicher nicht heute hier übernachten?«, fragt sie und küsst mich auf die Wange. »Du bist so lieb zu deinem Bruder – weißt du das eigentlich?«
Wenn du wüsstest, denke ich.
»Danke, Mom. Wir sprechen uns morgen, okay? Das Taxi wartet draußen, und ich muss jetzt los.«
Während der gesamten Rückfahrt schäume ich in Gedanken vor Wut wegen Pete. Wie *konnte* er nur? Das war's. Das war definitiv der Tropfen, der das Fass zum Überlaufen gebracht hat. Ich könnte ihn umbringen! Meine Gedanken kreischen so laut in meinem Schädel, dass ich fürchterliche Kopfschmerzen bekomme.
Ich öffne die Tür zu meinem Apartment und entdecke eine Spur von Petes Kleidungsstücken, die von den Tickets nach Bali zu einer Nachricht auf meinem Kopfkissen führen. »Ich liebe dich. Es tut mir leid. Die Wahrheit ist, ich hatte Angst«, steht dort zu lesen.
Ich schlüpfe neben ihn ins Bett und werfe mich unruhig hin und her. Ich habe unsere Zukunft so deutlich vor Au-

gen, nur die Gegenwart ist ein fürchterliches Chaos. Ich wünsche mir von irgendwoher ein Zeichen.
Ungefähr eine Stunde später erwache ich von einem Zeichen, das man keinesfalls falsch interpretieren kann.
Zuerst denke ich, dass ich träume, als etwas Kaltes, Nasses das Laken unter mir tränkt. Doch als ich wacher werde, kann ich den Ekel, der mich überkommt, nicht unterdrücken. Pete hat ins Bett gepinkelt.
»Widerwärtig«, murmele ich und springe aus dem Bett, während Pete weiterschnarcht.
Das Einzige, was mich an der Situation erheitert, ist die Vorstellung, wie Pete in seinem eigenen Dreck aufwacht und ich nicht mehr neben ihm liege, was ich so auch Joyce bei unserer Sitzung am frühen Morgen erkläre.
»Ist das nicht ein Zufall?«, sage ich. »Ich bat um ein Zeichen. Und das Universum hat mir ganz klar mitgeteilt, dass dieser Mann niemand ist, auf den ich mich verlassen kann.«
»Es gibt keine Zufälle, Bella«, sagt Joyce, die fest daran glaubt, dass alles im Leben durch das Schicksal verbunden ist.
»Es wäre so toll mit ihm, wenn er nur dieses eine Problem in den Griff bekäme. Ich habe das Gefühl, dass ich ihm helfen muss«, sage ich. »Aber ich weiß nicht, wie.«
»Kommt dir das bekannt vor?«
»Ja«, sage ich und lege gedanklich den Finger auf das Gefühl. »Es ist die graue Wolke.«
Mit Joyce' behutsamer Unterstützung wage ich mich tiefer in die graue Wolke vor.
»Erzähl mir, wann das mit der grauen Wolke begann«, bittet Joyce.
»Sie war schon immer da, solange ich mich erinnern kann,

und hat bei uns zu Hause auf uns niedergeregnet, auf mich, Bobby und auf unsere Eltern, die so hilflos sind«, erkläre ich.
»Hört sich an, als gäbe es ein Problem in der grauen Wolke«, murmelt sie.
»Aber es gibt keine Worte für dieses Problem, es ist eine namenlose, gesichtslose Bedrohung«, fahre ich fort. »Ich versuche alles, um ein braves Mädchen zu sein, um etwas wiedergutzumachen, das zerbrochen ist, aber ich kann ihn nicht wiederherstellen.«
»Ihn wiederherstellen?«, fragt sie.
»Ihn«, erwidere ich.
»Wen, Pete?«, fragt sie weiter.
»Nein, ihn, meinen Bruder«, sage ich, und Tränen quellen unter meinen geschlossenen Augenlidern hervor.
»Ja, Bella, das stimmt. Man kann einen Alkoholiker genauso wenig ›wiederherstellen‹ wie einen Autisten«, sagt sie mit sanfter Stimme. »Bist du bereit, dich der Wahrheit zu stellen?«
»Die Wahrheit über Pete und die Tatsache, dass es aus ist mit ihm?«
»Die Wahrheit über dich selbst«, sagt sie vorsichtig.
Ich weiß nicht recht, was ich antworten soll, also sage ich nichts.

# 15

Jahr: 1996
Alter: 31
Lieblingslied: *»You Oughta Know« von Alanis Morissette in der A-cappella-Version*
Kostbarster Besitz: *meine Therapeutin*
Schönste Schuhe: *Loafer von Gucci*

Oprah Winfrey läuft buchstäblich im Kreis umher. Draußen ist es stockdunkel, es ist noch nicht einmal sechs Uhr, und ich bin während ihres Trainings dabei. Was bringt Oprah zum Laufen? Darauf liegt das Hauptaugenmerk meines Beitrags, weswegen ich in ihr Fernsehstudio gekommen bin.

»Was mich zum Laufen bringt, ist das Geräusch meines dicken Hinterns, der bei jedem Schritt gegen meine Oberschenkel klatscht«, sagt sie.

Später sitzen wir auf ihrer terrakottafarbenen Ledercouch in dem gemütlichen Büro ihrer Firma Harpo. Winfrey strahlt Ruhe und kontrollierte Gelassenheit aus. Sie trägt ein langes, schwarzes Hemdblusenkleid von Jil Sander mit passenden Sandalen, eine elegante Armbanduhr von Bulgari, riesige Diamantohrringe und eine Brille mit Schildpattgestell.

Winfrey ist buchstäblich die mächtigste Frau des Landes. Aber das ist nicht der Grund, weshalb sie sich heute so fühlt. Oprah ist an der Spitze, weil sie es endlich geschafft hat, die *Kontrolle* über sich zu gewinnen. Niemand weiß besser als ich, was es heißt, wenn man nein zu einem Krispy Kreme Donut sagt und weiß, dass man die ganze Welt erobern könnte.

»Ich habe kürzlich dreißig Pfund abgenommen«, erwähne ich beiläufig ungefähr nach der Hälfte des Interviews.

»*Wirklich?* Erst vor kurzem?«, fragt Oprah. Ich sehe, wie ihre Blicke über meinen Körper gleiten, einmal von oben nach unten. Niemand kann dem widerstehen, wenn man erzählt, dass man gerade Gewicht verloren hat.

»Na ja, wieder abgenommen, sollte ich wohl besser sagen. Mein Gewicht schwankt schon mein ganzes Leben um dreißig Pfund nach oben und unten«, erkläre ich. »Ich habe jede Mode-Diät ausprobiert, die es gibt. Aber dieses Mal habe ich etwas Neues getestet.«

»Und was ist das?«, fragt sie.

(Wie klasse findet ihr es, dass ich der großen O Diättipps gebe?)

»Psychotherapie«, antworte ich. »Bevor ich nicht meine Gefühle im Griff hatte, konnte ich mein Essverhalten nicht kontrollieren. Schokoladenkekse können ganz schön herrschsüchtig sein! Aber mein Schlüsselerlebnis war, um Hilfe zu bitten.«

Oprah nickt so heftig, dass sie wie ein Wackeldackel auf der Hutablage eines Autos aussieht. »Hmh, hmh! Letztes Jahr bat ich Gott um Freiheit. Und habe ich nicht die fette Schicht durchbrochen und bin ganz phantastisch aus mir herausgekommen?«, sagt sie mit einem stolzen Lächeln. »Dieses Jahr bat ich um Klarheit. Und mir ist klarer geworden, was meine Aufgabe ist, die ich im Fernsehen und mit dieser Show zu erfüllen habe.«

»Und woher wissen Sie, was Ihr Ziel und Zweck ist?«, frage ich.
»Jeden Tag nach dem Aufwachen frage ich mich, was willst du? Und was bist du bereit zu opfern, um es zu bekommen?«, erklärt sie.
»Verzicht ist das, was die meisten Menschen übergehen wollen«, antworte ich. »Und ist es das, was Sie dazu bewegt, vor fünf Uhr morgens aufzustehen und zu joggen?«, frage ich.
»Das Laufen ist die beste Metapher für das Leben, denn man bekommt nur zurück, was man gegeben hat«, sagt sie. »Nichts fällt mir schwerer, aber ich muss es tun, um den scharfen geistigen und körperlichen Durchblick zu bekommen, den ich haben will.«
»Aber woher wissen die Leute, was ihre wahre Bestimmung im Leben ist?«, frage ich.
»Ich frage Sie Folgendes, Bella«, sagt sie und lehnt sich vor. Sie sieht mir direkt in die Augen, und ihr Blick ist so intensiv, dass mir fast der Schweiß ausbricht. »Was macht Ihnen *echte Freude?*«
Ich muss keine Sekunde überlegen.
»Das hier!«, rufe ich aus. »Ich liebe es, Menschen zu interviewen. Ich liebe lange Telefonate bis tief in die Nacht mit engen Freunden, und natürlich liebe ich Bettgeflüster. Das ist das Beste, wenn man ein Paar ist. Es verschafft mir echte Glücksgefühle. Tiefe und aufrichtige Verbindungen.«
»Nun, Bella, dann ist das Ihre Bestimmung«, sagt sie nickend.
Verblüffend! Solange ich mich erinnern kann, hatte ich abwechselnd zwei verschiedene Aufgaben im Leben, mein selbstsüchtiger Wunsch, meinen Seelengefährten zu tref-

fen und zu heiraten, und mein selbstloser Wunsch, es für meinen Bruder irgendwie wiedergutzumachen. Aber so, wie Oprah die Frage gestellt hat, ist mir die Wahrheit einfach ins Gesicht gesprungen! Interessant, dass ich immer so zielorientiert gewesen bin, wo doch meine Bestimmung mehr ein Mittel als der Zweck selbst ist. Ich bin so überrascht, dass mir ein Schauder über den Rücken läuft.

Das Interview dauert noch ein, zwei Stunden, in denen ich ihr die Frage nach ihrem Lebensgefährten Steadman stelle (»Ich bin nicht verheiratet, weil es wirklich keinen Grund dafür gibt«), nach ihrer biologischen Uhr (»Ja, sie tickt, *na und?*«) und nach ihrem besten Tipp, wie man mit Stress umgeht (»Ich verstecke mich in meinem Schrank, bei den Schuhen, und *atme*«). Am Ende hat unser Gespräch so viel von gegenseitigem Geben und Nehmen, dass es mehr wie ein Austausch unter Freundinnen als ein offizielles Interview ist. Ich bin ganz in meinem Element und voller Vergnügen dabei.

»Und, bist du verheiratet?«, fragt sie, während ich mein Aufnahmegerät und den Notizblock verstaue.

»Wohl kaum!«, sage ich, und prompt treten mir Tränen in die Augen. Während ich noch hier mit Oprah sitze, räumt Pete gerade seine Sachen aus meinem Apartment. Ich berichte ihr in einer raschen Zusammenfassung von der Berg- und Talfahrt, die ich seit zwei Jahren mit Pete erlebe, und davon, dass ich letztlich nach allen zweiten und dritten Chancen weniger reizvoll für ihn war als der Alkohol. Sogar nachdem er mich angepinkelt hatte, brauchte ich noch mehrere Anläufe, bis ich so weit war, ihn für immer zu verlassen. Fast, als wäre ich von ihm abhängig.

»Hm, hmmmm, hmmmm, lass mich dir einen Ratschlag geben, meine Liebe«, sagt Oprah, während sie die Lippen schürzt und den Kopf schüttelt. »Wenn dir ein Mann das erste Mal sein wahres Ich zeigt, dann glaube dem, was du siehst.«

Sie hat recht. Ich habe mich geweigert, Pete so zu sehen, wie er wirklich ist, weil ich zu sehr mit dem Mann beschäftigt war, der er meiner Meinung nach hätte werden können. Aber wieder und wieder hat er mich enttäuscht. Rück zur Seite, Kleopatra, ich bin die Königin des Verdrängens. Wenn Zack mein Ersatz für Trost war, dann war Pete der Ersatz für den Wunsch, Bobby heilen zu können.

»Ich vermute mal, dass du nächste Woche Zeit für ein Abendessen hättest?«, fragt sie.

Wir haben Oprah einen langjährigen Wunsch erfüllt und den Fotografen Francesco Scavullo engagiert, der mit seinen supersexy *Cosmopolitan*-Titelbildern berühmt geworden ist und der Oprah als Sexbombe für unser Cover ablichten wird. Was beweist, dass sogar Oprah nicht immun gegen die Vorstellung ist, auch einmal ein *Cosmo*-Girl zu sein.

»Lass mich kurz im Terminkalender nachsehen«, sage ich sarkastisch. »Ja, ich sehe, dass ich sogar bis ans Ende meines Lebens Zeit habe.«

»Nächsten Donnerstagabend nun aber nicht mehr, denn wir gehen aus«, sagt Oprah. Wir verabschieden uns, und sofort werde ich von der Frage geplagt, was man trägt, wenn man mit der wohl mächtigsten Frau der Welt zum Abendessen verabredet ist.

Als ich in der nächsten Woche Joyce während unserer Sitzung erzähle, dass ich am selben Abend mit Oprah ausgehe, fällt sie einen Augenblick lang aus ihrer Therapeutinnenrolle.

»Du machst wohl Witze!«, sagt sie und kichert albern, bevor sie sich wieder zusammenreißt.

Mit ruhiger Stimme sagt sie dann: »Atme, Bella, und beschreibe mir, was du fühlst.«

»Atmen, das tut auch Oprah, und zwar in ihrem Schuhschrank, wenn sie gestresst ist«, sage ich. »Warum sagst du mir immerzu, dass ich das tun soll?«

»Wenn du atmest, dann bringt dich das zu dir selbst zurück«, entgegnet sie. »Ich merke immer, wenn meine Patienten ihren Gefühlen ausweichen wollen, weil sie dann anfangen, flach zu atmen.«

»Das stimmt, denn ich fühle eigentlich nichts«, erkläre ich. »Wenn mir etwas Tolles passiert, bin ich wie betäubt. Im Kopf *weiß* ich, dass es toll ist, aber ich kann es einfach nicht *fühlen.*«

»Lass dir Zeit«, sagt Joyce. »Atme in das betäubte Gefühl hinein. Frag es, was sein Zweck ist.«

Durch diese Techniken der Visualisierung habe ich gelernt, Kontakt zu meinen Empfindungen aufzunehmen, oder, wie in diesem Fall, zu ihrer Abwesenheit. So verrückt sich dies auch anhören mag, aber ich gebe mich meinem Atemfluss hin, bis sich schließlich das vage Gefühl in Worte fassen lässt.

Live vor Ort, hören Sie jetzt unsere Reporterin Bella Grandelli, die alles über das Gefühl, betäubt zu sein, berichtet.

Langsam kommen die Worte hervor. »Das Gefühl sagt mir, ›Sei nicht glücklich‹.«

»Warum sagt es die Worte ›Sei nicht glücklich‹?«, hakt Joyce nach.

Ich warte, bis sich neue Worte formen. »Es sagt, ›Weil du es nicht verdient hast‹«, erkläre ich.

»Warum hast du es nicht verdient, Freude zu empfinden?«, fragt Joyce leise.

Die graue Wolke schießt aus einem Winkel meines Verstands hervor. »Weil es nicht fair ist«, sage ich.

»Und warum ist es nicht fair?«, fragt sie weiter.

Ich tappe in meiner Vision herum wie ein Paläontologe auf einer Ausgrabung und versuche, eine Antwort auf diese Frage zu finden. Endlich treten die Worte in meinem Kopf in Erscheinung, so alt und beständig wie ein Fossil.

»Ich verdiene es nicht, glücklich zu sein«, sage ich, »weil es meinem Bruder so schlechtgeht.«

»Deswegen soll es dir auch schlechtgehen?«, fragt sie.

»Ja«, entgegne ich. »Unglück zieht Unglück an.«

Meine Augen fliegen auf. Das ist ein Aha-Moment. »Joyce, mache ich mich selber traurig, damit ich eine Verbindung zu meinem Bruder spüren kann?«, frage ich sie.

»Lass uns mal darauf schauen, wie du dir nicht erlaubst, deine Erfolge zu genießen, und wie du dich phasenweise mit Essen sabotierst«, sagt sie. »Siehst du eine Verbindung?«

»Beide führen direkt zurück zu meinem Bruder«, antworte ich. »Auf der einen Seite treibt mich das Bedürfnis an, es für ihn wiedergutzumachen, auf der anderen Seite fühlen sich die Erfolge aber so leer an, weil ich mich schuldig fühle«, erkläre ich. »Als ob ich in einem Hamsterrad gefangen wäre. Ich renne und renne und komme doch nirgendwohin.«

»Schuld ist wie eine Nebelwand für etwas, das du nicht sehen willst«, erklärt Joyce. »Was willst du nicht sehen?« Sie wartet, bis ich erkennen kann, was hinter den Schuldgefühlen liegt. Und das ist noch viel schmerzvoller. Kein Wunder, dass ich es vermeiden will.

»Hilflosigkeit«, bricht es aus mir hervor. »Ich bin so hilflos, obwohl ich ihm helfen will.«

»Stimmt«, pflichtet sie mir sanft bei. »Das bist du.«

»Und ich würde ihm die Hälfte meiner Gesundheit und Zufriedenheit abgeben, wenn ich nur einen Weg wüsste, wie ich an ihn herankomme«, sage ich. »Das ist einfach nicht fair.«

»Das Leben ist nicht fair, Bella«, sagt Joyce. »Aber du kannst Bobby nicht ändern. Du kannst nur etwas an deinen Gefühlen für ihn ändern.«

»Aber ich muss ihm doch helfen«, sage ich. »Er braucht mich.«

»Bella, du bist diejenige, die sich als Retterin des Opfers in dieser Beziehung sieht, nicht er«, sagt sie. »Und in jedem Helfer steckt auch ein Opfer. Indem du ihm helfen willst, vermeidest du es, dich um dich selbst zu kümmern.«

Ich weiß schon, was als Nächstes kommt. »Die Frage lautet also, wovor ich *wirklich* davonlaufe«, sage ich, rein rhetorisch.

Ich stochere in der grauen Wolke herum, um herauszufinden, was ich unbedingt vermeiden will. Argh, das ist sehr unangenehm. »Wenn man nach etwas sucht, das man lieber vermeiden möchte, dann ist das ein Widerspruch in sich«, sage ich und hebe frustriert die Hände. »Ich weiß nicht mehr weiter.«

»Genauso ist es«, bestätigt sie.

»Und wenn ich ihm nicht helfe, dann weiß ich nicht, wer ich bin«, fahre ich fort.

Joyce lehnt sich zurück und lächelt.

»Du wirst nie wissen, wer du bist, wenn du dich nur in Beziehung zu jemand anderem sehen kannst«, sagt sie.

Nehme ich Bobby aus der Gleichung, werde ich plötzlich ängstlich und fühle mich sehr, sehr allein.

»Wer bin ich?«, flüstere ich.

»Ganz genau«, sagt sie, als hätte ich gerade einen Preis gewonnen. »Die Zeit ist um. Sehr gute Arbeit heute.«

Als ich mir an diesem Abend einen Weg zur Bar des *Cub Room* bahne, entdecke ich Oprah, die wie eine Königin aussieht in einem langen, weißen Kleid und diesen riesigen Diamantohrringen. Ein Herr sitzt zu ihrer Rechten.

»Das ist Raymond, mein Bodyguard«, sagt Oprah. »Du kannst ganz offen vor ihm reden.«

Wir ignorieren den Brotkorb und bestellen Chardonnay und gegrillten Fisch.

»Wie haben dir die Fotoaufnahmen gefallen?«, frage ich. »Hast du dich so sexy gefühlt, wie du ausgesehen hast?«

Flirte ich etwa gerade mit Oprah?

»Ich fühle mich sehr wohl in letzter Zeit, daran gibt es nichts zu rütteln«, sagt sie und strahlt dabei vor Selbstbewusstsein.

Ich trinke mir mit einigen Schlucken Chardonnay Mut an und frage sie etwas, das ich wirklich gern wissen will.

»Wie hast du es geschafft, all die schlechten Zeiten zu überstehen? Die harte Realität, arm zu sein, missbraucht worden zu sein und als Schwarze im Fernsehen der achtziger Jahre Erfolg haben zu wollen«, sage ich. »Wie hast du das alles überstanden?«

»Jedes Mal, wenn mir etwas Schlechtes passiert ist, habe ich mich gefragt, ›Was kann ich daraus lernen?‹«, erklärt sie. »Man kann aus allem lernen. Sogar von diesem Idioten, mit dem du zusammen warst.«

Das entlockt mir ein Kichern. »Da hast du allerdings recht«, erwidere ich. »Ich habe gelernt, dass man einen anderen Menschen nicht verändern kann, wie sehr man sich auch darum bemüht oder wie sehr man es sich wünscht.«

»Ganz genau, meine Liebe«, sagt Oprah. »Die einzige Person, die du ändern kannst, bist du selbst.«

Anscheinend haben Oprah und Joyce dieselbe Botschaft erhalten.

»Genau, und allmählich begreife ich, dass die Dinge sich erst ändern, wenn man beginnt, sie anders zu betrachten.«

Dadurch, dass ich meine Beziehung zu Pete analysiert und verstanden habe, inwiefern dies mit Bobby zu tun hat, konnte ich begreifen, dass ich mich um sie beide kümmerte, um mir keine Gedanken um mich selbst machen zu müssen. Wie Joyce schon sagte, in jedem Helfer steckt auch ein Opfer. Ich habe Angst, dass ich ganz allein bin, wenn ich mich um niemanden kümmere.

»Du bist schon ganz schön reif für dein Alter«, sagt sie. »Ich habe es erst kapiert, als ich schon weit über dreißig war.«

»Danke, aber ich bin mir nicht sicher, ob mich diese Reife vor meiner größten Angst bewahrt, nämlich eine dieser übergewichtigen alten Jungfern zu werden, über die man ständig im *National Enquirer* liest«, sage ich. »Du weißt schon, eine von diesen Einsamen, die so fett werden, dass man das Haus in zwei Hälften sägen muss, um sie herauszuholen.«

»Also, Bella, um dich mache ich mir keine Sorgen«, sagt sie mit Feuer in der Stimme. »Du bist ein äußerst charismatischer Mensch. Raymond, habe ich mich je mit einer Journalistin zum Essen verabredet, *bevor* ich ihren Artikel gelesen habe?«

»Nein, Ma'am«, antwortet Raymond.
»Siehst du!«, fährt sie fort. »Mädchen, in dir brennt ein helles Licht, du musst nur dafür sorgen, dass es endlich herauskommen kann! Hör auf, dir selbst im Weg zu stehen. Nutze dein dir gottgegebenes Potenzial und leuchte!«
Wow! So viel zum Thema aufmunternde Worte von Oprah Winfrey. Dabei wird einem ganz schön heiß. Ich meine wirklich fiebrig heiß. Wenn sie einem ihre volle Aufmerksamkeit zukommen lässt, dann ist das, als wäre man von einem Schwarm Hubschrauber umrundet, die ihre Megawatt-Scheinwerfer direkt auf einen gerichtet haben. Nun, wenn Oprah mich mag, dann werde ich vielleicht auch einen Mann finden, bei dem dies ebenfalls so ist. Das Seltsame ist, dass ich wahrscheinlich bis dahin in Oprah verknallt bleiben werde.
Sie nimmt mich in ihrer weißen Stretchlimo mit, die zwei Häuserblocks lang ist. Als sie mich abgesetzt hat, wird mir klar, dass mich dieses Treffen so erfüllt hat, dass ich nicht einmal in Versuchung gerate, meine übliche nächtliche Ration gefrorenen Joghurt zu naschen.
Als ich in den Schlaf hinübergleite, mich noch irgendwo zwischen Wachsein und Dämmerzustand befinde, habe ich einen Gedanken, der mich tröstend umarmt. Vielleicht, denke ich, haben Joyce und Oprah ja recht: Alles geschieht aus einem bestimmten Zweck heraus. Wenn mich die Pete-Achterbahn nicht abgeworfen hätte, dann wäre ich während des Interviews mit Oprah vielleicht nicht so verletzlich gewesen. Und dann wäre es, davon bin ich überzeugt, nicht so vertraulich geworden. Oprah und ich haben uns wirklich sehr gut verstanden, oder sie hätte mich nie zum Abendessen eingeladen, und ich hätte nie ihre Ratschläge und ihren Zuspruch bekommen.

Es ist wie ein Dominoeffekt des Schicksals. Man kann nie wissen, was den ersten Stein zum Umfallen bringen wird. Aber dank heute Abend weiß ich von Oprah, dass man wenigstens aus den Dingen lernen kann, die einem zustoßen.

# 16

Jahr: 1998
Alter: 33
Idol: *Audrey Hepburn*
Lieblingslied: *»The Bright Side of the Road« von Van Morrison*
Kostbarster Besitz: *signiertes Exemplar von Die Wolfsfrau*
Schönste Schuhe: *hochhackige Mary-Janes von Barneys, New York*

Ich habe den Geruch von Giorgio schon in der Nase, noch bevor Blanche in meiner Tür steht.
»Bella, wir brauchen dich für einen Fernsehbeitrag«, sagt das Stinktier und poltert in mein Büro.
»Ähm, klar doch, Blanche«, sage ich. »Wann?«
»Sofort«, sagt sie und zieht mich vom Stuhl hoch. »Ich habe keine Zeit, deswegen musst du für mich bei *Wake Up New York* einspringen.«
O nein! Ich soll doch heute Nachmittag Bette Midler interviewen! Und ich habe heute Morgen extra nicht geduscht, damit ich gezwungen bin, in der Mittagspause zum Spinning zu gehen, und fit für meine Bette bin. Lasst es mich so formulieren: Mein Jennifer-Aniston-Chic sieht aus wie Clownschlick.
»Welches Thema?«, frage ich, während das Stinktier mich mit ausholenden Schritten zum Fahrstuhl begleitet.

»Wenn Ihr Ehemann ein Chaot ist«, sagt sie und beäugt mich. »Da scheinst du ja die Richtige zu sein. Du siehst aus, als wolltest du noch ins Fitnessstudio gehen.«
Erwischt. Ganz zu schweigen davon, dass ich keinen Ehemann habe, ob chaotisch oder nicht, und seit Jahren auch keinen Freund mehr. Erinnert ihr euch noch an diesen Film mit John Travolta aus den Siebzigern? *The Boy in the Plastic Bubble?* Nun, ich komme mir vor wie ein Mädchen im Plastikballon, unfähig, irgendjemandem nahezustehen. Seit Pete habe ich meine interessantesten Verabredungen mit Joyce für einhundertfünfzig Dollar die Stunde.
»Lies das hier unterwegs. Draußen steht ein Wagen für dich bereit«, sagt Blanche. »Und vergiss nicht, mindestens dreimal während deines Auftritts *Style* zu erwähnen. Der Sinn des Ganzen ist einzig und allein die Werbung für unser Magazin.«
Unterwegs benutze ich das Autotelefon, um Zack anzurufen und ihm zu sagen, dass er den Fernseher einschalten soll.
»Mann, *très* cool!«, sagt er. »Ich würde es mir gern ansehen, aber ich bin auf dem Weg zum Flughafen.«
»Wohin fliegst du?«, frage ich.
»Nach Newport, mit Meredith«, antwortet er. »Sie hat ein romantisches Wochenende geplant.«
»Ist sie die Frau mit dem multiplen Orgasmus oder die, deren Vater diese Jets gehören?«, frage ich, da ich bei dem ständigen Wechsel der Frauen in Zacks Leben nicht mehr mitkomme.
»Weder noch!«, antwortet er lachend. »Meredith ist toll. Du wirst sie mögen. Wir sollten uns gelegentlich zu viert treffen.«

»Ich sage Bescheid, wenn ich einen entsprechenden Typen aufgegabelt habe«, bemerke ich. Warum kommt es einem stets so vor, als bestünde die ganze Welt aus Paaren, wenn man selbst gerade allein ist? Ich weiß, ich sollte mich nicht beschweren, immerhin hat Zack zwischen seinen Bettgeschichten noch Zeit für mich.

»*Bonne chance!*«, sagt er. »Hals- und Beinbruch!«

»*Merci*«, antworte ich und lege auf.

Dann rufe ich meine Mutter an, bereue aber meine Spontaneität noch in der gleichen Sekunde, als sie den Hörer abnimmt.

»Hallo«, sagt sie mit schwacher Stimme, und ich weiß, dass sie wieder ins Leere gestarrt hat.

»Was ist los, Mom?«, frage ich. Ich hasse stets den Moment zwischen der Vermutung, dass etwas nicht stimmen könnte, und der Gewissheit, dass tatsächlich nichts in Ordnung ist. Panik macht sich in meiner Magengrube breit, zusammen mit der Furcht, dass ich gleich zum ersten Mal live auf Sendung sein werde.

»Bobby geht es nicht so gut«, sagt sie. »Die neuen Medikamente wirken nicht optimal, und er wiegt sich wieder und flattert.« Damit meint sie das aufgeregte Händeflattern, um den Stress loszuwerden. Was dann folgt, ist in der Regel ein ausgewachsener Tobsuchtsanfall, bei dem er sich wirklich gefährlich verletzen könnte. Beim letzten Mal hat er seinen Kopf so oft an die Wand geschlagen, dass er in der Notaufnahme mit sieben Stichen genäht werden musste. Nach solchen Augenblicken der Selbstzerstörung beschließen die Ärzte meist, ihn in eine Klinik einzuweisen, bis sich sein Zustand stabilisiert hat.

In meinem Inneren beginnt es zu brodeln.

»Hast du ihm seinen Helm aufgesetzt?«, frage ich.

»Das habe ich probiert, aber er ließ mich nicht in seine Nähe«, sagt sie. »Und ich kann deinen Vater auf seinem Bilanzenkongress nicht erreichen.«

Der Wagen hält vor dem Studio an, und der Fahrer öffnet mir die Tür, damit ich aussteigen kann.

»Mom, es tut mir wirklich sehr, sehr leid, dass ich jetzt nicht bei dir sein kann, aber ich muss leider auflegen«, sage ich. »Ich komme heute Abend nach Hause, versprochen. Ich nehme den ersten Zug nach meinem Interview mit Bette Midler.«

So viel zum Thema Mutter und Tochter unterhalten sich über Wow-du-bist-im-Fernsehen, denke ich, als ich in die Maske renne. Als mich der Tontechniker mit einem Mikrofon ausstattet, habe ich eine plötzliche Panikattacke – *das hier ist live!* – und bitte darum, den verantwortlichen Redakteur sprechen zu dürfen.

»Sie sind in drei Minuten dran«, sagt eine erschöpft wirkende Frau, die eines dieser Headsets wie Madonna trägt. Sie führt mich in einen Kühlschrank von einem Studio, wo ich sofort einen Anfall von steifen Nippeln erleide.

»Ich möchte nur klarstellen, dass ich eigentlich Redakteurin für Unterhaltung und nicht für Beziehungsfragen bin«, sage ich. »Solange sich der Moderator an die Absprachen hält, komme ich klar.«

»Eine Minute noch, und jetzt der Countdown«, spricht sie in ihren Kopfhörer und ignoriert mich völlig. Dann bellt sie: »Wo ist Sam?«

Weitere dreißig Sekunden des Countdowns verstreichen, bis Sam Fox (Promiähnlichkeit mit dem jungen Dennis Quaid, allerdings nicht so gutaussehend, oder mit einem der Baldwin-Brüder) mit seiner Entourage aus Haar- und Make-up-Stylisten heranrauscht. Er setzt sich neben mich, blättert durch den Artikel über chaotische Ehemänner und sagt dann: »Nun, Dr. Grandelli, Sie haben also in Beziehungswissenschaft promoviert. Statt über chaotische Ehemänner zu sprechen, lassen Sie uns doch diskutieren, und zwar über, oh, ich habe keine Ahnung …«

Die erschöpfte Regieassistentin zählt weiter: »Fünf, vier, drei, zwei …«

»Was passiert, wenn liebe Gäste plötzlich kleine böse Partyhütchen bekommen?«, sagt er mit ironischem Lächeln und nickt in Richtung meiner Brüste, deren Nippel, sagen wir mal so, in Habtachtstellung stehen.

Mir bleibt der Mund offen stehen, doch bevor ich etwas erwidern kann, sagt die Erschöpfte: »Und wir sind live auf Sendung!«

Die roten Lichter der Kameras fangen an zu blinken.

Oprahs Stimme taucht in meinem Verstand auf: »Was kann ich hieraus lernen?« Äh, niemals wieder ein weißes T-Shirt in einer kalten Umgebung zu tragen? Immer vor Verlassen des Hauses geduscht zu haben? Dass Frauen mit lockigem Haar nie versuchen sollten, wie Jennifer Aniston auszusehen? Mich umzubringen, damit ich nie wieder live im Fernsehen auftreten muss? Konzentriere dich, Bella, konzentriere dich.

»Ich möchte unseren besonderen Gast des heutigen Tages begrüßen, Bella Grandelli«, sagt Sam. Sein ironisches Grinsen ist verschwunden, stattdessen gleitet er mühelos in seine Rolle, die kurz von einer Musik untermalt wird, die ich für den Beitrag ausgesucht habe. Er schleust mich elegant durch die fünfminütige Aufnahme – und wir wirken wie ein eingespieltes Team. Er hält sich an das Skript, wir besprechen alle wichtigen Punkte, und ehe ich weiß, wie mir geschieht, schenkt uns die Assistentin ein breites Grinsen und macht mit der Hand eine wirbelnde Bewegung, damit Sam weiß, dass er zum Schluss kommen soll.

»Letzte Frage, Bella. Was ist Ihre persönliche Taktik, um dem einen speziellen Chaoten in Ihrem Leben klarzumachen, dass er hinter sich aufräumen soll?«, fragt er und neigt dabei den Kopf leicht zur Seite.

»Nun, wenn mein Freund chaotisch ist«, antworte ich, »dann wird seine Belohnung auf später verschoben.«

Eine Sekunde lang blickt mich Sam völlig verdattert an.

»Wenn man zurückhält, was ein Mann am meisten begehrt, dann kann ihn das richtig motivieren, sämtliche Partyhütchen aufzuräumen, oder was er sonst so im Haus herumliegen lässt«, sage ich grinsend.

»Hey, in manchen Ländern macht man sich damit strafbar«, sagt Sam und grinst anzüglich in die Kamera. »Bella Grandelli von *Style*, danke, dass Sie heute bei uns waren.«

»Ich gehe jede Wette ein, dass Ihr Freund jeden Krümel hinter sich wegräumt«, sagt Sam, sobald die Kamera ausgestellt ist.

Ich lächele und konzentriere mich darauf, von Mikrofon und Kabel befreit zu werden. »Klar«, antworte ich und schwindle: »Und in genau diesem Augenblick wartet er auf mich, weil er mit mir auf eine Party gehen will. Wie gut, dass ich die Hütchen schon dabeihabe.«

Ich verschränke schützend die Arme vor der Brust und marschiere aus dem Studio.

»Danke, dass Sie hier waren!«, ruft mir Sam hinterher. »Grüßen Sie Ihren Chaoten schön von mir!«

Idiot. Aber als ich auf dem Weg zurück ins Büro wieder im Wagen sitze, bin ich erleichtert. Nicht nur, dass ich den

Fernsehauftritt überlebt habe, nein, die Aufnahmeleiterin sagt mir noch, dass ich doch für einen weiteren Beitrag wiederkommen sollte. Diese Neuigkeiten möchte ich mit jemandem teilen, also rufe ich Carrie über das Autotelefon an, um herauszufinden, ob sie schon gelandet ist. Sie und Rich, ihr Investmentbanker, waren zum Trekking nach Nepal gereist.

»Namaste«, grüßt sie heiter.

»Du bist zurück!«, sage ich. »Wie war es?«

»Sehr bindend, im wahrsten Sinne des Wortes«, sagt sie mit einem großen Seufzer.

Das O-bitte-nicht-Gefühl verkrampft meinen Magen.

»Du hast dich verlobt?«, sage ich und zwinge mich zu Worten wie »begeistert« und »entzückt«.

»Es war sooo romantisch, Bella«, schwärmt sie. »Auf dem Gipfel ist Richard vor mir auf die Knie gegangen und hat einen Ring aus seiner Gürteltasche gezogen.«

»Mehr Details, bitte«, sage ich, denn ich weiß ganz sicher, da wir mindestens einmal in der Woche darüber sprechen, dass ihr Herz an einem kanariengelben Diamanten im Kissenschliff von Cartier hängt. Unmöglich, dass ein Mensch mit einem Penis in der Lage wäre, sich diese Details richtig zu merken. Nun, ich weiß, dass mich der folgende Gedanke zu einem wirklich schrecklichen Menschen macht, aber darf ich zugeben, dass ein winzig kleiner Teil von mir hofft, er habe es nicht geschafft?

»Ein kanariengelber Diamant in einer Cartier-Fassung mit Kissenschliff«, sagt Carrie und seufzt wieder. »Er ist perfekt. Er hat meine Mutter zum Shoppen mitgenommen und anschließend meine Eltern in den 21 *Club* zum Mittagessen eingeladen, wo er meinen Vater um meine Hand gebeten hat. Alles hinter meinem Rücken. Ist das nicht süß?«

»Er ist der Beste, und du hast ihn verdient«, sage ich. »Ich freue mich sehr für dich.«
Nun ja, eine Lüge ist nicht so schlimm. Es ist schließlich nicht so, dass ich mich *nicht* für sie freue, doch manche Dinge im Leben sind für dünne Blondinen mit perfekten Familien schlichtweg einfacher. Carrie ist schon immer sehr wählerisch bei Männern gewesen, seit ich sie in unserem ersten Jahr am College kennengelernt habe. Und was das Mädchen in dem Plastikballon angeht, so denke ich allmählich, dass ich nie den Richtigen treffen werde. Vielleicht sollte ich eine Hungerdiät machen, um mein Leben besser unter Kontrolle zu haben, bevor ich vierzig bin und alles zu spät ist. Halt, ich weiß, dass das nicht funktionieren wird.
»Möchtest du mit uns heute Abend feiern?«, fragt sie. »Wir haben noch Karten für eine Veranstaltung mit Abendgarderobe in der Met. Du könntest Zack oder jemand anderen anrufen, und wir treffen uns zu viert?«
Ein weiterer Nachteil am Singledasein ist, dass man ständig dafür bestraft wird. Keine schicke Abendveranstaltung für dich, junge Dame, bis du dich zusammengerissen und dir ein Date besorgt hast.
»Danke, aber Zack hat keine Zeit«, sage ich. »Außerdem hatte ich für heute Abend eigentlich vor, etwas mit Bobby zu unternehmen. Ihm geht's momentan nicht so gut.«
»Oh«, erwidert sie. Das hört sie nicht zum ersten Mal.
»Eben«, seufze ich. »Aber versprich mir, dass du eine tolle Hochzeit feiern wirst und jede Menge hinreißende, witzige Traummänner einlädst. Am besten die aus dem letzten J.-Crew-Katalog.«
»Sollst du haben! Mail mir einfach die entsprechenden Seiten«, sagt sie lachend, bevor sie auflegt.

Der Fahrer setzt mich ab, und ich stürme in mein Büro, um meine Sachen für das Interview mit Bette zusammenzusuchen. Als ich das Büro betrete, wartet das Stinktier bereits auf mich und hat die Füße hochgelegt, was mir einen unfreiwilligen Ausblick auf ihre Muschi beschert, auf den ich gern verzichtet hätte. Trotzdem ist es nett von ihr, dass sie mir zu meinem Fernsehdebüt gratulieren möchte.

»Und, wie fandest du es?«, frage ich fröhlich.

»Was glaubst du wohl?«, schnaubt sie. »Du hast es vermasselt!«

»Was?«, frage ich wie vor den Kopf gestoßen. »Aber die Aufnahmeleiterin hat mir gesagt, dass sie von dem Beitrag völlig begeistert ist. Sie würde mich gern noch mal dabeihaben …«, füge ich hinzu, während meine Stimme langsam verebbt.

Plötzlich fühle ich mich wie ein ganz, ganz ungezogenes Mädchen. Eine unverbesserliche Angeberin, die auf frischer Tat ertappt wurde.

»Mag sein, dass sie begeistert war, aber was springt für mich dabei heraus?«, fragt Blanche. »Du hast unser Magazin nur zwei- statt dreimal erwähnt. Wie soll uns das deiner Meinung nach am Kiosk helfen?«

»Tut mir leid«, stammele ich und komme mir genauso vor wie damals, als ich es nur bis auf die Warteliste von Notre Dame geschafft habe, als es nicht reichte, dass ich mein Bestes gegeben hatte. Wenn man bedenkt, was mir alles durch den Kopf ging – mein Bruder und sein ungeschützter Kopf ohne den Helm und meine eigene Verwundbarkeit wegen der Partyhütchen, dann ist es eigentlich ein Wunder, dass ich überhaupt etwas über chaotische Ehemänner hervorgebracht habe.

»Ich habe mein Bestes getan«, wage ich einen Versuch.

»Nun, du hast total scheiße ausgesehen«, sagt sie. »Deine Klamotten waren fürchterlich, und du solltest dir dringend das Haar glätten lassen.«
Schikane wegen meines Aufzugs! Und das von einer Schlampe, die nichtsahnenden Redakteurinnen tiefe Einblicke unter ihren Rock aufdrängt! Erinnert mich, dass ich meinen Anwalt anrufen muss …
»Ich werde darüber nachdenken«, sage ich und streiche mein bauschiges Haar seitlich am Kopf glatt. »Allmählich bin ich spät dran für das Interview mit Bette. Ich sollte mich lieber auf den Weg machen.«
»Midler ist von gestern«, sagt Blanche und winkt mich fort. »Ich wette, dass sie das schlechtverkäuflichste Cover des Jahres wird, und mir fällt absolut keine Frage ein, die du ihr stellen könntest, damit wir es mit der Story auf Seite sechs schaffen. Wir sollten uns dringend einmal unterhalten, du und ich.«
Es ist in letzter Zeit immer schwieriger geworden, gute Cover zu machen. Alle A-Promis, die Blanche will, wie Julia, Meg oder Jennifer, sehen sich lieber auf dem *Rolling Stone* oder auf der *Vanity Fair* statt auf einem altbackenen Frauenmagazin. An manchen Monaten saßen wir schon ganz schön auf dem Trockenen, aber bislang haben wir zum Glück noch nie ein leeres Cover drucken müssen.
Ich bin aber begeistert von Midler. Sie ist schließlich eine Ikone, Herrgott noch mal! Und sie hat mir gesagt, dass ich meiner weiblichen Intuition trauen und ganz ich selbst sein soll, als ich sie in *The Rose* gesehen habe.
Ruhig bleiben, ganz ruhig bleiben, rede ich mir zu, als ich *Sarabeth's Kitchen* betrete, ein netter Laden gleich um die Ecke von Midlers Apartment an der Fifth Avenue. Ich strenge mich mächtig an, die erste Hälfte meines Tages

aus meinem Gehirn zu verdrängen, um mich besser konzentrieren zu können. Irgendwie muss ich es schaffen, dass Midler für Blanche interessant wird.
Als wir alle anstehenden Projekte Midlers besprochen haben, fällt mir ein, dass mir das Stinktier ja keine seiner üblichen Abschlussfragen mit auf den Weg gegeben hat. Also beschließe ich, das zu fragen, was mich persönlich am meisten interessiert. Wie ist es für sie gewesen, mit einem geistig behinderten Bruder aufzuwachsen?
Die meisten Menschen wissen das nicht von Midler. Ich bin neugierig zu erfahren, wie sie es geschafft hat, sich davon nicht beeinflussen zu lassen. Vielleicht kann ich von ihr lernen, wie man damit umgeht.
»Also, wir waren sehr arm«, sagt sie und richtet den Blick nach innen, als könnte sie sich nur noch verschwommen erinnern. »Meine Eltern haben ihn bei uns zu Hause aufgezogen, was ein echter Kampf war. Wenn man so etwas miterlebt, dann kann man es nie vergessen.«
»Dann haben Sie also Ihre Arbeitsprinzipien von Ihren Eltern gelernt?«, frage ich. Es steht außer Frage, dass Midlers innerer Antrieb sie dorthin gebracht hat, wo sie heute steht.
»Heute liest man ständig diese Artikel über Selbstachtung«, sagt sie und macht eine wegwerfende Geste. »Der einzige Weg, um Selbstachtung zu erlangen, ist, hart zu arbeiten. Die Menschen haben sich selbst gegenüber die Verpflichtung, ihr ganzes Potenzial auszuschöpfen.«
»Das sehe ich auch so«, sage ich. Aber ich denke, dass es einen Unterschied gibt zwischen dem Ausschöpfen des eigenen Potenzials und dem Versuch, es für jemand anderen zu kompensieren. Vielleicht habe ich mir an diesem Punkt bislang immer ein Bein gestellt.

Midler sieht auf ihre Armbanduhr und wirft sich ihre Prada-Tasche über die Schulter. Ich danke ihr für die Zeit, die sie mir gewidmet hat, und beschließe, sie wissen zu lassen, wie ihr starkes Selbstbewusstsein eine unauslöschliche, klar und deutlich empfangene Botschaft für mich als Teenager war.

»Übrigens habe ich dank Ihnen das erste Mal Zugang zu meiner weiblichen Intuition gefunden.«

»Durch mich, wie das?«, fragt sie. Die Prada-Tasche wird wieder abgestellt.

»Ich war in der neunten Klasse und habe damals ziemlich viel Hasch geraucht. Ich ging ins Kino, um mir *The Rose* anzusehen«, erkläre ich. »Und am Ende des Films hörte ich eine Stimme. Sie waren es, aber in meinem Kopf. Ich war ziemlich high, also wusste ich zuerst nicht so recht, was mit mir geschah.«

»Und was habe ich gesagt?«, fragt sie gespannt.

Ich warte kurz und genieße den Augenblick der Aufmerksamkeit. »Sie sagten«, beginne ich dramatisch, »›sei du selbst‹.«

Midler lächelt. »Wissen Sie, was mir Linda Ronstadt einmal gesagt hat?«, fragt sie. »Man muss nicht originell sein – Hauptsache, man ist authentisch.«

»Authentisch«, wiederhole ich. »Also ehrlich zu sich selbst?«

»Ganz genau«, erwidert Midler. »Übrigens sollten Sie kein Marihuana rauchen. Davon halte ich gar nichts.«

»Ich weiß«, erwidere ich. »Das haben Sie mir schon 1980 gesagt.«

An diesem Abend fahre ich mit dem Zug zum Haus meiner Eltern, um zu sehen, wie es Bobby geht. Die Leute fragen mich oft, ob es schwer ist, Prominente zu interviewen. Es ist ein Klacks, verglichen mit dem Versuch, sich mit einem Autisten zu unterhalten.

»Hallo, Mom. Wie geht es ihm?«, frage ich meine Mutter, als ich durch eine dicke graue Wolke die Küche betrete. Mom sieht erschöpft aus und blättert in einem Lillian-Vernon-Katalog.

»Besser«, sagt sie mit leiser, papierdünner Stimme. »Er ist oben und sieht fern. Wie geht es dir, Liebes?«

Ich möchte ihr am liebsten tausend Fragen stellen – wie lange hat der Anfall gedauert? Hat sie den Arzt gerufen? Wird man das Medikament austauschen? –, aber ich kann an ihren geschürzten, zusammengekniffenen Lippen erkennen, dass sie nicht in der Stimmung für ein weiteres forderndes Kind ist.

»Ausgezeichnet«, sage ich deshalb. »Wo ist Dad?«

»Im Keller bei seinen Schiffsmodellen«, sagt sie und widmet sich wieder dem Katalog mit dem billigen Nippes. Ich hätte es wissen müssen. Es ist leichter, ein Schiff in eine Flasche zu bugsieren, als das Familienschiff durch den Hurrikan Bobby zu steuern.

Als ich die Stufen hinabsteige, höre ich Marschmusik aus dem Transistorradio meines Vaters. Ihr fröhlicher Rhythmus ist so völlig unpassend in unserem düsteren Haus, wie ein Kind, das auf einer Beerdigung Witze übers Pupsen erzählt.

»Bella, du bist zu Hause!«, sagt er und legt die Drahtzange beiseite, um mich mit einem Küsschen auf die Wange zu begrüßen. »Und welchem Anlass habe ich die Ehre zu verdanken?«

»Ich bin hier, um euch zu helfen«, sage ich.

»Bei was helfen?«, fragt er verdutzt.

Ich komme mir total idiotisch vor. Offensichtlich ist die Krise überwunden, und selbst wenn ich währenddessen hier gewesen wäre, was hätte ich schon ausrichten können? Diese Frage hängt wie ein Spruchband über der grauen Wolke, während mich der rosa Elefant boshaft aus seiner Ecke angrinst. Da es noch immer keine Pille zur Heilung des Asperger-Syndroms gibt, Bobbys neueste Diagnose, fange ich allmählich an zu akzeptieren, dass sich an der Situation nicht viel ändern wird.

»Oh, ich weiß nicht, euch moralisch unterstützen«, entgegne ich lahm und wende mich wieder der Treppe zu.

»Wir freuen uns immer, dich zu sehen, Liebes«, sagt er. »Und du bist zum perfekten Zeitpunkt gekommen. Würdest du mir bitte die Zange reichen?«

»Skalpell, Dr. Grandelli«, scherze ich und lege ihm das Werkzeug in die geöffnete Hand.

»Okay, jetzt ist es so weit«, sagt er und fuchtelt mit der Zange herum. »Bist du bereit, das Hauptsegel zu hissen, Bella?«

»Dad, das ist jetzt wirklich übertrieben«, sage ich. Der Trick ist ein Faden, an dem der Mast hochgezogen wird, dann zieht man den Faden weiter aus der Flasche heraus, und siehe da, volle Fahrt voraus.

»Als ich es dir zum ersten Mal gezeigt habe, hast du begeistert in die Hände geklatscht, als wärst du im Zirkus«, sagt er. »Du warst sogar so beeindruckt, dass du gesagt hast, es würde dir nichts ausmachen, wenn du doch kein Pony zu Weihnachten bekämst.«

»Habe ich dich so leicht auskommen lassen? Na gut, um der alten Zeiten willen«, sage ich, greife nach dem dünnen Fädchen und ziehe einmal daran. Und prompt hebt sich der Mast. Mein Dad schaut so fasziniert drein, als täte er dies zum ersten Mal. Fast beneide ich ihn, weil ihm eine so einfache Sache so viel Freude bereiten kann.

Ich umarme ihn. »Dad, du könntest bei *Saturday Night Live* auftreten – weißt du das eigentlich?«

Er küsst mich auf den Scheitel, zuckt mit den Achseln und sagt: »So denken alle Kinder von ihren Eltern, nicht wahr?«

Vielleicht ist meine Familie doch normaler, als ich gedacht habe, und aus irgendeinem Grund finde ich diesen Gedanken tröstlich.

»Danke, väterlicher Elternteil«, sage ich halb scherzend und umarme ihn noch einmal.

»Für was, Liebes?«

»Dafür, dass du du bist«, antworte ich. »Jetzt gehe ich Bobby begrüßen.«

Ich nehme zwei Stufen auf einmal vom Keller hoch zu Bobbys Zimmer und entdecke, dass er sich zwischen den Sprungfedern und der Matratze eingeklemmt hat, wie in alten Tagen. Es macht mich traurig, zu sehen, dass er sich zurückentwickelt, aber andererseits hat er wenigstens einen Weg gefunden, sich zu trösten. Den suche ich immer noch, ohne so viel fettfreien, gefrorenen Joghurt zu verdrücken, dass ich Erfrierungen riskiere.

Er sieht die Wiederholungen von *Batman* auf Nick at Nite. Catwoman ist die Böse, aber sie wird von Eartha Kitt, nicht von Julie Newmar gespielt, die ich immer besser fand, weil sie dünner und hübscher ist.

»Heilige chaotische Ehemänner, Batman«, sagt Bobby zur Begrüßung, ohne den Blick vom Bildschirm zu heben. »Schwester war in *Wake Up New York* zu sehen.«

»Du hast mich gesehen, Bobby?«, frage ich schockiert. Von allen Mitgliedern meiner Familie, von denen ich erwartet hätte, dass sie mein Fernsehdebüt am Bildschirm verfolgen, hätte ich am wenigsten mit Bobby mitten während eines Anfalls gerechnet.

»Bestätige, Captain«, sagt er.

Ich lege mich auf die Matratze, weil ich mich noch aus Highschoolzeiten erinnere, wie sehr er das zusätzliche Gewicht auf seinem Körper mag. Mir fällt beim besten Willen kein einziges Thema ein, mit dem ich eine Unterhaltung anfangen könnte, also liegen wir nur schweigend da und sehen gemeinsam fern.

Als Nächstes kommt *The Brady Bunch*. Die Leute meiner Generation sind deshalb so besessen von der Serie, weil sie die TV-Variante des Futters für die Seele ist. Welches Problem die Bradys auch haben, sie lösen es stets in exakt dreißig Minuten. Ich wette, Studien könnten belegen, dass jeder leidenschaftliche Brady-Fan eine schwierige Kindheit hatte.

Es ist die allseits bekannte Folge, in der Marcia Brady Unmengen Clubs beitritt, um beliebt zu sein, und Peters Vulkan Lava auf alle ihre neuen Freunde spuckt. Das Universum zeigt ihr auf diese Art und Weise, dass sie sich nicht länger verkrampfen und einfach nur sie selbst sein soll.

Hmmm, das entspricht genau dem, was Midler mir heute gesagt hat.

»Hey, Bobby«, rufe ich zu ihm hinunter. »Ist dir schon einmal aufgefallen, dass Mom dieselbe Frisur wie Carol Brady hat?«

Er antwortet nicht. Ich lehne mich über den Rand der Matratze und blicke ihn an. Er schläft fest, sein Mund ist leicht geöffnet, und sein Gesicht wirkt friedlich unter dem Notre-Dame-Football-Helm. Seine Lippen umspielt der Hauch eines Lächelns.

# 17

Jahr: 1998
Alter: 33
Idol: *Dalai Lama*
Lieblingslied: *»Torn« von Natalie Imbruglia*
Kostbarster Besitz: *mein Humor*
Schönste Schuhe: *türkis eingefärbte Pantoletten*

Ich mag Hochzeiten so gern wie jede andere Frau auch. Der Kanon von Pachelbel, das allgegenwärtige »Glaube, Hoffnung, Liebe« und natürlich, allen den Guss vom Kuchen zu stibitzen, während sie auf der Tanzfläche herumzappeln.

Doch von den vierzehn Hochzeiten, auf denen ich seit meinem Highschool-Abschluss gewesen bin – ich habe genug Taft in meinem Kleiderschrank hängen, um die Wagen der Rose Bowl Parade zu schmücken –, hat es keine gegeben, auf der ich ein sexuelles Abenteuer erlebt hätte. Das türkisfarbene, irisierende Laura-Ashley-Kleid mit den Puffärmeln, das Carries Mutter für die Trauzeuginnen ausgesucht hat, wird sicherlich nicht bewirken, dass sich an diesem Wochenende etwas an meinem Status ändert.

Ich wusste zwar, dass Carries Familie recht wohlhabend ist, aber ich hatte keine Ahnung, wie reich sie wirklich sind, bis ich auf dem Anwesen ihrer Großeltern auf Shelter Island, einer kleinen Insel vor der Küste Long Islands, ankam. Ich meine, es könnte jeden Augenblick Robin Leach auftauchen und eine Folge von *Lifestyles of the Rich and Famous* drehen wollen. Nicht eines, sondern zwei riesige Grundstücke vor den Klippen mit kilometerlangem Strand, der ebenfalls zum Anwesen gehört. Carrie erwartet dreihundertfünfzig Gäste, und einige Geschäftspartner ihres Vaters aus Japan kommen mit dem Hubschrauber, die auf dem Privatstrand landen werden. Lester Lanin und sein Orchester werden mit der Fähre anreisen, zusammen mit einer Calypsoband und *zwei* Jazztrios.

»Entschuldige bitte wegen des Kleids, aber hoffentlich werden es die männlichen Trauzeugen wiedergutmachen. Rich hatte einige total süße Mitbewohner am College«, flüstert Carrie. »Wenn man vom Teufel spricht. Sam, komm her und umarme mich, du alter Hund. Darf ich dir Bella vorstellen?«

O nein! Sam Fox, der Idiot von der Fernsehshow!

»Wir kennen uns bereits«, sage ich und ziehe meinen Pashminaschal enger um die Schultern, nur für den Fall, dass eine Brise aufkommt. Ich habe keine Lust, diesem Typen wieder meine Partyhütchen zu zeigen.

»Bella Grandelli, die *angebliche* Redakteurin für Beziehungsfragen«, sagt Sam mit ironischem Grinsen.

»Woher kennt ihr euch?«, fragt Carrie verblüfft.

»Ich bin vor sechs Monaten zu Gast in seiner Show gewesen«, erkläre ich. »Das war, als du in Nepal Bindungen eingingst.«

»Was für ein Zufall!«, ruft Carrie aus. »Ihr sollt als Paar hinter uns den Mittelgang in der Kirche entlangschreiten.«

Oh, *toll.* Jetzt kommt das irisierende Flatterzelt ins Spiel.

Ich denke, dass ich nur einmal mit ihm tanzen werde, um meine Pflicht als Brautjungfer zu erfüllen.

Viel zu schnell ist der Moment gekommen.

»Würden alle Gäste bitte dem frisch verheirateten Paar auf die Tanzfläche folgen?«, sagt der Bandleader und stimmt »Fly Me to the Moon« an.

»Komm schon, Bella, du kannst nicht ewig auf mich sauer sein«, sagt Sam und begleitet mich zum Festzelt. »Wo bleibt dein Sinn für Humor?«

»Der ist unterwegs und sucht nach seinem Partyhütchen«, erwidere ich.

»Touché«, sagt er und lässt mich in seinen Armen nach hinten fallen.

»Das nennt man Sarkasmus«, entgegne ich. »Gehört ebenfalls zu meinen Vorzügen.«

Sam verdreht die Augen.

Doch plötzlich amüsiere ich mich doch prächtig. Wie sich herausstellt, haben Sam und ich Unmengen von gemeinsamen Gesprächsthemen. Wir lästern ein wenig über die unterschiedlichen Promis, die wir schon interviewt haben, fachsimpeln über unser beider Vorliebe für schottischen Single-Malt-Whisky und stellen fest, dass wir beide satte siebenhundertfünfzig Dollar für ein Seminar im Drehbuchschreiben ausgegeben haben, der sich als dreitägiger Intensivkurs bei einem berüchtigten Hollywoodguru entpuppte.

»Was für ein Zufall«, sagt er. »Hast du schon eine Idee?«

»Ich will eine romantische Komödie schreiben«, sage ich. »Mein Traum ist, wie Nora Ephron schreiben zu können.«

»Wenn du Recherchehilfe bei den Sexszenen brauchst«, sagt er, rückt mit seinem Gesicht nah an meines heran und wackelt mit den Augenbrauen wie Groucho Marx, »dann lass deine Sekretärin bei meiner anrufen.«

»Was ist mit dir?«, frage ich, seinen Scherz ignorierend.

»Eine düstere Komödie über einen eingefleischten Junggesellen«, antwortet er. »Davon kann ich nämlich ein Lied singen.«

»Eingefleischte Junggesellen haben einfach noch nicht die Richtige getroffen«, verkünde ich.

»Das denken alle Frauen«, sagt er. »Aber wir wissen es besser. Genau davon wird mein Drehbuch handeln.«

»Klar, und ich frage mich, ob irgendjemand je zu Claudia Schiffer gesagt hat, tut mir leid, Claudi, aber ich bin ein eingefleischter Junggeselle? Das wage ich zu bezweifeln.«

Als wir mit allen eine Polonaise um das Zelt tanzen, drückt mich Sam, dessen Hände auf meiner Taille liegen, leicht.

»Geh hier entlang«, sagt er und steuert mich nach rechts. Unsere Polonaise im Duett tanzt über die Auffahrt und direkt in die große Garage, in der vier Autos Platz haben. Und schon hat mich Sam zu dem roten Chevy bugsiert. Ein Pick-up, sicherlich Oldtimer.

»Hinein mit dir«, sagt er und reißt die Beifahrertür auf. »Es gibt nur eine begrenzte Anzahl von Investmentbankern, die ich an einem Abend ertragen kann.«

Wir drehen das Radio auf volle Lautstärke und hören Countrymusik, während wir über die holperige Straße der Insel rollen. Sam fährt zum *Chequit*, der einzigen Bar des Orts. Als wir eintreten, halten alle wie gebannt inne und starren uns an. Man darf nicht vergessen: Er trägt einen Cut mit allem Drum und Dran, ich immer noch meinen Traum aus Taft. Der Rest des Barpublikums … nun, sagen

wir mal so: Es könnte sein, dass sich nicht gerade sehr viele Zahnärzte auf Shelter Island tummeln.
»Die nächste Runde geht auf uns«, verkündet Sam und hat damit die Situation unter Kontrolle.
Der Barkeeper läutet eine Glocke, und alle klatschen uns Beifall.
Zwei große Typen, die wie Fischer aussehen, nähern sich uns mit Billardstöcken in der Hand. »Wie wäre es mit einer Partie?«, fragt einer von ihnen.
»Ich habe eigentlich keine Ahnung, wie man spielt«, gebe ich zu.
»Das macht Spaß«, sagt Sam und reicht mir ein Queue. »Ich zeige dir, wie's geht.«
Wir spielen Poolbillard und hören uns die Abenteuer der einheimischen Fischer und Seeleute an, bis die letzte Runde eingeläutet wird. Als wir zurück zum Anwesen fahren, sind Sam und ich noch immer angeregt ins Gespräch vertieft.
»Lust auf einen Strandspaziergang?«, fragt er und bietet mir seinen Arm an.
Wenn ich mich nicht irre, heißt das übersetzt: »Lust auf Sex?«
»Ich habe gehört, dass heute Nacht ein tolles U-Boot-Rennen stattfindet«, scherze ich.
Wir folgen dem, was von den flackernden Teelichtern auf den Stufen hinunter zum Wasser noch übrig geblieben ist. Wir haben Vollmond, und das Licht wird schwach aus der Ferne reflektiert.
»Was ist das?«, frage ich.
»Das müsste das Schiedsrichterhäuschen für das U-Boot-Rennen sein«, kommt es wie aus der Pistole geschossen von ihm.

Wir halten uns an den Händen und hüpfen im Dunklen den Strand entlang auf die seltsame Vorrichtung zu.
»Ein Trampolin!«, rufe ich und schlüpfe aus meinen Schuhen. »Komm!«
Erst springen wir nur vorsichtig, schließlich sind wir schon über dreißig und wollen uns nicht die Knochen brechen. Aber dann springt Sam zweimal schnell hintereinander, und ich bekomme so viel Schwung, dass ich hoch hinaus zu den Sternen fliege. Wie gut, dass ich meine beste Unterwäsche von La Perla trage, denn bei jedem Sprung fliegt mir mein Kleid um die Ohren. Kleine Gedächtnisstütze an mich: Ich muss Oprah eine revidierte Antwort zum Thema echte Freude geben. Die erlebt man mit einem Trampolin, einem lustigen Mann und bei Vollmond.
»Whoa!«, rufe ich, als ich beim nächsten Sprung fast ins Wasser gesegelt wäre.
Sam fängt mich und zieht mich zu sich heran. Ich denke, dass er mich jetzt küssen wird, aber er sieht mich nur zögerlich an. Und dann fällt bei mir der Groschen. Sam ist schüchtern. Sein ganzes komödiantisches Getue ist nichts als gespielte Tapferkeit. Hinter der Fassade ist er ein verschämter, kleiner Junge.
Ich mache einen Schritt auf ihn zu. Wir küssen uns. Dann knutschen wir heftiger, lachen uns zwischendurch immer wierder kaputt und rollen auf dem Trampolin herum, bis der Morgen hereinbricht und damit auch eine Invasion.
»Achtung«, sagt Sam.
»Was?«, frage ich.
»Da kommen Spaziergänger strammen Schrittes direkt auf uns zu«, flüstert er.
»O nein!«, sage ich, als ich Jogginganzüge und blaue Haa-

re entdecke. »Das ist Carries Mutter mit einer ihrer Society-Freundinnen. Was sollen wir tun?«
»Darf ich mich unter deinem Kleid verstecken?«, fragt er und will unter die Taftwolke schlüpfen.
»Und mich hier allein lassen? Lass uns weglaufen!«, sage ich, nehme Sam an die Hand und laufe mit ihm zurück zum Haus.
Kaum sind wir sicher dort angelangt, wünschen wir uns flüsternd gute Nacht und eilen zu den Mädchen- und Jungenschlafzimmern.
Wenige Stunden später sehe ich Sam unten beim Brunch. Der Morgen nach einer Hochzeitsnummer kann ganz schnell in große Peinlichkeit ausarten, und so beschäftige ich mich an der Bar damit, einen Sekt mit Orangensaft zu trinken.
»Hast du schon gehört?«, fragt Sam, der von hinten an mich herangetreten ist.
»Was gehört?«, frage ich und bemühe mich, die Erleichterung in meiner Stimme zu verbergen.
»Skandal beim U-Boot-Rennen«, sagt er mit gedämpfter Stimme und weist in die Richtung von Carries Mutter. Sie hält zwei Paar Schuhe hoch, die mir sehr bekannt vorkommen, und fragt überall herum, wer diese vermissen könnte.
»In der Nähe des Schiedsrichterstandes entdeckt worden?«, frage ich kichernd.
»Anscheinend«, sagt er.
»Immer diese Verderbtheit, das ist ja schlimmer als bei Olympia«, sage ich.
Wir scherzen den ganzen Tag miteinander und auch noch im Bus auf dem Weg zurück in die Stadt. Als ich aussteigen muss, frage ich mich, ob ich ihm wohl meine Nummer geben oder lieber auf cool machen soll.

»Nun«, sage ich.

»Ich weiß ja, wo ich dich finden kann«, sagt Sam, als hätte er meine Gedanken gelesen. »Wir müssen schließlich noch besprechen, wie wir unsere Schuhe befreien können. Wie ich hörte, werden sie an einem geheimen Ort als Geiseln gehalten.«

Ich lache und habe bei dem Gedanken an unser Zusammentreffen immer noch gute Laune, als ich zu meinem Apartment gehe. Ich kann es gar nicht erwarten, Carrie davon zu erzählen, wenn sie aus den Flitterwochen zurück ist. Ich werde zwar das Kleid nie wieder anziehen, aber das hier war doch der größte Gefallen, der mir als Brautjungfer bislang erwiesen wurde!

Am nächsten Morgen, es ist Montag, schalte ich *Wake Up New York* ein, wo Sam allen im Land von unserem Ausflug auf dem Trampolin erzählt! Eigentlich wird er deswegen von seinem Co-Moderator auf die Schippe genommen, der von dem »Glitzern in seinen Augen« redet. Ich liege im Bett, trinke einen Kaffee von Starbucks und stelle fest, dass ich mit Haut und Haaren einen echten New Yorker Moment erlebe.

Es ist der erste von vielen. Innerhalb eines Monats gleiten Sam und ich in eine Beziehung, die sich so gemütlich anfühlt wie eine Jogginghose. Ein Journalistenpaar, das auszieht, die Welt zu erobern. Wir gehen gemeinsam auf Veranstaltungen und helfen einander, mit allen Bekannten zu sprechen und neue Kontakte zu knüpfen. Bei der Premiere von *Seite an Seite* stelle ich ihm Julia Roberts vor, und bei der NBC Holiday Party im *Rainbow Room* macht er mich mit Katie Couric bekannt. Ich öffne ihm meine Celebrity-Adresskartei, und er gibt meinen Artikelentwürfen mit seinem Humor den letzten

Schliff. Und er überrascht mich, als er mir Kopien der Drehbücher von *Harry und Sally* und *Schlaflos in Seattle* überreicht.

Eines Sonntags sind wir in seinem Apartment und lesen die *New York Times*. Zum ersten Mal ist alles in meinem Privatleben perfekt. Bis auf die Tatsache, dass es mir erbärmlich schlechtgeht. Wenn alles toll läuft, dann kommt es mir manchmal vor, als könnte ich es nicht ertragen und müsste irgendetwas tun, um es zu zerstören. Mein Verstand steigert sich dann so lange in ein vages Gefühl der Traurigkeit hinein, bis es real wird.

»Was ist los?«, fragt er über den Rand des Freizeit- und Kulturteils hinweg. »Macht dir der Druck von Blanche zu schaffen?«

Es stimmt, dass mich das Stinktier in letzter Zeit ziemlich gequält hat. Nichts von dem, was ich tue, scheint ihren Ansprüchen zu genügen. Aber das ist es nicht, was mich an diesem Tag stört, sondern es ist die dumpfe Ankündigung einer Depression in Form der grauen Wolke. Wenn sie sich in der Vergangenheit über mich herabgesenkt hat, dann habe ich mir nie die Mühe gemacht, sie zu erklären. Nicht einmal Beau gegenüber. Ich bin einfach in meine Wohnung gefahren und habe sie ausgesessen, wie man es mit einer Migräne oder Ähnlichem tut. Ich erwäge, es wieder so zu machen, aber da ist diese leise Stimme von Bette Midler in mir, die sagt: »Zum Teufel, sei einfach du selbst.«

Und das bin ich. »Der Dingo hat meine Laune gefressen«, sage ich und tue mein Bestes, um wie Meryl Streep im australischen Outback zu klingen.

»Wie bitte?«

»Hast du schon mal von einem Bad-Hair-Day gehört,

wenn das Haar einfach nicht sitzen will?«, frage ich. »Ich habe einen Tag, an dem ich mich nur fett fühle.«

»Was soll das heißen? Du hast doch gestern Abend noch deine enge Jeans getragen«, entgegnet er. »Bist hineingestiegen und eine halbe Stunde lang herumgetanzt.«

»Ja, aber in mir drin bin ich fett«, sage ich. Dann erscheint ein Bild vor meinem inneren Auge. »Mein inneres Kind ist viel zu dick.«

»Sollen wir sie mit Diätguru Jenny Craig spielen lassen?«, scherzt er.

»Diäten nützen mir nichts«, erkläre ich. »Ich meine, von außen scheinen sie zu wirken, aber innerlich fühle ich mich trotzdem noch fett. Kennst du den Spruch ›In jeder dicken Person steckt ein dünner Mensch, der herausgelassen werden will‹?«

»Ja«, sagt er und lässt die Zeitung sinken, um mir seine volle Aufmerksamkeit zu widmen.

»Tja, bei mir ist das Gegenteil der Fall. Obwohl ich gerade schlank bin, ist in meinem Inneren eine breite, fette Frau, die herausplatzen will. Wie ein Airbag in einem Volvo wird sie sich schon beim Geruch eines Zimtbonbons aufblähen.«

Sam lacht, als ich mit pantomimischen Gesten meine Worte untermale.

»Meine Therapeutin, Joyce, sagt, dass ich *bei* diesem inneren Kind sein muss«, sage ich. »Aber ich bin schon bei ihr, seit ich denken kann, und ich kann sie trotzdem nicht ausstehen, ich hasse sie sogar.«

»Ich habe eine Idee«, sagt er und springt auf. »Zieh dir etwas an.«

Und schon sitzen wir in einem Taxi und fahren in die Randbezirke von New Jersey. Unser Ziel: Wal-Mart.

Habt ihr schon von Trainspotting gehört? Nun, wir halten Ausschau nach wirklich dicken Menschen, Fattyspotting.

»Ich glaube, dass dein inneres Kind einsam ist«, sagt Sam. »Wir locken sie mit ihresgleichen hervor.«

Es gibt einfach keine dicken Menschen in Manhattan. Anscheinend hat die Fettenpolizei den Umfang für alle beschränkt. Aber Sam hat recht. Man kann sie en masse in einem Wal-Mart in New Jersey antreffen.

Wir nehmen uns einen Wagen und tun so, als würden wir einkaufen.

»Inneres Kind eilt den Gang mit Chipstüten hinunter«, flüstert er mir zu. Wir fahren mit unserem Einkaufswagen hinterher und entdecken prompt jemanden, der so aussieht, wie ich mich fühle.

Ich beobachte, wie Größe zweiundzwanzig drei Schachteln mit kalorienreduzierten Keksen in ihren Wagen legt. Die Tatsache, dass es Diätkekse sind, bricht mir fast das Herz. Ist sie noch nie davor gewarnt worden, wie schädlich die falschen Versprechungen der fettfreien Lebensmittel eigentlich sind?

Ich fange fast an zu weinen, als ich sehe, wie sie eine der Packungen öffnet und anfängt zu naschen, während sie weiter einkauft. Sie schaufelt sechs Kekse hintereinander in sich hinein, so dass klar ist, dass sie sie nicht genossen haben kann. Ich erkenne mich in ihr wieder. Ich möchte, dass sie sich neben mich setzt, damit ich ihre Hand nehmen und sie fragen kann, was sie auffrisst, statt zu erfahren, was sie isst.

Aber ich kann das nicht tun, weil Sam neben mir angefangen hat, den Song der *Partridge Familie* zu singen, »C'Mon Every-Fat-Body! Get Hap-py!« und mich in eine

andere Richtung auf der Suche nach einem neuen inneren Kind steuert.
Nach einer Stunde haben wir acht weitere innere Kinder entdeckt, und dank Sams beständiger Kommentare habe ich so heftig lachen müssen, dass ich Seitenstechen bekomme. Niemand hat mein inneres Kind je zu einer Verabredung mitgenommen! Ich bin so gerührt von Sams Geste, dass ich beschließe, ein Wagnis einzugehen und ihn zu Thanksgiving zu mir nach Hause einzuladen.
Er sieht mich misstrauisch an.
»Es geht nicht darum, dass du meine Familie kennenlernen sollst«, schwindle ich. »Aber deine Verwandten leben alle in Kalifornien. Ich möchte nicht, dass du Thanksgiving in einem Restaurant feiern musst.«
»Na schön, solange das keine Falle ist, um die Schwiegereltern kennenzulernen«, sagt er.
»Das wird ganz locker«, sage ich und versuche, so beiläufig wie möglich zu klingen. »Versprochen.«
Am Morgen von Thanksgiving bereite ich Sam während der Zugfahrt auf meine Familie vor. Hierbei zähle ich auf seinen Sinn für Humor.
»Also, ich garantiere dir, dass mein Vater drei bis fünf Notre-Dame-Fanartikel am Leib tragen wird, da heute das große Spiel stattfindet«, sage ich. »Meine Mom hingegen wird dich mit Essen ködern wollen, während sie versucht, deine Religionszugehörigkeit und dein Einkommen herauszufinden. Und von meinem berühmten Bruder Bobby habe ich dir schon erzählt.«
»Rain Man«, sagt er. »Ich kann nicht glauben, dass dein Zwillingsbruder ein durchgeknalltes Genie ist.«
»Seine letzte Diagnose war Asperger-Syndrom, das am funktionsfähigeren Ende der Autismus-Skala steht«, er-

kläre ich. »Es ist eine Störung, die seine Sinneseindrücke negativ beeinflusst. Er reagiert entweder zu heftig oder zu wenig.«

»Und dann kommen die Informationen durcheinander bei ihm an, wie bei einem Computervirus?«, fragt er.

»Ungefähr. Also sei nicht überrascht, wenn er einen Taucheranzug mit aufblasbarer Schwimmweste trägt«, bereite ich ihn vor. »Er pustet sie auf, und das Gefühl von Druck auf dem Körper sorgt bei ihm für Entspannung. Große, laute Familientreffen können für eine Überreizung sorgen, doch durch diesen Trick kann er erfolgreich Anfälle abwehren, bei denen er sonst den Kopf an die Wand schlagen würde.«

»Eine aufblasbare Schwimmweste – glaubst du, ich dürfte sie mir einmal für eine Folge der Show ausleihen?«, scherzt Sam.

»Du lachst, aber trotz seiner Beeinträchtigung hat er einige ganz erstaunliche Dinge drauf. Du solltest ihn am Computer sehen, da bekommt man es mit der Angst zu tun.«

»Wirklich?«, fragt Sam. »Kann er Karten so wie Rain Man zählen? Sollen wir mit ihm nach Vegas fahren?«

»Nein, außerdem hat er das Prinzip von Geld nicht verstanden. Oder von Humor, wo wir gerade bei dem Thema sind.«

»Ach, dann ist dein schlechter Humor also genetisch bedingt?«, setzt er einen drauf.

Ich lache.

Als wir zum Haus meiner Eltern kommen, öffnet Bobby die Tür und trägt seine neonorangefarbene Weste. Er sieht Sam aus dem Augenwinkel an und pustet die Schwimmweste auf. Dann dröhnt er mit lauter Stimme, die sich anhört wie Joe Pesci, der von einem Roboter gesteuert wird:

»Du amüsierst dich über mich? Ich bringe dich zum Lachen? Was zum Teufel noch mal ist so komisch an mir?«

»Bobby, du sollst nicht fluchen«, sagt meine Mutter, deren Kopf hinter der Schulter meines Bruders aufgetaucht ist. »Entschuldigen Sie bitte, Sam. Er hat *GoodFellas* im Kabelfernsehen gesehen.«

»Alle mal herhören! Bellas Freund ist da!«, verkündet mein Vater, während gleichzeitig wie aufs Stichwort die Kampfhymne von Notre Dame auf seiner Krawatte losgeht. »Der große Fernsehstar! Bella hat uns gesagt, dass wir jeden Tag Ihre Show ansehen sollen, und Sie sind so komisch!«

Ich winde mich innerlich, denn ich hatte Sam gesagt, dass das hier eigentlich kein großes Thema wäre.

»Sie amüsieren sich über mich? Ich bringe Sie zum Lachen?«, ahmt Sam Bobby nach.

Alle fangen an zu lachen, und ich könnte Sam dafür küssen, dass er das Eis gebrochen hat.

Bobby führt Sam zu der lebensgroßen Büste von Mr. Spock auf dem Kaminsims, die er zu besonderen Anlässen dort aufzustellen pflegt.

»Und ich dachte immer, dass schon deine Schwester eine nette Büste hat«, sagt Sam, während er Spock betrachtet.

»Captain, ich bezweifle, dass Beleidigungen zum Privileg kommandierender Offiziere gehören«, zitiert Bobby Mr. Spock.

Sam lacht, und sogar ich lache auch wegen der Spockbüste und der schmerzhaften Erinnerung an vergangene Liebesbeziehungen. Sam ist lustig und schlagfertig und unterhält meine ganze Familie. Meine Tanten zwinkern mir auffällig zu und stupsen mich mit dem Ellenbogen an, sobald sie meinen Blick erhaschen.

»Alsoooo?«, fragt meine Mutter hoffnungsfroh, während wir zusammen abspülen. Sie hat noch immer Augen am Hinterkopf. Ich werfe einen Blick in das angrenzende Zimmer, wo Sam geduldig mit Bobby Konversation betreibt, der wiederum gelegentlich Luft in seine Weste nachfüllt. Ich höre, wie Bobby jedes Mal »Bueller? Bueller?« sagt, wenn Sam versucht, einen Witz zu machen.

»Mo-om«, sage ich und versuche, die Verzweiflung aus meiner Stimme fernzuhalten. »Sam ist ein eingefleischter Junggeselle, und wir sind erst seit ein paar Monaten zusammen, woher soll ich es also wissen?« Die Enttäuschung meiner Mutter wegen meines Liebeslebens zusätzlich zu meiner eigenen habe ich noch nie verkraftet. Bis heute haben wir nicht über Beau gesprochen. Und in ihren Augen kommt ohnehin niemand an ihn heran.

»Auf jeden Fall geht Sam äußerst reizend mit deinem Bruder um«, sagt sie mit Säuselstimme, als bestünde da ein direkter Zusammenhang zu einem Verlobungsring. »Er erzählt Bobby gerade Witze.«

»Er kann nicht anders«, erwidere ich. »Er war früher ein Stand-up-Comedian.«

»Ich weiß, Liebes, denn ich sehe mir die Show regelmäßig an«, sagt sie. »Er ist komischer als Regis, wenn er davon erzählt, was ihr in der Nacht davor so getrieben habt.«

»Ja, momentan liefere ich ihm Material«, sage ich, denn es stimmt, dass er mich sehr häufig in seiner Show erwähnt. Ich musste ihm quasi die Unterhose über die Ohren ziehen, bis er mir bei Gott geschworen hat, dass er unseren Ausflug zu Wal-Mart nicht erwähnen wird.

Mom wirft heimlich einen weiteren Blick auf Sam und Bobby und quiekt: »Liebes, wäre es nicht wunderbar, wenn dir der Weihnachtsmann einen schönen großen Verlobungsring brächte?«

»Pscht, Mom! Abgesehen davon warte ich noch immer auf den Wohnwagen für Barbie. Ganz zu schweigen von einem Pony.«

Als Sam und ich im Zug sitzen und in die Stadt zurückfahren, kann ich nicht anders und eile in Gedanken blitzschnell voraus. Der Besuch ist so glatt gelaufen, dass ich unser Hochzeitsfoto schon ganz groß in der *New York Times* abgebildet sehe. Das Powerpaar, das Drehbücher schreibt und in den Medien arbeitet. Unser Leben wird voller Gelächter und Neckereien sein. Doch da ist immer noch diese kleine, hartnäckige Stimme. Sie gehört Oprah, und sie sagt: *Wenn dir ein Mann das erste Mal sein wahres Ich zeigt, dann glaube dem, was du siehst.* Ich wechsle den Kanal und denke, dass Oprah meine Aktennotiz wohl nicht bekommen hat, in der ich ihr von echter Freude, einem lustigen Mann und dem Trampolin berichtet hatte.

»Worüber habt ihr gesprochen, Bobby und du?«, frage ich ihn und schmiege mich an seine Schulter.

»Du meinst, während du und deine Mutter über die Geschenke vom Weihnachtsmann gesprochen habt?«, sagt er und zieht eine Augenbraue hoch.

Erwischt!

»Ich werde den Weihnachtsmann um eine neue Mutter bitten«, erwidere ich. »Es tut mir sehr leid. Aber hast du Antworten von Bobby bekommen?«

»Er ist ein schwieriges Publikum.«

»Nimm es nicht persönlich. Autisten besitzen keinen normalen Sinn für Humor.«

»Aber Tom Cruise hat Dustin Hoffman in *Rain Man* zum

Lachen gebracht«, meint er. »Erinnerst du dich an die Szene beim Abendessen mit dem Ahornsirup?«

»Klar, aber das ist nur ein Film«, entgegne ich. »Den du nicht als Maßstab nehmen solltest. Ich habe jede gefeierte Persönlichkeit Hollywoods dazu gekriegt, aus dem Nähkästchen zu plaudern, finde aber *immer* noch keinen Weg, wie ich an meinem Zwillingsbruder herankomme. Das ist meine große Lebensaufgabe, mein Heiliger Gral.«

»Soll ich dir einen alten Trick der Stand-up-Comedians verraten?«, fragt er. »Je mehr du dich anstrengst, jemanden zum Lachen zu bringen, und es gelingt dir nicht, desto lächerlicher wirkst du in dieser Situation, von außen betrachtet.«

»Und?«

»Amüsiere dich einfach über dich selbst«, erklärt er mir. »Das ist tolles Material, wenn man einmal darüber nachdenkt.«

»Stimmt, Nora Ephron hat mir einmal gesagt, dass man unangenehme Erlebnisse unter dem Stichwort ›Material‹ verbuchen soll, das man später ausschlachten kann.«

Der tiefere Sinn, der in seinen Worten steckt, zusammen mit dem Gedanken, dass ich mich lieber darauf konzentrieren sollte, wie ich auf die Situation reagiere, statt auf Bobby, trifft mich wie ein Schlag. Ich kann nicht anders und breche in Gelächter aus. Ich sehe mich, wie ich Sam zusammen mit Bobby beobachte, während der eine erfolglos versucht, seine Witze an dem anderen auszuprobieren, der wiederum wie verrückt in das Mundstück seiner Taucherweste pustet.

»*Bueller? Bueller?* Das ist so absurd. Ein Stand-up-Comedian, der versucht, den autistischen Bruder seiner Freundin zum Lachen zu bringen«, bricht es zwischen zwei Lachanfällen aus mir heraus. »Das ist wie eine Folge von *Seinfeld!*« Ich lache so heftig, dass es passiert. Ich furze! Ups.

»O mein Gott!«, sagt Sam mit schreckgeweiteten Augen. »Habe ich da eben richtig gehört?«

»Entschuldige bitte«, gelingt es mir zu sagen. »Das passiert mir manchmal, wenn ich wirklich heftig lachen muss.«

»Du benutzt das Wort ›Freundin‹, wenn du wirklich heftig lachen musst?«, fragt er. Offensichtlich hat ihn das Wort weitaus stärker beleidigt als meine Furzattacke.

»Ist Tourette mit dem Asperger-Syndrom verwandt?«, fragt er und ist auch schon in die Rolle von Rain Man geschlüpft und benutzt jede Menge seltsame Ausdrücke.

Ich muss immer noch lachen, als unser Zug in die Grand Central Station einfährt. Wir gehen zum Taxistand, und er sagt plötzlich: »Bella, würde es dir etwas ausmachen, wenn ich heute Nacht nicht bei dir bleibe? Ich bin total fertig.«

Das überrascht mich, da ich mich ihm besonders nah fühlte. »Oh, okay«, erwidere ich. »Und danke für heute Abend. Du warst unglaublich witzig.«

Am nächsten Tag hinterlasse ich Sam eine Nachricht, aber er ruft nicht zurück. Dasselbe am nächsten Tag. Am dritten Tag verpasse ich Sams Anruf, aber er hinterlässt mir bloß die Nachricht, dass er unter Termindruck stand. Ich beschließe, da nicht zu viel hineinzuinterpretieren. Männer hassen es, wenn Frauen zu empfindlich reagieren. Also werde ich ganz cool bleiben.

Als ich in der folgenden Woche von meiner morgendlichen Yogastunde zurückkomme, ruft meine Mutter an und hofft, die neusten Neuigkeiten von Sam erzählt zu bekommen. Sie hält immer nur dann regelmäßig Kontakt zu mir, wenn sie glaubt, dass ich mit meinem Liebesleben Fortschritte mache.

»Hi, Liebes«, sagt sie aufgeregt. »Ich wusste gar nicht, dass du neuerdings zur Tanzstunde gehst.«

»Das tue ich auch nicht«, antworte ich. »Warum?«

»Oh«, sagt sie und ist plötzlich kurz angebunden. Bevor ich sie noch fragen kann, wovon sie da verflixt noch mal redet, hat sie das Thema gewechselt.

Ich messe dem nicht allzu viel Bedeutung bei, bis ich das Büro betrete und von dem Stinktier in eine Ecke gedrängt werde. »Warum schreibst du nicht etwas über deine Tanzstunden für unsere Partnerschaftsrubrik?«, fragt sie. »Da deine Coverstorys in letzter Zeit reichlich zu wünschen übriglassen.«

»Ich nehme doch gar keine Tanzstunden«, erwidere ich total perplex.

»Nun, Sam aber schon. Er hat heute Morgen davon gesprochen«, meint sie und zieht eine Augenbraue hoch. »Wir haben alle gedacht, dass du seine ›wunderschöne Tanzpartnerin‹ bist, die ›mehr Tanzschritte als Madonna draufhat‹, Zitatende.«

Meine Wangen brennen vor Scham. Hat er etwa im bundesweiten Fernsehen zugegeben, dass er mich betrogen hat? Und ich hatte geglaubt, dass er »schwer beschäftigt« war. Ich rufe ihn sofort an und erwische ihn wundersamerweise auch.

»Hi, hier ist Madonna«, sage ich. »Wohl kaum.«

»Bella, sie ist bloß eine Bekannte …«, beginnt er.

»Und ich hatte gedacht, dass letzte Nacht Poker, kein Strippoker angesagt war«, erwidere ich. Selbst wenn die »bloß eine Bekannte«-Ausrede stimmen sollte, so weiß ich doch, dass dies der Anfang vom Ende ist. Ich kann es am Klang seiner Stimme hören.

Er sagt eine Weile lang nichts.

»So mache ich es immer«, murmelt er schließlich.
»*Was* tust du immer?«, frage ich.
»Alles zerstören, sobald ich mich in einer auch nur halbwegs vernünftigen Beziehung befinde«, gesteht er.
»Wow, das ist ehrlich«, sage ich.
»Nun, du wirst dich sicher schon gefragt haben, warum ich mit fünfundvierzig Jahren noch immer ein eingefleischter Junggeselle bin.«
»Ich habe gedacht, dass du noch auf die richtige Frau wartest. Die Richtige eben«, entgegne ich. »Das war wohl naiv von mir.«
»Nein, Bella. Ich habe gemeint, was ich an unserem ersten Date gesagt habe, dass ich mich nie als verheirateten Mann sehe«, sagt er. »Auch wenn du dachtest, dass du mich umstimmen könntest.«
»Erspare mir den ›Es-liegt-nicht-an-dir-sondern-an-mir‹-Sermon, ja? Das weckt nur schlechte Erinnerungen in mir.«
»Von der Front?«
»Ja, wir schrieben das Jahr '87, und ich steckte tief in der Scheiße.« Ich lache. »Wurde buchstäblich vor dem Altar stehengelassen wegen einer solariumgebräunten Schlampe mit künstlichen Fingernägeln. Ich wünschte, du wärst nicht so witzig«, sage ich. »Dann fiele es mir viel leichter, dich einfach auszurangieren.«

* * *

Wieder allein. Dies ist nicht das Leben, wie ich es mir vorgestellt habe.
Bei meiner nächsten Sitzung mit Joyce weiß ich zunächst überhaupt nicht, wo ich anfangen soll.

»Atme«, sagt sie. »Und spüre, wohin dich dein Atmen führt.«

»Ich habe über Bobbys Situation gelacht«, erzähle ich. »Und zwar musste ich so heftig lachen, dass ich versehentlich gefurzt habe!«

»Aha, und wer hat dir erlaubt, so heftig zu lachen?«, fragt sie.

»Das war Sam«, antworte ich. »Er hat mir das Komische an dem Ganzen aufgezeigt, und das war eine große Erleichterung. Als hätte ich ein schweres Paket nach langem Schleppen endlich abstellen können.«

»Schließ die Augen und atme, Bella«, sagt sie. »Erzähle mir von der Erleichterung.«

»Ich habe mich ihm dadurch sehr nahe gefühlt«, sage ich.

»Wem hast du dich nahe gefühlt?«, fragt sie.

»Ich habe mich …« Ich öffne die Augen. »Ich wollte gerade sagen, Sam, aber das gute Gefühl kam daher, dass ich Bobby innerlich so nahe war. Danach habe ich mich mein ganzes Leben lang gesehnt. Und er ist nicht einmal dabei gewesen!«

»Langsam, Bella«, sagt sie. »Verweile noch in dem Gefühl der Nähe.«

»Ich weiß nicht, das Lachen hat die Barriere zwischen mir und meinem Bruder verkleinert«, erkläre ich. »Ich kann die Dinge besser akzeptieren.«

»Welche Dinge akzeptieren?«

»Die Tatsache, dass ich Bobby nicht ändern kann, aber ich kann meine Gefühle ihm gegenüber ändern. Dieses ganze seelische Chaos, das ich mein ganzes Leben lang mit mir herumgeschleppt habe, als wäre Bobby ein Äffchen, das mir die ganze Zeit im Nacken sitzt, diese Gefühle sind wie ein Monster, das ich selbst erschaffen habe, nicht Bobby.«

»Das stimmt, Bella«, sagt sie. »Bobby hat dich stark beeinflusst, aber jetzt übernimmst du endlich die Verantwortung für dich selbst.«

»Immer glaubte ich, supererfolgreich sein zu müssen, hier den nächsten Promi interviewen, dort einen Ehemann finden. Es ist, als würde ich immer noch alles tun, damit meine Eltern stolz auf mich sind«, sage ich. »Aber indem ich über mich selbst lachen konnte, habe ich das Schlupfloch gefunden, durch das ich dem Gefühl entkommen kann, immer perfekt sein zu müssen.«

»Und wer hat dir das Schlupfloch gezeigt? Sam? Der Mann, der dich zu Wal-Mart mitgenommen hat?«

»Zum Fattyspotting, genau«, bestätige ich. »Aber das war, bevor er mich fallenließ. Und das Schlimmste ist, dass er der einzige Mann ist, von dem ich glaube, dass er mein wahres Ich wirklich erkannt hat. Er hat mir beigebracht, über mich selbst zu lachen, sogar über mein viel zu dickes, inneres Kind. Es ist nur so, dass ...«

»Dass was?«, fragt sie geduldig. Sie sollte sich eigentlich neutral verhalten, aber die Sorgenfalten auf ihrer Stirn geben mir den Rest, und plötzlich fange ich an zu weinen.

»Es ist nur so, dass ich dachte, er sei der Richtige«, antworte ich schluchzend. »Aber die graue Wolke hat ihm Angst gemacht und ihn vertrieben. Ich *hasse* diese Wolke voller Furcht und Depression! Sie folgt mir überallhin und zerstört alles.«

»Schließ die Augen und atme«, beruhigt sie mich. »Begib dich in die graue Wolke und frage sie, weshalb sie dir überallhin folgt.«

Ich folge ihren Anweisungen, aber es fällt mir schwer, mich zu konzentrieren.
»Lass dir Zeit«, sagt Joyce geduldig.
Ich gehe in die graue Wolke und stelle ihr die Frage, obwohl ich mir dabei albern vorkomme: »Warum lässt du mich nicht in Ruhe?«
Langsam formulieren sich die Worte in meinem Kopf. Zum ersten Mal spricht die graue Wolke zu mir. *Exklusivinterview! Die graue Wolke spricht mit Bella Grandelli!*
»Ich lasse dich nicht in Ruhe, weil du bereit bist«, sage ich an Stelle der grauen Wolke.
»Bereit für was?«, frage ich Joyce.
»Frag nicht mich, frag die graue Wolke«, antwortet sie mir.
»Die Wahrheit über den einzig Richtigen«, sage ich im Namen der grauen Wolke.
Ich schlucke.
»Wer ist der Richtige?«, will ich wissen.
Ich warte ab, aber es kommen keine weiteren Sätze. Ich warte noch ein wenig länger, und plötzlich taucht ein Gesicht vor meinem inneren Auge auf.
»Er ist es«, schluchze ich.
»Ich weiß«, sagt Joyce leise.
»Er ist es«, wiederhole ich.
»Ich weiß.«
»Das tut so weh«, weine ich.
»Ich weiß«, tröstet sie mich.
»Es ist Bobby«, bricht es schließlich aus mir heraus. »Und ich werde nie, niemals in der Lage sein, eine so enge Beziehung zu ihm aufzubauen, wie ich sie bräuchte.«
Das Traurige dieser Einsicht bricht über mir zusammen wie eine Riesenwelle. Es ist eine bittersüße Erkenntnis.

Wie sehr ich mich bemüht habe, Bobbys Spiegelbild zu sein, so sehr hat die graue Wolke versucht, mir mitzuteilen, dass ich mein Leben in Bobbys Schatten verbringe.

»Dann ist also der Mann, nach dem ich mich so verzweifelt sehne – der einzig Richtige –, mein eigener Zwillingsbruder?«, frage ich.

»Was denkst du?«, fragt Joyce.

»Ich denke, dass ich eine Rückerstattung haben will«, sage ich mit schwachem Grinsen. »Nämlich meine andere Hälfte – im wahrsten Sinn des Wortes.«

# 18

Jahr: 2002
Alter: 37
Idol: *Carrie Bradshaw in Sex and the City*
Lieblingslied: *»At Last« von Etta James*
Kostbarster Besitz: *Mel Gibsons Zigarre*
Schönste Schuhe: *kastanienbraune Lederstilettos von Manolo Blahnik*

Das Stinktier wird ausflippen! Meg Ryan hat gerade ihre Zusage für das nächste Cover zurückgezogen, weil sie ein Angebot von *Vanity Fair* bekommen hat, und die wollen sie exklusiv. Ich leite die schlechten Neuigkeiten umgehend an Blanche weiter, hänge mich sofort ans Telefon und verschicke Faxe und E-Mails. Ich versuche es bei Christie Brinkley, Calista Flockhart, allen drei Hauptdarstellerinnen von *Friends*, Katie Couric und Helen Hunt. Ich *flehe* Cher an, indem ich ihrer Agentin einen Brief schreibe und schwöre, dass ich ihr größter Fan bin. Im Verlauf der Woche stelle ich vierzehn offizielle Anfragen und werde jedes Mal abgelehnt.

Verdammt. Ich kann den Gestank von Giorgio riechen, der durch den Flur wabert. Prompt taucht das Stinktier an meiner Bürotür auf.

»Gibt's was Neues?«, fragt sie mürrisch, ohne mir in die Augen zu blicken.

»Noch nicht. Aber ich habe noch sechs weitere Anfragen

rausgeschickt«, sage ich mit erzwungener Fröhlichkeit in der Stimme. Ich komme mir plötzlich vor wie Shirley Temple, die singend so schnell steppt, wie sie nur kann. »Und ich probiere es noch bei ...«

»Es geht nicht um *Probieren*, Bella, sondern ums *Liefern*«, unterbricht sie mich mitten im Satz. »Ich gebe einen Scheißdreck darauf, wie sehr du dich anstrengst – das Cover ist noch immer leer! Du bist ab jetzt auf Probe, und wenn es dir nicht gelingt, innerhalb der nächsten Woche jemanden fürs Cover zu beschaffen, und ich rede von A-Prominenz, dann bist du gefeuert.« Blanche dreht sich auf dem Pfennigabsatz um und verschwindet, ihren widerwärtigen Achtziger-Jahre-Gestank zurücklassend.

Schluck. Mein Kopf fühlt sich an, als habe man ihn in einen Schraubstock gezwängt. Ich bin gefangen und werde für etwas verantwortlich gemacht, über das ich keine Kontrolle habe.

In der kommenden Woche verbringe ich fünfzehn Stunden täglich im Büro und warte auf Neuigkeiten. Der Druck wird so immens – man kann ja schließlich kein leeres Cover drucken –, dass ich nachts nicht mehr schlafen kann. Und wenn ich nur ein wenig eindöse, habe ich Alpträume, dass ich wieder in der achten Klasse bin und Steine gegen den Deppenbus werfe. Doch gleichzeitig befinde ich mich auch in dem Bus und bewerfe mich daher selbst mit den Steinen. Träume können manchmal seltsam sein.

Am letzten Tag der Probezeit treffen sieben weitere Absagen bei mir ein. Mittlerweile bin ich so verzweifelt, dass ich es sogar bei Promis versuche, die Blanche als Leute von gestern ohne Verkaufswert abklassifiziert hat: Joan Lunden, Fran Drescher, Reba McEntire. Und bei den ab-

soluten Erfolgsstoppern für ein Frauenmagazin: männliche Prominente, wie Tom Hanks oder Mel Gibson.
Blanche ist so angewidert, dass sie sich weigert, mit mir zu sprechen, wenn wir uns zufällig auf dem Flur oder der Damentoilette begegnen. Sie weiß ebenso gut wie alle anderen auch, dass ich nichts dafür kann, wenn Meg Ryans Agentin ihr Versprechen bricht, aber sie tut trotzdem so, als sei dies alles meine Schuld. Ich sitze tief in der Klemme, und keiner ist da, um mir zu helfen.
»Kommt dir das bekannt vor?«, fragt Joyce während unserer wöchentlichen Sitzung. »Das Gefühl, für etwas verantwortlich zu sein, das du nicht kontrollieren kannst?«
»Ja«, erwidere ich. »So fühle ich mich schon mein ganzes Leben lang.«
Während wir gemeinsam Jahr für Jahr meine Vergangenheit freilegten, half Joyce mir zu verstehen, wie ich es mir als Bobbys Gegenpart zu meiner Aufgabe gemacht hatte, perfekt zu sein.
»Stimmt, Bella«, sagt sie sanft. »Dein unausgesprochener Marschbefehl lautete, erwachsen und perfekt zu sein, nie Ansprüche zu stellen und keine Probleme zu haben.«
»Man kann mich kaum als perfektes Kind bezeichnen«, sage ich. Es fällt mir schwer, meine Eltern nicht in Schutz zu nehmen.
»Bella, dir ist schon ganz früh vermittelt worden, dass du deine Probleme selbst lösen musst, weil deine Eltern zu viel mit deinem Bruder zu tun hatten«, sagt sie. »Das macht sie nicht zu schlechten Eltern, aber es hat Spuren in dir hinterlassen.«
»Wahrscheinlich schon«, sage ich.
»Wut, die man gegen sich selbst richtet, wird zu Depressi-

on oder zu dem, was du als graue Wolke bezeichnest«, erklärt sie. »Lass uns in die graue Wolke gehen.«

Ich möchte am liebsten aufspringen, hinaus auf die Madison Avenue laufen und eine riesige Portion gefrorenen Joghurt in mich hineinstopfen und dann eine lange Diät machen, damit ich wieder Kontrolle über mein Leben gewinne. Na gut, ich probiere das immer wieder, aber es funktioniert nicht. Daher zwinge ich mich jetzt zu der Alternative. Ich schließe die Augen und folge Joyce in den tiefen Abgrund aus Angst, Beklemmung, Depression und Schuldgefühlen.

»Bella, erzähl mir, was du in der grauen Wolke fühlst«, hakt sie nach. »Von dem Druck, perfekt sein zu müssen.«

»Ich muss das Problem in den Griff kriegen«, sage ich. »Aber ich schaffe es nicht.«

»Welches Problem?«, fragt sie sanft.

»Alle! Das leere Cover, die Tatsache, dass ich das Mädchen in dem Plastikballon bin und keinen Ehemann finde«, sage ich. »Und *ihn*. Das Hauptproblem. Die graue Wolke befiehlt mir, auch ihn in den Griff zu kriegen.«

Ich weine nicht. Es ist nur der Druck, der mir aus den Augen strömt.

»Da ist noch etwas, und das macht mir noch viel mehr Angst«, sage ich, und die Finger meines Verstands reichen jetzt in Tiefen hinein, die mir das Gefühl vermitteln, mit der Hand in einem Müllschlucker zu stecken.

»Die Ungewissheit«, sage ich. »Das war für mich am schlimmsten.«

»Gut«, sagt sie. »Lass uns bei der Ungewissheit bleiben, Bella.«

Ich hasse es, wenn sie das macht. Sie spürt das Gefühl, das ich am dringlichsten vermeiden will, auf und zwingt mich,

es zuzulassen. Das ist unerträglich. Mir ist, als würde jeden Augenblick jemand den Müllschlucker anwerfen und meine Hand zu Hackfleisch verarbeiten.
»Was ist so schmerzhaft an der Ungewissheit, Bella?«, fragt sie sanft weiter.
»Warum ist es ihm passiert und nicht mir?«, frage ich, während Tränen auf meine Bluse tropfen. »Und noch etwas.«
»Ja?«, fragt sie leise.
»Was, wenn ich letztendlich so bin wie er? Ein Riesenreinfall, den niemand haben will?«, sage ich. »Es ist wie in dem Traum mit dem Deppenbus in der achten Klasse, der mich immerzu verfolgt.«
»Bella, wer wirft Steine gegen den Deppenbus?«, fragt Joyce behutsam.
»Blanche«, erwidere ich. »Ich habe sie enttäuscht. Sie will mich feuern.«
»Wer noch?«, fragt Joyce weiter.
Das Gewicht auf meiner Brust drückt so schwer herab, dass ich es kaum ertragen kann zu antworten.
»Meine Eltern«, schluchze ich. »Sie werden mich nicht lieben, wenn ich nicht perfekt bin.«
Da, jetzt ist es draußen. Für mich stellt sich nicht die Frage, ob ich mich selbst übertreffen will oder nicht – es ist die Nabelschnur, die mich mit meinen Eltern verbindet. Ohne sie werde ich ersticken und sterben. Es ist nicht genug Liebe für zwei Problemkinder vorhanden.
Joyce wartet ein wenig ab. Dann fragt sie: »Wer wirft noch Steine gegen den Deppenbus?«
»Ich«, flüstere ich. »Ich hasse mich.«
»Warum hasst du dich?«
»Weil ich selbstsüchtig bin«, sage ich. »Indem ich gutma-

chen will, was mit Bobby schiefgelaufen ist, will ich das haben, was ich am meisten brauche: die Liebe meiner Eltern. Und genau deswegen habe ich sie nicht verdient.«

Das in mir selbst zu erkennen ist wirklich kaum zu ertragen. Joyce lässt mich fünf Minuten ohne Unterbrechung weinen, obwohl ich den nächsten Patienten schon vor der Tür hören kann.

»Sehr schöne Arbeit heute«, sagt sie leise und sieht auf ihre Armbanduhr, bevor sie mir ein weiteres Taschentuch reicht. »Nächste Woche zur selben Zeit?«

»Wie immer auf diesem Kanal«, sage ich und putze mir die Nase.

Nachdem ich Joyce' Praxis verlassen habe, kaufe ich mir nicht gleich gefrorenen Joghurt. Ich bin traurig, fühle mich aber auf seltsame Weise auch erleichtert. Das Zusammentragen all dieser kleinen Teile meines Ichs, die ich unter den Teppich gekehrt hatte und die ich zwar nicht mag, hilft mir, dass ich mich mehr, nun ja, als Ganzes fühle. Es hat einen Ruck gegeben, und ich merke, dass ich stärker mit mir im Reinen bin, statt die Leere in mir zu spüren, die ständig kreischend danach verlangt, gefüllt zu werden.

Am nächsten Morgen lösche ich alle Daten von meiner Festplatte und räume mein Büro leer, um mich darauf vorzubereiten, gefeuert zu werden, als das Telefon klingelt. Meine Hoffnung steigt. Vielleicht hat sich Christie Brinkley doch noch umentschieden.

»*Bonjour*, Bella«, sagt Zack.

»Wie schön, eine freundliche Stimme zu hören«, antworte ich. »Ich werde hier gerade kräftig in die Mangel genommen.«

»Immer noch *le cover?*«, fragt er.

»*Oui*. Ich denke, dass sie mich spätestens morgen feuern

werden. Und wie geht's dir? Lass uns über etwas Schönes reden.«

»Nun, eigentlich hätte ich es dir lieber persönlich gesagt«, meint er. »Aber ich bin gerade in Miami.«

»Du steckst in Miami?«, frage ich, und mir fällt auf, dass er kein einziges Wort mehr in Franglais sagt.

»Ja, genau. Also, ich wollte derjenige sein, der dir die Neuigkeiten erzählt.«

»Neuigkeiten?«, wiederhole ich, aber da ist es bereits zu spät. Ein Kloß von der Größe eines Granny-Smith-Apfels hat sich in meiner Kehle ausgebreitet.

»Ich bin verlobt, Kumpel!«, sagt er. »Gestern Nacht ist es passiert, Meredith hat mich gefragt.«

»Wow, das ist aber sehr fortschrittlich von ihr«, bringe ich hervor. »Ich freue mich ja so *wahnsinnig* für euch.«

»Nein, tust du nicht«, erwidert er.

Deswegen liebe ich Zack und werde für immer dankbar sein, dass wir wenigstens unsere Freundschaft gerettet haben.

»Du hast recht«, räume ich ein. Die Wahrheit ist, dass ich mich total mies fühle. Auch wenn Zack nicht der Richtige ist, so hat es mich doch immer getröstet, dass wir gemeinsam unser Singleleben geführt haben. Und, ja, vielleicht hat ein Teil von mir gedacht, dass noch immer eine winzige Chance besteht, dass ich mich am Ende des Tages doch wieder in meinen besten Freund verlieben könnte. Schließlich ist dies am Schluss auch mit Harry und Sally passiert.

Wieder einmal kommen mir die Tränen. Zack sagt nichts, sondern wartet ab, bis ich mich wieder gefangen habe. Ritterlich tut er so, als bemerkte er mein lautes Schniefen nicht.

»Vagina?«, fragt er schließlich.
»Schon klar«, erwidere ich. »Schön für dich, traurig für mich.«
»Wie wäre es mit einem gemeinsamen Abendessen morgen?«, fragt er. »Ich führe dich aus, wohin du willst.«
»Ich kann nicht, ich habe Bobby-Schicht«, antworte ich. »Ich habe meinen Eltern versprochen, dass ich nach Westchester komme, während sie auf diese lächerliche Flaschenschiff-Tagung nach Arizona fahren.«
»Dein Vater ist eine echte Marke«, lacht Zack.
»Ich weiß. Aber sag Meredith, dass ich eine Brautparty für sie in New York veranstalte. Und ich verspreche, dass ich nicht verrate, wie wir es früher getrieben haben. Erinnerst du dich noch an die Sache mit dem Babyöl ...«
»Es reicht, Bella«, sagt er lachend. »*Je t'aime*, Baby.«
»Ich dich auch«, antworte ich. »Muss jetzt auflegen. Ruf mich an, wenn du zurück bist.«
Als ich das Gespräch beendet habe, wird mir klar, dass mir im Moment alles in meinem Leben gehörig auf die Nerven geht. Oprahs Stimme erklingt in meinem Verstand: »Wenn dir etwas Schlechtes passiert ist, frage dich, was du daraus lernen kannst.«
Nun, Oprah, vor allem hasse ich meinen Job. Die Interviews sind spitze, aber für das Stinktier zu arbeiten ist der ganze Druck allmählich nicht mehr wert. Wenn ich schon streng zu mir selbst bin, dann ist Blanche geradezu masochistisch veranlagt. Joyce würde sagen, dass es »kein Zufall« ist, dass ich mir ausgerechnet sie als Chefin ausgesucht habe. Warum sich selbst misshandeln, wenn das auch eine andere für dich erledigen kann? Also, Oprah, um deine Frage zu beantworten: Ich denke, ich habe gelernt, dass man mich an die äußerste Grenze getrieben

hat. Und vielleicht wird die Aussicht, gefeuert zu werden, so furchteinflößend dies auch sein mag, mir letztendlich helfen.

In diesem Augenblick fällt mein Blick auf das rot blinkende Lämpchen, das mir anzeigt, dass ich eine neue Nachricht erhalten habe. Zwei sogar. Die eine ist von Blanche, die mich in ihr Büro zitiert, die andere beinhaltet zu meiner großen Erleichterung Neuigkeiten wegen des Covers.

Ich klopfe an Blanches Bürotür. Sie hat sich den Personalchef als Verstärkung geholt. Ein schlechtes Zeichen.

»Deine Unfähigkeit, deinen Job richtig zu machen, hat das Magazin echter Gefahr ausgesetzt«, sagt sie. »Daher bleibt uns keine andere Wahl, als dir zu kündigen.«

Ich räuspere mich und gönne mir eine ganze Minute für meine Antwort. »Willst du mir *vor* oder *nach* meinem Interview mit Mel Gibson kündigen?«, frage ich. »Er hat nämlich gerade zugesagt.«

Blanche bleibt der Mund offen stehen. »Mel Gibson?«, keucht sie. »Aber er hat unsere Interviewanfragen fünf Jahre lang abgelehnt.«

»Stimmt«, antworte ich. »Aber dieses Mal habe ich ihn nicht um ein Interview gebeten, sondern ihn gefragt, ob ich mit ihm eine Zigarre rauchen darf.«

»Hmm«, sagt das Stinktier, und ihre kleinen Knopfaugen drängen sich in meine wie Zahnarztbohrer. Fast wirkt sie enttäuscht, dass es mir doch noch gelungen ist, jemanden von der A-Liste aufzutreiben. »Nun, ich denke, dass uns keine andere Wahl bleibt«, sagt Blanche. »Aber bring uns bloß etwas Aktuelles mit, denn das ist deine letzte Chance.«

»Was schwebt dir vor?«, frage ich. Es ist nicht gerade

schwer, jemand anderes die Drecksarbeit machen zu lassen. Ich würde sie gern einmal dabei erleben, wie sie den Mut aufbringt, um die peinliche Frage zu stellen.
»Frag Mel, ob er eine Zigarre einer Frau vorziehen würde«, sagt sie. »Ein Mann wie er kann jede Frau haben, die er will. Da dürfte er kaum treu sein, oder? Fang damit an und versuche dann, ihn weiter auszuquetschen.«
»Ich tue mein Bestes«, sage ich und koche innerlich vor Zorn. Der Mann hat sieben Kinder mit der Frau, mit der er seit zweiundzwanzig Jahren verheiratet ist. Und sein Agent, Jeff, hat mir das Interview aus reiner Gefälligkeit verschafft.
Als ich zurück in mein Büro gehe, überfällt mich der schlimmste Gedanke überhaupt. Bobby. Wie habe ich ihn nur vergessen können? Und wie soll ich bitte gleichzeitig in Westchester bei Bobby und in L.A. bei Mel Gibson sein? Entweder ich enttäusche meine Eltern oder meine Chefin – tolle Auswahl.
Ich beschließe, meine Mom anzurufen.
»Liebes!«, sagt sie so fröhlich, dass ich mich frage, ob ich die richtige Nummer gewählt habe. »Dein Vater und ich freuen uns schon so sehr auf Arizona! Wir sind seit unserer Hochzeitsreise nicht mehr allein unterwegs gewesen. Und bei Talbots war gerade dieser tolle Ausverkauf, ich habe mir da einige sehr hübsche Twin-Sets gegönnt …«
Okay, also das ist offensichtlich keine Option.
»Gut, Mom. Wann soll ich morgen bei euch sein?«, frage ich.
»Wir müssen gegen drei zum Flughafen aufbrechen«, sagt sie. »Ich weiß, dass du unseretwegen früher von der Arbeit gehen musst. Hoffentlich macht das nicht zu viele Umstände.«

»Überhaupt kein Problem«, sage ich. »Ich werde da sein. Bis morgen.«
Am darauffolgenden Nachmittag stehen Bobby und ich bei uns in der Auffahrt und verabschieden uns von unseren Eltern.
»Bobby, bist du sicher, dass du bei deiner Schwester bleiben willst?«, fragt Mom. »Wir sind in ein paar Tagen wieder zurück.«
»Get down. Boogie oogie, oogie«, sagt er mit monotoner Roboterstimme.
»Okay, Freunde«, sagt mein Vater, der nicht mehr so aufgekratzt gewirkt hat, seit Notre Dame im Jahr 1994 den Cotton Bowl gewonnen hat. »Bella, vielen Dank, dass du gekommen bist. Wir hätten ohne deine Hilfe niemals verreisen können.«
»Kein Problem«, sage ich. »Zerbrecht euch bloß nicht die Köpfe, sondern amüsiert euch einfach nur.«
»Fly the friendly skies«, sagt Bobby, als sie wegfahren.
»Jep«, sage ich und bin in Gedanken schon bei unserem Abendessen. Vielleicht sollte ich meine Nudeln ebenfalls eine nach der anderen mit einer Pinzette essen wie mein Bruder, um etwas ruhiger zu werden.
»Fly the friendly skies! Fly the friendly skies!«, wiederholt er immerfort und wird dabei lauter und lauter. O mein Gott. Wird er etwa schon seinen ersten Anfall haben, bevor meine Eltern am Flughafen angekommen sind?
»Fly the friendly skies!«, brüllt er mir ins Gesicht, obwohl er dabei zur Seite blickt.
Dann dämmert es mir. *Er* will durch die freundlichen Lüfte fliegen. Anders als Rain Man liebt Bobby Flugzeuge. Er ist ganz verrückt nach allen möglichen Transportmöglichkeiten. Warum habe ich nicht schon früher daran gedacht?

»Bobby, willst du auch in ein Flugzeug steigen wie Mom und Dad?«, frage ich ihn.

Er nickt.

Dann formt sich der große Plan in meinem Gehirn. Dank meiner vielen Promiinterviews in L.A. habe ich jede Menge Vielfliegermeilen und, tja, ich habe außerdem keine andere Wahl. Hollywood, wir kommen!

Ich verbringe das Wochenende mit den Vorbereitungen für unseren Trip. Ein sexy Outfit und neue Prada-Sandaletten für mich, da dies seit Jahren so etwas wie einem Date am nächsten kommt, und einen bequemen Reisepyjama für Bobby. Ich bitte Zacks Schwester Jaimie, bei Bobby im Hotel zu bleiben, während ich das Interview mache. Wir packen Bobbys Lieblingsfiguren von *Star Trek* und nehmen den Flug am Montagmorgen nach Los Angeles.

Ich miete ein Miata-Cabrio, so dass Bobby den Fahrtwind im Gesicht spüren kann, wie er es gern hat. Wir befinden uns auf dem 405er Freeway in Richtung des Hotels *Four Seasons*, als ich Bobby heimlich einen Seitenblick zuwerfe. Er hat sich fest angeschnallt, reckt den Kopf aber, so weit es geht, in den Wind empor.

»Ich bin der König der Welt!«, sagt er mit monotoner Stimme, während ihm der Wind das Haar zerzaust wie bei Leo in *Titanic*.

»Ja, das bist du, Bobby, denn dank deiner guten Idee habe ich meine Haut retten können.«

Ich drehe an den Reglern des Radios, bis ich auf »Me & Bobby McGee« stoße, unser Lieblingslied, als wir noch klein waren. Janis singt sich die Seele aus dem Leib. Wieder blicke ich verstohlen zu Bobby hinüber. Er hat die Augen geschlossen und blinzelt gelegentlich in die Sonne, die ihm ins Gesicht scheint. Dann singt er zusammen mit

Janis in seiner völlig unmusikalischen Art wie ein Roboter.
Was macht es schon, dass Bobby nicht normal ist? Auf seine Art ist er jedenfalls total niedlich. Ich kann nicht anders – ich liebe ihn einfach. Ich strecke die Hand aus und tätschele seinen Arm. Er zieht seinen Arm ruckartig weg und starrt mich vorwurfsvoll an, als hätte ich ihn mit dem Brandeisen berührt.
»Tut mir leid«, sage ich und starre übertrieben sarkastisch zurück. Zwar habe ich soeben die Nicht-anfassen-Regel gebrochen, bin aber trotzdem nicht in meinen Gefühlen verletzt. Auch wenn wir nie die Nähe haben werden, nach der ich mich mein Leben lang gesehnt habe, und wenn ich auch niemals wissen werde, wie seine Gefühle für mich sind, so ist das in diesem Moment völlig in Ordnung. Es reicht mir, ihn einfach nur zu lieben, ohne die anderen störenden, komplizierten Gefühle.
Allmählich gelingt es mir zu akzeptieren, dass mein eigener Zwillingsbruder immer ein Fremder für mich bleiben wird. Oprahs Stimme ertönt in meinem Kopf: »… was kannst du daraus lernen?« Dann trifft mich die Erkenntnis laut und deutlich. Meine Schwierigkeiten, diese traurige Tatsache zu akzeptieren, haben mich auf eine Reise direkt zurück zu jener Person geführt, die ich erst einmal kennenlernen muss: zu mir. Die Dinge, über die ich keine Kontrolle habe, zu akzeptieren, statt sie tagein, tagaus zu bekämpfen und die Wunden mit Essen zu lindern, ist eine wahre Erleichterung.
Wir checken ins *Four Seasons* ein, wo bereits eine Nachricht von Gibsons Agent, Jeff, auf mich wartet. Wir gehen auf unser Zimmer, von wo aus ich ihn sofort anrufe.
»Schlechte Neuigkeiten. Ich habe heute Morgen schon

versucht, dich zu erreichen«, sagt Jeff. »Mel hat am Wochenende das Rauchen aufgegeben. Das Interview ist abgeblasen.«

»Aber das kannst du nicht machen! Ich bin extra quer durchs ganze Land geflogen!«, rufe ich. »Wir müssen ja nicht rauchen! Wir können alles machen, was er vorschlägt, aber ich kann nicht ohne das Interview zurückkommen.«

»Du hast mich nicht verstanden. Mel hat Entzugserscheinungen. Er will gar nichts unternehmen«, sagt Jeff. »Er spricht nicht einmal mit mir.«

Jetzt werde ich *definitiv* gefeuert.

»Wir brauchen uns nicht einmal in die Nähe einer Zigarre zu begeben«, sage ich. »Ich brauche nur eine oder zwei Stunden für das Interview mit ihm.«

»Bella, er hat wirklich ganz schlechte Laune«, sagt Jeff. »Der Mann ist abhängig.«

»Sieh mal, Jeff, ich weiß, dass du mir diesen Gefallen tun willst, weil ich Rosie O'Donnell nicht geoutet habe, obwohl Blanche mich unter Druck gesetzt hat«, sage ich flehend. »Aber ich habe vier Millionen Frauen in meiner Hosentasche. Bitte zwing mich nicht, zu schreiben, dass Mel Gibson uns *alle* im Stich gelassen hat.«

Einige hektische Anrufe später hat Jeff seinen Zauber wirken lassen, und Gibson beschließt, an dem ursprünglichen Plan festzuhalten. Also schlüpfe ich in mein neues Outfit, gönne mir eine Fönfrisur im Hotel, damit mein krauses Haar schön seidenglatt wird, und warte auf Jaimie, damit sie auf Bobby aufpasst.

Pünktlich klopft es an der Tür.

»Jaimie!« – »Bella!«, rufen wir gleichzeitig aus und umarmen uns zur Begrüßung.

»Es ist Ewigkeiten her«, sage ich zu Zacks Schwester. Ihr Bett war damals unser Lieblingsplatz, um es uns miteinander gemütlich zu machen. »Vielen, vielen Dank, dass du hergekommen bist. Ich hätte ihn einfach nicht bei einem der Betreuer vom Hotel lassen können«, sage ich. »Du weißt schon, warum.«
»Freut mich, dass ich helfen kann«, sagt sie. »Und wie geht es dir mit Zacks großen Neuigkeiten? Ich sollte es wahrscheinlich nicht sagen, aber meine Familie hat eigentlich immer gehofft, dass du es eines Tages werden würdest. Euer Hochzeitslied hätte dann ›My Sharona‹ sein können.«
Ich halte meine Hand abwehrend hoch, denn ich mag jetzt nicht daran denken, nicht so kurz vor dem Interview. Mir gelingt ein Achselzucken, dann sage ich: »Wenn Zack glücklich ist, bin ich es auch. Und jetzt erkläre ich dir alles wegen Bobby.«
Nachdem ich Jaimie genauestens über Bobbys komplizierte Rituale instruiert habe, atme ich einmal tief ein und fahre mit dem Miata zum Grand Havana Room, der exklusivsten Zigarrenlounge in L. A. Sie befindet sich mitten in Beverly Hills, versteckt im zweiten Stock einer noblen Einkaufspassage. Man kommt nur über einen Fahrstuhl dorthin, der von einem Türsteher bewacht wird.
»Bella Grandelli«, sage ich. »Ich habe eine Einladung von Mel Gibson.« (Ich gestehe, dass es mir ein kleines bisschen Spaß macht, das zu sagen.)
»Ja, wir haben Sie schon erwartet«, sagt der Türsteher. »Bitte folgen Sie mir.«
Er begleitet mich hinauf und ans Ende der Bar zu einer samtüberzogenen Couch. Ich bin fünfzehn Minuten zu früh dran und beobachte die Szenerie – ein Art-déco-Zim-

mer mit lauter gebräunten, wichtig aussehenden Männern, die Zigarren und Handys in den Händen halten. Plötzlich kommt Gibson hereingeschlendert und mit ihm seine Entourage, die aus fünf Männern besteht. Nun habe ich mich immer für jemanden gehalten, der mehr auf John Cusack steht, aber *heiliger Zigarrenrauch!* Seine Augen sind wie Schwimmbecken! Strahlend blau und kristallklar und so hübsch in Szene gesetzt durch diese … enge schwarze Jeans! Ohne eine Sekunde zu zögern, klettere ich auf das höchste Sprungbrett.
Also, ich habe schon ungefähr hundert Stars interviewt, warum also klopft mein Herz so schnell, und was muss ich eigentlich als Nächstes tun? Ihm auf die muskulöse Schulter klopfen und mich vorstellen? Ich hole mein Handy hervor und rufe Carrie an.
»Du bist die Frau, er ist der Mann. Lass ihn auf dich zukommen«, rät sie mir. Auch ich habe die *Regeln* gelesen, also warte ich auf ein Zeichen von ihm. Schließlich entdeckt mich Jeff, und die Vorstellungsrunde beginnt. Dann kümmern wir uns ums Geschäftliche.
Ich weiß nicht, ob es daran liegt, dass ich sonst mehr Frauen interviewe, oder daran, dass ich schon lange keinen Mann mehr gehabt habe, auf jeden Fall fangen die mexikanischen Springbohnen in meinem Bauch an, den Pee-Wee Herman Tequila-Tanz aufzuführen.
»Bella, du betrittst jetzt das Allerheiligste«, sagt Gibson und geht voran in einen riesigen, von Glaswänden umgebenen Humidor. Ich hebe den Blick von seinem Hintern zu zahlreichen Kästen aus Holz, die alle ein Namensschild aus Messing haben. Gibsons Kasten steht links von Arnold Schwarzeneggers und über dem von Tony Danza.
»Wären diese nicht wunderbar an einem regnerischen

Tag?«, fragt er und zieht Schachtel für Schachtel mit Zigarren hervor und schnuppert daran.
Gibson gerät immer mehr ins Schwärmen, als mir plötzlich der Dunst auffällt, der von der Decke herabströmt. Ich gerate in Panik, weil ich plötzlich – verdammt! – begreife, dass das *humid* in *Humidor* für Feuchtigkeit steht. »Wir müssen sofort hier raus«, sage ich und zupfe ihn am Ärmel.
Er blinzelt mich verblüfft an.
»Ich habe eigentlich lockiges Haar«, gestehe ich. »Und das reagiert allergisch auf Feuchtigkeit. Wir müssen anschließend doch noch ein Foto machen.«
»Dann lass uns gehen, Shirley Temple«, zieht er mich auf und begleitet mich hinaus, um die Zigarre anzuschneiden. Ich habe eine Dunhill Double Corona gewählt, von der Gibson behauptet, dass sie älter ist als ich (37) und jünger als er (46). Da kubanische Zigarren zu den besten Sorten gehören, ihr Import aber nicht mehr legal ist, ist es ein wahrer Luxus, diese Rarität zu einhundert Dollar das Stück zu rauchen.
Während er die Spitze abschneidet, ahmt er die Geräusche eines weinenden Babys nach und stößt dann einen Schwall Jiddisch aus. Ich begreife, dass er die Zigarre beschneidet, und unterdrücke ein Lachen. Ich möchte nicht, dass er sieht, wie sein kindischer Humor bei mir zieht.
»Mel, ich muss dir einfach zu deinem Mut gratulieren, dich in einer Zigarrenlounge interviewen zu lassen, nur drei Tage nachdem du auf Entzug gegangen bist«, sage ich. »Ich würde niemals einem Interview in einer Bäckerei zustimmen, wenn ich gerade eine Diät mache.«
»Du könntest jemand anderen die Donuts essen lassen.

Ich stelle einen gewissen Grad von Ersatzbefriedigung fest, dich beim Zigarrerauchen zu beobachten«, sagt er und wirkt recht beeindruckt von meinen Rauchringen. »Das gefällt mir.«

Es gefällt mir wiederum so gut, dass es ihm gefällt, dass die Existenz einer australischen Ehefrau seit zweiundzwanzig Jahren und ihrer sieben gemeinsamen Kinder bei mir allmählich eine Depression auslöst. Es reicht, beschließe ich, nachdem ich genug von ihnen gehört habe. »Wann ist der richtige Zeitpunkt, um abzuaschen?«, frage ich und wechsle das Thema.

»Wann immer du willst«, sagt er und starrt sehnsüchtig auf meine Zigarre. »Du solltest es wirklich mit dem Inhalieren probieren, weißt du«, sagt er und verschluckt sich in diesem Augenblick an dem Streichholz, an dem er schon die ganze Zeit herumgekaut hat. Er hustet und keucht eine Minute lang, würgt dann das Streichholz hoch und spuckt es mir direkt an die Stirn!

Ich wische mir Mels Spucke von der Augenbraue ab. »Das geschieht dir recht, weil du mir das geraten hast«, sage ich.

»Tut mir leid, aber es fällt mir sehr schwer, mich abzulenken«, sagt er und springt plötzlich auf, schnappt sich meinen Notizblock und kritzelt wie ein Verrückter darauf herum. »Es dauert zehn Tage, über die körperlichen Entzugserscheinungen hinwegzukommen. Mein Gehirn feuert eine Salve nach der nächsten ab.«

»Aber du hast schon Schlimmeres überstanden«, sage ich. »Ich habe gehört, dass du bei den Dreharbeiten von *Mad Max – Jenseits der Donnerkuppel* so betrunken warst, dass Tina Turner eine deiner Hochglanzautogrammkarten genommen, dick ›Wehe, du verbockst es!‹ über dein Gesicht geschrieben und dir die Karte dann zurückgegeben hat. Daraufhin hast du mit dem Trinken aufgehört. Wie war das im Vergleich zu heute?«

»Das damals war ein Kinderspiel«, sagt er. »Die Leute sagen, wenn du trinkst, bist du dein wahres Ich. Das ist totaler Mist. Es macht dich zu einem Vollidioten. Und glaube mir, ich hatte genügend Übung.«

»Ich denke, man lernt sich erst dann selbst wirklich kennen, wenn man sich seiner Laster entledigt«, sage ich.

Auf Joyce' Ratschlag hin probiere ich, meine Depressionen ohne Fressattacken durchzustehen und meine unangenehmen, ekelhaften Gefühle auszuhalten. So qualvoll dies auch ist, ich muss trotzdem zugeben, dass ich jedes Mal etwas daraus lerne, das mir entgangen wäre, wenn ich mich mit Essen betäubt hätte.

»Das ist absolut richtig«, sagt Mel und scheint aufrichtig interessiert zu sein. »Ich habe eine Menge über mich gelernt, nachdem ich den Alkohol aufgegeben habe.«

»Oprah hat mir einmal gesagt, dass ich mich immer dann, wenn mir etwas Schlechtes widerfährt, fragen soll, was ich daraus lernen kann. Hört sich an, als hättest du genau das getan.«

»So hat es noch niemand formuliert …«, sagt Mel.

»Entschuldigung, Leute, aber die Zeit ist bald um«, unterbricht uns Jeff.

»Nein, Jeff. Mir gefällt es«, sagt Mel. »Dieses Interview ist zur Abwechslung einmal interessant.«

»Du hättest schon vor einer halben Stunde im Tonstudio sein sollen, und wir müssen auch noch die Fotos machen«, sagt er. »Tut mir leid, Bella, das ist jetzt die letzte Frage.«

Ich hätte ihn sehr, sehr gern gefragt, was er über sich gelernt hat, nachdem er mit dem Trinken aufgehört hat. Aber ich arbeite für das Stinktier, also muss ich ihre dämliche Frage stellen.

»Kennst du den Spruch ›Eine Frau ist bloß eine Frau, aber eine gute Zigarre ist ein Genuss‹?«, frage ich und komme mir dabei total idiotisch vor. »Wenn du die eine der anderen vorziehen müsstest, wie würdest du dich entscheiden?«

Gibson legt den Kopf zur Seite und sieht mich an, als hätte ihn diese Frage enttäuscht. Aber ich bin mir sicher, dass man ihm schon oft dämliche Fragen gestellt hat, also überinterpretiere ich seine Reaktion vielleicht. Und möglicherweise bin ich auch nur von mir selbst enttäuscht, weil ich dem Stinktier nachgebe.

»Diesen Spruch habe ich nie richtig verstanden«, sagt er.

»Aber wenn du dich entscheiden müsstest«, dränge ich und komme mir wie die größte Dummschwätzerin vor.

»Wenn ich mich zwischen einer Frau und einer Zigarre entscheiden müsste, dann würde ich die Frau wählen«, sagt er. »Man hat mir ja schon viele Fragen gestellt, aber diese ist ausgesprochen dämlich. Das Interview ist vorbei. Lass uns gehen, Jeff.«

Alle gehen, und ich bleibe zurück und komme mir vor, als hätte ich soeben von einem Blind Date einen Korb bekommen. Ich hasse mich dafür, dass ich nicht meinen Instinkten gefolgt bin und stattdessen getan habe, was Blanche von mir verlangt hat. Und abgesehen von dieser peinlichen Frage habe ich keine echte Story. Das wiederum bedeutet, dass noch jede Menge Arbeit vor mir liegt, um das Ganze interessant zu machen. Tick, tack, tick, tack – mir bleiben nur noch kärgliche drei Tage, bevor wir in Druck gehen.

Dann wird es noch schlimmer, als ich aufstehe und einen Blick auf mein Spiegelbild über der Bar werfe. Wir sind wohl doch länger in dem Humidor gewesen, als ich gedacht habe, denn der ständige Wasserdampf hat die Glätte meines Haars zerstört – allerdings nur auf einer Seite! Zu meinem großen Entsetzen sieht es aus, als hätte es sich ein kleiner Waschbär auf der rechten Seite meines Kopfs gemütlich gemacht. Das dürfte die haarige Entsprechung jener Situationen sein, in der man aus dem Waschraum kommt und einem ein Stück Toilettenpapier an der Schuhsohle klebt oder man sich den Rock versehentlich in die Nylonstrumpfhose gestopft hat.

Trotz meines Abgabetermins beschließe ich, mit Bobby am nächsten Tag die Sehenswürdigkeiten von Los Angeles zu besichtigen, da ich nicht weiß, wann wir das nächste Mal herkommen werden. Wir klappern alle Touristenattraktionen ab: Besuch des Hollywood Sign, die Rundfahrt an den Anwesen der Stars vorbei und der Universal City Theme Park, der Bobby am besten gefallen hat und wo wir mit allen möglichen Karussellen fahren, was ich nicht ausstehen kann.

»Führ mich zum Schotter!«, ruft er aufgekratzt, als wir im Geschenkeshop von Universal stehen. Die grellbunten Plastikspielzeuge reizen ihn noch mehr als die Themenfahrt von *Zurück in die Zukunft*. Er könnte mit Freuden ewig auf den ganzen Mist starren.

»Such dir aus, was du möchtest«, sage ich. »Aber dann müssen wir los, um das Flugzeug zu erwischen.«

Bobby wählt eine blaue Plastikattrappe eines Phasers aus *Star Trek*, die ich zusammen mit meiner *Vogue* bezahle, dann rasen wir zum Flughafen. Ich gebe den Mietwagen ab, achte darauf, dass Bobby all seine Sachen dabeihat, vor allem seine geliebte *Mord-ist-ihr-Hobby*-Brotdose, dann gehen wir zum Abfluggate.

Als wir endlich bei unseren Plätzen sind, bin ich total erschöpft. Aber ich fühle mich auch gut. So viel zum Thema Multitasking! In nur zwei Tagen habe ich wenigstens einige Zitate aus Hollywoods zurückhaltendstem Interviewpartner herausgekitzelt, meinen Job gerettet und meinen Bruder zu einem Miniurlaub verholfen. Das ist zwar nicht dasselbe, wie ihn zu »heilen«, aber wenigstens kann ich hoffen, ihn glücklich gemacht zu haben.

Er jedenfalls sieht zufrieden aus, während er an den Knöpfen seiner Armlehne herumspielt und den Inhalt seiner Brotdose neu ordnet, bis alles so perfekt ist, wie er es gern hat.

»Bist du bereit für die freundlichen Lüfte?«, frage ich und vertiefe mich in die *Vogue*.

Doch noch bevor er irgendetwas antworten kann, tauchen vier Männer in schwarzen Anzügen mit Mikroknöpfen im Ohr auf und kommen direkt durch die Flugzeugkabine auf uns zu. Sie greifen nach Bobby – jeder schnappt sich jeweils ein Arm und ein Bein – und zerren ihn von seinem Sitz hoch. Dann werfen sie ihn grob mit dem Gesicht auf den Boden.

»Eeee, Eeee, Eeee«, kreischt Bobby gellend auf.

»Lassen Sie ihn los! Was soll das?«, schreie ich, während mir das Adrenalin in die Adern schießt.

»Leggo my Eggo! Leggo my Eggo!«, kreischt Bobby.

Alle um uns herum geraten in Panik, ich ganz besonders.

»Bleiben Sie, wo Sie sind, Miss!«, ruft der Anzugträger, während er sein Knie meinem Bruder kräftig in den Rücken drückt. »Dieser Mann besitzt eine Waffe!«

»Nein, das tut er nicht!«, brülle ich. »Das ist ein Missverständnis!«
Sie reißen Bobby die Brotdose weg, öffnen sie und holen den Phaser hervor.
O mein Gott! Bobby muss mit dem Phaser herumgefuchtelt haben, während ich damit beschäftigt war, mein Hochglanzmagazin zu lesen und mir dazu zu gratulieren, so eine tolle Multitaskerin zu sein. Wie konnte er sich nur so dämlich aufführen? Und wie konnte ich nicht einen Deut besser sein?
»Das ist aus Plastik!«, brülle ich. »Er ist ein Trekkie!«
»Alle bitte zurücktreten«, sagt einer der Anzugträger, während die anderen drei Bobby über den Boden des Flugzeugs zum Ausgang schleifen.
»Hilfe, ich bin gefallen und kann nicht mehr aufstehen!«, kreischt Bobby aus voller Kehle. »Fertigmachen zum Hochbeamen, Scotty! Die Aliens greifen an!«
Ich renne hinter ihm her, und damit fängt der Alptraum erst an.
Es ist wie ein Dominoeffekt der Missverständnisse. Eine Stewardess hatte den Phaser entdeckt, als Bobby seine Brotdose öffnete, und sofort Bericht erstattet. Daraufhin wurde er vom FBI ins Visier genommen, das meinte, die typische Körpersprache eines Kriminellen entdeckt zu haben – gekrümmte Haltung und verdächtig wenig Augenkontakt. Sie haben eins und eins zusammengezählt, aber leider ist dabei zwölf herausgekommen. Niemand hört mir zu.
»Ähm, Dad, es tut mir sehr leid, dass ich eure Reise ruiniere, aber ich habe schlechte Neuigkeiten«, sage ich ihm am Telefon, nachdem sich die Behörden weigern, Bobby an irgendjemanden außer seinen legalen Vormund auszu-

liefern. Mittlerweile haben sie kapiert, dass sein Plastikspielzeug niemanden verletzen kann. Niemand, außer Bobby, wie sich gezeigt hat. Aber die Regeln sind die Regeln, und für Autisten werden keine Ausnahmen gemacht.

Bis meine Eltern von ihrer Tagung in Arizona nach L. A. geflogen kommen, um mich im Bezirksgefängnis zu treffen, ist Bobby bereits mehr als vierundzwanzig Stunden eingesperrt. Das Warten auf sie ist die reinste Hölle, während ich mir vorstelle, wie verängstigt Bobby sich in der Zelle hinter Gittern fühlen muss.

Endlich höre ich das vertraute Klappern der Pappagallo-Pumps meiner Mutter, die den Korridor entlangläuft. Dann stehen sie und mein Vater vor mir. Jetzt kommt das Jüngste Gericht. Der Blick meiner Mutter ist weit in die Ferne gerichtet, ihr Mund ist zusammengekniffen, während mein Vater unaufhörlich mit dem Kleingeld in seiner Hosentasche klimpert.

»Es tut mir so leid!«, sage ich und breche in Tränen aus. Bis zu diesem Punkt hatte ich noch die Fassung bewahrt. Aber als meine Eltern dann vor mir stehen und so ängstlich aussehen, wie ich mich fühle, bekommt meine Fassade einen Riss.

»Ich weiß, Liebes«, sagt meine Mutter, aber der furchtsame Blick ihrer Augen sagt etwas anderes.

Nachdem meine Eltern einen Berg von Formularen ausgefüllt haben, führen uns die Beamten durch eine elektronisch gesicherte Tür und einen langen, dunklen Korridor entlang. Wir gehen hintereinander her, ich schniefend zum Schluss.

»Reiß dich zusammen, reiß dich zusammen«, sage ich mir mit strenger Stimme, aber die Tränen wollen nicht aufhö-

ren zu fließen. Im Gegenteil, je mehr wir uns Bobby nähern, desto hysterischer werden meine Schluchzer.
Fast scheint es, als hätte mich die graue Wolke genau dort, wo sie mich haben will, im Würgegriff, wo sie mir den letzten Atem nimmt. Ich bin schuld, dass mein Bruder eingekerkert worden ist, als wäre seine autistische Welt nicht schon eine lebenslange Gefängnisstrafe für sich.
Aber als wir um die Ecke biegen und zu Bobbys Zelle kommen, stellen wir fest, dass er vollkommen … ruhig ist. Er sitzt auf seiner Pritsche und ordnet seine *Findet-Nemo*-Figuren, während er leise die Titelmusik von *Gilligans Insel* vor sich hin singt. »Just sit right back and you'll hear a tale …«, leiert er mit monotoner Stimme herunter.
Was soll der Scheißdreck? Sein Gesang gibt mir den Rest, und so bekomme ich in genau diesem Moment vor den Augen aller einen totalen Nervenzusammenbruch.
»O mein Gott, es geht ihm *gut!*«, bricht es aus mir heraus, während meine Stimme immer schriller wird. »Er weiß nicht einmal, was los ist! *Ich halte das nicht mehr aus!*«, kreische ich.
Der Gefängnisbeamte weicht einen Schritt von mir zurück, während ihm die Kinnlade nach unten klappt. Meine Eltern blicken mich in stummem Entsetzen an.
»… a three-hour tour«, singt Bobby weiter und senkt seine Stimme wie bei der Fernsehserie.
»Wie früher, als wir klein waren und er nicht einmal wusste, wie man sich etwas wünscht, als wir die Kerzen auf unserer Geburtstagstorte ausgeblasen haben. Ich kann so nicht mehr weitermachen! Ich kann *ihn* nicht ertragen, und ich kann *mich* nicht mehr ertragen – und euch beide kann ich auch nicht mehr ertragen! Ihr macht nie den Mund auf, sondern lasst alles immer weiter und weiterlau-

fen! Aber ich weiß genau, was ihr macht. Ihr hofft!«, rufe ich und komme mir vor, als klagte ich sie schwerer Kriegsverbrechen an. »Insgeheim wünscht ihr, dass es aufhört!« Ich weiß, dass ich gerade komplett die Kontrolle verliere, aber ich kann mich nicht mehr beruhigen. Ich komme mir vor wie Petes Vulkan in der Folge von *The Brady Bunch*. Ich kann nicht anders, sondern spucke und speie aus, was seit siebenunddreißig Jahren in mir brodelt.

»Unser ganzes Leben lang sind wir schon Geiseln des rosa Elefanten!«, kreische ich. »Könnt ihr das nicht sehen, keiner von euch? Dann sage ich es euch – Bobby ist *nicht* normal. Und es wird *nie* eines Tages einfach weggehen! Das wünscht ihr euch doch ständig, ich weiß es genau, aber es gibt *nichts*, das ich tun kann. Ich kann *nicht* dafür sorgen, dass sich euer Wunsch erfüllt. Ich kann nicht. Ich kann es nicht!«

Ich lasse mich schluchzend zu Boden gleiten. »Und wisst ihr was? Ich bin auch nicht normal«, sage ich. »Denn es ist nicht normal, dass ich, die Glückliche, auf ihn, den Außenseiter, eifersüchtig bin. Aber das bin ich! Ich bin so eifersüchtig, denn ihr liebt ihn so, wie er ist, und ich werde nie gut genug sein, um diese Liebe zu verdienen. Ich habe es so satt, mich immerzu anstrengen zu müssen, damit ich sie auch verdiene, aber ich kann ihm nicht helfen. Ich kann es nicht wiedergutmachen. Ich kann mir ja nicht einmal selbst helfen.« Mit tränenüberströmten Wangen blicke ich zu ihnen auf. »Ihr habt nichts verstanden. *Ich* bin diejenige, die einen Schaden hat, ich bin der echte Freak. Ich bin's. Ich.«

Ich kann dem Gefängniswärter ansehen, dass er mir zustimmt, aber das ist mir egal. An die Gitterstäbe von Bobbys Zelle gelehnt, schluchze ich in meine Hände. Ungefähr eine Minute lang rührt sich keiner von uns, und ich lausche meinem bitterlichen Weinen, das wie ein Echo über den Flur hallt. Das Geräusch klingt surreal, als befände ich mich in einem Traum.

Dann höre ich Bobby, der sich von seiner Pritsche erhebt und mit seinen kleinen, ruckartigen Schritten auf mich zugetrottet kommt. Ich hebe den Kopf und sehe ihn mit tränenverschleiertem Blick an. Einen Augenblick lang betrachtet er mich aus dem Augenwinkel durch die Gitterstäbe. Dann räuspert er sich und sagt: »Bella, drop the chalupa.«

Er wiederholt den Slogan des Chihuahuas der Fastfood-Kette Taco Bell wieder und immer wieder mit seiner Roboterstimme: »Drop the chalupa, drop the chalupa.«

Ich wische mir über die Augen und sehe meinen Bruder an. Dann begreife ich, dass er recht hat. Ich muss mit dem Wahnsinn aufhören. Das Spiel ist aus.

Die Wahrheit ist, dass ich so bedürftig, fordernd und schwierig bin wie mein Zwillingsbruder, mehr, als ich je irgendjemandem verraten habe. Mein Ziel im Leben bestand immer darin, so anders wie möglich als Bobby zu sein. Aber mit dem rosa Elefanten, der über mir lauert, ist es an der Zeit, der Wahrheit ins Auge zu sehen. Ich bin eine verdammte Versagerin.

Wieder habe ich schluchzend die Hände vors Gesicht geschlagen, als ich spüre, wie mich jemand umarmt. Es sind meine Eltern, die sich links und rechts neben mich gekniet haben und mich umständlich in die Arme ziehen.

»Es tut uns leid, Bella«, flüstert mir meine Mutter liebevoll ins Haar. »Wir haben dich enttäuscht, nicht andersherum. Dabei lieben wir dich doch so sehr.«

Mein Vater klimpert mit ein paar Münzen in der Hosentasche, mit der anderen Hand tätschelt er mir unbeholfen den Rücken. »Wir sind immer schon sehr stolz auf dich gewesen. Wir dachten nur, dass du das wüsstest, deswegen.« Er lässt die Münzen eine Minute ruhen und wischt sich eine Träne aus dem Augenwinkel. »Wir haben unser Bestes gegeben«, sagt er dann.

Und das, liebe Freunde, bricht mir endgültig das Herz.

Jeder in meiner Familie tut sein oder ihr Bestes, und es ändert sich verdammt noch mal nichts. Schlagartig überkommt mich die Erkenntnis, dass ich das, was ich an meinen Eltern so hasse, in Wirklichkeit an mir selbst überhaupt nicht ausstehen kann. Mein Vater ist von Flaschenschiffen besessen, ich diäte die ganze Zeit. Beides sind praktische Ersatzhandlungen, der Versuch, etwas zu kontrollieren, irgendetwas, in einer Welt, die ansonsten völlig aus den Fugen geraten ist. Meine Mutter mit ihrer abwesenden Stimme ekelt mich an, weil ich ihr nicht ansehen will, wie es in mir aussieht, die Hilflosigkeit, die Unfähigkeit, jemandem zu helfen, den man so sehr liebt. Und dann ist da noch unser Familienschoßtier, der rosa Elefant, unser stummer, geheimer, kollektiver Wunsch, dass sich Bobby irgendwie, irgendwann verändern wird.

Unterdessen nimmt Bobby überhaupt nicht wahr, welchen Schmerz allein seine Anwesenheit hervorruft. Im Vergleich zu uns ist er frei. Außer der Tatsache natürlich, dass er sich augenblicklich in einer Gefängniszelle befindet.

»Ich liebe dich, Taco Bell«, sagt er und hält mir seine *Nemo*-Figur durch die Gitterstäbe entgegen.

Ich nehme sein Geschenk an.

Und das Leben muss weitergehen. Also machen wir vier uns schließlich auf den Weg nach Hause. Ich schlage mir die ganze Nacht um die Ohren und liefere die Gibson-Story pünktlich ab. Zwar gehört der Artikel nicht zu meinen besten, aber einige Zitate werden doch auf Seite sechs erwähnt. Wieder werde ich in Blanches Büro zitiert, was mich normalerweise nervös werden ließe, doch nicht heute.

Ich nehme Platz im Reich des Gestanks nach Giorgio, und sie heftet ihren Blick auf mich.

»Bilde dir bloß nichts darauf ein, dass du auf Seite sechs gelandet bist«, sagt sie herablassend. »Was hast du für den nächsten Monat vor? Unsere Verkaufszahlen sinken an den Kiosken.«

»Bislang tatsächlich gar nichts«, sage ich, denn ich habe auf dem Rückflug von L. A. eine Entscheidung getroffen. Ich habe genug davon, mich selbst schlecht zu behandeln, und ich werde das Stinktier um die Verantwortung erleichtern, diese Aufgabe für mich zu erledigen.

»Bella, wenn du diesen Job wirklich haben willst …«, fängt sie drohend an.

»Genau das ist der Punkt«, sage ich. »Denn ich will ihn nicht. Du musst allein zurechtkommen. Ich kündige.«

Ich stehe auf, um zu gehen, und erfreue mich am Anblick ihres mit Botox glattgespritzten Gesichts mit der Stinktierfrisur. »Ach, übrigens, was ich dir schon immer sagen wollte«, sage ich und halte meine Nase in die Giorgio-Wolke, »für dich zu arbeiten stinkt mir gewaltig.«

# 19

Jahr: 2002
Alter: 37
Idol: *Cher*
Lieblingslied: *»Crash« von der Dave Matthews Band*
Kostbarster Besitz: *pinkfarbene Vespa mit passendem Helm*
Schönste Schuhe: *Slingpumps von Kate Spade*

Zwei junge Frauen in den Zwanzigern mit stachelig abstehendem, magentafarbenem Haar und mehreren Piercings beobachten Bobby verstohlen. Nein, besser gesagt, sie *starren* ihn an. Bobby hingegen bekommt davon natürlich nichts mit.

»Also, was hältst du von diesem hier?«, frage ich Bobby und zeige auf ein besonders abstrakt wirkendes Bild. Wir sind auf einer Galerieeröffnung an der Lower East Side, und es sind mehr Stars anwesend als bei einer Filmpremiere. Bislang haben wir Susan Sarandon und Tim Robbins mit ihren Kindern entdeckt, dann Robert de Niro und Leonardo DiCaprio.

Bobby betrachtet die farbbespritzte Leinwand.

»Wahnsinn dient keinem Zweck, er kennt keine Vernunft. Aber er kann ein Ziel haben«, zitiert er mit größter Selbstsicherheit und fester Überzeugung.

»Das ist *so* tiefgründig«, sagt Stacheliges Magentahaar.

»Und er sieht sooo süß aus. Sieh mal, wie er angezogen

ist – absolut individuell«, stimmt Mehrfachpiercing zu. »Er ist bestimmt berühmt.«

Ich beiße mir auf die Lippen, um nicht laut aufzulachen. Bobbys Unsinnsätze haben, wenn auf Kunst oder beispielsweise Weine angewendet, eine verblüffende Wirkung und beeindrucken sogar die Kenner. Und das besonders hier im East Village. Meine Eltern sagten, dass die gesamte Umgebung sie an eine Bar-Szene aus *Star Trek* erinnert, doch ich bin sehr froh, hergezogen zu sein. Ich liebe es, downtown zu wohnen. Beziehungsweise, *wir* lieben es, denn Bobby und ich wohnen an den Wochenenden zusammen. Mel Gibson hat das Trinken und Rauchen aufgegeben und ich meine Sucht, mir selbst aus dem Weg zu gehen, indem ich versuche, alles für meinen Zwilling gutzumachen.

Oprah hatte wirklich recht – wenn dir etwas Schlechtes widerfährt, dann kannst du daraus lernen. Nicht, dass es leicht wäre, nein, es, vielmehr *ich* befinde mich noch mitten im Lernprozess, und selbstverständlich habe ich noch gelegentlich Ausfälle. Aber allmählich finde ich heraus, wie ich mit meinem Zwillingsbruder zusammen *sein* kann, statt mich immer gezwungen zu fühlen, etwas für ihn *tun* zu müssen. Und dadurch kann ich es mit mir selbst aushalten, der echte Mensch, dem ich nach all den Jahren näher auf die Pelle rücken sollte.

In seinem Kurs über Drehbuchschreiben sagte Robert McKee, dass sobald sich eine Figur ändert, sich auch die Welt um sie herum verändert. Damals hatte ich keine Ahnung, wovon er sprach, aber jetzt begreife ich, dass er in diesem Punkt recht hat. Nach dem Nervenzusammenbruch im Gefängnis vor den Augen meiner Eltern habe ich beschlossen, auch noch den Rest des rosa Elefanten aus meinem Leben zu vertreiben.

Ich bin ein Risiko eingegangen, als ich meinen Job gekündigt habe. Aber je länger ich dem Stinktier erlaubt hätte, mich zu demütigen, desto länger hätte ich die Arbeit vor mir hergeschoben, die ich wirklich immer schon habe tun wollen. Es ist schon immer mein Traum gewesen, eine romantische Komödie zu schreiben, und jetzt habe ich die Zeit dafür. Mit Sam. Auch wenn es mit uns als Paar nicht geklappt hat, so ist er doch der lustigste Kerl, den ich kenne. Wir treffen uns zweimal wöchentlich, um zu schreiben, und sobald wir ein Exposé fertig haben, werde ich Nora Ephron, die Königin der romantischen Komödie, herausfordern.

Und hier kommt der Knüller – ich werde trotzdem weiterhin Coverstorys für *Style* schreiben und auch andere Artikel, auf die ich Lust habe. Eine Woche nach meiner Kündigung hat mich das Stinktier angerufen und mir einen Vertrag als Freie Redakteurin angeboten. Der Deal: kolossale sechstausend für jede Coverstory. Blanches Zu-Kreuze-Kriechen: unbezahlbar. Auf diese Weise kann ich den Teil des Jobs machen, den ich liebe, aber den ganzen Druck der Buchungen anderen überlassen.

Das Leben ist gut. Es kommt mir ein wenig vor wie meine eigene Episode von *Sex and the City*, obwohl ich zugeben muss, dass es bei mir sehr viel mehr um City als Sex geht. Ich wäre total offen für die Liebe, versteht mich nicht falsch, aber es besteht ein großer Unterschied zwischen Offensein und Leere. Mr. Right wartet vielleicht schon hinter der nächsten Ecke auf mich, aber im Augenblick bin ich mir selbst Miss Right.

Meine Yogalehrerin nennt dies, »im Jetzt leben«, und das habe ich getan und mir jetzt und sofort ein großes Geschenk gemacht. Ich habe nämlich entschieden, meine

Unabhängigkeit zu feiern, indem ich mir eine pinkfarbene Vespa schenke – eine perfekte Erinnerung, das Leben jeden Tag zu genießen.

»Fahren Sie vorsichtig, Bella«, sagt Ron, unser Portier, als ich mir den Helm aufsetze, auf Pinky hüpfe und Richtung uptown zu David Lettermans Studio fahre, wo ich endlich Cher interviewen darf. Nun, ich habe das Interview an sich noch nicht fest zugesichert bekommen, aber die Anfrage, die ich vor neun Monaten gestellt habe, ist endlich irgendwie bei ihr gelandet. Lulu, Chers Agentin, hat dem Star erzählt, dass ich ihr größter Fan bin, und so darf ich mich ihr kurz vorstellen, bevor sie live in *Late Night with David Letterman* auftreten wird. Das ist wenigstens ein Anfang.

Ich schließe Pinky ab und bahne mir einen Weg durch perückentragende Dragqueens und verzückte Fans, die »You Got Me, Babe!«-Schilder schwenken. Dann zeige ich dem Türsteher kurz meinen Presseausweis, und er weist mir den Weg die Treppe hinauf.

Ich gehe durch das Labyrinth aus Gängen ins Studio, komme an einer Tür mit dem Schild »Goo Goo Dolls« vorbei – dem musikalischen Auftakt der Show – und finde schließlich die richtige Tür mit dem Schild »Cher«. Ich bin so aufgeregt! Ich weiß, dass das idiotisch ist, aber ich fühle mich wieder wie eine Achtjährige, die die Minuten bis zum Beginn der *Sonny and Cher Comedy Hour* zählt, am äußersten Rand des Sessels hockt und es nicht erwarten kann, ihr erstes Outfit zu sehen und sie dabei zu beobachten, wie sie mit ihren langen, ungeheuer glamourösen Fingernägeln versucht, in die Hände zu klatschen.

Ich brauche eine Minute, um mich zusammenzureißen. Ob ich nun das Interview mit ihr bekomme oder nicht,

ich möchte auf jeden Fall die Tatsache würdigen, dass ich wenigstens die Chance habe, diesen Star kennenzulernen, deren Selbstsicherheit so viel Einfluss auf mich als Heranwachsende hatte.
Tief einatmen.
Ich klopfe an.
Nichts geschieht. Bin ich hier richtig? Komme ich etwa zu spät?
Ich klopfe kräftiger an.
Plötzlich wird die Tür aufgerissen, und ein Muskelprotz, der nichts außer einer schwarzen Lederweste – dazu wogt seine Brustbehaarung – und einer schwarzen Lederhose trägt, sieht mich an, als säßen drei Köpfe auf meinen Schultern. Ich erkenne ihn von den Fotos: Er ist Chers Manager.
»Kann ich helfen?«, fragt er und sieht mich prüfend unter halb geöffneten Lidern an.
Zum Glück entdeckt mich Lulu in diesem Augenblick und winkt mich herein. Sie deutet auf den freien Platz neben sich auf einer Bank. Ich schlendere durch die hektische Betriebsamkeit und setze mich neben sie.
»Wow«, sage ich und werfe einen ersten Blick auf Cher im Schminkspiegel. Schock! Sie hat eine Glatze. Und blaue Augen.
»Kontaktlinsen, außerdem trägt sie eine Perückenkappe«, erklärt mir Lulu. »Du gehst jetzt besser zu ihr hinüber. Sie ist in fünf Minuten dran.«
Ich bin nervös, daher lasse ich mir kurz Zeit, um über die beste Taktik nachzudenken, wie ich sie zu einem Interview überreden kann.
»Jetzt oder nie, Schätzchen«, sagt Lulu und schiebt mich von der Bank.

Ich nehme all meinen Mut zusammen, stehe auf und gehe quer durch den Raum auf die Ikone der Überlebenstüchtigkeit zu. Ich höre Bette Midlers Stimme in meinem Kopf: Sei du selbst. Okay, was habe ich schon zu verlieren?

Ich lächele und hocke mich neben Cher, während der Hairstylist eine Perücke mit langen schwarzen Haaren und einem Pony wie Kleopatra auf ihrem Kopf befestigt. Wir sind nun Seite an Seite, und Cher sieht mich misstrauisch durch den Schminkspiegel an.

Ich atme tief ein und fange mit meiner Story an. »Im Jahr 1974 ist die Welt eines achtjährigen Mädchens plötzlich in sich zusammengefallen. Ihr Bruder war ständig im Krankenhaus, und ein Hund biss ihr in den Augapfel …«

»Den Augapfel?«, fragt Cher und windet sich.

»Ja, in den Augapfel. Und ihre Großmutter starb«, fahre ich fort. »Dieses Mädchen kam sich so verloren vor, dass ihr nur eine einzige Sache einfiel, die sie aufheitern könnte. Also beschloss sie, ihrem Idol einen Brief zu schreiben.«

Plötzlich dreht sich Cher in ihrem Stuhl um und sieht mich direkt an.

»Ich wollte Ihnen eigentlich nur sagen …«, setze ich an, verstumme jedoch.

»Ja?«, fragt sie und hat eine Augenbraue hochgezogen, offensichtlich interessiert.

»Danke, dass Sie mir zurückgeschrieben haben«, schließe ich.

Aus meiner Tasche ziehe ich eine zerfledderte Postkarte von Cher, die darauf nichts außer zwei strategisch plazierten Stückchen Paillettenstoff trägt (ein wenig unpassend für ein Kind, aber was soll's).

Ich drehe die Karte um und reiche sie Cher, die laut liest:

»›Liebe Bella, lass dich nicht unterkriegen! Alles Liebe, Cher.‹«

»Für mich war dies ein paillettenbesetztes Zeichen des Himmels, und ich wusste, dass alles gut werden würde«, sage ich aus tiefstem Herzen. »Ich werde Ihnen immer dankbar sein, dass Sie sich die Zeit für ein wenig Freundlichkeit genommen haben.«

Das war ein Moment, kann ich euch sagen! Cher wischt sich eine Träne aus dem Augenwinkel, ich tue das Gleiche. Ich denke, es hat sich ausgezahlt, bei jeder peinlichen Frage, die ich je stellen musste, die Nerven behalten zu haben, denn jetzt war ich stark genug, ich selbst zu sein. Vielleicht bin ich nicht perfekt, aber ich bin wenigstens authentisch.

»Du bist dran!«, sagt Chers Manager.

»Oh, scheiße!«, ruft sie verärgert aus, als sie im Spiegel sieht, dass ihr Eyeliner verwischt ist. »Maske!«

Ich gehe rasch aus dem Weg, als das Rettungsteam herbeieilt, um den Lidstrich zu reparieren. Nur wenige Sekunden später wird sie auf die Bühne gerufen, um »Believe« zu singen.

»Tja, Schätzchen«, sagt Lulu. »Ich denke, das Interview hast du in der Tasche.«

Bis zum folgenden Nachmittag befinde ich mich in einem Zustand voller Aufregung, bis ich zu ihrem Penthouse fahre, das sich im *Four Seasons* befindet.

Cher öffnet mir die Tür in einem pinkfarbenen Kaschmirpulli und ausgeblichenen Levi's. Keine Perücke, keine Kontaktlinsen. Sie hat einen Lutscher im Mund. Einerseits ist sie genau so, wie ich es erwartet hatte – geradeheraus, mit beiden Beinen am Boden, dazu ein Anflug von rebellischer Motorradbraut. Andererseits lugt hinter der

Mir-doch-egal-Fassade eine verletzliche Frau mittleren Alters hervor.

So viel zum Thema Überlebenskünstlerin! Während meiner Recherchen stieß ich auf einen Zeitungsausschnitt, in dem es hieß, dass im Fall der Zerstörung unserer Erde durch einen nuklearen Vernichtungsschlag die einzigen Überlebenden »Kakerlaken und Cher« wären. Allein so einen Kommentar zu überleben, macht sie zu etwas Besonderem.

»Es war deine Selbstsicherheit, denke ich, auf die ich als Kind so stark reagiert habe«, sage ich. »In den siebziger Jahren gab es nicht viele Vorbilder für Brünette. Mary Ann von *Gilligans Insel* zählt nicht.«

Ich bin überrascht, als mir Cher erzählt, dass auch sie sich in ihrer Kindheit als Außenseiterin fühlte. »In allen Cartoons von Walt Disney waren die Hexen und bösen Königinnen dunkelhaarig«, sagt sie. »Es gab niemanden, bei dessen Anblick ich mir hätte denken können, ›wow, so bin ich auch‹.«

»Ich hatte wenigstens dich«, sage ich. »Was hast du getan?«

»Ich bin häufig ins Kino gegangen. Und dann habe ich Audrey Hepburn in *Frühstück bei Tiffany's* gesehen, und ich *wurde* zu Holly Golightly«, sagt sie mit einem Lachen. »Sogar in der Schule trug ich meine Sonnenbrille, und als es hieß ›Nimm sie ab‹, habe ich nein gesagt.«

»Lag es also an deiner rebellischen Ader, dass du dich mit sechzehn Jahren auf Sonny eingelassen hast?«, frage ich.

Cher nickt. »Er hatte lange Haare, und wir wurden ständig irgendwo rausgeworfen, weil ich keine ordentlichen Kleider trug«, sagt sie. »Wir waren die ersten Hippies.«

»Ich glaube, dass man mindestens eine tiefer gehende Erkenntnis aus einer Beziehung gewinnt, bevor man zur nächsten übergeht«, sage ich. »Welche Lektion hast du von Sonny gelernt?«

»Hm«, sagt sie und nimmt den Lutscher aus dem Mund. Dann schließt sie die Augen und denkt nach.

Ich nutze die Gelegenheit und gehe selbst die Highlights meiner Ex-Freunde durch. Chandler hat mir die Macht meiner eigenen Schönheit gezeigt. Mush hat mir beigebracht, erst mir selbst Respekt zu zollen, bevor ich dies von anderen erwarte. Grant zeigte mir, dass man sein Leben leben und Abenteuer bestehen muss, auch wenn man sich davon keinen Ehemann angeln kann. Von Niles Whitford wiederum, igitt, lernte ich, dass man sich mit Männern ähnlich Schlechtes antun kann wie mit zu viel Essen oder Alkohol. Johnner zeigte mir, dass Perspektive alles ist. Zack lehrte mich die Macht von Freundschaft (außerdem hätte ich ohne ihn nie das Joycemobil bestiegen, das zu einer ganzen Reihe von weiteren Erkenntnissen führte). Pete brachte mir bei, dass man andere Menschen nicht heilen kann, nur sich selbst. Und Sam zeigte mir, dass Humor einem helfen kann, das Unmögliche zu akzeptieren. Keine Heiratsanträge, aber alles in allem haben mir diese Erlebnisse geholfen herauszufinden, wer ich bin.

Cher räuspert sich. »Sonny hat mir gezeigt, wie machtvoll es ist, immer die Wahrheit zu sagen. Das ist eine tolle Abwehrmaßnahme, weil die Leute es nicht von dir erwarten.«

Die Wahrheit. Die schwierigste Sache, die ich je getan habe, war, meinen Eltern zu sagen, was ich für sie, Bobby und mich selbst empfinde. Aber das habe ich tun müssen, um mein eigenes Leben anschließend in Aufrichtigkeit führen zu können. Es wird mir klar, dass wir alle da sehr zögerlich sind.

»Also, sag *mir* bitte die Wahrheit«, bestürme ich Cher. »Ist es schwer, allein zu sein?«

»Es gibt so wenige Männer, die ich anziehend finde, und ich bleibe lieber allein, als mit jemandem zusammen zu sein, nach dem ich nicht verrückt bin«, sagt sie. »Außerdem kannst du dir das nicht aussuchen – es *passiert* einfach. Du musst offen sein, aber du darfst nicht verzweifeln.«

»Ich weiß genau, was du meinst. Aber ich glaube doch, dass die Leute vorschnell über mich urteilen, weil ich immer noch Single bin. Und das muss zehnmal schlimmer sein, wenn man im Licht der Öffentlichkeit steht.«

»Es verwirrt die Leute, wenn du ihnen zu viele Informationen gibst«, sagt sie achselzuckend. »Du drehst *Silkwood* ohne Make-up und unterziehst dich dann einigen Schönheits-OPs. Du drehst *Die Maske* und anschließend Werbefilme. Du singst und tanzt halb nackt herum und gewinnst anschließend den Oscar für *Mondsüchtig*.«

»Und was davon ist dein echtes Ich?«

»Alle«, erwidert sie. »Es ist wie eine Therapie für mich, alle meine Facetten zu entdecken, aber manchmal gerate ich deswegen in Schwierigkeiten.«

Mir wird klar, dass für mich Liebhaber das sind, was für Cher der Kostümwechsel bedeutet. Beide helfen dir dabei, verschiedene Teile deiner selbst »anzuprobieren«.

»Und wie kommst du damit klar?«, frage ich.

»Trotz der vielen Fehler, die ich gemacht habe, respektiere ich mich immer noch«, sagt sie. »Ich weiß alles von mir, und ich denke trotzdem, dass ich ziemlich in Ordnung bin.«

Das ist genau das, was Mush mir vor vielen, vielen Jahren beigebracht hat: Die erste Regel lautet Selbstrespekt. Wie Cher bin ich endlich an einem Punkt angekommen, an dem ich von mir sagen kann, dass auch ich in Ordnung bin, trotz meiner Fehler. Ich liebe die Tatsache, dass Cher nicht alle Antworten parat hat, aber dass sie auch nicht so tut als ob. Vielleicht, so begreife ich plötzlich, geht es im Leben darum, die richtigen Fragen zu stellen, aber nicht unbedingt, die Antworten dafür zu haben.

»Okay, eine letzte Frage«, sage ich. »Was magst du an dir am liebsten?«

»Dass ich nicht aufgebe und dass ich keine Allüren habe. Das habe ich nicht nötig«, antwortet sie, ohne nachzudenken. »Ich bin schließlich Cher!«

Ich kann mich nicht beherrschen – ich springe auf und umarme sie. Cher sieht mich überrascht an, erwidert die Umarmung jedoch. Wie sich herausstellt, hat uns beide dieselbe Tugend gerettet, nämlich die Fähigkeit, über sich selbst lachen zu können. Dank Sam habe ich herausgefunden, dass, egal, wie schlimm die Dinge sind, wenn man über sich lacht, das wie ein Antippen mit dem Feenstab ist – man kehrt immer wieder nach Hause zurück. Nicht das Zuhause, in dem ich aufgewachsen bin, aber der spezielle Ort, den ich in mir geschaffen habe, wo alles wirklich nicht mehr so schlimm ist.

Auf dem Nachhauseweg mit der Vespa denke ich, dass es ziemlich clever war, vor dreißig Jahren Cher als Idol gewählt zu haben. Denn nun habe ich einen neuen Wunsch. Dieser besteht darin, mich so gut zu kennen und akzeptieren, wie diese Frau es für sich tut, die ins Land der Shampoowerbung abgedriftet war, zurückkam und darüber lachen kann.

# 20

Jahr: 2004
Alter: 39
Idol: *ich*
Lieblingslied: *»My Favorite Things« in der Version von Bella*
Kostbarster Besitz: *Yogamatte*
Schönste Schuhe: *Dr.-Scholl-Sandaletten, handbemalt mit Martinigläsern*

Kennst du das Lied ›My Favorite Things‹ von Julie Andrews aus dem Film *Meine Lieder – Meine Träume?*«, frage ich Nora Ephron. Wir sitzen in einer Nische im *Pastis*, einem angesagten französischen Bistro im Meatpacking District. Ich bin im Begriff, ihr das Drehbuch anzupreisen, an dem Sam und ich während des letzten Jahres gearbeitet haben. Sie nickt, behält aber gleichzeitig Ralph Fiennes im Auge, der in der gegenüberliegenden Nische Platz genommen hat.

»Ich habe meine eigene Version davon geschrieben«, eröffne ich ihr.

»Dann lass mal hören«, sagt sie und widmet mir ihre volle Aufmerksamkeit.

»Ich bin total unmusikalisch. Bist du dir sicher, dass ich es dir nicht einfach per E-Mail schicken soll?«, frage ich, weil mich gerade der Mut verlässt.

»Komm schon«, spornt sie mich an. »Sing es vor.«

»Okay«, sage ich, atme tief ein und neige meinen Kopf nah zu ihr herüber, so dass die Leute am Nebentisch nicht leiden müssen.

*Cartieruhren und Dirty Martinis,*
*Tiffanyschachteln und viele Bellinis,*
*Zeit mit Bobby, jetzt können wir lachen,*
*das sind ein paar von meinen Lieblingssachen!*

*Schlendern in Soho, die Waage vergessen,*
*Bagels und Nippes, ganz schön versessen,*
*Der Bonus, das Netzwerk, nie kommen sie zur Ruhe,*
*das sind paar Dinge, die ich am liebsten tue!*

*Ein Tisch im Galou, auf der Terrasse zu sitzen,*
*die Nägel sind schön, wir glänzen und schwitzen,*
*Im Central Park wird Winter zu Frühling erwachen,*
*das sind ein paar von meinen Lieblingssachen!*

*Wenn die Mieten steigen –*
*Wenn die Taxis streiken –*
*Wenn die graue Wolke mich umhüllt,*
*fahre ich mit Pinky über die Fifth Avenue*
*und alles ist nicht mehr soooo schlimm!*

»Bravo!«, ruft Nora und klatscht in die Hände. »Wie bist du darauf gekommen?«
»Nun, ich habe jemanden kennengelernt«, berichte ich stolz.
»Das habe ich mir schon gedacht, erzähl.«
»Meine Liebe kenne ich schon mein Leben lang, aber mir ist sie *so* noch nie aufgefallen. Jede Nacht fällt ihr etwas

Neues, Aufregendes ein, das wir unternehmen könnten, Filmpremieren, Vernissagen und neue Restaurants. Bobby ist auch immer eingeladen, ich muss nicht einmal darum bitten.

»Nun?«, fragt sie ungeduldig.

»Die Liebe meines Lebens«, sage ich und mache eine kleine Pause, um die Spannung zu steigern, »ist New York City!«

Es stimmt wirklich. Als ich mich zum letzten Mal mit dem rosa Elefanten konfrontiert habe, der mir einreden wollte, dass ich nur glücklich werden kann, wenn ich einen Ehemann finde, passierte etwas Magisches. Hallo?! Ich habe es endlich kapiert. Mein Leben ist bereits erfüllt, spannend und sexy, wie es ist, ohne einen Bräutigam aus dem imaginären Münzmannspender.

Nora wirkt nicht gerade beeindruckt. »Und was läuft da mit Sam?«, fragt sie mit hochgezogenen Augenbrauen. »Du hast gesagt, dass du mir etwas über euch erzählen willst.«

»Ja, aber nichts Romantisches. Ich denke, das Schicksal hat uns zusammengebracht, damit wir dieses Drehbuch schreiben«, sage ich und nähere mich thematisch meinem Anliegen.

»Also, ich erzähle dir kurz, worum es geht.« Und dann lege ich los: Ein Fernsehreporter, seines Zeichens ewiger Junggeselle, und eine Zeitschriftenkolumnistin können sich erst nicht ausstehen, verlieben sich dann doch ineinander, ein schreckliches Chaos entsteht, bla, bla, bla, trotz aller widrigen Umstände landen sie am Schluss in den Armen des anderen, und es ist Zeit für Celine Dions schrecklich kitschigen, aber kommerziell ungeheuer erfolgreichen Nummer-eins-Hit. Den Abspann bitte, danke.

»Nora?«, frage ich, denn sie starrt schon wieder in Ralph Fiennes' Richtung.
Irgendwie kommt es mir vor, als habe sie die Handlung gar nicht wirklich gehört.
»Bella, dein Leben ist deutlich interessanter als dieses Drehbuch«, sagt sie geradeheraus. »Deine Version des Lieds von Julie Andrews und diese Beziehung, die du zu deinem Bruder hast, sind faszinierend«, sagt sie. »Mir kommt es vor, als würdest du den Wald vor lauter Bäumen nicht sehen.«
Daran habe ich erst einmal zu knabbern, während ich mit Pinky nach Hause fahre. Ich gebe zu, dass ich zutiefst enttäuscht bin. Sam geht mir manchmal sehr auf die Nerven, aber ich habe es mit ihm ausgehalten, weil ich überzeugt war, dass sich unsere Idee, wenn sie auch nicht die originellste ist, gut verkaufen ließe. Nun, unterbricht mich Kate Capshaws positive Stimme, wenigstens hält Nora mein Leben für interessant, wenn schon nicht meine Drehbuchidee.

Das muss ich nun Sam beibringen. Ich betrete gerade mein Apartment, als das Telefon klingelt.
»Liebes?« Es ist die Stimme meiner Mutter. Da wären wir mal wieder, sie klingt, als habe sie ins Leere gestarrt.
»Stimmt etwas nicht mit Bobby?«, frage ich. Zwar habe ich mich Lichtjahre von dem Zustand entfernt, in den ich früher bei solchen Situationen geriet, aber ich bin noch nicht total immun gegen die Bauchkrämpfe, die die Befürchtung, es könnte schlechte Neuigkeiten wegen meines Bruders geben, hervorruft.
»Es ist nicht wegen Bobby«, sagt sie.
*Puh*. Jede Faser meines Körpers entspannt sich.

»Es ist Beau«, fährt sie fort. »Er ist tot.«
»*Was?*«, rufe ich. Ihre Worte gleiten an mir ab wie Regen auf einer Motorhaube, völlig unmöglich, dass sie zu mir durchdringen. Das kann ich einfach nicht glauben. Er ist Vater und Ehemann. Wie kann er da tot sein?
»Er hat sich gestern mit dem Geländewagen überschlagen, als er die Kinder vom Fußball abholen wollte«, sagt sie. »Ich habe es eben erfahren.«
»Die Kinder?«, frage ich keuchend.
»Den Kindern und Janice ist nichts geschehen«, sagt sie. »Sie saßen nicht in dem Wagen.«
»O mein Gott«, sage ich.
Ich bin total schockiert. Zwar habe ich Beau seit der Trennung nicht mehr gesehen, aber ich denke immer noch mindestens einmal täglich an ihn. Wie kann Beau dann tot sein? Einen Augenblick lang sagen wir beide nichts.
»Bella, es tut mir leid, dich damit überhaupt belasten zu müssen, aber ich mache mir ziemlich große Sorgen um Bobby.«
»Warum? Erinnert sich Bobby überhaupt noch an Beau?«, frage ich verwirrt. Schließlich zeigt Bobby nie auch nur eine Gefühlsregung wegen anderer Menschen. Und Beau? Das ist doch schon Jahre her.
»Er stand ihm nahe, Bella«, sagt sie.
»*Was?*« Ich habe den ersten Schock noch nicht einmal verwunden. Das sind jetzt zu viele Informationen auf einmal für mich. Ich muss mich setzen.
»Bella, ich werde dir jetzt etwas sagen, von dem du keine Ahnung hattest«, sagt sie. »Nachdem ihr beiden euch getrennt hattet, hat Beau ihn noch regelmäßig angerufen. Er ist sogar einige Male vorbeigekommen und hat ihn besucht.«

»Du machst wohl Witze«, sage ich. Das ist ebenso schwer zu verdauen wie Beaus Tod. Und um meinen Bruder zu zitieren, man kann es nicht berechnen. Mein Gedanken rasen. Wenn Beau Bobby mochte, dann … mochte er mich … sicherlich auch noch.
»Warum hast du mir nie etwas davon gesagt?«, frage ich schwer schluckend.
»Weil dir das nur Hoffnung gemacht hätte«, antwortet sie leise. »Beau hat sein Leben weitergelebt, und du musstest mit deinem vorankommen.«
Sie hat recht. Ich begreife langsam, dass meine Mutter nicht so ahnungslos ist, wie ich immer gedacht habe. Sie hat mir dies vorenthalten, um mich vor meinen eigenen irregeleiteten Wünschen zu schützen.
»Bobby wiederholt immerzu Beaus Namen und einige typische Sätze aus den Achtzigern«, sagt sie. »Er entwickelt sich gerade zurück.«
Und als wollte er ihre Aussage bekräftigen, schnappt sich Bobby den Telefonhörer und sagt mit schwermütiger Stimme, Dana Carvey imitierend: »Lest es von meinen Lippen ab – keine neuen Steuern. Isn't that special?«
»Ich weiß, Bobby, ich bin auch traurig«, sage ich.
Meine Mutter nimmt den Hörer wieder an sich. »Janice hat schon ein Datum für die Trauerfeier festgelegt, die in Sankt Ignatius in der Park Avenue stattfinden wird«, sagt meine Mutter.
»Ich werde selbstverständlich mit ihm hingehen«, erkläre ich.
»Danke, dass ich nicht erst fragen musste«, erwidert sie.
Früher hatte ich immer gedacht, derlei Dinge tun zu müssen, aber jetzt möchte ich es selbst. Das ist der Unterschied.

»Ich könnte doch heute Abend nach Hause kommen«, schlage ich vor. »Nicht, dass ich irgendetwas tun könnte, um Bobby zu helfen, aber es wäre vielleicht ganz schön, wenn wir beieinander sind.«
»Wunderbar, Liebes«, sagt sie. »Gib Bescheid, welchen Zug du nimmst, und dann holen wir dich ab.«
An diesem Abend, nach einem ewig langen Spaghetti-Abendessen mit Pinzette, helfe ich Bobby, zwischen Matratze und Sprungfedern vor den Fernseher zu schlüpfen, und schalte sein Lieblingsprogramm Nick at Nite an. Dann gehe ich auf den Dachboden und krame eine Schachtel hervor, die ich dort vor ungefähr fünfzehn Jahren vergraben habe.
Als Beau und ich uns verlobten, schenkte mir Mrs. Callahan eine Schachtel mit Erinnerungsstücken von Beau, ein Album mit Babyfotos, weitere Fotos von ihm als Kind, sogar einige Zeichnungen aus dem Kindergarten und seine Jahrbücher aus der Highschool.
Aber was Mrs. Callahan nicht wusste, war, dass diese Schachtel auch besondere Briefe enthielt, die Beau jahrelang aufbewahrt hatte. Die meisten davon von Janice. Damals war ich so glücklich gewesen, dass *ich* mit Beau zusammen war, dass mir nicht auffiel, wie seltsam es war, dass er nur die Briefe von Janice aufbewahrt hatte. Doch jetzt wird mir rückblickend klar, dass Beau und Janice schon immer etwas Besonderes verband, das ich in meiner Voreingenommenheit nicht gesehen habe.
Ich öffne die Schachtel, stelle aber fest, dass ich mir die Dinge darin nicht ansehen will, was mich überrascht. Ich lege alles zurück und sehe mich ein wenig in den anderen Schachteln um, die da außerdem herumliegen. Dann öffne ich einen alten Koffer, der unter dem Fenster steht,

und halte den Atem an. Das Hochzeitskleid meiner Großmutter! Italienische Spitze aus den Vierzigern, in tadellosem Zustand.

Ich fahre mit den Armen in die Ärmel, halte das Kleid an meinen Körper und betrachte mein Spiegelbild in der Fensterscheibe. Dieser Schnitt steht mir viel besser als das Kleid von Vera Wang, das ich mir ausgesucht hatte. Wieder wird mir schlagartig bewusst, wie sehr sich mein Geschmack heute von damals unterscheidet. Ich hatte die Nase über ein authentisches, schönes altes Kleid gerümpft, weil ich lieber ein Statussymbol tragen wollte. Während ich mein Spiegelbild betrachte, spüre ich den vertrauten, dumpfen Schmerz in der Magengrube, der Wunsch, geliebt zu werden. Doch ich laufe nicht in die Küche hinunter und koche mir Karamell, sondern lasse das Gefühl stattdessen zu.

Die Stimme meiner Großmutter kommt mir in den Sinn. »Du hast ein gutes Herz«, sagt sie, und prompt habe ich da eine Idee. Ich beschließe, Janice einen Brief zu schreiben und ihr die Schachtel mit Beaus Erinnerungsstücken zu schicken. Ich hatte mich daran geklammert, um den harten Tatsachen nicht ins Auge sehen zu müssen. Aber er gehört mir schon lange nicht mehr und seine Sachen auch nicht. Vielleicht ist das kein großer Trost, aber das ist das Beste, was ich für sie tun kann.

Am Tag der Trauerfeier warte ich in der Lobby meines Apartmenthauses auf meine Eltern, die mir Bobby vorbeibringen. Mein Vater parkt in der zweiten Reihe, und meine Mutter führt Bobby in das Gebäude. Ich sehe, dass er die Krawatte meines Vaters mit der Notre-Dame-Hymne trägt, und ich frage mich, ob der Tag wohl in einem Desaster enden wird.

»Liebes, ich weiß, dass das schwer für dich wird«, sagt meine Mutter und umarmt mich. »Aber du tust das Richtige.«

Bobby und ich winken unseren Eltern zum Abschied zu, dann versuche ich, ein Taxi zu bekommen. Zehn, zwanzig, dreißig Minuten vergehen, und ich habe noch immer kein Glück. Der Stresspegel steigt. Wir werden zu spät kommen oder den Gottesdienst komplett verpassen, wenn uns nicht schnell etwas einfällt.

»Wir sind unterwegs im Auftrag des Herrn!«, sagt Bobby und imitiert mit ungeduldiger Roboterstimme Dan Aykroyd. »Los geht's.«

»Okay, okay«, sage ich. »Also Plan B.«

Der Portier reicht mir zwei Helme. Dann nehme ich den Gürtel ab und schnalle meinen Bruder an mich, wobei ich sorgfältig darauf achte, die *New York Times* zwischen uns zu schieben.

Glücklicherweise kommen wir gerade rechtzeitig an, um uns dem Strom der Trauergäste, die die Kirche in diesem Augenblick betreten, anzuschließen. Ich sorge dafür, dass wir einen Platz in der Nähe des Ausgangs finden, nur für den Fall, dass Bobby an seiner Krawatte herumspielt und wir plötzlich einen raschen Abgang machen müssen. Überraschenderweise ist er jedoch ungewöhnlich ruhig, als er auf das Licht starrt, das durch die bunten Fenster fällt. Mit Ausnahme von wenigen Schnieflauten gibt er während der gesamten Messe keinen Mucks von sich. Ich frage mich, ob er überhaupt begriffen hat, dass Beau gestorben ist.

Nach der Hymne »Amazing Grace« gehen Bobby und ich zum anschließenden Empfang, der um die Ecke in einem Apartment von Freunden von Janice und Beau stattfindet. Wir nehmen den Fahrstuhl und reihen uns dann in die Kondolenzschlange ein. Ich wappne mich innerlich, gleich Janice und ihren zwölf und dreizehn Jahre alten, vaterlosen Kindern gegenübertreten zu müssen.

Als ich die drei ansehe, finde ich den Gedanken sehr seltsam, dass diese Kinder meine sein könnten und dass ich diejenige statt Janice wäre, die die Beileidsbekundungen entgegennimmt. Mein Leben hat sich so anders entwikkelt, als es das getan hätte, wenn Beau mich statt Janice geheiratet hätte. Ich denke an die Männer, die ich nicht getroffen, die Erlebnisse, die ich nicht gehabt hätte, und daran, dass ich nichts aus alldem hätte lernen können. Stattdessen würde ich heute in Janice' Haut stecken, und das mag ich mir nicht einmal vorstellen.

Jetzt bin ich dran, und Janice zieht mich bei unserer Umarmung fest an sich. Dann stelle ich ihr Bobby vor.

»Hallo, Bobby, Beau hat mir alles über dich erzählt«, sagt sie warmherzig.

Als ich das höre, krampft sich mein Magen zusammen.

»Bella, vielen Dank für deinen lieben Brief und die Schachtel«, sagt sie. »Für mich ist es, als gäbst du mir einen Teil von ihm zurück, den ich gar nicht besessen habe.«

»Die Sachen gehören dir«, sage ich achselzuckend. »*Er* gehörte dir. Das hat er immer getan, und das wird er auch immer.« Letztendlich war das nur die Wahrheit.

»Beau hatte übrigens etwas, das dir gehörte, weißt du«, sagt sie, greift in ihre Tasche und zieht daraus einen Umschlag hervor, auf dem in Beaus Handschrift *Beulah* steht. »Er hat es noch zum Juwelier gebracht, kurz bevor, nun ja, kurz bevor es passiert ist.«

»Wow«, sage ich, als ich den Umschlag aufreiße und das

herzförmige Medaillon meiner Großmutter auf meine Handfläche fällt. Ich versuche, es zu öffnen, aber wie immer geht der Verschluss nicht auf. Dann entdecke ich eine Notiz des Juweliers. »Mr. Callahan: Rarität aus England, um 1921. Das Stück ist nicht fehlerhaft, sondern ein Anhänger aus massivem Gold. War nie zum Öffnen gedacht. Sehr wertvoll.«

Unglaublich. All die Jahre habe ich das Bild meines Freundes hineinlegen wollen, aber es war schon vollkommen, so, wie es war. Plötzlich überkommt mich ein Gefühl von Wärme und Gelassenheit, als hätte ich endlich den Abschluss gefunden, der mir noch fehlte. Ich habe Janice einen Teil von Beau zurückgegeben, der ihr gehörte, und sie hat mir einen Teil von mir gegeben, der ihm von vornherein nie gehört hat. Mir kommt das Ganze wie eine abgefahrene Version der Kurzgeschichte *The Gift of the Magi* vor.

»Es ist sehr schön«, sagt Janice, als wir auf das goldene Herz blicken.

»Danke. Es gehörte meiner Großmutter«, sage ich. »Ich bin sehr froh, dass ich es zurückhabe. Danke.«

»Gern geschehen. Vielleicht können wir uns gelegentlich einmal treffen, Bella«, sagt Janice. »Du weißt schon, um über ihn zu sprechen.«

Bei diesen Worten kommen mir die Tränen. Es berührt mich zutiefst, dass Janice und ich einander die Hand über den Tod eines Mannes hinweg reichen, dessentwegen wir uns früher bekriegt haben.

»Wenn du bereit bist, weißt du, wo du mich finden kannst«, sage ich und umarme sie. Dann stelle ich fest, dass Bobby bereits davongeschlendert ist.

Ich drehe eine Runde und entdecke meinen Bruder, der

wie gebannt in einen Eiskübel an der Bar starrt. Das ist ein Zeichen, dass er an der Grenze zur Überreizung steht, und da er seine aufblasbare Weste nicht trägt, eile ich mit ihm zum Fahrstuhl, bevor es zum Riesenzusammenbruch kommt.

»Stoppen Sie bitte die Tür für uns«, sage ich zu den Leuten im Fahrstuhl, dann quetschen wir uns hinein. Der Fahrstuhl ist sehr voll, ein Zeichen dafür, wie viele Menschen Beau in seinem Leben berührt hat. Als wir hinunterfahren, lehnt sich Bobby einem breitschultrigen Mann im dunkelblauen Anzug vor uns entgegen und fängt an, in dessen Achselhöhle zu schnüffeln.

Ich sterbe vor Scham.

»Bobby, hör auf«, flüstere ich. »Du weißt, dass das sehr unhöflich ist.« Meine Mutter hat recht, er entwickelt sich wirklich zurück. Er hat seit der Highschool nicht mehr an jemandem herumgeschnüffelt.

Plötzlich ruft Bobby mit klarer, lauter Stimme: »Nichtsnutziger, hinterlistiger Barrakuda. Mach dich zum Gefecht bereit, Hase, ich komme an Bord!«

Das wird ja immer schrecklicher. Wir verlassen gerade eine Trauerfeier, Herrgott noch mal! Immer wenn ich denke, dass ich gerade den Bogen heraushabe mit meinem Bruder, tut er etwas wie jetzt, und ich komme mir wieder vor wie in Highschool-Zeiten.

Alle Leute im Fahrstuhl starren uns an. Wer könnte ihnen dies schon verübeln? Um es noch schlimmer zu machen, drückt Bobby auf die Krawatte, und die Kampfhymne von Notre Dame geht los.

»Es tut mir leid«, sage ich an alle gerichtet. »Er ist ein wenig überdreht.«

Aber ich werde von Bobby übertönt, der mittlerweile aus

Leibeskräften brüllt: »Hab ich dich, elendes Mistvieh! Hör auf zu glotzen, jetzt kommst du auf den Grill!«, und dabei tiefe Züge aus der Achselhöhle dieses armen Fremden einatmet.

Plötzlich dreht sich der Mann in dem dunkelblauen Anzug um. Er ist groß, mit fein gemeißeltem Kinn und Grübchen. Sein Gesicht kommt mir bekannt vor, aber ich kann ihn nicht einordnen. Ist er ein alter Freund von Beau? Als ich ihm fragend in die blauen Augen blicke, komme ich mir sicher und beschützt vor. Ich blicke an ihm herab und entdecke, dass er Motorradstiefel trägt.

»Bella?«, fragt er.

*»Mush?«*

Als Bobby plötzlich verstummt, ist es so still, dass man das Geräusch einer herabfallenden Stecknadel hätte hören können.

Ich bin perplex. Ich denke zwar gelegentlich noch an Mush, besonders, wenn das Thema Selbstrespekt während meiner Sitzungen mit Joyce aufkommt, aber ich hätte nie gedacht, dass ich ihn einmal wiedersehen würde.

»Was machst du denn hier?«, bringe ich schließlich hervor. »Bist du mit Janice befreundet?«

»Ja, aber durch Beau. Er war mein Mentor«, sagt er. »Vor fast fünfzehn Jahren hat er mir geholfen, mit meinem Leben neu anzufangen.«

»Du bist dieser *Jim?*«, frage ich und zähle eins und eins zusammen. Jim Mucelli, Mush. Der Typ, von dem Beau nach unserer Verlobung ständig gesprochen hat.

»Genau«, erwidert Mush. »Und woher kanntest du ihn?«

»Das erzähle ich dir gleich«, sage ich und nicke vielsagend in Richtung der Leute um uns herum. Ich bin immer noch

total überwältigt, dass ich Seite an Seite mit Mush in einem Fahrstuhl in der Park Avenue stehe.
Gefühlte fünfzig Jahre später hält der Fahrstuhl endlich im Erdgeschoss. Die Türen öffnen sich, und wir drängen uns alle in den Flur. »Ich bin mal mit ihm verlobt gewesen«, flüstere ich. »Aber darüber sollten wir hier nicht sprechen.«
»Du bist … o mein Gott«, sagt er und schlägt sich an die Stirn. »Du bist *Beulah?*«
*Beulah!* Wie es auf dem Umschlag des Juweliers zu lesen war. Aber ich habe den Namen seit fünfzehn Jahren nicht mehr gehört.
»Das *war* ich«, erwidere ich und muss wieder weinen. Dieser Tag ist härter, als ich gedacht hätte.
»Große hornige Höllenkröten, ich fahre nach Norden!«, sagt Bobby mit Roboterstimme und deutet auf Mushs Unterarm. »Muss meine Stiefel verbrennen, sie haben Yankeeerde berührt!«
»Er erinnert sich sogar an deine Tätowierung«, sage ich und lache unter Tränen.
»Okay, großer Mann«, sagt Mush, knöpft seine Manschette auf und schiebt den Hemdsärmel nach oben, um Yosemite Sam zu entblößen. Bobby wirft einen schrägen Blick darauf. Ein Lächeln gleitet über sein Gesicht.
»Bella, Beau hat häufig über dich gesprochen«, sagt Mush.
Ich schlucke, also war ich ihm nicht egal.
»Dann bist du mit ihm in Verbindung geblieben?«, frage ich.
»Nachdem er mir geholfen hat, eine eigene Baufirma aufzuziehen«, erzählt Mush, »bin ich sein Partner geworden, und wir haben Gelder für das Mentoring-Programm ein-

geworben. Und als meine Firma an die Börse ging, habe ich beschlossen, das Mentoring als Fulltime-Job zu betreiben. Beau hat mich enorm unterstützt.«

Mush hat sich also bereits aus dem Arbeitsleben zurückgezogen und betätigt sich als Wohltäter. Wenn er auch nur halb so geduldig mit den missratenen Jungen New York Citys umgeht wie mit mir, als er mir das Parken beibrachte, so können wir auf jeden Fall einem Rückgang der Kriminalitätsrate entgegensehen. Zwei der mexikanischen Springbohnen fangen an, sich wie Fred und Ginger in meiner Magengrube im Kreis zu drehen.

»Du hattest mich schon beim Hallo! Du hattest mich schon beim Hallo!«, ruft Bobby, und das dürfte die seltsamste Imitation von Renée Zellweger sein, die es je gegeben hat.

Wir blicken beide zu meinem Bruder hinüber, der bereits auf Mushs Harley sitzt und sich gerade Mushs Helm aufsetzt.

»Wie es aussieht, hat er deinen Chopper nie vergessen«, sage ich. »Wann habt ihr diese Fahrt gemacht, vor dreiundzwanzig Jahren? Ich denke, er ist nie mehr wieder so glücklich in seinem Leben gewesen.«

»Ich kann ihn gern zu dir nach Hause fahren«, bietet Mush an.

»Bist du sicher, dass dir das nichts ausmacht?«, frage ich.

Ich gebe Mush unsere Adresse und lasse mir Zeit, als ich die Fifth Avenue hinunterdüse. Ich fahre schnell genug, um den Fahrtwind in den Haaren zu spüren, aber langsam genug, um die Passanten zu beobachten. Ich denke, dass man auch in der Trauer manchmal Flecken von Glück findet. Aber man übersieht sie leicht, weil man nach etwas anderem Ausschau hält.

Als ich in meine Straße einbiege, sehe ich das Feuerwehrauto, die Polizeiwagen und den Krankenwagen, der die Straße blockiert.

Mein Alptraum ist gerade wahr geworden.

Mush kommt auf mich zugerannt.

»Was ist passiert?«, frage ich und spüre plötzlich eine kribbelnde Kälte.

»Ich weiß es nicht. Kaum waren wir vor deinem Haus angekommen, ist er gegen mich gesackt«, sagt Mush und drückt wie ein Wilder auf den Tasten seines Handys herum. »Ich habe die 911 gewählt, und er hat immer nur gemurmelt, ›Du hattest mich schon beim Hallo‹.«

Da, vor meiner Wohnung, liegt der Körper meines Bruders ausgestreckt auf dem Gehsteig wie eine seltsam verrenkte Gestalt aus einem Actionfilm. Seine Hand umklammert eine *Findet-Nemo*-Sammelfigur von McDonald's, als hinge sein Leben davon ab.

»O mein Gott«, kreische ich und laufe zu meinem Bruder.

Ich wühle mich durch die gaffende Menge und sehe zu, wie die Sanitäter anfangen, seinen bewusstlosen Körper zu bearbeiten.

»Er atmet nicht!«, brüllt einer der Sanitäter.

»Bobby!«, schreie ich und sinke neben ihm auf die Knie.

Ein weiterer Sanitäter, eine Frau, schubst mich zur Seite und stülpt eine Sauerstoffmaske über Bobbys Gesicht.

»Ron, gib mir den Ambu-Beutel, ich fange mit der Beatmung an«, sagt sie und schließt einen grauen Beutel an die Sauerstoffmaske an. Dann drückt sie in Abständen von vier Sekunden darauf.

»Ich kann den Puls nicht finden«, ruft Ron, dessen Hände an Bobbys Hals liegen.

»Beatmung sitzt«, sagt die Sanitäterin. »Ich fange jetzt mit der Infusion an.«

Als sie Bobby eine Nadel in den Arm sticht, zuckt er plötzlich am ganzen Körper. Eine Sekunde lang öffnen sich seine Augen, rollen dann aber nach hinten.

»Er hat einen Anfall! Kein Puls mehr! Herz-Lungen-Wiederbelebung jetzt«, sagt sie zu dem Feuerwehrmann neben ihr.

»Hat er Allergien, Miss? Oder schon mal Herzattacken gehabt? Irgendwelche Schlaganfälle?«, fragt mich Ron, während das erste Medikament durch den Infusionsschlauch in Bobbys Arm fließt.

»Das ist etwas kompliziert …«, stammele ich.

Ich weiß nicht, wie ich anfangen soll, von meinem Zwillingsbruder zu erzählen. Von den jahrelangen Elektroschockbehandlungen, den falschen Diagnosen und Krankenhausaufenthalten, die wie ein schreckliches Kaleidoskop in meinem Kopf durcheinanderwirbeln.

»Immer noch kein Puls«, ruft Ron und unterbricht mich. »Wir verlieren ihn, wenn wir jetzt nicht schnell handeln. Schafft ihn in den Wagen!«

Wie kann ich ihn jetzt verlieren, da ich ihn doch erst gefunden habe? Mein ganzes Leben ist von der Suche nach meiner anderen Hälfte bestimmt, nach jemandem, der mich zu einem vollständigen Wesen macht. Und ebendiese Suche nach dem Seelengefährten – die mich Beziehungen mit reichen Söhnen aus gutem Hause, It-Boys und Prominenten eingehen ließ – führte mich auf direktem Weg zu dem ersten Mann zurück, den ich je geliebt habe, meinem Zwillingsbruder. Aber das Leben besteht nicht nur aus Champagner und Kaviar, wenn der eigene Bruder Autist ist.

»Schaffen Sie diese Leute von hier weg!«, ruft Ron, als er anpackt, um Bobbys leblosen Körper auf die Trage zu heben. »Vorsicht mit dem Infusionsschlauch. Jetzt alle zusammen!«

Ich stehe völlig hilflos da, wie immer. Die Rain-Man-Krankheit war seine endgültige Diagnose, aber was ist meine? Mein oberstes Ziel war immer, so anders wie möglich als Bobby zu sein, aber erst in letzter Zeit ist mir klargeworden, dass ich im Schatten meines dysfunktionalen Zwillingsbruders gelebt habe.

»Kann ich mitkommen?«, frage ich und laufe neben der Trage her.

»Sie können vorn einsteigen«, erklärt die Sanitäterin. »Was wissen Sie über seine Krankheitsgeschichte? Wie heißt sein Arzt?«

Man sagt, dass manche Menschen nach einer Amputation noch immer Schmerzen in dem entfernten Körperteil haben. So ging es mir ungefähr an diesem scheußlichen, scheußlichen Tag, als ich Bobby auf dem Gehsteig entdeckte. Ich vermute, dass es sich so anfühlt, wenn man sich mit dem Gedanken auseinandersetzen muss, dass man jemanden so sehr liebt, dass er ein Teil von einem selbst geworden ist.

Nicht, dass es nicht Zeiten gegeben hätte, in denen ich den Tod meines Zwillingsbruders herbeigesehnt hätte. Als wir aufwuchsen, tat ich so, als wären wir nicht miteinander verwandt, fühlte mich schuldig, weil ich ein normales Leben führte, war neidisch, weil nichts von ihm erwartet wurde, und erleichtert, dass ich nicht die Versagerin war, die von der Gesellschaft ausgeschlossen wurde. Seht euch an, wohin mich das geführt hat.

Auf gewisse Weise ist Bobby immer wie Buddha gewesen, wahrhaftig, ehrlich, im Jetzt lebend und ohne eine Spur von Selbstzweifel oder Böswilligkeit. Kurz, er ist immer er *selbst* gewesen. Statt ihn immer zu heilen, verändern und verbessern zu wollen, hätte ich ihn einfach akzeptieren oder wenigstens mich in meinem lebenslangen Bemühen, eben dies zu bewerkstelligen, akzeptieren müssen.
Als mein Zwillingsbruder hat er mir im Prinzip einen gigantischen Spiegel vorgehalten. Alles, was ich nicht an ihm ausstehen konnte – dass er nie die Kontrolle über irgendetwas hatte, sich nicht anpassen konnte und sich peinlich benahm –, waren eigentlich Dinge, die ich an mir selbst nicht mochte. Seine Makel zu akzeptieren hat mir endlich geholfen, mich mit allen meinen Fehlern anzunehmen.

»Halt dich fest«, ruft Mush. Ich halte ihn an der Taille umklammert, als wir auf dem Chopper davonfahren. Mush ist mir nicht von der Seite gewichen, seit Bobby in dem Krankenwagen abtransportiert wurde. Das Seltsame ist, wie normal es sich anfühlt, jeden Moment mit ihm zusammen zu sein, als wären wir eine Familie. Und was noch seltsamer ist, ist die Tatsache, dass ich nie im Leben mit ihm zusammen wäre, wenn mein Bruder ihn nicht im wahrsten Sinne des Wortes für mich erschnüffelt hätte. Bobbys übersensibler Geruchssinn, dieses komische Symptom der Asperger-Krankheit, die mir schon so viel Kummer in meinem Leben beschert hat, hat mich zurück in die Arme eines wirklich tollen Mannes gebracht.
Ich habe mir kürzlich auf *E! True Hollywood Story* einen Bericht über Henry Winkler angesehen, der etwas Schockierendes über sich gesagt hat, nämlich, dass er in seinem

ganzen Leben nie Motorrad gefahren ist. Wie ironisch, wenn man bedenkt, dass seine Rolle als Biker Fonzie ihn berühmt gemacht hat. Aber ich kann das nachvollziehen. Denn jetzt, wo ich endlich mit Heiraten dran bin, passt die Rolle der traditionellen Braut nicht mehr zu mir.

Mush und ich sind auf dem Weg, uns ewige Treue zu schwören, barfuß und in Jeans, in Manor Park. Das einzige Brauthafte an mir ist Grandinas alter Schleier, der im Wind hinter mir hertanzt und himmlischer aussieht als die Szene mit der Plastiktüte in *American Beauty*.

Aber der eigentliche Beweis, dass Gott existiert, sitzt im Sozius neben mir. »Hast du was dagegen, dass ich dich für einen anderen Mann verlasse?«, brülle ich meinem Bruder über den Wind hinweg ins Ohr.

»Du bist gefeuert!«, sagt er und ahmt die typische Geste von Donald Trump nach.

Seit Bobby den Schlaganfall erlitten hat, braucht er Physiotherapie, um wieder laufen zu lernen. Aber das geht für ihn in Ordnung, solange er unser Beifahrer sein kann. Nun sind wir vielleicht nicht die perfekte Festgemeinde, die Martha Stewart in ihren Büchern proklamiert, aber wenigstens sind wir authentisch.

Wir kommen an der Red Hook Bäckerei vorbei, und mir wird etwas Wichtiges klar – gleich fahren wir über die Schienen. Und nach einem halben Block ist es Zeit, sich etwas zu wünschen.

»Warte, Mush. Fahr bitte langsamer!«, rufe ich.

Schnell, schnell konzentriere ich mich auf das, was ich wirklich will. Ein Wunsch, der viel stärker ist als alles, was ich mir je an unseren gemeinsamen Geburtstagsfesten ausgedacht habe, als wir noch Kinder waren. Ich schließe meine Arme eng um Mushs Taille.

Der Richtige ist nicht irgendein Mann, noch nicht einmal Bobby, was das anbelangt. Der Richtige, oder besser die, ist diejenige, die Bobby mir die ganze Zeit über aufzuzeigen versucht hat. Ich bin es. Die Liebeslektionen, die er mir beibringen wollte, bestanden lediglich darin, mich selbst zu lieben, mit allen Fehlern.

Nicht, dass es leicht gewesen wäre, sich ein letztes Mal dem rosa Elefanten zu stellen. Denn ich war als die Normale geboren worden. Mein Zwillingsbruder aber nicht. Doch das zu akzeptieren, hat mich auf diese unglaubliche Reise zu mir selbst geführt, zu der ich sonst niemals aufgebrochen wäre.

»Hey, Bobby!«, rufe ich fröhlich zurück. »Du bist auch gefeuert!«

»Schrecken und Ehrfurcht, Baby«, sagt Bobby mit einem Lächeln. »Da-da-das war's, Leute!«

Als die Räder des Motorrads über die Schienen rumpeln, schließe ich die Augen, kreuze die Finger und hebe meine Füße hoch. Und zum ersten Mal in meinem Leben halte ich nicht den Atem an. Ich … habe nichts … als einen … *Wunsch.*

## Melina Gerosa Bellows im Gespräch:

***Wie viel von Ihnen selbst steckt in Ihrer Protagonistin Bella?***

Der vorliegende Roman ist kein Memoir, denn ich habe keinen autistischen Zwillingsbruder. Aber in Bellas Geschichte findet man die »Greatest Hits« meiner eigenen Datingkarriere, die großen Sehnsüchte und Wünsche, die sie mit mir gemeinsam hat. Und das Gefühl, immer ungefähr zweieinhalb Kilo vom eigenen idealen Selbst entfernt zu sein.

***Wieso haben Sie sich dazu entschieden, dieses Buch zu schreiben?***

Ich habe mich nicht dazu entschieden, dieses Buch zu schreiben – das Buch hat sich für mich entschieden. Ich bin berufstätig und hätte morgens gerne länger als bis 6.00 Uhr geschlafen. Aber *Wunschgeflüster* hat sich so richtig in mein Leben eingemischt und mich ordentlich rumkommandiert. Ich konnte gar nicht anders, als aufzustehen und mich vollkommen übernächtigt mit einer Tasse starken Kaffee vor den Computer zu setzen. Und dann ging der Film in meinem Kopf auch schon los.

***Welche Rolle spielt Bellas Zwillingsbruder Bobby in der Geschichte?***

Er ist Bellas Spiegelbild. Um zu verstehen, wie weit Bella in ihrer eigenen Entwicklung vorangekommen ist, reicht es, ihre Beziehung zu Bobby unter die Lupe zu nehmen.

Denn erst als sie lernt, ihn so zu akzeptieren, wie er ist, findet sie auch zu sich selbst. Ganz am Anfang hatte ich mir Bobby gar nicht als Bellas Zwillingsbruder vorgestellt, sondern als Engel, der vom Himmel geschickt wird, um ihr zur Seite zu stehen. Dieses Handlungselement ist noch in Ansätzen vorhanden, denn in kniffligen Situationen hilft Bobby seiner Schwester immer irgendwie weiter. Bella glaubt, sie würde sich schon ihr ganzes Leben lang um Bobby kümmern, doch in Wirklichkeit ist es genau umgekehrt.

## Über die Autorin:

**Melina Gerosa Bellows** ist Chefredakteurin und Vizepräsidentin des preisgekrönten Magazins National Geographic KIDS und arbeitete, wie ihre Heldin Bella, als Gesellschaftskolumnistin für renommierte Zeitschriften und Magazine. Sie lebt mit ihrem Mann, ihren beiden Kindern und ihrer Katze Chiang Mai in Washington, D. C. *Wunschgeflüster* ist ihr erster Roman.

Zum Weinen und zum Lachen schön!

*Jill Smolinski*

# DIE WUNSCHLISTE

*Roman*

Küsse einen wildfremden Mann, sieh dir einen Sonnenaufgang an, verändere das Leben eines anderen Menschen – drei von zwanzig Aufgaben, die Marissa bis zu ihrem fünfundzwanzigsten Geburtstag erfüllen wollte. Doch sie wird diesen Geburtstag nicht mehr erleben ... Als sie bei einem Autounfall ums Leben kommt, ist June, die Fahrerin des Wagens, voller Schuldgefühle. Erst als ihr Marissas Liste unerfüllter Herzenswünsche in die Hände fällt und sie beschließt, die Liste stellvertretend für Marissa in die Tat umzusetzen, sieht sie wieder Licht am Horizont. Ein fremder Mann zum Küssen ist schnell gefunden, und die Sonne geht schließlich jeden Tag auf – doch wie verändert man das Leben eines anderen?

KNAUR